文春文庫

わたしたちに手を出すな

ウィリアム・ボイル
鈴木美朋訳

ぼくが子ども時代を過ごした図書館とビデオ店に

忘れるな、どうしたって死んだライオンよりも
生きている犬のほうがましなんだ。

——モーテルの哲学者
ジョナサン・デミ監督　E・マックス・フライ脚本
『サムシング・ワイルド』

わたしはまだ死んでないって
みんなに知らせてやらなくちゃ。

——リサ・デリュー
リチャード・パチェコによるインタビュー

おれたちは幽霊を探してまわった。

——コナー・マクファーソン
『ザ・グッド・シーフ』

目次

ＤＴＰ制作　エヴリ・シンク

わたしたちに手を出すな

主な登場人物

リナ・ルッジェーロ……………六十歳の未亡人
ルシア…………………………リナの孫娘　十五歳
エイドリアン…………………リナの娘
レイシー・ウルフスタイン……元ポルノ女優　エイドリアンの隣人
モー・フェラン………………ウルフスタインの親友　家主
ヴィク・ルッジェーロ………犯罪組織の構成員　リナの夫
リッチー・スキャヴァノ……同右　エイドリアンと長らく関係をもつ
ボビー・マーレイ……………ウルフスタインに金を巻き上げられた老人
エンジオ………………………リナの家の近所の老人　愛車はシボレー・インパラ
クレア…………………………ハンマーを持つ殺し屋
ソニー・ブランカッチョ……犯罪組織の構成員
ペスカレッリ…………………ブロンクスの刑事
ウォルト・ヴィスクーソ……元ミュージシャン
デニス…………………………タクシー運転手

親愛なるウルフィー

元気？　家は問題ない？　ブロンクスはあんたによくしてくれる？

ここモンローは最悪。タバコがほしい。いつも冷凍庫にワンカートン入れとくのに、買い足すのを忘れちゃって、でも買いに行く気力がないんだよね。母さんはいよいよヤバい。昨日で八十九歳になって、ほとんど目も見えない、耳も聞こえない。通りの先のガソリンスタンドで〈ホステス〉のカップケーキを買ってきて、誕生日のお祝いをしたんだけどさ。母さん、とうの昔に死んだ連中がパーティに来てくれたって言うのよ。気味が悪いったらありゃしない。

母さんには小さな子どもたちが見えるらしい。ソファで眠ってるって言うの。食べてくれないんだって。母さんはその子たちのために料理をしてるのよ。いや、〝料理〟じゃないな。作るのは、バターサンドイッチかマヨネーズサンドイッチ。こないだ〈ショップライト〉に買い物に行かなきゃいけなくて、ほんのちょっと家をあけただけなのに、帰ったらそこらじゅうにべとべとした紙切れが散らかっててさ。「あの子たちはおなかがすいてるはずよ」って、薄切りのパンじゃなくてただの紙切れにマーガリンを塗りたくってた。

あたし、教会に行ったんだ。教会にいるあたしなんて想像できる？　われながら心配しちゃったよ、あたしが聖体拝領なんてしたら手のなかで聖体(ホスチア)が燃えあがって、司祭が例の〝わしの目の前にいるのは悪魔じゃ〟みたいな顔になったりして、なんてね。なんで行ったんだろう。母さんもときどき頭がはっきりすることがあって、そういうときは決まって教会の話をするんだよね。いつもは毎週、朝のうちに近所のばあさんが母さんに聖体を持ってきてくれるんだけど、教会で一休みさせてもらおうって思いついてさ。ちょっとうとうとしたい、そう思ったの。それなのに、いつのまにかヴァレーのあの元教会であんたと女どうしのカラミを撮ったときのことを思い出してた。あたしは修道女の役で、あんたはジェイン・マンスフィールドもどきをやったやつ。祭壇のむこうのステンドグラスのイエスさまを眺めながら、あのときのことを考えてた。なにやってんだか。

　この前、あたしがなにを見つけたと思う？　たぶんひまな昼さがりにあんたと退屈しのぎにやったんだろうね、三目並べのマス目がびっしり書いてある緑色の封筒が出てきてさ、そのなかにあんたの写真がたくさん入ってたの。ロサンゼルス時代のものじゃないよ。フロリダであんたがカモにした男たちと撮った写真。あいつの写真も四、五枚あったよ、ほら、あのボビーってやつ。しょぼくれた男だったよね、つい同情しそうになっちゃった。かわいがってたウサギを袋に詰めて川に流してきました、みたいな顔してるんだもん。

　それから、スティーヴィー・ニックスの〝白い翼の鳩(ホワイト・ウイングド・ダヴ)〟ツアーのチケット半券も出てきた。もしも昔のある一日を何度も何度も繰り返すことになるとしたら――『恋はデジャ・ブ』って映画みたいにさ――あたしはだんぜんあの日がいい。なにもかもカンペキだった。あんたとロンダズでランチを食べて、爪も髪もきれいにして、フロリック・ルームで一杯やって、コンサートを見て、マックのシャンパン付きリムジンに乗って。ねえ、あたしあの晩の星空をはっきりと覚えてるんだ。目を閉じれば、リムジンのムーンルーフから見あげた空がいまでも見える。ずっと魔法にかかったまま。

会いに来てよ、ね？

悪友より愛をこめて

モー

リナ

二〇〇六年六月十一日日曜日
ブルックリン　ベンソンハースト

リナ・ルッジェーロは、いつもどおり日曜礼拝のあと友人のジーンとマクドナルドでコーヒーを飲んでから、ベイ三十五丁目の自宅のあるブロックへ向かう。生まれ育ったブロックとは不思議なもので、すぐ隣のブロックだろうが、よそはひどく居心地が悪いのに、自分のブロックだけは妙に落ち着く。リナは生まれてからずっとこのブロックで暮らしてきた。この家で育ち、ブルックリン・カレッジに通い、ヴィクと結婚してからも夫婦で二階に住んだ。その後、両親が亡くなって家全体を相続した。家は三人家族には広すぎた。ましてや独り身にはなおさらだ。六十八年間、家族が住んできたこの家は、リナが生まれる八年前に購入された。

毎度のことながら、リナは家の前に立ち、どこを修繕すべきか考える。壁の下見張（したみば）りは張り替えが必要だ。ヴィクも殺される前にそのつもりで準備をしていた。屋根も葺（ふ）き替えたほうがよさそうだ。ポーチの張り出し屋根もたわんでいる。郵便ポストと手すりも木があちこち腐っているから、やすりをかけて塗りなおさなければならない。窓も古い。冷気が侵入してくる。

家を売るという手もある――中国人がこの一帯の家をものすごい勢いで買い漁っている――けれど、いろいろわずらわしそうだ。

　それに、ポーチの階段。九年たったいまでもあの恐ろしい日そのままに、そこに倒れているヴィクがリナには見える。階段の血溜まりの形がはっきりと頭に残っている。セメントにじっと目を凝らせば、永久に消えない褐色のしみが見える。かわいそうなヴィク。たぶん、向かいのアパートメントの屋上で家主のジッポが大きな黒い旗を振りまわしてレース鳩の編隊を飛ばしているのを眺めていたのだろう。リトル・サルが拳銃を構えて近づいていたのに。

　あのとき、リナはキッチンで仔牛のカツレツを揚げていた。銃声がしたのに、車のバックファイアか、いかれた若い連中が爆竹を鳴らしたのだろうと決めつけた。悲鳴とサイレンとタイヤのきしる音が聞こえてきて、ようやく様子を見にいく気になった。キッチンを出て廊下を抜けるまでが、スローモーションで思い出される。ヴィクになにかあったのだとは思っていなかった。彼はポーチに座っていた。仕事からすでに帰ってきていた。当時のリナは普段からうっすらとした不安を抱えていたが、あのときは違った。ヴィクとふたりで野球の試合の中継を聴きながらカツレツを食べるはずだった。リナがヴィクのもとに駆けつけたときには、リトル・サルはとうに逃げ去っていた。

　救急車で病院へ向かうあいだずっとヴィクに覆いかぶさり、ロザリオを握って泣いていた自分が記憶に残っている。違法なビジネスに従事していても、ヴィクは優しい声と穏やかな茶色の瞳の持ち主だった。仕事仲間は彼を優男（ジエントル）ヴィクと称した。彼のおかげでブランカッチョ一家は栄えた。稼ぎ頭だったのだ。それがあんなことになったのは、仕事とは関係なく、リトル・サルという若いチンピラの功名心のせいにほかならない。ヴィクはエスプレッソを飲んでいたところを撃たれ、同じブロックの〈フランチェスカ〉で買った花は、ジップロックに入ったまま、階段に倒れた彼の横で押しつぶされていた。

ヴィクの仕事や死にざまはだれもが知っていたが、そういうことをリナに詳しく話そうとする者はひとりもいなかった。血を流して死んでいく夫を見ているときの気持ちや、ポーチの階段にこびりついた血痕をホースの水で洗い流しているときの気持ちを訊かれることもなかった。ブランカッチョ一家はリナの面倒を見て葬儀代を出し、いくばくかの見舞金をくれたが、いまではもうつきあいがない。当時から彼らの妻たちともたいして親しくなかった。

リナは家に入り、警報器を解除する。警報器をつけたのはヴィクだ。一九九〇年代のはじめごろ、このブロックで押し入りが流行った。ヴィクはしょっちゅう家を空けていたので、リナを安心させるためにそうしたのだった。リナはコートを脱ぎ、やかんを火にかけて、やはりお茶はいらないと思って火を消す。コンロの脇の壁には年季の入ったダイヤル式の黄色い電話がある。ダイヤルの中心の丸い枠に収まっているのはリナの両親の写真だ。ふたりとも笑みを浮かべている。結婚三十周年記念のディナー。写真のなかの両親はいまのリナより若い。

ヴィクが亡くなったときエイドリアンをマクドナルドへ連れてきてくれたのは、友人のジーンだった。エイドリアンはリナの娘で、ブロンクスに住んでいる。リナはヴィクの葬儀からこっち、一度も娘に会っていない。孫のルシアにも会っていない。ルシアはいま十五歳だ。最後にリナが抱きしめたときは六歳で、ヴィクの棺の前で棒立ちになって泣いていた。

葬儀の日、リナはヴィクの右腕だったリッチー・スキャヴァノとエイドリアンのことをはじめて知り——よりによってあんな状況で知らされ、憤慨（ふんがい）し、その感情をあらわにした。リナが知ったのは、エイドリアンがハイスクールに通っていたころから、ふたりはくっついたり別れたりを繰り返していたということだ。つまり関係がはじまったときエイドリアンはほんの子どもだった。それが葬儀の場でわかったのだ。リナは卒倒しそうになった。自分に内緒で、ヴィクに内緒で、ふたりがそんなことになっていたのが信じられなかった。リッチーがそんなふうに自分たちを軽んじていたのが信じられなかった。エイドリアンがそんなふしだらな娘（プッターナ）だったのが信じられなかった。いや、そんなことに気を取られている場合ではなかったが、リナは怒りの大部分をエイドリアンに向けた。当然の反応だった。それなのに、エイドリアンはリッチーとの関係をとがめたリナを恨んでいる。リナは、ものごとには順序がある、神さまやみんなの目に正しいと映ることと映らないことがあると考えていただけだ。それはいまも変わらない。

もっとも、問題はそれ以前にさかのぼる。エイドリアンはもともとなぜか母親を邪険にするというか、ひどく嫌っていた。正しくないことだ。孫娘が板挟みになっていることにはとりわけ胸が痛む。もうハイスクールに通う年頃なのに、祖母と連絡すら取れないとは。嘆かわしい。

リナは受話器を取り、エイドリアンの番号をダイヤルする。九年間、何百通もの手紙を送り、何千回も電話をかけてきた。

呼び出し音。一度で電話がつながる。娘の声を聞くのはこの前電話をかけたとき以来、二カ月ぶりだ。「もしもし」エイドリアンが眠そうな声で応答する。

「エイドリアン？　母さんよ」

ブツッ。エイドリアンは即座に電話を切る。

リナは受話器を置いて立ちつくす。何度か深呼吸をする。泣きたくない。昨日読んだ『デイリー・ニューズ』の恐ろしい記事、地下鉄D線の車内で男が鉈（マチエーテ）でめった切りにされて殺されたという記事を思い出す。マチェーテで。そのニュースを思い出すと涙が引っこむ。そんな自分は人間としてどうなのか？

呼び鈴が鳴る。日曜日に訪ねてくるなんていったいだれだろうとリナは思う。いや、曜日は関係ない。たぶん〝ものみの塔〟だ。いや、また不動産屋がこの家を売ってくれと言いにきたのかもしれない。きょうび、日曜日だから遠慮する者などいない。昔とは違う。あらゆることが変わってしまった。

廊下に出ると、ドアの窓を覆う古びたカーテン越しに大きな人影が見える。「どなた？」リナは近づきたくなくて大声で尋ねる。

咳払いの音。男だ。「エンジオだがね！」

リナはドアへ近づき、カーテンをあけて窓の外を覗く。近所に住むエンジオが、髪を後ろになでつけて〈メンバーズ・オンリー〉のジャケットを着て、大きな鼻に白いハンカチをあてて洟（はな）をかんでいる。反対の手に花束を持っている——リナの好きな雛菊（ひなぎく）だ。これは偶然ではない。先ほどコーヒーを飲みながら、まだ六十になったばかりで先は長いのだから、もう一度男性とつきあってみたらどうだとジーンにしつこくせっつかれた。近所の独身男性の名前が残らずあがった。そのひとりが、角に住むエンジオだった。八十歳を越えているのはたしかだ。いつも自宅の前で上半身裸になり、年代物の美しい車を洗っている。腹の上まで引っぱりあげたショートパンツの前ボタンははずれていることが多い。彼の家の前を通るリナにベイビーだのハニト、ただの美人さん、だのと呼びかける。笑顔がこのうえなく気持ち悪い。

「エンジオだよ」さっきより優しげな声で彼は言う。ポケットにハンカチをしまう。

「なんの用？」リナは尋ねる。

「ちょっとおしゃべりしにきたんだ」

「その花は？」

「それよりドアをあけてくれないか？」

リナは躊躇するが、鍵に手をのばす。エンジオのようなただの老人を怖がってどうする？エンジオのやることと言えば、車を洗うか向かいの〈マンマ・ミーア〉のボックス席で競馬新聞を読むか、その程度だ。いかにも男やもめらしい。だが、普通の男やもめではない。彼の妻のマリアは十五年前に亡くなった。リナの知るかぎり、マリアは家に引きこもり、日がな一日、薬でぼうっとしたまま部屋着姿でテレビを眺めていた。なんにせよ詐病だろうとリナは思っていた。エンジオが浮気をしていることは、近隣では周知の事実だった。長い歳月のあいだにヴィクにも情婦のひとりやふたりいた時期もあったかもしれないが、いたとしてもリナを尊重して気づかれないようにしていたに違いない。しかし、エンジオの不埒な行為を責める者はいなかった。つねに酩酊している死人同然の女が妻では――まあ、男としては少しばかりの刺激がほしくなるものだろう。不貞の噂はしょっちゅう耳に入ったが、リナはとやかく考えたことはない。たしかにエンジオのしていることは破廉恥だが、妻にも果たすべき義務はある。

ここ数年は、エンジオも愛人の存在を隠さなくなっていた。そのうちひとりが銀行に勤めるジョディだ。ジョディというのは本名ではなかった。彼女はロシア人だった。美人でもあった。

関係は長続きしなかった。エンジオは金持ちだがしみったれだ。ジョディは、週末ごとにアトランティック・シティへ連れていってくれて惜しみなく金を使う男に乗り換えた。そしていま、エンジオはリナに目をつけたというわけだ。こんな気色の悪いことはない。リナはドアをあける。

エンジオが花束を差し出す。「雛菊だ。あんたの好きな花だろう」

リナは受け取ったものの、胸に抱かずに片方の手で根元を握ってぶらさげる。「どうして知ってるの？」

「親切な天使が教えてくれたんだよ、美人さん」エンジオはあの気持ちの悪い笑みを浮かべる。こんなふうに間近で見たのははじめてではないかとリナは思う。彼の歯の隙間には食べかすが挟まっている。唇は芋虫のようだ。口のまわりにぽつぽつと剃り残しの髭（ひげ）がある。

「ジーンはたまに余計なことをするのよね」

「あんたのためを思ってくれてるんだよ。おれがいいやつで掘り出し物だと知ってるのさ。あんたとおれは長いあいだあえておたがいを避けてきたが、もう大丈夫だ。ヴィクもマリアもいない。残った者同士だ」エンジオは両手をあげる。「勘違いされちゃ困る。おれはヴィクを尊敬している。尊敬していた。みんなそうだ。おれはいつも祈ってたんだ、『ヴィク・ルッジエーロに神のご加護を』ってな。ジェントル・ヴィク。街の英雄だった。じゃあ入ってもいいか？」

リナは脇へ退いてエンジオを招じ入れる。「どうぞ」

エンジオはキッチンに入ってジャケットを脱ぎ、たたんで椅子の背に掛ける。ふたりは向かい合って突っ立っている。

「おれのことは前から知ってるだろ」エンジオが言う。「知ってるよな、おれは優しい。あんたに優しくする」

「マリアに隠れてつきあってた女たちにはさぞ優しくしてたんでしょうね」

「昔のことじゃないか。おれがあんなだったのは、もとを正せばマリアが妻の務めを果たさなくなったせいだぞ。夫婦関係は冷めきってた。氷並みに冷めきってた。でも男はむらむらするもんだ。それに、いまさら格好をつけてもしかたがない。おれは墓に片足を突っこんでいる。話し相手がほしいんだよ。〈ヴィンチェンゾ〉で食事をしたり。映画を一緒に観たり」エンジオはいったん黙り、周囲を見まわす。「なにも出してくれないのか?」

「なにを出してほしいの?」

「コーヒーとか。クッキーとか」

「インスタントコーヒーと〈エンテンマン〉のクッキーならあるけど」

「わびしい暮らしなんだな」

「べつにわびしく暮らしてるわけじゃないわ。たまたまいまそれしかないだけ」

エンジオは両手をあげる。あげてばかりいる。「わかったよわかったよ。そうカリカリするなって。うちに来ないか。うまいエスプレッソと、〈ヴィラベイト〉のクッキーがあるんだ」

リナはシンクの上の戸棚から水差しを取り出し、水を入れて雛菊を生ける。「ありがとう。この花のことだけど」

「な、おれはいいやつだろ。花くらいいくらでも買ってやるぞ」

「きれいね」

「なあ」エンジオがにじり寄ってくる。「うちでコーヒーを飲もう。嚙みつきゃしないからさ」

　リナは雛菊に触れ、どこで買ったのだろうと考える。角の花屋だろう。ヴィクは喧嘩をしたあとかならず花を買ってきた。エンジオは花を抱えて通りを歩くヴィクを見かけたことがあるのだろうか。ヴィクとエンジオはめったに口をきかなかった。ヴィクは話し好きではなかったし、エンジオもなれなれしく話しかけない程度にはわきまえていた。八十六丁目から帰宅する途中のエンジオとフェンス越しに話をすることはあったが、話題はゴミの収集や違法駐車やヤンキースだった。ずっと同じブロックに住んでいるのに、たまにすれ違うくらいで、相手の人となりについては人づてに聞いた噂以上のことは知らないなんておかしな話だ。

「エスプレッソは飲まないの」エスプレッソはヴィクが最後に飲んだものだということが、リナにはいつまでたっても忘れられない。「心臓がどきどきするから」

「少しくらい飲んでも死にゃあしないさ。冒険してみないか」

「エスプレッソを飲むのが冒険？」

「ワインもあるんだ。一杯やらないか。自家製だぞ。角のラリーにわけてもらった。ラリーは知ってるだろ？　ニノとローズの息子だ。いいワインを造るんだ」

「ワインは飲まないの」

「ぜんぜん？」

「ぜんぜんってことはないけど。ヴィクとアトランティック・シティへ出かけたときはディナーで一杯くらい飲んでた」

「アトランティック・シティにいるつもりになればいい。気分がほぐれるぞ。自家製のうまいワインに勝るものはない」

　リナは食卓の前に座り、両手で頭を抱えた。

「おれ、あんたを困らせてるのか？」エンジオが言う。

「わからない」

「おれがあんたを困らせたかどうかわからないのか？」

「そう言ったでしょ」

「なんかまずいことを言ったんなら、そんなつもりはなくて——」

「大丈夫よ」

　エンジオがリナのそばへ行き、背中をさする。

「やめて」リナは言う。

「いやか？」

「ええ。さわられるのは好きじゃない」

「ぜんぜん？」

「いやと言ったらいやなの、わからない？」

　エンジオはリナから手を離し、ハーッと大げさにため息をつく。

　リナは体を硬くする。

「まったく強情だな」エンジオが言う。「話し相手がほしくないのか？　おれは親切心で来てやったのに」

「間に合ってます」

「間に合ってます？ なにが間に合ってるんだ？ おれはさびしいぞ。あんたはさびしくないのか？ 一緒にさびしくなろうじゃないか。映画を観たり、ワインを飲んだり、クッキーをつまんだり」

「ワインもクッキーも結構よ」

「あきれた強情っぱりだ」エンジオがリナの向かいに腰をおろす。「おれ、帰ったほうがいいか？」

「どうぞご勝手に」

「あんたが一緒に来てくれないのなら帰らないって言ったらどうする？」エンジオは両手を組み、ぽきぽきと関節を鳴らす。エアークッションをつぶすような、小さいが耳障りな音がする。「おもしろい話をしようか。おもしろい話だ。エディ・ジャングランデは知ってるか？ 七〇年代にフルトン・マーケットで強盗事件があっただろう、あれはあいつのしわざだ。二十五番街に住んでいた。あんたも知ってるだろう？ 知ってるよな。女房はマデレンだ。ヴィクはエディと何度か会ってるはずだ。

　エディは大男でね。百二十キロ、いや百三十キロはあるんじゃないか。屈託のないやつなんだ。いつもここからここまで口が裂けるほどにやにや笑ってる。奥歯が見えるくらいだ。そりゃ笑いたくもなるさ。あの強盗事件で大金を手に入れたんだからな。捕まりもしなかった。言っとくが、詳しいことは訊いてくれるなよ。知らないわけじゃないが——むしろ知りすぎているくらいだが、おれは秘密を守る」口に鍵をかけてその鍵を放り捨てるまねをする。「ところがエディは——なんと、あんなにぼろ儲けしておきながらまだ足りないのか、ロシア人とつきあいだした。ゴドースキー兄弟と。だまし、だまされってやつだ。もう一度繰り返すが、詳しいことは訊くな。かいつまんで言えば、エディはゴドースキー兄弟にデッド・ホース・ベイへ連れていかれて、頭のうしろに銃を突きつけられて命乞いをするはめになった。言っとくが、だれにも言うんじゃないぞ。内緒の話だ。あんたも極秘情報の扱いを知ってるよな」

リナはうなずく。「だれにも言わないわ」

エンジオは先をつづける。「ありがたい。で、エディの話に戻るが、あいつはマデレンと子どもたちのことを思い出した。このままじゃちびって砂浜に脳味噌を飛び散らせて一巻の終わりだと思った。だが、あいつは泣いて命乞いをするんじゃなくて、笑いだした。ピエロみたいにな。くっそみたいに笑ったんだ。おっと失礼。まあげらげら笑ったんだよ。いかれてるよな。ゴドースキー兄弟はぎょっとした。こんなやつ見たことない。エディはひいひい言って笑ってる。ゴドースキー兄弟はロシア語で相談をはじめた。もしかしたらエディは自分たちの知らないことを知ってるんじゃないかと思ったんだ。ふたりはおたがいの言うことにどんどん興奮していった。銃口はもうエディの頭から離れてる。兄弟のうちひとりがもうひとりに銃を向けたんだ。向けられたほうも銃を取り出して相手に狙いをつけた。そしてパンッ。兄弟はたがいに撃ち合った。それで終わりだ。エディが立ちあがってきょろきょろすると、ゴドースキー兄弟は仰向け（あおむ）けになって自分の血で窒息してる。エディはますます大笑いして、兄弟の車を分捕（ぶんど）って帰った」

「その話の要点はなんなの？」リナは尋ねる。

「ちょっとした笑い話だよ」

なんと、リナは声をあげて笑ってしまう。ロシア人のギャングがそんなふうに撃ち合いをするなんて。よくもまあ。そんなほら話を。

「ようし」エンジオが言う。「笑ってすっきりしただろう。ここ何年か、あんたの笑い声を聞いてなかったなあ」

リナはまだ笑っている。どうしても笑いが止まらない。向かいに座っているエンジオを、ばかげたほら話をした老人を見ると、テーブルについた両肘や顎のたるみ、鼻の下や耳のそばの剃り残した髭、溶けたコインのように垂れさがった耳たぶ、ひたいに浮き出た血管が目につく。

「落ち着けって」エンジオが言う。

「ごめんなさい」リナは必死に息を継ぐ。「止まらなくなっちゃった。粗相しそう」

「我慢しろ」

「無理――」

「くそっ、なにがそんなにおかしいんだ?」

リナはあえぐ。落ち着きを取り戻そうとする。ようやく少しずつ笑いの発作がおさまってくる。「ごめんなさい。いまの話が」羽虫を追い払うように両手で顔をあおぐ。「もう大丈夫、ほんとに」

「おれを嗤ってるんだろう?」

「いいえ」

「おれだってばかじゃないぞ」

「わかってる。でも、そもそもわたしを笑わせたかったんじゃないの?」

「ここまで笑わせたかったわけじゃない」

リナは立ちあがる。「喉が渇いた。あなたも水を飲む？」

「水はいらない」

リナはシンクへ行って水を出し、ちょっと触れて冷たさを確かめる。水切りかごからグラスを取って水を入れ、エンジオに背を向けたまま飲み干す。「怒った？」彼が怒ろうがどうでもいい――所詮は家が近所というだけの他人だし――とはいえ、あんなふうに彼を嗤ったのは申し訳ないような気がする。本人が嗤われたことに気づいているのも申し訳ない。ヴィクが生きていたらいいのにと思う理由はたくさんあるが、いまはなによりエンジオの相手をせずにすむからそう思う。

「怒ってないよ」エンジオが指で耳をほじりながら答える。

リナはグラスに水のお代わりを注いで飲む。「お宅にお邪魔しようかしら」自分でもなぜそんなことを口走ったのかわからない。それ以外に気まずさを打ち破る方法を思いつかないからかもしれない。

「そうしよう。ワインとクッキーは？」

「一杯だけ。クッキーも少しだけなら」

エンジオが両手を打ち鳴らす。「幸先がいいな」

リナはのろのろとシンクにグラスを置く。ぐずぐずすればエンジオもひとりで帰ってくれて、デートせずにすむかもしれない……これがデ、ー、ト、でなければなんなのだ？

「後悔はさせないよ」エンジオがジャケットをつかむ。「おれは紳士だからな」

「ありきたりな決め台詞ね」リナはつぶやく。

　エンジオの家は数軒先にある煉瓦造りの二世帯住宅だ。一階を貸すのはとうにやめていた。十五年ほど前に移民の集団に手を焼いたからだ。エンジオの住んでいる二階の玄関のドアにはクリスマスのリースがかかったままだ。三階の窓枠に固定されたポールからイタリア国旗がだらりと垂れさがっている。旗は風雨にさらされてぼろぼろだ。前庭の聖母マリア像の鼻は欠けている。その脇の花壇の植物は妻のマリアとともに死に絶え、土がかちかちに固まっている。私道のブルーシートに覆われた物体は、ほとんど走っていないピカピカの一九六二年式シボレー・インパラだ。

　ふたりは二階玄関まで短い階段をのぼる。エンジオはドアの前で白い〈フィラ〉のスニーカーを脱いでマットに置き、リナにも靴を脱ぐように言う。

「えっ？」リナはとまどう。

「絨毯を汚したくないんでね」

　リナは白い〈ケッズ〉を脱ぎ、エンジオのスニーカーの隣へ足で押す。いままで一度もこの家に入ったことはない。一度たりとも。マリアとコーヒーを飲んだこともない。なんにも。

　なかはリナの想像したとおりだった。すべてが過去の遺物だ。まださほどへたっていない、毛足の長い緑色のラグに合成皮革のソファ。凝った形の花瓶。壁に飾ってある数枚の葡萄畑の絵、イエス・キリストのポスター。レース編みの敷物を敷き詰めたコーヒーテーブルには重そうなガラスの灰皿がのっていて、コロンのにおいが鼻をつく。この居間でひとつだけ浮いて見えるのが、大きなテレビだ。

「テレビはよく観るのか?」リナがテレビに目をとめたことに気づいたエンジオが尋ねる。

「大きいのね」

「六十インチだ。画質は最高だぞ。家に映画館があるようなもんだ」

「こんなに大きなテレビはいらないわ。小さいのがあればいい。それで充分。映画館にいる気分にならなくてもいいし」

「あとで見せてやろう。びっくりするぞ」

リナはキッチンへついていく。テーブルの前に座る。テーブルの天板は白と金色のブーメラン模様の樹脂板だ。中央に塩入れがぽつんと置いてあり、周囲にいくつもの輪染みができている。リナは冷蔵庫を見やる。絵やマグネットはない。汚れた皿がシンクに積み重なっている。ピザの空き箱が水切りかごの上で山になっている。

エンジオが空き箱の山を指さす。「やもめ暮らしってやつだ」シンクの下をごそごそやり、埃をかぶったマグナム瓶を取り出す。鼻歌交じりに封蝋(ふうろう)をはがし、鍵型の栓抜きでコルクを抜く。脂じみた指紋だらけの花柄のコップにワインを注ぎ、一個をリナに差し出す。

「どうも」リナはグラスを鼻先へ持っていき、においを嗅ぐ。

「ラリーはいいワインを造るんだ。地下室で醸造してる。おれも昔はやっていたが、面倒くさくなっちまった。でも、あいつはワイン造りに入れこんでる」エンジオはリナの向かいへ来て椅子に座り、コップをリナのコップにカチンと当てる。「乾杯(サルート)」

リナは自分からコップを当て返すことはしない。ワインを口に含む。フルーティだがどっしりとしている。

「うまいだろう?」

「悪くないわ」

「もうちょっと言いようがあるだろう」エンジオはがぶりと飲む。「クッキーはどうだ? どのクッキーがいい? 〈サヴォイアルディ〉だろ。うん、あんたは〈サヴォイアルディ〉ってタイプだな、わかるよ」

「結構です」

「まあそう言うなって」エンジオは立ちあがって冷蔵庫をあける。上段に〈パストーサ〉のレジ袋できっちり包んだクッキーの白い箱がある。ヴィクは冷蔵庫でクッキーを保存するのを絶対の御法度にしていた。

「結構です」

「ほんとに? おれはいただくよ」エンジオはレジ袋をはがして箱をあけ、シード入りクッキーを一枚取り出す。口の下に手を添え、食べこぼしをキャッチしながらぼりぼりと嚙み砕く。「ひとりで食べるのはさびしいな。あんたもひとつどうだ」

「食え食えとすすめるのをやめてくれたらありがたいんだけど。食べたければそう言うわ」

「好みは人それぞれだからな」エンジオは居間へ戻る。テレビのまわりでごそごそやりはじめる。ピッと音がしてスクリーンが明るくなる。ピッ? いまどきのテレビがつくときの音をどう言えばいいのだろうか。ピッ、ではないことはたしかだ。もっと未来っぽい感じ。画面の中央で大きな泡がはじけ、きれいな虹色の小さな雨粒が黒い背景にあふれる。

「なにを見るの？」リナはキッチンから尋ねる。

「まだるっこしいおしゃべりはもういいだろう」エンジオが言う。「おもしろいものを見せてやるよ」

「その大きなテレビに感心しろってこと？」

画面はちらついている。

ちらつきが止んだ。

人間の体が映る。なめらかな体がもつれ合っている。男ふたりと女ひとり。女は脱色したブロンドで、乳房が巨大だ。男はふたりとも体毛がなく、不自然な筋肉がついていて、両腕には有刺鉄線のタトゥーが入っている。三人がそんなふうに絡み合ってなにをしているのか、リナは考えたくもない。

「これはなに？」リナは立ちあがる。

「おれはこういう映画が好きなんだ」

「うう。気持ち悪い」リナはなにか汚らしいもの、たとえば罠にかかった鼠の死体に触れてしまったかのように両腕をぶんぶん振って両手を宙にあげる。男女の体を見たくなくて画面から目をそらす。ポルノを目にしたのははじめてだ。ヴィクは自慰をするときでさえ古い『ライフ』のソフィア・ローレンでしていたに違いない。いやらしい雑誌もビデオもリナの家ではついぞ見かけたことがない。『プレイボーイ』すらなかった。

「お気に召さなかったか？」エンジオが尋ねる。

「お気に召すもんですか、この変態。もう帰るわ」居間全体がぐるぐるまわりだし、リナはエンジオとむやみに接触しないように玄関までたどり着くことだけを考える。靴下だけで彼の家のなかを歩きまわるのはいやだ。

「帰らないでくれよ。一緒に観よう。いままでずっとお堅いふりをしてきたんだろ、もういいじゃないか」

リナは足を止める。「お堅いふり？　わたしのことを知りもしないくせに」

「知ってるさ」エンジオが腕をのばせば触れそうなところまで近づいている。「もっとリラックスしろよ、な？」

「とっととくたばれ。どう、気に入った？　こういう口のきき方をしてほしいんでしょ？」

エンジオは両手をあげた。リナには彼の頭越しに画面が見える。彼が言う。「おもしろい映画だぞ。そんなに過激じゃない。ワインがあるし――」

「おもしろい映画？」

「べつに普通だ」

「わたしにとってはぜんぜん普通じゃないの、わかる？」

「バイアグラもあるんだ。ちょっと楽しもうぜ」

「いまなんて言った？」

「バイアグラ」

「バイアグラでなにをするって？　その映画を観てセックスしようってこと？」

エンジオは肩をすくめる。「まあ、愛し合おうってことだな。おれはあんたを満足させてやれるよ」

また笑い声をあげるべきかこのままさっさと出ていくべきか、リナは決めかねている。いまあの三つの体がやっていることといったら！　まさに地獄絵図だ。わたしがこういうことをやると本気で思ってるの？　ソファに寝そべってあんたに好き勝手させると？

「わたしはそう思わないわ、エンジオ」ひどくショックなことに、自分の声が遠慮がちに聞こえる。

エンジオがリナに迫って腕に手をかける。「想像してみろ。あのしんとした家に帰るのか？ここにいれば一緒に楽しめるのに。羽目をはずしてもいいんだぞ」

「手をどけてちょうだい」

「ほら、バイアグラを手に入れておいたんだ」エンジオはリナの腕から手を離してズボンのポケットから小さな青い錠剤を取り出す。それを口に放りこんで呑みくだす。「おれにさわってみないか？　あんたもさわってほしくないか？」

「もう一度言うけど、わたしにさわらないで」

エンジオはますます距離を詰めてリナを捕まえようとする。

リナはさっと彼をよけ、コーヒーテーブルから重たいガラスの灰皿を取って両手で胸の前に構える。「あと一度でもわたしに触れたらこれで殴ってやる」

「リナ」

「わたしは本気だから」

「望むところだ、ぶん殴ってくれ」

突然、エンジオがにやりと笑いながらリナのウエストを両手でつかむ。リナはシャツの生地越しに、生温かくざらついた手のひらを感じる。

「おれはそろそろ愛し合う準備ができたぞ。そっちはどうだ?」

リナは灰皿を頭上へ持ちあげ、エンジオの頭めがけて力一杯振りおろす。衝突の瞬間、生肉がつぶれる音がする。少量の血しぶきが飛ぶ。エンジオから風船がしぼむときのような小さな音が長々と漏れる。彼はくるりとまわってコーヒーテーブルのほうへ倒れ、頭を縁にぶつける。床にくずおれる。

「いやだ」リナはだれにともなくつぶやく。「だからさわるなって言ったのに」

底にべっとりと血のついた灰皿が手から落ちる。

リナは天井を見あげる。目を閉じる。

そのまま三分か四分が経過する。無限にも感じる時間が。

リナはエンジオのかたわらにしゃがむ。息をしているかどうか背中をじっと見つめる。エイドリアンが生まれて半年ほど、しょっちゅうこんなふうにした。赤ん坊が呼吸をしているかどうか心配で、胸が上下するのを確かめた。育児に病的な不安はつきものだ。でも、これはそういうのとは違う。

エンジオは息をしているが、弱々しい。

リナはベイ三十四丁目で見かけた女性を思い出す。その女性はショッピングカートを押して歩いていたが、急に足をもつれさせて横倒しになり、古い鉄柵の尖った先端に頭をしたたかにぶつけた。あのときも血しぶきが散った。そして、女性も弱々しく苦しげな呼吸をしていた。

最悪なのは、エンジオがバイアグラによって勃起していることだ。ズボンが張りつめている。

テレビ画面の発する光に、リナはふと目をやる。うめき声がどんどん大きくなる。機械じみた一定のリズム。リナはエンジオから目をそらすために画面を眺める。いまエンジオを見たら、彼は起きあがっていて、ひたいの血を拳で拭って謝ろうとするのではないか、そんな気がする。

画面のなかの三人の状況は、リナにはもはや理解不可能だ。三人はヴィクがよく観ていたオイルレスリングのような動きをしている。

エンジオに目を戻す。頭から血が流れ出て、緑色の毛足の長い絨毯（じゅうたん）に染みこんでいる。黒っぽく凝固しはじめている。密集した毛糸の先端が赤い吹き出物のように見える。

「いやだ」リナはまたつぶやく。

立ちあがってテレビの前へ行き、側面をなでて電源ボタンを探す。最初に音量ボタンを押してしまい、急に音が大きくなる。体は震えてはいない。震えていない自分はどうかしているのではないかとリナは思う。何個かのボタンを押したあげく、ようやく電源ボタンが見つかり、悪夢のようなシーンを最後に——女が両手両膝をついて男に覆いかぶさり、もうひとりの男が後ろから突っこんでいる場面を最後に、映像が消える。

重苦しい静寂。エンジオから流れ出る血の音が、リナには聞こえるような気がする。

九一一に通報するのは忘れている。

リナはキッチンへ戻ってテーブルの前に座る。エンジオがワインを注いだコップがまだそこにある。当たり前だ、コップが勝手に消えるわけがない。ワインの表面に埃が浮いている。残りのワインを飲み干してコップを押しやる。テーブルの端まであと少し。リナは一瞬手を止めるが、かまうものかと思い、さらにコップを押す。コップがテーブルから落ちてキッチンの床で粉々になり、破片が飛び散る。テーブルの天板のブーメラン模様をぼんやりと眺める。自宅とこの家とこのブロックを、この地区全体を思い浮かべ、いますぐ立ち去ろうと考える。

車はもうない。ヴィクが亡くなって車はいらなくなったので、彼のクライスラー・インペリアルは売ってしまった。けれど、エンジオの車の鍵が目の前にある。

エンジオが生き延びたとしても、追いかけてくることはないだろう。彼はリナがいまだにヴィクの昔の仲間とつながっていると思いこむはずだ。電話一本で助けが飛んでくる、と。たしかにそれは間違いではない。ヴィクの昔なじみに、この変態にレイプされそうになったと知らせれば、エンジオは両手両脚を切り落とされてニュージャージーのどこかに埋められるはめになるだろう。

あるいは、エンジオが死んでいるとしても――確認するつもりはない、絶対にいやだ――リナとしては殺そうとして殺したのではない。事故だったのだ。倒れたときに頭を打ったのがほんとうの死因だ。男があんなふうに女に手を出すのは間違っている。あれは正当防衛にほかならない。この男があんないやらしい映画をつけて薬を飲んでさわってきたのが悪い。おまけにあんなことを言って。申し訳ないなんて思うものか。こいつはいやらしい老いぼれだけど、だからといっていやらしいことをしていいわけではない。

エンジオの車の鍵。

インパラに乗ってブロンクスへ行ってみようか。車でエイドリアンとルシアのもとへ行こうか。切羽詰まって押しかけるのだ。まさか拒まれはしないだろう。ひょっとしたらいいほうに転ぶかもしれない。

リナは外に出て、ぴかぴか光る鍵を手に靴を履く。キーリングには複数の鍵がついていたが、少し選り分けただけでインパラの鍵は目に飛びこんできた。ヴィクと結婚した当初、インパラに乗っていたので――ハネムーンでキャッツキルズへ出かけたときもあの車に乗ったし――すぐにわかった。溝のある小さな鍵。銀色の。

インパラからブルーシートをはがしてできるだけきちんとたたみ、正面のフェンスに鎖でつないだゴミ箱に突っこむ。

ふと、だれかに見られていないだろうかと気になる。

通りの反対側のアパートメントの壁面に並んだ窓を見あげる。カーテンの向こうの住人たちは、普段と変わらずそれぞれの生活に忙しいようだ。バース・アヴェニューの停留所でバスがブルブルとエンジンを鳴らしている。角のデリの前で子どもたちが追いかけっこをしている。

それ以外は、日曜日らしく静かだ。

だれもリナに注意を払っていない。

リナはインパラをしげしげと眺める。ブルーシートをかぶっていないこの車を見るのは久しぶりだ。真っ黒くてつやつやしている。バックミラーからロザリオがぶらさがっている。

エンジオが夏のあいだ毎週土曜日にこの車を私道の端へ出し、三十分ほど運転席に座ってカーラジオでＷＣＢＳを聴きながらボンネットを日に当てていたのをリナは思い出す。彼はときどきオイルをチェックしたり、尻ポケットからごわごわの布を取り出してオイルゲージを拭いたりもしていた。もうそんなこともできない。

リナは運転席のドアをあけて乗りこむ。内装は赤。ガソリンと機械油とプラスチックのにおいがする。エンジオがベンソン・アヴェニューのカー用品であふれかえった店の高級ウェットシートで拭きあげたダッシュボードに、リナは手をすべらせる。バックミラーの角度を調節し、エンジンをかける。ギアをバックに入れ、そばの電柱にぶつけないよう注意しながらゆっくりと私道から出る。

ブロックの端で左に曲がり、ロングアイランド方面へ向かうベルト・パークウェイを目指す。ベルト・パークウェイからクロス・アイランド・パークウェイへ入り、スログズ・ネック・ブリッジを渡ればいい。カーラジオのライトがぼんやり光っている。リナはつまみをまわし、ライトFMを選ぶ。

ウルフスタイン

ブロンクス　シルヴァー・ビーチ

ウルフスタインは自宅の前庭で、鳥の水浴び盤の隣のペンキがはげかけたベンチに座り、ロングタイプのマールボロを吸いつつバドライトを飲んでいる。同じ通りに住んでいるフレディ・フロウリーが頭のてっぺんからつま先までヤンキースグッズで固め、飼い犬のセントバーナードを連れて通りかかる。彼はウルフスタインに手を振る。

「なに手なんか振ってんの、フレディ」ウルフスタインは言う。「二度とその犬にうちの庭でクソをさせないでよ。こないだ片付けたブツはガーデンホースみたいにとぐろを巻いてたんだからね」

「フレディのじゃないよ」フレディが言う。

「飼い犬に自分と同じ名前をつける人間がいるとはね」

「フレディ・ジュニアだ――別におかしくないだろう？」

「とにかく、二度とうちの庭でクソしないようにちゃんと見ててよ」

「見ろよ、こいつはあんたの庭でクソしてないだろ。あんたが証人だ」

「いまはしてないよ。でもあたしが家に入ったあとにするかもしれないでしょ？」

フレディはかぶりを振り振りビーチ・プレイスを歩いていく。

ウルフスタインは薔薇の茂みを見つめる。きれいだ。昨日、同じブロックに住んでいるビリー・ファレルという若者が勝手に庭に入ってきて、かわいいガールフレンドのために花を一輪摘み取るのを見かけた。そのガールフレンドはウサギみたいな口をしている。プレストン・ハイスクールに通っている子だ。ビリーをとがめる気はない。ロマンスのためなら薔薇の一輪くらいくれてやってもいい。

ウルフスタインは二年前からここシルヴァー・ビーチに住んでいる。住み心地は悪くない。近所の人々は彼女の過去を知らない。何十年も前にポルノ映画に出演していたのではないかと尋ねられたことはないし、気づかれる可能性はまずない。家の所有者は友人のモー・フェランだから、協同組合にわずらわされることもない。モーはいま、北部の田舎のモンローで病気の母親と住んでいる。ニューヨーク市の住人にとってほかの町はどこも北部の田舎だが、モンローまでは百キロ足らずだ。モーのお母さんは頑固で、モンローの家を離れたがらない。そうでなければ、モーはいまごろこのブロンクスでウルフスタインと暮らしていたかもしれない。このところウルフスタインはモーとたまにしか会えない。大恩人のモー。サンフェルナンド・ヴァレーを渡り歩いていたころになにかと助けてくれたモー。三十代後半で食い詰めたときにも救ってくれたモー。ロサンゼルスに見限られたウルフスタインをフロリダに呼んでくれたモー。当時からいまにいたるまでウルフスタインの生活を支えている詐欺行為を手伝ってくれたモー。

ここからそう遠くないリヴァーデイルがウルフスタインの育った町だ。けれど、シルヴァー・ビーチはリヴァーデイルとぜんぜん違う。アイルランド人のためのリゾート地（アイリッシュ・リヴィエラ）と呼ばれているくらいだ。ウルフスタインのような姓は珍しがられるが、近所づきあいはほとんどしないし、いやな思いをすることはない。

　向かいの家から金切り声が聞こえる。エイドリアンがまた娘相手にわめいているのだ。まるでゴミ箱を歩道で引きずる音のような声だ。いったいなにをわめいているのだろう？　十四歳だか十五歳のその娘、ルシアが玄関のドアから飛び出てきて、ウルフスタインと目が合った瞬間にぽかんと口をあける。

　ウルフスタインは女の子の目に映る自分の姿を思い浮かべる。赤いマクラメ編みのセーターから透けて見える金色のブラジャー、八〇年代に手に入れていまでもはける青いつるつるした生地のトレーニングショーツ、脱色した茶色い髪。怪しい人。あるいは、いかれたクイーンとか。そこまで婆さんではないけれど、子どもから見れば婆さんだろう。

　もっとも、ルシアも残念な格好で、ぼろぼろのガンズ・アンド・ローゼズのTシャツにカットオフしたデニムパンツ、赤い〈コンバース〉から覗く靴下は左右ばらばらときている。ポケットから棒付きキャンディを取り出して包装をはがし、口に突っこむ。

　ウルフスタインはルシアに手招きする。

　ルシアは肩越しに背後を見やり、ウルフスタインのほうを振り返る。あたし？というように。

　ウルフスタインはうなずく。

　ルシアは母親が見ていないのを確認するかのように振り返り、タッタッと駆け足で通りを渡る。

ウルフスタインはベンチで煙草を揉み消す。

「ねえ、一本もらっていい？」ルシアが尋ねる。

「あんたいくつ？」

「十五」

「そりゃだめよ、嬢ちゃん。悪いね。どっちにしても、いまのが最後の一本だったんだ。それよりいつもお母さんと揉めてるけど、なんで？」

ルシアは肩をすくめる。

「あんたのお母さん、すごいキーキー声だね」

「だよね」ルシアは棒付きキャンディをチュッと吸う。

「あたしたち、結構長いことご近所さん同士なのに一度も話したことがなかったね。あたしの名前は知ってる？」

「ウルフなんとか？」

「ウルフスタイン。お母さんはあたしのことなんて言ってる？」

ルシアはためらう。

「いいから言って」

「ママがなんて言ったか言いたくないな」

「含みのある言い方だね。わかるよ。ここに引っ越してきたばかりのころ、車をとめる場所のことで喧嘩になったの。あんたのお母さんと。あたしは車を持ってないくせに、なぜか興奮しちゃってさ。変にこだわっちゃったんだよね。お母さんの彼氏がいつもうちの私道をふさぐように駐車するもんだから——もしかしてあんたのお父さん？」

「それ、リッチーだ」ルシアが言う。

「お父さんじゃないの？」

「パパには会ったことがないんだ」

「運が悪かったんだね。でも、ほんと父親って当たりはずれがあるからさ。あたしの父親は怠け者のろくでなしだった。子どものころは会いにきたこともないくせに、二十代から三十代、あたしが荒稼ぎしてたころはお金のにおいを嗅ぎつけてつきまとってきた」ウルフスタインは言葉を切る。「うちでなにか飲んでく？」

「ビールある？」

「ビールなんか出さないよ、とんでもない。ジンジャーエールでいい？」

「いいよ」

ウルフスタインは立ちあがり、右脚の凝りをほぐす。しばらく前から、この筋肉の凝りのようなずきずきとした痛みが居座っている。痛みのもとを探るように右太腿を両手でなでる。

ルシアがその様子をじっと見ている。

「ガンズ・アンド・ローゼズが好きなの？」ウルフスタインはルシアのTシャツを指さす。

「さあ」

「自分がガンズ・アンド・ローゼズを好きかどうかもわかんないの？　だったらなんでそんなTシャツを着てるの？」

ルシアは棒付きキャンディに歯を立てて割る。紙の棒をポケットに突っこみ、キャンディを噛み砕く。「これ、エイドリアンのおさがり」

「そんなことしてたら、二十歳になる前に歯が一本もなくなっちゃうよ」

「歯なんかどうだっていいよ」

「歯は大事にしないと」

「どうして?」

「虫歯になるから気をつけろってことだよ、嬢ちゃん。虫歯は万病のもとだからね」

ルシアはまた肩をすくめる。

ウルフスタインは勝手口からルシアをキッチンに入れ、カウンター前のオレンジ色のスツールに座らせる。子どもでいたいのかいたくないのか、ルシアはスツールをくるくると回転させ、両脚をぶらぶらさせる。

「あんたが椅子から落ちて頭を打ったらあたしの責任にされるんだから、それやめてくれる?」

ウルフスタインは言う。

ルシアは回転をやめて周囲を見まわす。年代物のテーブルと椅子のセット、キンポウゲのような黄色のレトロな冷蔵庫、天井から吊した薔薇のドライフラワー。それから、居間のなかを見やる。ソファ。ファンキーなランプ。硬材の床。金色の渦巻き装飾に縁取られ、ぼうっと光っている大きな壁掛けの鏡。壁を飾る写真の数々――全盛期のものばかりだ。なにかの受賞記念パーティのウルフスタインとハミー・フィールズ。パーマヘアに銀色のドレスを着てクリスタル・デザイアと撮ったオフショット。マリブで赤いストライプのワンピースを着て日光浴用の寝椅子に座っているウルフスタイン――『脚で(レッグワーク)お仕事』の宣伝用に撮ったものの品がよすぎて使えなかったBロールの一場面だ。そして大事なお宝。〝白い翼の鳩〟ツアーのウィルシャー・エベル・シアター公演のバックステージで、モーと一緒にスティーヴィー・ニックスと会ったときの額縁入りの写真。あれは最高のひとときだった。

「おばさんち、すごくかっこいいね」ルシアが言う。

「ほんとは友達のモーのうちなの。二年ほど前からモーがモンローの実家でお母さんの面倒を見てるから、ここを借りてるのよ」

「あの写真はなに？」

「若いころのあたし」ウルフスタインは冷蔵庫をあけ、ウイスキーを割るために常備しているスモールボトルのジンジャーエールを取り出す。自分用にバドライトをもう一本あける。

ルシアがジンジャーエールを受け取り、プシュッという音をたててキャップをひねる。

「なにをしてたの？」

「若いころ？」

ルシアがうなずく。

「女神をしてた」ウルフスタインは言う。

その言葉に、ルシアはとまどいをあらわにする。「ここで撮った写真じゃないよね？」

「長いことロサンゼルスに住んでたのよ」

「映画に出てたの？」

「まあね」

「すごい」

「いくつか自慢できる作品もあるけど、楽しいことばかりじゃなかったね」ウルフスタインはカウンターに寄りかかり、ルシアをじろじろ眺める。「やせっぽちだって言われない？　お母さんにちゃんと食べさせてもらってるの？」

「ポップコーンとベーグルとピザをどっさり食べてる。食べるのは好きだよ」

「知り合いにハニーって女の子がいたの。HUNNYって書くハニー。かわいい子だった。でも、好き嫌いがひどくてね。どんなにすすめても、野菜はまず食べなかった。サラダもだめ。あたしはいつも〝ハニー、野菜を食べないと死んじゃうよ〟って言ってたんだけどさ。ポテトチップスは食べるしダイエットコークは飲む、でもそれだけだった。あと薬ね、なんの薬かは知らなくていい。あれじゃいつか死んじゃうよ。ほんとだって。あたしはいつも思ってるの、〝食わず嫌いはよくないよね。みんなに広めなくちゃ。子どもたちに教えなくちゃ〟って」

ルシアはどうでもよさそうにしている。

ウルフスタインはつづける。「とにかく、もっと体にいいものを食べろって言ってるの。いまはおなか空いてない？　サラダをこしらえたんだよ。ひよこ豆とルッコラをバルサミコ酢で和えたの。バルサミコ酢って言ってみな」

「もう行かなくちゃ」ルシアはスツールからぴょんと飛び降りようとして、どういうわけか突っ伏して膝小僧を床にぶつける。ウルフスタインも十代のころは鈍(どん)くさかった。ナイヤックにあった家の庭を思い出す。ウルフスタインは子どものころ、あの村のおばの家にあずけられていた。おばはむさ苦しいアパートメントに住んでいたから、あれは友達の家の庭に違いない。思い出すのは、あの庭で転んで、膝をしたたか打ったときのことだ。煉瓦で膝小僧をひどくすりむいた。出血。じんじんする痛み。間抜けにすっころんだ間抜けな子。おさげ髪。ガタガタの歯並び。みんなにウッフスタインと呼ばれていた。おそらくあの家の子だった少女は、転んだウルフスタインの傷をホースの水で洗いながら「見て、間抜けな子の血だよ」と言った。

あれにくらべればたいしたことはなさそうだが、ルシアは両膝をついたまま動かない。ウルフスタインはあわててそばへ行き、手を差しのべる。「大丈夫だから」とルシアは言い、ウルフスタインを払いのける。

「食事の話で気を悪くしたのならごめん」ウルフスタインは言う。

ルシアは立ちあがり、床を見おろす。

「またいつでもおいで。ジンジャーエールを用意しとくから。あたしたち仲よくなれそうだし、あんたがお酒を飲んでもいい年になったら煙草をあげるよ」

ルシアはうなずく。それから、ウルフスタインに背を向けて玄関から出ていく。一時間ほどして、ウルフスタインはハーディング・アヴェニューの〈チャーリーズ・イン〉のバーで背を丸めて座り、霜に覆われたジョッキから冷えたバドライトを飲む。いま外で飲むのはちょっとくつろぎたいから、それだけだ。ほかに目的はない。フロリダにいたころは、男をだますことばかり考えていた。たしかに荒稼ぎできたけれど、気力を吸い取られた。見かけない男がいないか店内を見まわす癖がいまも抜けない。フロリダでは、カモだとひと目でわかる金持ち男を探したものだ。

左側に座っているのは常連のふたりだ――くだらない刑事ドラマによく出てくる冗談好きなふたり組のようなシャーキーとオブライエンが、『デイリー・ニューズ』を分け合って読んでいる。シャーキーはシティ・アイランドの釣りのガイドだ。オブライエンは本物の退職警官で、いまは週に五日、五番街でブランドバッグの偽物を売っている。バーカウンターのなかでは、白いシャツを着て黒いネクタイにシャムロックのタイピンを着け、肩に黒いタオルをきちんとかけたガーヴェイが、クラブソーダのグラスを手に歩いている。〈チャーリーズ〉は昔からここで営業しているが、一九三〇年代に開業した当初は伝統的なウィーン料理のレストラン兼ビアガーデンだったという。四角形のバーカウンター。ウッドパネルの低い天井。ポテトパンケーキとウィンナーシュニッツェルとザウアーブラーテンのにおいが厨房(ちゅうぼう)から漂ってくる。ほかの店と同様にいまでは店内禁煙だが、七十年前からの煙の亡霊が壁に棲み着いている。

「ほら、熱帯低気圧アルバートがフロリダを直撃しそうだぞ」オブライエンが言う。

「おまえもキューバ人のニックみたいにしろよ」とシャーキー。「冬はあっちに住んで、夏はこっちに住むんだ」

「おれはあんなところには住めないな」

ガーヴェイが話に割りこむ。「フロリダに住んでるやつを知ってる。キーウェストに。クーターってやつだ。でかいハリケーンが通過するだろ。で、そいつ、次に目を覚ましたらマイアミにいたそうだ、嘘じゃねえ」

「ハリケーンに乗ってマイアミで降りたってか？」シャーキーが尋ねる。

「かすり傷ひとつ負わずにな」

三人は爆笑する。

ウルフスタインはここで新しい生活をはじめてからというもの、フロリダの話はしないし、ロサンゼルスや映画の話もしない。もちろんロサンゼルスからフロリダへ移るまでのどん底時代の話も。

フロリダではフォートマイヤーズ・ビーチに住み、そこで詐欺という生きがいを得た。というか、人生をやりなおすという目的を得た。ウルフスタインにペテンの才能があることに気づき、やってみろとすすめたのはモーだ。ウルフスタインの手口はこうだ。男を自分に惚れさせる。六十代、七十代、八十代のだまされやすい年寄りたち。あちらでは老人もバイアグラでギンギンだった。ウルフスタインは彼らを楽しませた。相手の家に住みこみ、相手のスリッパを履き、ガウンを着て、素敵な癒やしの技術を駆使した。男たちの身の上は似通っていた。妻に先立たれたか離婚したやもめ、あるいはフォートマイヤーズかどこかの街で公務員をしていたが、母親と長らく同居していたせいで気づいたら独身のまま老いてしまったと語る男たち。彼らは生まれてはじめてダンスをしたかのように踊った。若返った。頰を赤く染めた。すっかりのぼせあがった。そのうち、ビーチで結婚式を挙げてザ・コテージかムース・ロッジでコンク貝のフリッターとビールのパーティを開こうと言いだす。

その時点でウルフスタインの作り話がはじまる。あたしすごく困ってるの、古い借金を返すためにお金が必要なの、過去の過ちを清算しなくちゃいけないの。男たちは例外なく裕福だったから、例外なく金を出した。ウルフスタインは欲を掻かず、ひとり頭せいぜい一万五千から二万ドル程度にとどめた。最高でも二万五千。カモが払えるくらいの金額だ。彼らの心には影響するが、老後の資金には影響しない。重要なのは、そのあと彼らにいなくなってもらうことだ。ウルフスタインのほうが街を去ることになっては意味がない。いずれはそうしなければならないのはわかっていたが。知り合いのベン・リスクという男に――これが本名のいかさまトランプ師に、つきまとって脅しをかけてくる腐れ縁のごろつきを演じてもらった。カモはベンに会って金を払う。ベンはカモの頭に銃を突きつけ、クソを漏らすほど怖がらせ、街を出ていけと言い渡す。カモは出ていく。どの男も。一も二もなく。海辺の街はほかにもあるし、『ゴールデン・ガール』の主人公のような女はほかにもいる。彼らは二度と電話をかけてこなかった。振り返りもしなかった。彼らにとってウルフスタインは手痛い教訓そのものだった。

そんなことを九年つづけた。そのあいだに十八人をだました。せしめた金が三十万ドルを越えたとき、そろそろ潮時だと思った。モーはシルヴァー・ビーチに家を持っていたが、モンローの母親と暮らすことになったので、ウルフスタインはブロンクスに帰ってのんびり暮らすことにした。ためこんだ現金は耐火性のバッテリーバッグに入れて寝室の換気口のなかに隠してある。

生きるために詐欺をやるようになる前は、『いけないおねえさんのいけないお話』というBSラジオ番組に四年間出演していた。リスナーの多くはトラック運転手だった。元ポルノ女優がみずからの性生活についてささやき声で語る番組だ。ウルフスタインはある年代の男たちのあいだでは有名だった。七〇年代から八〇年代にかけて、ロサンゼルスで――サンフェルナンド・ヴァレーで――ポルノ映画に出演していたからだ。最初の作品に出演する前は、ほんの短いあいだタイムズ・スクエアに立って稼いでいた。エイズが流行する前の話だ。

ウルフスタインを有名にしたのは、いかにもアメリカ的なその体だった。通称ルシャス・レイシー。『トウモロコシ育ちのチアリーダー』のシンディ役がもっとも知られている。それから『吸いこんじゃう』や『スージーの地球最後の夜』の脇役も。『スージー』には名高い浣腸シーンがある。『スペシャル・マシーン』のデザレー・クストーよりいいとウルフスタインは自負している。十年間に六十四本の作品に出演した。

だが、その話はしない。いまではだれもウルフスタインが元ポルノ女優だと気づかない。よほど目ざとい者でないかぎり。ルシャス・レイシーとして知られていたから、いまは名字で呼ばれたい。家に飾った思い出の写真の数々は、あのルシアという子を除いてだれにも見せたことがない。自分のために飾っている。六十一歳になったいまもウルフスタインはきれいだし、どこもいじっていないが、若き日の彼女はとうの昔にいなくなった。女優を引退してラジオ番組に拾われるまで過酷な年月が長くつづいた。正確には十八年間、ヘロインとコカインまみれの日々だった。さびれたハイウェイ沿いのさびれたクラブでストリップショーに出た。そこでもトラック運転手が客だった。十五キロ太り、ウルフスタイン・ザ・ホエールと呼ばれた。やせるためにダイエットピルを服用していたせいで、いつもひどく手足が震えていた。煙草にやられて声がハスキーになった。さらにピルを飲んだ。リハビリを受けた。父親から久しぶりに連絡が来た。山羊鬚(やぎひげ)を生やしたあのデブは、夜間割引のボウリング場で知り合った女と再婚していた。ウルフスタインは十人以上の悪い男とつきあったが、なかでもピート・ハイタワーは最悪だった。父親は癌(がん)で死んだ。七歳のウルフスタインをナイヤックに住む狂信的なカレンおばに預けていなくなった母親が、突然戻ってきた。映画で稼いだ金はもうなくなっていた。いつも綱渡り状態だった。フロリダへ行くまでは。詐欺をやるようになるまでは。

「ウルフスタイン、二杯目は?」ガーヴェイが尋ねる。

彼女は残りのビールを飲み干してうなずく。

ガーヴェイはジョッキを受け取ってサーバーから二杯目を注ぎ、あふれそうになった泡をスクレーパーでそぎ落とす。ジョッキをウルフスタインの前に置く。「さっき男があんたを探しにきたぞ」

「あたしを?」

「ああ」

「だれ?」ウルフスタインにはまったく心当たりがない。

「見たことないやつだ。名乗りもしなかった」黒いタオルでバーカウンターを拭く。「おもしろいジョークがあるんだ」

「結構よ」ウルフスタインは言う。「笑えたためしがないもの」

ガーヴェイはシャーキーとオブライエンのほうを向く。「おれのジョークは笑えないか?」

シャーキーが言う。「あんまり」

オブライエンがうなずく。「そもそもおまえのジョークはジョークとは言えん」

「なんだと。ステージにあがれば客を大爆笑させられるのに」

「大爆笑ねえ」とオブライエン。

「まあ聞けよ。ふたりの聖職者とウサギがバーに入っていく」

「ラビットか、それともラビか?」

「聖職者とウサギだって言ってるだろ。とにかくそいつらがバーに入っていく」ガーヴェイは黙りこむ。

「それだけ？」ウルフスタインは言う。

「話はこれからだ。残りを思い出そうとしてる」

「当ててみようか」シャーキーが割りこむ。「ウサギが聖職者たちを吹き飛ばして、聖職者たちはビリヤードをやるんだろ」

「なんだそりゃ？」ガーヴェイが訊き返す。

「だっておまえのジョークの落ちといえばそれじゃないか。いつも聖職者が動物に吹き飛ばされる。このあいだはたしか馬だったな」

「そうだ、馬だった」オブライエンが言う。

「ウサギは聖職者を吹き飛ばさないんだ」ガーヴェイは解説する。「どうなるかって言うと、バーテンダーが来てコースターを置きながら尋ねるんだ。〝お三方はなにをご所望ですか？〟ひとり目の聖職者は〝ノンアルコールビールをもらおう〟と言う。ふたり目の聖職者は〝ライを。ストレートで〟と言う。ウサギは〝レジに入ってる金全部。おれはピストル強盗だ〟と言う。すると、ひとり目の聖職者が言うんだ。〝なんてこった（ジーザス・クライスト）。またかよ。だから禁酒したのに〟」

　だれも笑わない。

「いままででいちばんおもしろくない」ウルフスタインは言う。

「えっ、おもしろいだろ」とガーヴェイ。「聖職者はウサギがバーで強盗することにうんざりしてるんだ」

　オブライエンが紙ナプキンを丸めてガーヴェイに投げつける。シャーキーがブーイングする。

「おまえらにはジョークがわからないんだよ」ガーヴェイが言う。

それから二十分ほどあとにウルフスタインはチャーリーズを出る。ガーヴェイのジョークは信じられないことにますますつまらなくなっていく。シャーキーとオブライエンはひたいを付き合わせて新聞のボックススコアを読んでいる。葬儀帰りでキルト姿の若いバグパイパーがジュークボックスの前に突っ立ち、二十五セント硬貨を入れてもの悲しいアイルランドの曲をたてつづけに何曲かかける。

シルヴァー・ビーチまでのんびりと歩く。帰宅して飲み物を作り、キッチンのカウンターの前に座る。少しだけソーダとライムジュースをくわえたウォッカのオンザロック。モーに電話をかけようかと思いつく。近いうちにモーと話さなければならない。モーはモンローで死にかけの母親とふたりきりだ。この前送ってきた手紙を読んだかぎりでは、ちょっとおかしくなりかけているような感じだった。刺激的な生活に慣れているモーのような女が、いまや母親の顎を拭いたりおむつを替えたり、〈ショップライト〉で栄養ドリンクの〈エンシュア〉だの桃の缶詰だのを買ったりして毎日を過ごしているのだ。それに、モーにしか話せないこともある。

ウルフスタインが男をだまして荒稼ぎしていたころ、モーはモーで詐欺を働いていた。不動産関係だ。ウルフスタインにはよくわからなかったが、モーはうまくやっていた。意外でもなんでもない。スクリーン上でセックスするにしろラジオで色っぽくしゃべるにしろ、あるいは裕福な土地持ちから金をだまし取るにしろ、モーはなんでも上手にやってのけた。

ドアをノックする音。

あら、だれ？

ウルフスタインはドアをあける。スクリーンドアの向こうに、ピンクのトラックスーツのファスナーを上まで閉めずに胸元を覗かせたルシアの母親がいる。髪は少し脂ぎっている。すっぴんだとたいして見栄えはしない。ただし、茶色の瞳はきれいだし、歯並びもいい。いや、見栄えがしないなんてだれが言った？　震いつきたくなるいい女だ。

「どうしたの？」ウルフスタインは尋ねる。

「さっきうちの子がここに来たでしょう？」エイドリアンが尋ねながら長い爪で頬を掻く。緊張しているのか、それとも威圧しているつもりか？　たぶんウルフスタインに鉤爪を見せびらかしているのだろう。

「ちょっと知り合いになっただけよ。二年もお向かいさん同士なのに、一度もしゃべったことがないんだもの」

「うちの子に近づかないでちょうだい」

「ちょっと。あんたエイドリアンっていうんだったよね？　入ってなにか飲まない？　ちょうど一杯やろうと思ってたところなの」ウルフスタインはウォッカと氷の入ったグラスを揺らしてカランと音をたてる。グラスの縁からこぼれたウォッカが親指の付け根を濡らす。ウルフスタインはそれを口で吸い取る。

「結構よ」エイドリアンが言う。

「ほら、そういうのがよくないんだよ」

「うちの子にアルコールを出したの？」

「出すもんですか！　あたしをなんだと思ってんの？　あの子は未成年でしょ？　なに言ってんの」

「だったらいいの」

「入って。なにか飲みなさいよ。ライム入りのクラブソーダでも。ちょっと落ち着いたほうがいいって」

　エイドリアンが顔を掻く。「とにかくうちの子に近づかないで」

「ちょっと待って」ウルフスタインはスクリーンドアをあけ、外に出てエイドリアンに近づく。「あたしたちはたしかに揉めたことがあったけど――うちの私道をふさぐなとかそんなことだったけど――あたしはもう気にしてない。それよりも、あんたの娘がかわいそうでね。あんたがあの子をどなりつけてるのが聞こえるたびに思うの、あの子に優しくしてやりなよって。あの子は優しくしてほしがってる。それだけ言いたいの。あの子はいい子だよ。もう毒に冒されてるのはわかるけどさ。いい母親になる努力はしなさいよ」

「あたしにそんなことを言うなんて、いい根性ね」

「たしかにあたしはいい根性してるからね」

　エイドリアンは立ち去ろうと背を向ける。肩越しに「とにかくうちの子に近づかないで」と言い捨て、トラックスーツの前をつかんで通りを渡る。なに、ファスナーが壊れてるからおっぱいを半分出してんの？

　ウルフスタインは最後にひとこと言ってやりたかったが、口に氷が入っていたので家のなかに戻り、自分が出演した映画のＶＨＳビデオをデッキに入れ――ハーシェル・ストーンとヴァレリー・シュガーと共演した『淫夢』だ――音量をあげる。

映画が終わるころ、ウルフスタインははっと目を覚ました拍子にウォッカを膝にこぼす。頭がくらくらする。テレビではエンドロールが終了してノイズ混じりの黒い画面になる。

外で音がする。路肩に車が止まろうとしている。車のドアがあく音。だれかの罵り声。女だ。ウルフスタインは窓辺へ行って外をそっと覗く。濡れた膝が気持ち悪い。口が水槽のように臭う。まず目に入ったのは流線型の黒いツードア車、六二年式シボレー・インパラだ。「すごい」車をまじまじと見つめてつぶやく。

そのとき、庭の薔薇の茂みの陰から女が急に姿を現す。地面に鍵を落として探していたらしい。年のころはウルフスタインくらいか少し年下で、白いコットンのシャツ、黒いカプリパンツ、白いケッズのスニーカーという格好だ。やや気難しそうだが、きれいな顔立ちをしている。

ウルフスタインは女から目をそらさずにウォッカで濡れたショートパンツを脱ぐ。ショーツのまま突っ立って見知らぬ女をこっそり眺めている自分は、なんて見ものだろう。笑ってしまう。だが、覗き見るのをやめられない。女にすっかり引きこまれている。いったい何者？

見ていると、女はエイドリアンとルシアの家の玄関へ向かい、呼び鈴を鳴らす。いま何時だろう？　まだ夕方早い。四時くらいではないか。女はまた呼び鈴を鳴らすと、いらいらした様子でドアにひたいをつける。一分経過。応答なし。女はドアを軽くノックする。ようやくドアがのろのろとあき、エイドリアンがスクリーンドアの向こうに現れる。ルシアにどなるときのように女にもどなりはじめる。ウルフスタインには、ガラス窓越しにくぐもった声しか聞こえない。窓を少しだけあける。

エイドリアンが言う。「なんの用？　あたしに電話をかけたら切られた。だからっていきなり押しかけるんだ？」

「困ったことになったのよ、A」女が答える。「助けてほしいの」

エイドリアンは下唇を嚙み、顔を引きつらせてかぶりを振る。

ウルフスタインはウォッカとポップコーンを取りにいきたいが、いまここを離れてせっかくの見世物を見逃したくはない。

いまや女は泣いている。「じつの娘にこんな扱いを受けるなんて。わたしはどうすればいいの？　車に寝泊まりしろと言うの？」

つまり、女はエイドリアンのママで、ルシアのばあばだ。

エイドリアンが言う。「もう、やめてよ。帰って。いきなり押しかけてくるなんて、頭おかしいんじゃないの」

鼻先でドアを閉められ、ばあばはなんとか涙をこらえようとしながら、とぼとぼとインパラへ引き返していく。

ウルフスタインはさらに窓を押しあげ、こっそりと小さく声をかける。「ねえ、ばあば。こっちへおいでよ」

ばあばが足を止める。

「向かいの家を見て」

ばあばは開いた窓辺にいるウルフスタインに気づき、わ、た、し、に、話、し、か、け、て、る、の、というようなしぐさをする。

「そう、あんただよ」

ほどなくウルフスタインは玄関のドアをあけ、やってきたばあばを招じ入れるが、はいているのはショーツだけで室内にはウォッカのにおいが充満している。顔つきからして、ばあばは完全に気後れしている。室内を見まわし、壁の写真に目をとめる。『生意気ウェイトレス』のセットで役の扮装をしたウルフスタインの写真と、マック・ディングルの悪名高いパーティでジニー・マクレイとプールサイドでラリっている写真。

「パンツしかはいてなくてごめん」ウルフスタインは言う。

「いいの？」ばあばは質問の形で答える。

「レイシー・ウルフスタイン。ウルフスタインって呼んで。友達はみんなそうしてる」ばあばのそばへ行って手を差し出す。

ばあばがその手を握る。「リナ・ルッジェーロです」

「ちょっと一杯やったほうがよさそうだね」

「いいえ、大丈夫」

「ほんとに大丈夫？　うちにはウォッカが大量にあるし、ビールもたぶんまだあるよ。なんならウィスキーでも。ウィスキーは好き？　それかコーヒーか紅茶にする？」

「大丈夫です。お水を一杯いただけたら」

「水ね、はいはい」ウルフスタインはキッチンへ行って水道の栓をひねり、水が冷たくなるまで流しっぱなしにする。氷を二個入れたコップに水を汲んでリナのもとへ戻る。

リナは水を一口飲む。「ありがとう」

「いいのよ。トイレ行きたかったら遠慮なく使って、ちょうど昨日掃除したばかりなの」

リナがうなずく。

「座って」

リナはソファのほうへ歩いていったが、それは道端に捨ててあったのを拾ってきたものだ。ひどく座り心地が悪い。ウルフスタインはこのソファには座らない。いつものように、つねに背を倒してあるリクライニングチェアにおさまる。チェアの色はロゼのシャンパンを飲んだあとのゲロを思わせる。

「ちょっとだけ頭を整理する時間がほしいの」リナが言う。「全部聞こえたでしょう」

「あんたの娘はいやな女だね。あたしもさっきやり合ったばかりだよ」

「わたし、あの子の育て方を間違えたのかも」

「よくあることよ。あんたがなにをしたとかしなかったとか関係ない。あたしだってあんなふうになってもおかしくなかったけど――育ちはよくないし、過ちを繰り返したし、いろいろね――でも、なってない」

リナは水を飲む。

「だけど、孫娘はいい子だよ」ウルフスタインは言う。「今日はじめてしゃべったの。それがあんたの娘のお気に召さなかったみたいでね。あたしはここに二年住んでる。いつもあの子がどなられてるのが聞こえるから、ひとりくらい味方がいてもいいかなと思ってうちに呼んだのよ。そうしたら、あんたの娘が〝うちの子に話しかけないで〟って言いにきたってわけ。あの子には同情するよ、ほんとに」

リナは打ちひしがれているようだ。

「ところで、どこに住んでるの？」

「ブルックリン」

「あの車はなに？　すごくいかすね」

「古いインパラ。車にはまったく詳しくないの。あれは友達が貸してくれただけ」

「貸してくれた？　あんないい車を？」

「話せば長くなるから」リナは自分のなかに引きこもる。

いまの質問は痛いところをついたようだと、ウルフスタインにはすぐにわかる。深追いはしないことにする。しばらく沈黙がおり、そのあいだリナはしきりとコップを口へ持っていき、水をちびちびと飲む。

「ちょっとズボンはいてくるね」ウルフスタインはようやく言う。

リナは半笑いを浮かべる。

「しばらくブルックリンに帰りたくないのなら、ゆっくりしてっていいんだよ。あんた、まだ胸がざわざわしてるでしょう。みんなそういうときに運転して事故にあうのよ。そうだ、ソファもクッションもたっぷりあるし、寝たかったら寝ていいからね。ちょっと休んで、外が明るくなってみんな元気な気分のときに、なんだったらもう一度娘のところに行ってみたらいいよ」

「見ず知らずの人間に、どうしてそこまで」

「あんたの娘がわからず屋だってことは知ってるもの」

リナはコーヒーテーブルの上でいまにも雪崩を起こしそうなパズルブックの山の隣にコップを置く。「もう少しここにいさせてもらって、どうするか考えるわ」そう言って立ちあがる。

「ほんとうにありがとう」

ウルフスタインは寝室へ行き、ヴィンテージのラングラーをはく。ヴィンテージショップで買ったのではなく、一九八〇年代からはいているうちにヴィンテージになったものだ。しばらく入らなかった時期があったが、いまではその前と同じくらいしっくりする。

つまらない夜だったので、ウルフスタインは客が来たのがうれしく、エイドリアンに一発かましてやれるのがうれしく、人助けができるのがほんとうにほんとうにうれしいのだが、同時にあのインパラのことをもっと知りたくてうずうずしている。

ルシア

ルシアはハーディング・アヴェニューのセント・フランシス・ド・シャンタル教会のそばにある〈アンクル・パット・デリ〉の前に立っている。オレンジジュースを飲み、バターつきベーグルを食べながら、向かいの住人にもらえなかった煙草をだれかからせしめようと考えている。やがて若い娘がデリから出てきて、キャメル・ライトのパックを手のひらにとんとんと打ちつける。ラテン系。いくつものタトゥー。ルシアより少し年上。

「一本くれない？」ルシアは声をかける。

娘は肩をすくめて煙草を一本ルシアに渡す。

「ありがと。火、ある？」

ビックの赤いライターが差し出される。ルシアは茶色の紙袋にベーグルを戻し、オレンジジュースと一緒に歩道に置く。煙草に火をつけ、一口吸いこむ。

「あたしもあんたと同じくらいの年で吸いはじめたんだ」娘がライターを取り戻して煙草に火をつける。

「へえ、いいね」ルシアはどう返せばいいのかわからず、とりあえずそう言う。

そのとき、修道女の格好でローラースケートをはいた女性の集団が通り過ぎる。ルシアはびっくりする。夢でも見ているようだ。集団は鳥の群れのようにV字形のフォーメーションを組んでいる。ルシアの口はぽかんと開いているが、煙草は唾液で下唇にくっついてぶらさがっている。修道女たちのすべりは見事だ。ルシアも年上の娘も目を丸くして、弧を描くように角を曲がって修道院のあるハリウッド・アヴェニューへ入っていく修道女たちを見送る。

「すごい」娘がつぶやく。

「煙草、ありがとね」ルシアは紙袋とジュースを取ってハーディング・アヴェニューを歩いていき、通りかかったバスの横腹に煙草の吸い殻を投げつける。

ペニーフィールド・アヴェニューに入ると、A・ロッドのTシャツを着た不細工な男子高校生が冷やかしてくる。ルシアはそいつに中指を突き立ててみせる。六年生のときからそうしているが、いつもそのしぐさは自分の武器庫にしまわれている強力な武器のような気がする。二本の白い支柱のあいだにゆるく張ってあるチェーンを飛び越え、ビーチ・プレイスに入る。

家に着いたルシアは、向かいのおばさんが外にいないことに気づく。ウルフスタインさん。奇妙な出会いだった。いや、奇妙なのはいままで一度も話したことがなかったという事実のほうかもしれない。普通、隣近所に住んでいる人とはもっとおしゃべりするものじゃなかったっけ。あのおばさんがビールを出してくれたらよかったのに。

女優。あの話はほんとうなのかどうかわからない。女優がなぜブロンクスに住んでいるのだろう？　女優ならハリウッドの丘の上にガラス張りの家を持っていて、年を取ってもセクシーな赤いドレスを着て窓辺で踊ってたりするんじゃないの？　それがルシアの想像する女優の暮らしだ。ウルフスタインが女優だったら、リムジンに乗っているはず。女優だったら、若くてかわいい男の子に銀のトレーでビールを持ってきてもらうはず。あらジョゼフ、ありがとう、ギンギンに冷やしてくれたのね。そんなふうに言うんじゃない？　いや、ギンギンに冷やすって、なんか変だ。

ルシアは二度ビールを飲んだことがある。一度目はマリタイム・カレッジへピクニックに出かけたときのことで、とめた車の陰でクラスメートがクアーズ・ライトをくれた。よく冷えていたけれど、味がわからなかった。二度目はクロス・ブロンクス・エクスプレスウェイ沿いのバー、〈アルフィーズ・プレイス〉で飲んだ。そのころエイドリアンの彼氏だったスカイヴィルのビッグ・ポーリーが、ヤンキースの勝利に浮かれて店内の客全員にビールを振る舞い、ルシアもお相伴(しょうばん)にあずかったのだ。あのときなぜ自分があの店にいたのか、もう覚えていない。なにかのくだらないイベントだったかもしれない。ビッグ・ポーリーもエイドリアンもべろべろに酔っ払い、シルヴァー・ビーチの家までルシアに車を運転させた。ビッグ・ポーリーが運転のやり方を指図した。ルシアは指示を聞き漏らすまいと、古新聞を積み重ねた運転席でどきどきしながらハンドルを握っていた。

家に入る。エイドリアンがキッチンでだれかと携帯電話でしゃべっている。去年のクリスマスにそのときつきあっていた男からもらった悪趣味なピンクのトラックスーツをまた着ている。その下にシャツもブラジャーも着けていないのに、ファスナーを半分ほどおろしたままにして、乳房を覗かせている。襟ぐりのあいたブラウスから母親の胸元が見えるだけでも、ルシアはなんだか落ち着かない気分になる。〈アルフィーズ・プレイス〉や〈ザ・クリッパー〉で、エイドリアンがバーカウンターにおっぱいをこれ見よがしにのせて色目を使い、飲み物をせしめる姿を思い出す。

エイドリアンの電話の相手はだれだろうと、ルシアは考える。最新の彼氏っぽい男はマーコだ。けれど、どういうわけかエイドリアンはリッチーとは絶対に別れない。リッチーはルシアの父親ではないが、だれよりも父親に近い存在だ。ほんとうの父親のことは、エイドリアンは決して話そうとしない。どんなことでもいい、父親についてなにか知りたい。せめて名前だけでもと、記録を調べたことはある。ところが、出生証明書にも父親の名前はなかった。空欄だったのだ。父親の記憶は一切ない。ルシアが物心つく前にいなくなっていた。名前がわかれば探し出すことができるかもしれない。どんな外見なのか、どんな声なのか、なぜ一度も会いに来てくれなかったのか知りたい。ひょっとしたらもう死んでしまったのではないだろうか。死んでいたとしても、知るすべはない。父親がもういないとは思いたくない。一度も父の娘をやってみたことすらないのに。

この十数年、リッチーはそばにいたりいなくなったりを繰り返している。シルヴァー・ビーチのこの家をルシアとエイドリアンにくれたのはリッチーだ。彼はブルックリンに残り、そこで仕事をしているが、エイドリアンがあの界隈から抜け出したがっていたのを知っていた。シルヴァー・ビーチは——ブロンクスのはしっこで同じニューヨーク市内ではあるけれど、映画のなかの街みたいだ。街路樹、景観、木の標識。ここで家を手に入れるには、つてが不可欠だ。協同組合とかいうやつがあるから——ルシアにわかるかぎりでは、家は自分たちのものだが、土地は借りものらしい。リッチーはやたらと知り合いが多い。彼に大金を借りている消防士が、ルシアたち親子がこの家に住めるように手配した。もう何年も前のことだ。別の場所に住んでいたころの記憶はほとんどない。生まれて何年かは、区をまたいであちこちのアパートメントを転々としていたのだけれど。スタッテン・アイランド。クイーンズ。

携帯電話でぺちゃくちゃしゃべっている母親を見ていると、ルシアもほしくなる。自分の携帯が。同級生たちはみんな持っている。携帯があれば、知らないだれかと何時間かしゃべることのできる番号にかけてみたい。

エイドリアンが携帯を閉じる。

「だれとしゃべってたの？」ルシアは尋ねる。

「子どもは母親の電話の相手がだれかなんて訊かないの」エイドリアンは唇を尖らせる。

ルシアは母親にだけ感じることのあるあの煮えたぎるような憎しみを覚える。母親はいつもいかにも楽しそうに意地悪をするが、その意地の悪さはルシアに流れる血にも混じりこんでいる。ルシアは『悪魔のいけにえ』のように肉用の鉤に吊されているエイドリアンを思い浮かべる。そして、中指を立ててみせる。

エイドリアンも中指を突き立てる。「向かいのクソババアと口をきくんじゃないよ」

「どうして？」ルシアは尋ねる。

「あのババア、なにかたくらんでない？」

「別に。飲み物をごちそうしてくれた」

「ビールじゃないでしょうね？」

「ジンジャーエール」

「やっぱり話をつけてこなくちゃ」

「ちょっと、やめてよ」

「あいつが引っ越してきたときなんて言ったかきっちり覚えてる。〝あんたの男がまたうちの私道に駐車したらタイヤを切り裂いてやる〟って言ったんだよ。だから〝だれにものを言ってんのかわかってる？　あたしがだれか知らないの？　あたしのパパを知らないの？　リッチー・スキャヴァノを知らないの？〟って言ってやった。それなのに、今度はあたしの娘にちょっかい出すなんて」

「あたし、部屋に行くね」ルシアは言う。

家のなかは散らかり放題だ。くしゃくしゃの服が階段にほったらかしになっている。濡れたタオルが二階の廊下で山を作っている。バスルームから水がぽたぽたシンクに落ちる音が聞こえるので、ルシアは入っていき、できるだけきつく水栓を締めて水を止める。隅の洗濯かごも服やタオルがあふれている。鏡には指の跡が点々とつき、歯磨き粉が飛び散っている。シャワー室は水垢だらけだ。ちびた石鹸が二個、排水口のそばにへばりついている。ルシアは便座に座って窓をあける。外の気温は高いが、そよ風がさわやかだ。暗くなるまでまだ数時間ある。夏が好きなのは、夜が来るのが遅いからだ。なぜ冬はあんなふうに、早ければ午後四時半には暗くなってしまうのだろうか。アラスカのように年がら年中暗い場所があると、なにかで読んだことがある。ぞっとする話だ。

窓からウルフスタインの家が見える。あの家のキッチンで、小さな子どもみたいにスツールから飛び降りたのを思い出す。あんなことをしなければよかった。

そのとき、母親が足音荒く家を出ていくが、ルシアは驚きもしない。エイドリアンは勝ち気だ。余計な口出しをされようものなら容赦なくやり返す。ルシアの知るかぎり、リナおばあちゃんと疎遠になったのもそのせいだ。母親はおばあちゃんになにか気に入らないことを言われて縁を切った。祝日も会わない。誕生日を祝うこともない。電話もかけない。なにもしない。ルシアはクリスマスにリナおばあちゃんとストゥルッフォリをこしらえたのを覚えている。パン屋さんの長い列にふたりで並んだことも。おばあちゃんの笑顔も。おばあちゃんが何度も電話をかけてきたり、カードを送ってくれたりしたのに、エイドリアンが電話をガチャ切りし、ルシア宛てのたぶん現金が同封されていたカードでも破り捨てていたことも、ルシアは全部知っている。現金。

エイドリアンは顎を突き出してウルフスタインの家へ突進してゆく。トラックスーツに身を包んだ彼女はピンクの疾風だ。ウルフスタインがドアをあける。怒りに満ちた言葉がやり取りされる。見たくないものを見てしまいそうで、ルシアは窓を閉める。エイドリアンはなにをするかわかったものではない。

ルシアは幼いころ、話をちゃんと聞いていなかったからとエイドリアンに木のスプーンで叩かれたことがある。あのときからいままでに五回、平手打ちされた。エイドリアンはルシアに手をあげるとき「その根性を叩きなおしてやる」と言う。五回とも記憶は鮮明だ。そのうち二回、エイドリアンは爪を折ってますます逆上した。

自分に娘が生まれたら絶対に叩かない、とルシアは思う。息子でも叩かない。けれど、じつのところ子どもを生むかどうかなど考えたことはない。自分が男の子をほしがったり女の子をほしがったりするとは思えない。同級生の女子はよくそんな話をする。メモをまわす。想像して遊ぶ。あんたはヴィニーの赤ちゃんを生むんだよ。男の子。黒い髪のね。オエッ。子どもを生むことを夢見るティーンエイジャーたち。なんだよそれ。

エイドリアンに育てられるのは生やさしいことではなかった。そのせいで、ルシアの心は硬くなっている。コンクリートのような塊が胸のなかにあるのがルシアにはわかる。ほとんど毎晩、エイドリアンはルシアが眠ったと思いこみ、そのとき住んでいるアパートメントに置き去りにし、バーだのリッチーの車だのに出かけていた。六歳や七歳やそこらで毎晩ひとりぼっちで過ごさなければならなかったことは、ルシアを傷つけた。服をたたんだりちゃんと料理をしたり、親指に唾をつけて子どもの顔から汚れを拭ったりする優しい母親のいる子どもがねたましい。自分の引かされた札があの怒りっぽいビッチだなんてほんとうにムカつく。

けれど、頼れるのは自分だけだとわかっていたし、長年のうちにさまざまな知恵がついた。したたかに生きるすべを、生き延びるすべを身につけた。あるときから泣くのをやめ、家出を夢見るようになった。

十一歳のときから、そのへんの新聞の不動産情報欄から気に入った物件情報をリング綴じのノートに書きとめるようになった。ニューヨーク市内の家、近郊の町にある家。どこでもよかった。自分だけの家、エイドリアンという重荷から免れる場所を想像するとわくわくした。

もっとも、いまエイドリアンとウルフスタインが大喧嘩になっていても、あのおばさんなら放っておいても大丈夫だと、ルシアは思う。

ルシアは大量の熊のぬいぐるみが床に散らかった自室で、黄ばんだシーツがくしゃくしゃになっているベッドに座る。壁にはデレク・ジーター選手のポスターが貼ってある。鏡の縁にはヤンキースのチケットの半券がテープでべたべたととめてある。ナイトテーブルには、ラジオしか聴けないラジオ付きCDプレイヤー。どのみち、CDはあまり聴かない。〈ベスト・バイ〉で買ったものが何枚かあるだけだ。マライア・キャリーの『MIMI』、デスティニーズ・チャイルドの『ナンバーワンズ』、メアリー・J・ブライジの『ザ・ブレイクスルー』。じつのところ、メアリー・J・ブライジは友達のジェシカ・ルイスにけしかけられて万引きしたものだ。シャツの下に隠して、素知らぬ顔で店を出た。

上空で飛行機の音がする。クイーンズのラガーディア空港が近いので、飛行機がしょっちゅうスログズ・ネックの上を低空で飛んでうるさい。

玄関のドアが大きな音をたてて閉まったので、どうやらエイドリアンが帰ってきたようだ。ということは、もっぱら威嚇に終わって、ウルフスタインは無事なのだろう。

自室にいるときは、ジーターのポスターをちょっと眺めたり、たまにCDをひっくり返してライナーノーツを読んだりするくらいで、あとはずっと天井を見つめて過ごす。ときどき熊のぬいぐるみたちは邪魔な見物人だと思う。十二歳のときにぬいぐるみを捨てようとしたが、エイドリアンがゴミ箱から全部拾ってまたルシアのベッドに戻した。あのときエイドリアンは「この熊公たちにあたしがいくら払ったと思ってんの」と言った。

ふたたび階下でドアの閉まる音がする。エイドリアンがまた出ていったのだろうか、それともだれかが入ってきたのだろうか。もしかしたらマーコ？　このあいだマーコが夕方ほろ酔いでやってきたときは、ルシアは彼とエイドリアンがソファでセックスしている声を聞かされるはめになった。ラジオをつけても声を消すことはできなかった。マーコはやたらとうめいていた。エイドリアンは、街角でヘンテコな帽子をかぶった男が風船の動物を作るのを見物している人のような、間抜けな声をあげていた。

だが、入ってきたのはマーコではない。声を聞いたとたんにだれかわかる。この世でエイドリアンの次によく知っている声。リッチーの声だ。ルシアは起きあがると、忍び足で部屋を出て廊下を歩いていき、階段の手前で止まる。

「ベイビー」キッチンでリッチーがエイドリアンに話しかけている。「会えてうれしいよ」ルシアはリッチーがこの前来たときの記憶をたどる。たぶん半年ほど前だ。許してくれと懇願していた。なにか約束もしていた。

「勝手に入ってこないでよ」エイドリアンが言う。

「この家をおまえにやったのはおれじゃなかったか？　おまえがここに住めるのはおれのおかげじゃなかったか？」

「いつまでその手を使う気？」

「おれはいつでも電話一本でおまえをここから追い出せるんだが」

「今度は脅し？　そんなことを言いながらこんなことするの？」

リッチーの声が小さくなる。「悪かったよ。ちょっといらいらしちまった」

「放して」エイドリアンが言う。

ルシアは階段を二段ほどおり、食器洗浄機の前で絡み合っているふたりを目にする。ファスナーが全部あいたエイドリアンのジャケットのなかにリッチーの両手がもぐりこんでいる。リッチーは体に張りつくストライプの鹿(か)の子のポロシャツ、くしゃくしゃのチノパンツ、グラデイエーターサンダルという出で立ちだ。何日か髭を剃っていないらしい。髪は——わずかに残った髪は——逆立っている。禿げあがったひたいが汗で光る。舌舐めずりしている。

「これがほしかった」リッチーが言う。「これこれ、これだよ、ずっと夢に見てたんだ」

「手を離してよ」エイドリアンは、市場の果物のようにさわられているわりには落ち着いている。

「いやか？　おれにさわられるのはいやか？　この手が好きだったじゃないか」リッチーは体を離し、がっしりした両手をあげる。「いつだってこの両手にイチコロだったのに」

エイドリアンがジャケットのファスナーをあげる。今度は首元まできっちりと。「なにしに来たの、リッチー？」

「〝ああん、リッチー！　あんたの大きな手でさわられるの大好き！　ああん、リッチー！〟」リッチーがわざとらしく女っぽい声を出す。「よくそう言ってたじゃないか。おっぱいをさわられたら一発でとろけてたくせに」

「そうだっけ？　勝手に言ってろ、ロミオ」

「なんだよ、忘れたのか？」リッチーがまたエイドリアンに覆いかぶさり、首筋の髪をどけて口を寄せる。「ほんとは覚えてるんだろ」

「やりたいから来たの？　あたし、彼氏がいるんだけど」

「マーコだろ。どこであんなうろくでなしと知り合うんだ？　親父さんがおれにいつも言ってたことを知ってるか？」

「ヴィクの話はやめて」

「そう、ヴィクがよく言ってたぞ――カッシオの店でエスプレッソ片手にのんびり座って、〝おれの娘はほんとうに男の趣味が悪い。あいつの前に男を五人並べてみろ、まず間違いなく腰抜けを選ぶんだ〟ってな」エイドリアンの喉に鼻をこすりつけながらくつくつと笑う。

それは父親のことだろうか、父親は腰抜けだったのだろうかと、ルシアは考える。この数年間で何度かリッチーに父親のことを訊いてみたが、そのたびにいなされ、おまえは処女懐胎で生まれたのであって、父親はヨセフみたいなものだと言われた。とにかく、よく、よく考えるんじゃねえ、と。

エイドリアンの口調がやわらぐ。「だけど、ヴィクはあることを知らなかった。あんたが十五のあたしの処女を奪ったことをね」

「おまえはきれいな娘だった。いまもそうだ」

「もう娘って年じゃない。おばさんよ」

「体は若いぞ」リッチーの両手はいまエイドリアンの腰をさすっている。「おれはおまえに夢中なんだよ、A」

「どうしたいの、リッチー?」

「いいことを考えたんだ」リッチーはあとずさり、カウンターへ行く。アーサー・アヴェニューのベーカリーのパンが――今朝焼いたものだ――柳のかごから突き出ている。リッチーはパンの耳をちぎってかじる。

「どうしたの、パンツのなかに出しちゃった?」エイドリアンが尋ねる。

ルシアは顔をしかめる。

「パンツのなかに出したりしてないよ、スウィートハート。気が散らないようにしてるだけだ。いいことを考えたって言っただろ。おまえたちに賛成してほしいんだ。おまえとルシアに」

「なにが言いたいの？」

「いまがチャンスだって言いたいんだ。つまり、おれはどん詰まりにいた。いいように使われすぎた。ないがしろにされすぎた。だがリッチー・スキャヴァノをいつまでも見くびってると、リッチー・スキャヴァノも一計を案じる。ソニーとクレアの野郎はおれが知ってるとは思ってもいない。でもおれは知ってるんだ」

「リッチー、いったいなんの話？」

「いまが行動するときだって話だよ、スウィートハート。今日、集会があるんだ。そこへニック・ミネルヴィーノとアイス・ハウス・ジョニーからソニー・ブランカッチョに五十万ドルを引き渡すことになってる。ニックはベイ・リッジの件でソニーに借りがあると思っていて、ファミリー間の抗争になる前に落とし前をつけようとしてるんだ。ご立派なことだ、だがおれだってソニーには貸しがある。サイコ野郎クレアにはさんざん虚仮（こけ）にされた。おれはもううんざりなんだよ、A。こんなふうにハブられるのはな。ヴィクは死ぬ何年か前から、あちこちほころびが出はじめてると言ってた。いまのこの状況がヴィクには見えてたんだ、生きてたらどう思うだろうな。カオスだよ。若い連中は一日中ゲームばかりやってる。クレアの甥っ子はカナーシーでガキを満載したバスを襲いやがった。キャンプに向かうカトリックのバスだ。ガキから小遣いと腕時計を奪ったんだ。品位もクソもねえ。ヴィクみたいなやつはひとりもいなくなっちまった。

で、おれは考えた。今日の集会に乗りこんで、おれのものをいただこうってな。おれは前から思ってたんだ、リトル・サルがヴィクを殺したのはソニーの差し金だ。クレアも関係してる、間違いない」リッチーはイタリアパンの最後の一切れを口に入れ、くちゃくちゃと嚙む。

「あんた、いかれてる」エイドリアンが言う。

リッチーはエイドリアンのそばへ戻り、両手で彼女の頰をぎゅっと挟む。「おれは逃げる。風景のきれいな場所に行く。カメラを持っていって、写真を撮るんだ。スクラミーの甥っ子からニコンのF5を買ったんだよ。ウィリアムズバーグに住んでる男から盗んだらしい。その男はイーベイで商売をしてるんだ。そいつのアパートメントはカメラやレコードプレーヤーやタイプライターで一杯らしい。カナダの荒野とかよくないか？　いい写真を撮りたいんだ。荷物はもうまとめてある。エルドラドのトランクに積みこんだ。おまえも一緒に来てくれないか。おまえとルシアと。家族になろう。どうだ？」

「あんたひとりで全員を殺るつもり？」エイドリアンが尋ねる。「そんなことできると思ってんの？」

「あいつらはクズの集まりだ、A。言っただろ、ここはもうヴィクの生きてた世界じゃない。不意討ちをかけてやれば一発だ。ただしクレアは別だ。あいつが肌身離さず持ってるあのばかでかいハンマーを取り出したら手がつけられない。きっと追いかけてくるが、おれの逃げ足の速さにはかなわない。あいつはサイコ野郎だが、頭はたいしてよくないからな」

そのあと一分間くらい、リッチーは黙ってエイドリアンの頰を親指でなでている。

ルシアは壁に寄りかかり、エイドリアンはどうするのかちゃんと考えているのだろうかと思案する。犯罪者のように逃げまわるなんて。リッチーがいま話したことは、ルシアもなんとなく耳にしたことがある。ブランカッチョ一家。パパ・ヴィクの仕事。リッチーの仕事。けれど、ここまではっきりとした話を聞いたのははじめてだ。ヤバいマフィアの話。

沈黙を破ったのはエイドリアンだ。「カナダの荒野に行くの？」

「そう決めたわけじゃない。ニューメキシコはどうだ？　洒落（しゃれ）たラグを買おう。丸太小屋に住むんだ。イタリアもいいな。昔みたいに船旅をしてもいい。マイケル・コルレオーネみたいじゃないか。あっちにいいとこがいるんだ。ナポリに行けば、大歓迎してくれるぞ。どこか行きたいところがあったら言ってくれ。おれはおまえと一緒にいられればどこでもいい。ここ何週間もじっくり考えたんだ。それでわかった、おれにはおまえしかいない。いつだってそうだった。おまえが十四のころからずっと愛してるんだ」リッチーがエイドリアンの鼻にキスをする。

「あたしもあんたを愛してる、リッチー」

いまやルシアの胸はどきどきしている。まさかほんとうにこのままリッチーにどこか知らない場所へ連れていかれるのだろうか？　銃を持った連中に追いかけまわされて撃ち殺されて、沼地に沈められるのだろうか？　そんな死に方はいやだ。

「ゆっくり考えたいんだろ」リッチーが言う。「そりゃそうだ。気持ちはわかる。大きな決断だからな。おまえもここの暮らしに慣れてる。でも、ここ何年かはことあるごとにブロンクスに飽きた、ブルックリンに飽きた、ニューヨークに飽きたって、言ってたよな。そうだろ？」

エイドリアンがうなずく。「ちょっと時間をくれてもよかったんじゃない」

「そうだな、すまん。だけどいましかない。チャンスは急にやってくるもんだ」リッチーの両手はエイドリアンの顔を離れて体の下のほうへおりていく。またエイドリアンの喉にキスをしている。エイドリアンがカウンターに寄りかかる。リッチーがシャツを脱ぐ。エイドリアンのジャケットのファスナーをおろす。エイドリアンはもうカウンターに座ってリッチーのチノパンのボタンを引っぱっている。ジャケットが脱げる。

ルシアはふたりが見えないところまで廊下をあとずさる。キモい。キモすぎる。

キスの音がうるさい。リッチーのたてる音が、以前ルシアの飼っていたモルモットを思い出させる。あのモルモットは夜もケージのなかを動きまわり、敷き詰めた紙をかさかさいわせてルシアを眠らせてくれなかった。

とうとうエイドリアンが小さくあえぎ声を漏らしはじめる。

ルシアは両手で頭を抱えこむ。

やがてふたつの体がぶつかりあう音が階段を伝ってのぼってくる。リッチーがうめいている。エイドリアンの低いあえぎ声が大きくなる。

ルシアはうっかりなにかを見てしまわないように目をつぶる。音が聞こえるだけでもいやなのに。

終わりは早い。リッチーはふうっと息を吐いて果てる。「おれ、たまりにたまってたんだ、A」

ふたたびルシアはふたりが見える階段の手前まで戻る。リッチーがチノパンをあげている。汗ひとつかいていないエイドリアンはすでにトラックスーツを身につけている。髪をなでつけ、胸を寄せている。

「あとでまた来るよ」リッチーがシャツを着ながら言う。「九時頃になる。現ナマをがっぽりいただいてくるからな。おまえも準備しておけよ。な、いい話だろ？　いい暮らしが待ってるぞ。新しい、いい暮らしが。ルシアによろしく伝えてくれ、いいな？」エイドリアンにキスをして出ていく。エイドリアンはキッチンのカウンターに寄りかかったまま、長くのばしてマニキュアをほどこした親指の爪を噛んでいる。

ルシアは立ちあがって自室へ行き、静かにドアを閉める。ぬいぐるみの熊が散らかった床に座り、一匹拾いあげる。その子はぼろぼろで目がなくなっていて、小さな赤い帽子が頭から取れかけている。たしか四歳のときに、リナおばあちゃんとパパ・ヴィクから贈られたものだ。パパ・ヴィクが死んだのはルシアが六歳のときだ。ルシアには祖父の記憶がない。かつて黒い糸が目の形に刺繍(ししゅう)されていた部分のへこみを指でいじる。この熊の名前は、プレ幼稚園でクラスメイトだった男の子にちなんでジャンカルロという。

ドアをノックする音。ルシアがどうぞと言ってもいないのに、エイドリアンがドアをあけて入ってくる。

「なに？」ルシアは尋ねる。

エイドリアンがぴしゃりと返す。「聞こえたんでしょう？」

「キモい声なら聞こえた」

「キモいってなに。大人同士はああやっておたがいに愛情を示すの。ていうか、聞いてたあんたが悪い」

「またリッチーが好きになったの？」

「あたしはいつだってリッチーが好きよ」エイドリアンはベッドに腰をおろす。「あの人が言ったこと聞こえた？　これからどうするかって話」

ルシアはうなずく。

「あんたはどう思う？」

ルシアは黙っている。

エイドリアンがジーターのポスターを眺める。「昨日ジーターは指名打者で出たね。五打数無安打。それでも三割三分二厘だからさ。負け投手はムッシーナ。あたしムッシーナ好きなんだよね。部屋の壁にポスター貼るならムッシーナだな。すごくセクシーじゃん」

ルシアはエイドリアンから顔をそむけ、熊の目の跡を親指でぐりぐりとほじくって穴をあける。

エイドリアンは立ちあがって部屋を出ていく。

ルシアは急降下するエレベーターに乗っているような気がしている。一度、街のビルのエレベーターに乗っていたとき、ほんとうに急降下を体験した。ボタンを押しても止まらなかった。ほかにだれも乗っていないエレベーターのなかでルシアはドアに触れ、エレベーターの速度が落ちれば、階と階のあいだで扉をあけてまっぷたつにならずに外に這い出ることができるのではないかと考えていた。警報器も作動しなかった。あのビルは高層だった。二十階以上あった。なぜあのビルにいたのかは覚えていない。内臓がふわっと浮くこの感じは、あのときと同じだ。エレベーターが止まって脱出した前後のことは、どういうわけか思い出せない。脱出できたからこそ、真っ暗なエレベーターシャフトの底に叩きつけられることなく、いまこうして生きているのだけれど。覚えているのはどんどん落ちていく感覚だけだ。

しばらくしてルシアはようやく動き、残り物のピザを食べに一階へおりる。エイドリアンが荷造りしているが、ルシアは声をかけない。居間のテレビをつけるとヤンキースの試合を放映している。昨日の試合の再放送だ。ルシアは冷えたピザを食べる。〈パトリシアーズ・オブ・トレモント〉でおととい買ったナポリターナ。ルシアの好物だ。ソーセージとラピニ（菜の花に似た野菜）。手で食べる。

ふたたびノックの音がして、ルシアはリッチーが戻ってきたのだろうと思う。けれど、さっきリッチーは勝手に入ってきた。エイドリアンがドアをあけると、そこにいるのはリナおばあちゃんだ。ルシアのいる部屋の隅のソファからはリナおばあちゃんが見えるが、おばあちゃんにルシアは見えない。それまで平静だったエイドリアンは一秒もたたないうちに逆上する。ルシアは、少なくとも自分は会いたがっていることを伝えたくて、立ちあがって姿を見せようとするが、それより先にエイドリアンはおばあちゃんの面前でドアをぴしゃりと閉める。

「信じられない」エイドリアンが言う。「こんなときにいきなり来るなんて」

ルシアはソファの肘かけにピザの耳を置き、玄関へ向かう。「あたしはおばあちゃんに会いたい」

「外に出ないで」

「なんで？　おばあちゃんがなにをしたの？」

「あんたには関係ない」

ルシアは、リナおばあちゃんがこの状況から抜け出す手段になるかもしれないと考えている。

「あたしはなにもいやなことはされてないもん。会いたいよ」

「十八歳になったら好きにすればいい。でもいまは、あたしがあんたのボスだからね。ボスの言うことは聞きな」

「早く十八になれたらいいのに」

「そんなにいいもんじゃないよ」

「荷造りしてるよね。あたしたちリッチーと一緒に行くの？」

「ピザの耳、ちゃんと捨てて。そう、リッチーと一緒に行くんだから、あんたも荷造りしなさい」

「もうここには帰ってこないの？」

「別にいいでしょ。ここにいる意味はないし」

ルシアはピザの耳をキッチンへ持っていき、ゴミ箱に捨てる。通りにいるリナおばあちゃんをひと目見たくて、おもてに面した窓辺へ行き、カーテンに手をかける。

エイドリアンがつかつかとやってきて、カーテンをひっつかんで閉める。「窓から離れな」

「あんたなんか大嫌い」ルシアは言う。

エイドリアンは声をあげて嗤う。「おたがいさまだわ」

ルシアは二階へ戻る。どのみちバスルームからのほうが、通りをよく見渡せる。家の前に古い素敵な車がとまっていて、まだ外は明るいのにすでに点灯している街灯の明かりを受けて鈍く輝いている。そのとき、ウルフスタインの家に入っていくリナおばあちゃんが見える。

リナ

リナは、初対面（ストレンジャー）の人の家のトイレで用を足している。あの女性はたしかに親切だが、変人だ。レイシー・ウルフスタイン。初対面の変な人（ストレンジ・ストレンジャー）の変（ストレンジ）な名前。

エイドリアン。

エイドリアンのことを考えると気分が悪くなる。

それにルシア。あの子は通りを挟んだところにいる。こんなにそばに。自分はあの子にとって血のつながった祖母だ。普通ならいまごろ一緒にソファにのんびり座って、エンジオにしてしまったことなど忘れたふりをして、近況を伝え合っているはずなのに。

それなのに、自分はこんなところにいる。

ここまでやってくるのは時間がかかった。ＪＦＫ空港周辺の道路が渋滞していたからだ。エンジオのインパラはのろのろと進んだ。いかにもオートマ車に乗っていそうな女があんな車を運転していると、みんながじろじろ見る。リナは、これは自分の車だと言わんばかりに涼しい顔でうなずいてみせながらも、両手はハンドルをきつく握りしめ、演技をつづけるのに必死だった。そのうち、エンジオの家でなにごとも起きなかったような気がしてきた。あの灰皿も血も、すべて現実ではなかったかのような。そして、目指す先には和解と安全な避難場所が待っていると思っていた。家族のほかにだれを頼ればいいのだ？　エイドリアンにエンジオのことを話すつもりだった。彼がなにをしようとしたのか。それに対して自分がなにをしたのか。頭のなかで、何通りも伝え方を考えた。だけど、こうなったからにはどうしよう？

一階に戻ると、ウルフスタインがキッチンでカウンターの前のスツールに座ってビールを飲んでいる。その出で立ちをリナはとっくりと眺める。セーターの下のブラジャーが透けて見えている。それに、学生がはいているようなジーンズ。

「ほんとに飲まない？」ウルフスタインが尋ねる。

リナは答える。「ありがとう、でもいいの」

「少しは気分がよくなった？」

「あんまり」

「動揺してるんだよ。無理もない」

「あなた、お子さんはいるの？　お孫さんは？」

ウルフスタインはマグカップを置くと、ひとしきり腹の底から笑い声をあげ、最後には咳きこむ。「あたしに？　いないいない」やっと落ち着く。「うちの母親はあたしが七歳のときに出ていったの。芸術家のコミューンだかなんだかに行っちまってさ。あたしはいかれた姉と置き去りにされた。その姉っていうのがまた、コーンフレークを食べるのにテーブルスプーンじゃなくてティースプーンを使ったからって妹をぶっ叩くようなやつだったんだよ、ほんとに。自分が母親になったらいろいろやらかすのは目に見えてたから、ならないようにしたの。仕事もあったし」

「仕事?」

「女優」

「ああ、女優さんだったんだっけ。わたし、ジーナ・デイヴィスを見たことがある。うちの近所で『愛に気づけば…』を撮ってたの。あなたはどんな映画に出たの?」

ウルフスタインがまた頬をゆるめる。「絶対あんたは見たことないと思うよ」

「昼メロ?」

「ううん、そういうのじゃない。あんたはどんな仕事をしてたの?」

「ずっと家にいて子育てしてた。夫が亡くなったあと、また経理の仕事をやろうかと思ったんだけど。大学で会計を勉強したから」

「いま独り身?」

リナはうなずく。またソファに座る。「ヴィクっていうのが夫の名前。亡くなるのが早すぎたわ」

「お気の毒に。どうして亡くなったの?」

リナはしょっちゅう訊かれるその質問を聞き流す。「夫の葬儀でエイドリアンと口論になったの。それ以来、あの子とは仲違いしたまま」

「父親の葬式で娘が母親と大喧嘩? そりゃよくないね」ウルフスタインは残りのビールを飲み干し、手の甲で口を拭う。話をつづける。「こないだテレビを観てたんだ。なんて番組だったかもう忘れちゃったけど、ほら、あの午後のトーク番組、あれでちょうどそういう話をやってた。エイドリアンのあんたに対する態度は——トーク番組で言ってたことだよ、もとはね

──あれって一種の暴力なんだって。殴ったり蹴ったりものを投げたりするわけじゃないよ、でも同じことなんだよ。感情の暴力っていうんだって。あたし午後のトーク番組ってよく観るんだよね。勉強になるよ」

感情の暴力。たしかにそうだとリナは思う。急に爆発するエイドリアンの怒りの犠牲者。優しくしてやり、困っていたら助けてやり、よい母親になろうとするよりほかに、どうすればよかったのだろう？　エイドリアンが父親の仕事に影響されたとは考えにくい。あっちはまったくの別世界だったのだから。

キッチンの電話が鳴る。

リナの頭のなかが暴走しはじめる。警察だ。エンジオを発見してリナを追跡し、あなたがかくまっているのは危険な逃亡者だとウルフスタインに警告しようとしているのだ。それかエンジオが生き返って、いや、そもそも死んでいなくて、インパラを探しまわっているのだ。

「今度はだれよ」ウルフスタインが受話器を取る。壁にかかっている赤い電話機は、古いダイヤル式でコードレスではない。色以外はリナの家の電話と同じだ。

ウルフスタインの表情から、電話をかけてきた相手が黙りこくっているのがわかる。

「あと二秒で切るよ」ウルフスタインが受話器に向かって言う。

リナは数える。一、二。ウルフスタインは言ったとおりにする。受話器をフックに叩きつける。「ハアハア言ってるだけ」とウルフスタイン。「久しぶりにかかってきたよ」

また電話が鳴る。

ウルフスタインはすかさず応答する。「いいかげんにしな」

今度は電話の相手がなにかしゃべっている。

「なんでうちの番号がわかったの？」

ウルフスタインがリナに背中を向け、その体にコードが巻きつく。受話器を耳にきっちりと当て、小声で相槌を打ちながら真剣に聴いている。相手の話が終わると、ウルフスタインは大きく息を吸ってしゃべりだす。「ボビー、聞いて。びっくりしたよね。それはよくわかる。あれは全部ほんとのことだよ、嘘じゃない。あんたのおかげであたしは助かった。逃げることができた。この恩は一生忘れない。ボビー、あたしはね、えーと、助けてくれたあんたにほんとに感謝してるのよ。うん、あたしも同じ気持ち」どうやら自分がなにを言っているのかわからなくなっているらしい。

さらに電話のむこうのボビーがなにかしゃべる。さっきよりも声が大きい。

「あんたはいい人だよね、ボビー、ほんとにそう思うよ。だからそんな言い方しないで」

電話が切れる。

ウルフスタインは鋭利な刃を扱うような手つきで受話器をフックにそっとかける。

「大丈夫？」リナは尋ねる。

「やれやれ。なんでもない。別れた男よ」

「脅されたの？」

「『きみを愛してるんだ、このままだとぼくはおかしくなりそうだ』とか言われてもねえ。別れたのはずいぶん前なのに。よくこの電話番号がわかったもんだわ。なにをするつもりなんだか、うちの玄関で頭を吹っ飛ばすとか？　好きにすりゃいい。そりゃあ、自分を捨てた女に文句のひとつも言いたいでしょ」

「警察に知らせなくてもいいの？」

ウルフスタインはかぶりを振る。「ボビーは悪いやつじゃないんだよ。かわいそうな男なの。あたしがちょっと傷つけすぎちゃったかも。まあ、あいつのことで思い出すのは、すごい粗チンだったってことくらいだね。ヘーゼルナッツ並みでさ」

そんなことを言われて、リナは困惑する。背筋をのばして膝に両手を重ねる。上品ぶるつもりはないが、ウルフスタインの別れた男のごくプライベートな部分など想像したくもない。それなのに、エンジオに見せられた映像が脳裏に閃く——どうしても思い出してしまう。洒落た郊外の住宅のキッチンにある新奇な調理器具、たとえば電動ブレンダーにも似た、なめらかな男根。リナはいままでヴィクのものしか見たことがないが、彼のあれはいつも靴下で作った腕人形を彷彿(ほうふつ)とさせた。なんだか不格好で、かわいらしくて。以前、自宅のブレーカーが落ちたとき、暗がりのなか地下室へおり、壁を手探りしてスイッチを見つけ、親指で押した。あのとき、ヴィクに触れるのはこんな感じだったと思った。

こんなことを考えるなんて。おおいやだ。

ウルフスタインはカウンターへまっすぐ戻り、アブソルート・ウォッカのボトルの蓋をひねる。「ボビー・陰気・マーレイ」一口飲んでかぶりを振る。「あたしの記憶が正しければ、ウッドローン出身。フロリダで知り合ったの」

「なにがあったのか訊いてもいい？」詮索したいわけではないが、ウルフスタインは話しやすく、リナの舌もほぐれる。

「あたしたちこれから仲よくなれるかもしれないし、今日を最後に二度と会うことはないかもしれない」ウルフスタインが言う。「どっちにしても、あんたにはほんとのことをしゃべってもいいような気がする。聞く気ある?」

「話してくれるのなら。無理にとは言わない」

ウルフスタインはまたウォッカをあおる。「疲れてるんじゃない?」

「ぜんぜん」

「じゃあ、大事なことからね。あたしはポルノ映画に出てたの。七〇年代から八〇年代にかけて。エイズが流行る前。いまとはぜんぜん違う時代ね。男はみんな毛深いままで、女はおっぱいに詰め物なんかしてなかった。全部本物。撮影はたいてい楽しかったよ。あたしは胸で人気があったの」

「いやらしい映画に出てたの?」リナはまたエンジオと彼に見せられた映像を思い出す。組んずほぐれつする三つの体、ぐちょぐちょパンパンという音、奇妙な台詞。リナの家の近所にはナントカ劇場という映画館があった。名前は忘れてしまった。通称ポルノ・パレス。バース・アヴェニューのその映画館の前を通りかかるたびに目に入ったマーキーの赤いロゴや、伝わってくる独特な雰囲気は覚えている。オーバーコートを着た小汚い男たちが、よろよろと正面入口を出入りしていた——陳腐すぎて嘘くさいが事実だ。床は精液でべとついていたのではないか。作品名や上映時間と一緒に新聞に載っていた映画館の広告も覚えているし、クロプシー・アヴェニューの老人ホームからやってきて上映終了後にズボンのなかで手をもぞもぞさせながら出てくる連中とは違い、ヴィクがあそこへ気晴らしに行くようなタイプではなくてほんとうによかったと思っていたことも覚えている。あの映画館のなかでなにがおこなわれていたのか想像してはいけない。きっと地獄だ。ウルフスタインの出演作も上映されていたのだろうか。

「あたしを軽蔑してるでしょ」ウルフスタインが言う。

「そんなことない」

「わかるんだって」

「ただちょっと……型破りだなって」

「とにかく、話はこれからよ。あたしは結構長いこと、そう、三十代後半まで映画に出てたの。そのころには状況も変わってた。病気が猛威を振るうようになってね。あたしは業界から離れた。だれにも引き留められなかった。そのあとは波瀾万丈よ。クスリにはまるわ、悪い男に捕まるわで、場末のストリップバーで働いてなんとかしのいでたけど、依存症の治療に失敗して、また悪い仲間のもとに戻ってって感じで、なにもかもクソと一緒に下水に流れてったわけよ。そんである朝、アリゾナはユマのどこかで目を覚ましたの。トレイラーパークのなかの一軒で。男の家よ。そいつはトイレでオーバードーズして死んでた。あたしは寝てるあいだに吐いてたんだけど、奇跡的にも窒息せずにすんだ。で、そのときあたしは決めたの。こんなこともうやめて、フロリダに行って人生やりなおそうって」

「死んだ人をほったらかしたの？」

「まあ、ほったらかしっちゃほったらかしだね。そいつの名前ももう忘れた。アリゾナ州ユマって行ったことある？　あいつ、あそこであのまま腐り果てたかもね。だれも気にかけてなかったし、もちろんあたしだって」

「罪悪感はないの？」

「この件に関してはまったく。占い師から五十ドル盗んだときは良心がとがめたけどさ。それから、ハリウッド時代にハニーのフィアンセと寝たときもね——当時、ハニーとは仲がよかったの。サンタモニカ・ブルヴァードの健康食品店で五年間ぶっ通しで万引きしてたのも悪かったって思ってる。あたしだっていろいろ後悔してるんだよ、大なり小なりあるけど。でも、あののろくでなしのジャンキーのことは後悔してない」

「なぜフロリダに行ったの？」

「友達のモーが先にあっちへ行ってたから。あたしたち、何本か共演したの。モーのおかげで人生を立てなおせた。モーには恩がある。あっちへ行ってすぐ、一緒にラジオ番組に出るようになったの。で、成功した。稼ぎはたいしたことなかったけど、体は健康になったし、頭もはっきりした。そのうち、カラオケ・ナイトで『リアノン』を歌うでしょ、そしたらじいさん連中が列を成してあたしを待つようになった。ツキが巡ってきたってわけ。モーに先を越されたけどね。あの子は頭の回転が速いのよ」

「ツキが巡ってきてどうなったの？」

「考えてみてよ、あのへんには金持ちのじいさんが山ほどいる。デッキシューズを履いて、野暮くさいポロシャツを着た連中がね。男やもめとか、女房と別れたやつとか、どっちにしても羽振りがいい。たいてい女の尻を追いかけまわしてる。あたしはそういうジジイに気に入られたし、あたしも金持ちは好き。そこを利用したわけよ」

リナは、なんとかウルフスタインの話についていこうとする。正直なところ、理解している自信はない。正直なところ、いま打ち明けられたことにかなり衝撃を受けてもいる。ポルノ映画にドラッグ――思いもよらない話だ。たしかにウルフスタインはリナより派手な感じがするが、年齢はそう変わらないし、そこまで型破りだったとは、おおっぴらに話せない過去を持っていたとは、見た目ではわからないものだ。

もっとも、おおっぴらに話せない過去を持っているといえば、リナとて同じだ。なにしろジエントル・ヴィク・ルッジェーロの妻だった。彼がなにをしているのかまったく知らなかったわけではないし、噂もいろいろ聞いていた。なにが善い悪でなにが悪い悪なのか、だれが決めるのだろうか。マフィアよりポルノ女優のほうが不潔だと決めつける理由などないのでは？ リナはある種のことには目をつぶりつつ、不公平な世間やずるい他人に非難がましい目を向けてきた。一方で、リナ自身も白い目で見られる対象だった。マフィアの女房。カトリックの偽善者。猫かぶり。

「この話、やめようか」ウルフスタインが言う。

「つづけて」

ウルフスタインは話を再開する。ほぼ十年にわたって男たちから金を騙し取ってきたこと。込み入ったやり口。一度も失敗したことはなく、ずっと順風満帆だったこと。とうぶんのあいだ生活できる程度に現金を蓄えたので、ここブロンクスのモーの古い家に越してきたこと。ところが、いまになって思いがけず面倒なことになったと、ウルフスタインの告白はつづく。カモにした男のなかでもちょろかったボビー・マーレイが戻ってくる。ウルフスタインとしては演技の愛だったのに、ボビー・マーレイはあのころのようにほんとうの愛がほしいと言っている。

話が終わると、リナはごくりと唾を呑みこみ、尋ねるまでもないことを尋ねる。「それで、これからどうなるの？」

「さあね」ウルフスタインは答える。「前にも一度だけこんなことがあったの。クリストファーって男がいたんだけど、そいつがフォートマイヤーズに帰ってきたときに見つかっちゃった。ちょっと脅されたよ。金を返してやったら、絡んでこなくなったけど。あれは例外」

「ボビーがこっちへ来るの？」

「もう来てるかもね。さっき、バーであたしを捜してるやつがいたって言われたから」ウルフスタインは言葉を切る。「あたしって悪いやつだと思う？」

「悪人は自分が悪いやつかどうかなんて考えないと思う」

「いいこと言うね。ありがと」

「ヴィクによくそう言ってたの。あの人も気に病んでたから。いつもじゃないけど、ときどきね」

「旦那さんも後ろ暗い秘密を抱えてたの？」

「マフィアのメンバーだったの」

「へええ。信じられないね。あんたって見るからに真っ当そうじゃん」

「真っ当よ。子どものころからね。もしかしたら真面目すぎたかもしれない。ヴィクがマフィアだったのは事実よ。それがあの人の世界だったし、その世界でうまくやってた。あれこれ考えないようにするのは簡単だった。いつかあの人が殺されるかもしれないっていう不安はあっ

「たけれど」

「その不安が現実になったんだ?」

リナはうなずく。「九年前にね。うちの玄関先で、リトル・サル・ラヴィグナーニに。だれかの恨みを買ったわけじゃないし、なにかしくじったのでもない。リトル・サルはいきがってただけ。簡単に言えばね」

「あらまあ」

「わたしも悪いことをしたの」リナは言葉に詰まりそうになる。

「あんたが？　なにをしたの？」

沈黙。

「あの車と関係があるんでしょ」ウルフスタインはまたパジャマパーティの女の子のような顔になり、両手を打ち合わせる。リナの隣へいそいそとやってきて腰をおろす。「話して」

「どこから話せばいいのか」

「うちのトイレに格言の本があるんだけどさ。気づかなかったでしょ。予備のトイレットペーパーの隣に白い大きな本があるの。格言がたくさん載ってるのね。あたしが気に入ってるのは〝友人とはみずからへの贈り物である〟ってやつ。ロバート・ルイス・スティーヴンソンの言葉よ。あたしたち友達になる運命なんだよ、リナ、あたしにはわかる。話したければ聞くよ」

「わたしがしたことは、ほんとうに悪いことなの」

「あたしがいま話したことより悪い？」

いまやリナの目からは涙があふれそうになっている。自分のしたこと、してしまったことの重みに胸がつぶれそうだ。あれは熱に浮かされて見た悪夢ではない。あのいやらしい老いぼれのせいで、ついカッとしてしまった。あの男がしつこかったからだ。あんなにいやだと言ったのに。

「当ててみせようか？」ウルフスタインが尋ねる。

リナは思わず口走る。「わたし、人を殺してしまったかもしれない」

ウルフスタインは驚くそぶりすら見せない。「殺されてもしかたのない男だったんだろ」

「どうして男だとわかったの？」

「あんたを見てりゃわかるよ。あんたがだれかを殺したのなら、それはあんたに手を出そうとした男に決まってる。男だよ。女だとは思えない。普通はそうでしょ」

「あまりにもしつこかったの」リナは言う。「近所のエンジオって人。年寄りよ。わたしよりも年上。いやだと言っても聞かなくて。さわってきたの」リナは膝を見おろし、泣き声が漏れる。泣くんじゃない、リナ。「そいつのガラスの灰皿をつかんで、頭を殴りつけた。そうしたら、倒れたときにテーブルに頭をぶつけたの。出血がすごくて。ほんとにすごかったの」言葉を切る。「わたしはそのまま逃げた。そいつの車に乗って、一目散に逃げたの」

ウルフスタインは声をあげて笑う。「あんたマジで最高だよ」

しばらくウルフスタインと話をしているうちに、リナはなにも悪いことをしていない、むしろ正しいことをしたような気がしてくる。たしかにインパラを盗んでブロンクスへ逃げてきたけれど、それのどこが悪いのだ。一見悪いことのようだが、実際には無理からぬことだ。それに、エンジオがすぐに発見されるとは限らないのではないか？　一週間後かもしれないし、一カ月後かもしれないし、それよりずっと先かもしれない。ねぐらで孤独死するひとり暮らしのじいさんなんていくらでもいる、とウルフスタインは言う、においが外に漂ってくるまでだれも気づかないんだから。

彼女の主張は煎じ詰めるとこうだ。気にしない気にしない。堂々としてりゃいい。エンジオは殺されてもしかたないやつだったのさ。

リナの気持ちは落ち着いた。

「あたしたち、知り合う運命だったんだよ」ウルフスタインが言う。「ふたりで助け合おうよ。ねえ、散歩に行かない？」

リナはうなずく。「行きましょう」

ふたりは通りへ出て、エイドリアンの家の前を通り過ぎる。見たところ、窓から外を覗いている者はいない。「もう一度、がんばってみようかな」リナはつぶやく。

「そうしなよ」とウルフスタイン。「ちょっと頭を冷やしてから、会いに行けばいいよ。よかったら一緒に行ってあげるからさ」

「いいの？」

「もちろん。あんたには孫娘に会う権利がある」

ふたりはインディアン・トレイルに入る。風景が美しい。ウルフスタインはこの界隈のことや親友モー・フェランのルーツの話をする。リナはここがブロンクスだとは思えない。イースト・リバーをはしけが進んでいく。プライベートビーチが見える。通りの名前を記した木の看板も目につく。手入れの行き届いた芝生の庭。小道に横倒しになっている自転車。ふたりの前を数匹のリスが駆け抜ける。ニューヨークではなく、ナンタケット島かメイン州のどこかにいるようだ。もっとも、リナはナンタケット島にもメイン州にも行ったことはない。映画で見ただけだ。リナはウルフスタインの話に適当に相槌を打つ。

いつのまにかまたエイドリアンのことを考えている。また会いに行くのが怖い。情けない、エイドリアンを恐れるなんて。母親のくせに、娘に会ったらどんな反応をされるか思いわずらうなんておかしい。ただ会う、だけなのに。勇気がどんどんしぼんでいく。

リナの母親はよくできた人だった。子どものころはときどき箒（ほうき）を持って追いかけてきたし、たしかに過保護気味ではあったが、リナはできるだけ母親の役に立つことをしたり、愛情を示したり、よろこんでもらおうと努力した。よい娘とはそうするものだ。でも、エイドリアンがよい娘になることはいまもこれからもないのだと、いいかげん受け入れるべきなのかもしれない。この手のことはどうしようもない。具体的な策などない。リナが思うに、これといった理由もなくひねくれる娘もいるのだろう。関係を修復しようと試みることはできるけれど、もしうまくいかなかったらどうする？　なによりも大切なのはルシアだ。ルシアとはなんとかしてつながりを持ちたい。おそらくいまが最後のチャンスだ。

ルシアの年頃だったころのエイドリアンを思い出す。ひょろ長い脚にだぶだぶのセーターを着て、異様なほどホッケーに入れこんでいた。レンジャーズがどうしたこうしたとうるさかった。自室にこもっていた。はじめてエイドリアンがリナに歯向かったあの日は誕生日だった。コロンブス騎士団のホールで開いたパーティ、ファミリーのメンバーたち、ルッソの店のケータリング、ＤＪ。ヴィクの仲間たちは誕生日プレゼントに現金を詰めた封筒を持ってきたが、リッチー・スキャヴァノは二千ドルを入れた靴の空き箱をエイドリアンに贈った。女房たちが火にかけたトマトソースとミートボールをよそった。リナは彼女たちのだれとも親しくしていなかった。ああはなりたくないと思っていたからだ。エイドリアンは隅のテーブルに座り、コルクのパネルを張った天井際に浮かんでいる風船から垂れるリボンの端を不機嫌な顔でいじっていた。

「パパとママがあなたのためにこんな盛大なパーティを開いてあげたのに、なにを拗(す)ねてるの？」あのときリナは声をかけた。

「こんなのくっだらない」エイドリアンは言った。

リナは声を尖らせた。「いとこのみんなと話をしてきなさい。みんなあなたと話したがってる。遠く(アップステイト)からわざわざあなたのために来てくれたんだからね」

「ロックランド郡は遠くないし」

「いいかげんにしなさい、Ａ。機嫌をなおして」今度は優しく言った。思春期でいらいらしがちなのだ、わかってやらなければならない。

「うっせーな」エイドリアンはリナをにらみつけた。

リナは騒ぎを起こしたくなかったので、外に出て深呼吸した。角のバスの停留所のそばで親戚が煙草を吸っていたので、反対方向へ少し歩き、フェンスの支柱にもたれて泣いた。胸を拳で殴られたような気分だった。あの日、なにかが壊れてしまった。いや、その前から小さな崩壊ははじまっていて、リナが気づいていなかっただけかもしれない。

エイドリアンは道を誤った。それ以降、ハイスクール時代は門限破りと約束破りの連続だった。あのころからリッチーとの関係がはじまっていたのだが、リナが知ったのはずっとあとだ。いま思えば、リナは娘を理解しようとしたことがなかった。エイドリアンがヴィクの外での顔を知っていたことはたしかだ。知らずにいられるわけがない。ただ、どこまで知っているのか尋ねてみたことはなかった。ヴィクの仕事について、彼が毎日なにをしてなにを見ているのか、エイドリアンと話したことはない。エイドリアンにはきつい話ではないかと思っていたからだが、ヴィクの仲間の子どもたちは順応し、とくに問題なく育った。チャズ・カルーソの息子は弁護士になった。ラルフィー・バロンチェッリの娘はバレリーナだ。エイドリアンだけが環境のせいで身を持ち崩したというか、環境に取りこまれてしまったというか、とにかくあんなふうになってしまったのはなぜなのか、リナにはわからなかった。いろいろいやなこともあっただろうが、生まれ育ちは変えられない。

今度は六歳のころのエイドリアンが庭で縄跳びをしているところが思い浮かぶ。あの子の笑顔。真珠のようなかわいい歯。お気に入りだった虹色のシャツ。両腕の産毛（うぶげ）。スニーカーがコンクリートを打つリズミカルな音。コンクリートの裂け目からのびる雑草が青々としていた。あの庭はわたしたちの庭だった。

「ぼんやりなに考えてんの？」ウルフスタインが言う。

「なんでもない」リナは答える。「エイドリアンになんて切り出せばいいのかわからないの」

「〝あんたには心ってものがないのか、この恩知らず〟ってのはどう？」ウルフスタインはにんまりと笑う。

「どうかな。正しいやり方かもしれない。強面でいくわけね」

「ハンドバッグに入るちっちゃいルガーを持ってるから貸してあげようか。弾は入ってないけど。見せびらかすだけならいいでしょ」

冗談だとわかってはいるものの、リナは銃が好きではない。ヴィクは抽斗いっぱいに銃を所有していた。リトル・サルはヴィクを撃ち殺した銃をきれいに拭いて、リナが庭で育てていたバジルの横に放り捨てていった。二日後、モスト・プレシャス・ブラッド教会のそばの理髪店で頭を剃っていたリトル・サルは、リッチー・スキャヴァノにその銃で顔に弾をぶちこまれた。リトル・サルが殺されたことは組織幹部からリナに知らされ、すぐさま新聞にも載ったが、リッチーが六二分署にしょっぴかれることはなかった。袖の下を使ったのだ。

「それは遠慮しておくわ」リナは答える。「でも、もっと強く出るべきかもね。たぶん、そこがわたしのよくないところなの。優しくしすぎた。ものわかりがよすぎた。だからエイドリアンにさんざん踏みつけにされたのよ」

「あたしの母親とは違うね」ウルフスタインが言う。「あの人は腐りきってた。出ていって何年かしてから戻ってきたの。お母さんを許してやれってみんなから言われた、許してやれば気持ちに区切りがつくって。だけど、あたしはあの人が怖かった。あたしを棄てた母親だよ。それでも許そうとしてみた。あのころあたしは禁酒会に入ってて、立ちなおろうとしてたの。でも結局、あの人はあたしを利用しに帰ってきただけだった。あたしのことをただの金蔓だと思ってたの、なにもかもなくしちゃったのを知りもしないでさ。それで、縁を切った。とにかくひどいやつだった」

「大変だったのね」

「ひどいやつっているんだよ。そいつになにをしてあげたか、してあげなかったかは関係ない。あんたのせいじゃない、あたしはそう思う」

リナはうなずく。「できればエイドリアンと仲なおりしたいけどね」

「ちっちゃい銃が必要だったら遠慮なく言ってね」

スログズ・ネック・ブリッジとホワイトストーン・ブリッジ、さらにそのむこうのマンハッタンのスカイラインを望むグリーン・グラスというこじんまりした公園に着く。9・11の小さな石碑のまわりにはミニサイズの星条旗が何本も立っている。石碑には〝決して忘れない〟と刻まれている。

「たくさんの消防士がこの辺に住んでたの」ウルフスタインが言う。「いち早く現場に駆けつける人たち。あたしもよくは知らないんだけどさ。あのときはフロリダにいたしね。みんなここに集まって、煙を見てたらしいよ」

「怖かったでしょうね」

「うん。でも、だれもかれもが語るんだよ。愛する人を失ったって話は、ここの人たちの物語なのにさ。日常を壊されたのはここの人たちなんだ。当事者は語りたがらないけれど。関係ない連中ばかりがしゃべりたがる。〝知り合いの知り合いがいた〟とかさ。悲劇の登場人物にならないと、悲しいことも悲しめないわけよ」

「そうね」

「この辺は消防士がたくさんいてくれてありがたいよ、ほんとに。あたしは火事が怖くてたまらないの。一九七八年に住んでたローレルキャニオンの家が火事になったんだけど、あたしは酔いつぶれててさ。いまでも悪夢を見るよ。だからベッドの下に避難梯子(ばしご)をしまってる。煙のにおいがしたら、十秒で寝室の窓から避難できるんだ。ただし、お酒はほどほどにしないとね。目を覚ましたら炎に巻かれてたなんてことになるからさ。あの火事のとき、友達のジョージーナも一緒にいたの。すっかりラリってて、引きずり出してやらなきゃならなかった。危うくふたりとも焼け死ぬところだったよ」

「忘れもしない、うちの近所の教会も全焼したの」リナは言う。「わたしは当時、ブルックリン・カレッジの学生で卒業を控えてた。セント・メアリー教会にはずっと通ってる。じつは今朝もミサに出たの。あのころ主任司祭だったライリー神父はいい人だったな。わたしは友達のジニーとピザを買って帰る途中で、線路のむこうに煙があがってるのが見えたの。わたしたち、そばまで行ったものの、焼け落ちる教会を立ちつくして見てた。わたしが洗礼を受けたのも、両親が結婚したのも、あの教会だったのよ。ライリー神父は角の銀行の壁に寄りかかって〝再建するぞ、再建するぞ〟ってつぶやいてた。まだ完全に灰になってないうちから再建するって言ってた。あれは911に似た体験だった。わたしにとってはね。胸が痛んだ。

でも、ほんとうに再建されたの。三年間、学校の講堂でミサをやってたんだけど、新しい教会が建った。その少しあとに、新しい教会でヴィクと結婚したの。あの火事のことはたびたび思い出すわ。信徒席でロザリオを握りながら考えてしまうの、〝ここにあった教会は焼けてなくなったんだなあ〟って」

「テロ攻撃だの火事だの、やんなっちゃうね」ウルフスタインがかぶりを振る。「さて、エイドリアンともう一度対決する覚悟はできた？」

　リナは答える。「できた、と思う」


　やけに明るくやけに青い空を見あげると、やっぱりうまくいかないんじゃないかという気がしてくる。立ちこめる禍々（まがまが）しい静けさ。世界がどんよりとよどんで見える。リナのかたわらにはウルフスタインがいる。リナがノックをしようと手をあげたとき、不意にドアがさっと開く。そこにはエイドリアンが立っている。「また来たの？」あいかわらず険しい顔つき。少女だったころの面影。みんなが言うようにヴィクに似ているのだとすれば、きっとそのヴィクはリナのよく知らないヴィク、仕事で人の腕を折ったり頭をかち割ったりしていたヴィクだ。

「ええ来たわ」リナは言う。「わたしはあなたとルシアを見限るなんてことはしない。絶対に」

　エイドリアンは敷居の上で両足首を交差させ、リナと目を合わせないようにインパラを見やる。「あれ、うちの通りのエンジオの車じゃない？」

「借りたの」

「ママの彼氏？」

「まさか、彼氏なわけがないでしょう」リナは言葉を切り、深呼吸する。「ルシアに会わせてくれる？」

　エイドリアンはウルフスタインに目をやる。「なんであんたがママと一緒にいるわけ？」

「用心棒よ」とウルフスタイン。

「用心棒。へーえ」エイドリアンは半笑いを浮かべる。

家のなかでどたばたと階段をおりてくる足音がする。ルシアがエイドリアンの背後に現れ、無理やり横を通り抜けようとする。リナは不意に悲しいようなうれしいような気持ちで泣きたくなる。娘と孫娘。血のつながりをまた感じる。ルシアの顔立ちにはヴィクの顔がちらつく。目と鼻、そして柔和な感じの顎までもヴィクと同じだ。ルシアは、若き日のヴィク、キャッツキルズへハネムーンに出かけたときの彼と同じ穏やかな感じ。リナは、この瞬間がいまにも断ち切られるのではないかという予感で震えている自分のやせて骨張った両手を見おろす。

「家のなかに戻りな」エイドリアンが言う。

ルシアが顔を輝かせる。「リナおばあちゃん！」

リナはルシアを抱きしめたくてたまらず、両腕をのばす。「ああ、ちびちゃん」

「エイドリアンがあたしを連れてここを出ていこうとしてるの」ルシアの声は切羽詰まって不安そうだ。「エイドリアンとリッチーが。あたしを連れていこうとしてる。行き先はわからない。あたしおばあちゃんと一緒にいてもいい？」

「黙ってさっさとなかに戻りな」エイドリアンが言う。「あと、あたしをエイドリアンって呼ぶな。ママって呼ぶんだよ」

「わたしの孫にそんな口をきかないで」リナはルシアに手をのばす。

「きいたらどうだっての？」

「あたしが黙っちゃいないよ」ウルフスタインが割りこむ。

エイドリアンが笑い声をあげる。ルシアはまだエイドリアンの横をすり抜けようとしているが、荒っぽく押し戻されてしたたかに尻餅をつく。「うちらがなにをしようが口出しすんじゃねえよ」エイドリアンがリナに向かって吐き捨て、ぴしゃりとドアを閉める。

狼狽（ろうばい）したリナはウルフスタインに慰められながら、態勢を立てなおすためウルフスタインの家に戻る。ウルフスタインがドアをあけたとたん、キッチンのカウンターの前にひょろりとやせた老人が座っているのが見え、ふたりともぴたりと動きを止める。老人は人参（にんじん）のような色の肌をしている。真っ黒に染めた髪。長く垂れさがった耳たぶ。オウム模様の安っぽいアロハシャツの胸ポケットから、ハードタイプの眼鏡ケースが突き出ている。煙草をくわえ、天井に向かって煙を吐く。どことなく役者っぽい――が、リナには名前が思い出せない。あの好きな映画に赤毛と共演していたあの役者は――あの映画のタイトルはなんだったっけ？　リナはエイドリアンのせいで動揺している。頭がまともに働かない。先ほど電話をかけてきた男のことを忘れている。ウルフスタインのほうを振り向くと、彼女は怯（おび）えているというよりもあっけにとられている。

ウルフスタインは顔をしかめ、テーブルに家の鍵を放り出す。「いらっしゃい、ボビー」落ち着いているふりをしている。

「レイシー」ボビーが煙草を深々と吸う。ブロンクス訛（なま）りが濃い。「そちらのご友人は？」

「リナよ」

リナは手を振る。

「外のインパラはおたくのか？」ボビーが尋ねる。

「ええまあ」リナは答える。

ボビーは煙草をカウンターで揉み消す。「その〝ええまあ〞って答えの裏にはなにやらおもしろい話がありそうだな」ズボンのポケットに手を入れ、小さな銃を取り出す。

リナの胸はぎゅっと縮こまる。

「ちょっとそのへんをほじくり返してたら、こいつが見つかった」ボビーは人差し指で銃をくるりとまわそうとして失敗し、カウンターに落とす。

「弾は入ってないんだけど」ウルフスタインが言う。

ボビーはまた銃を取り、銃口を自分の頭に向けて引き金を引くが、ほんとうに薬室は空だ。

「なんだ、つまらないな」銃をゴミ箱のほうへ放り投げるものの、大きくはずす。ふたたびポケットに手を入れて今度は封筒を取り出す。「これも冷蔵庫の上にあった」封筒からたたんだ紙を引き出しながら言う。「モーとかいう友達からの手紙だ、きみがフロリダでカモにしていた男のことが書いてある。〝ほら、あのボビーってやつ。しょぼくれた男だったよね、つい同情しそうになっちゃった〞。まあ、全部わかっていたことだが、こんなふうにはっきりと思い知らされるとやっぱり傷つくね、レイシー」手紙を封筒に戻し、カウンターに放る。

「ボビー、落ち着いて」

いまやボビーはスツールに座ったまま身を屈め、足首のあたりをいじっている。彼が足首に巻きつけたホルスターから、別の手のひらサイズの銃、こちらはパールグリップのものを取り出そうとしていることにリナは気づく。彼は銃を持ちあげ、銃口を自分のこめかみに当てる。

「どうやらきみの銃じゃなくてこっちを使うしかないようだ」

「ちょっと待った」ウルフスタインが両手をあげる。「早まらないで。ばかなまねはやめなさいよ」

「きみのせいでぼくの心はずたずただ」ボビーは号泣しはじめる。

「ボビー、やめて。お金は返すからさ。ほんとはお金を返してほしいだけなんでしょ?」

「金なんかどうでもいい!」ボビーは叫び、自分の頭から銃口を離してウルフスタインのほうへ向ける。

リッチー

ふたたびベンソンハースト

カッシオのソーシャルクラブは十八番街と七十八丁目の交差点にある。リッチーは店へ入っていく。ここに来るのは久しぶりだが、ヴィクと仕事をしていたころは常連だった。ソニーがのしあがっていつも奥のテーブルを陣取って長居するようになってからは、足が遠のいた。バーカウンターのなかにいるのはカプランで、ぴかぴか光るエスプレッソマシーンを操作している。あいかわらずはげちょろけのティンセルが壁を飾っている。レジのむこうに立てかけた額に入っているのは、ジョー・ディマジオのサイン入り写真だ。五台のカードテーブルと折りたたみ椅子。ウィリアムズバーグのフレディ・タッチから手に入れたMAC10短機関銃と、車椅子のジム・ストラゼラに特注したサイレンサーは、エルドラドのトランクに置いてきた。この計画は念入りに考えてある。土壇場で失敗する可能性がないわけではないが、そのための準備はしていない。とにかくクレアがここに来ないことを祈るのみだ。

奥のテーブル席にはアイス・ハウス・ジョニーとニック・ミネルヴィーノが座り、ふたりのあいだの床につやつや光る黒のアタッシェケースが置いてある。いまのところソニーがいる様子はない。

リッチーはカプランに挨拶する。

「久しぶりだな」カプランが言う。

カプラン。彼は四十五歳くらいのはずだが、六十五歳に見える。リッチーは彼を信用している。ここでなにが起きても、カプランは口をつぐんでくれる。安全だ。ヴィクはいつも「カプランは優先順位をわかってる」と言っていた。リッチーとソニーの関係が冷えきっているのを承知のうえで、リッチーが毎日ここに顔を出しているかのように平然としているカプランはさすがだと、リッチーは思う。リトル・サルがヴィクを殺したことでソニーとクレアがどんなに得をしたか、ここ数年ささやかれている噂はカプランも耳にしているはずだ。

「頼みがある」リッチーはカウンターのディスペンサーから爪楊枝を取り、指で挟んでもてあそぶ。

「なんだ」

リッチーは身を乗り出す。「ほんの短時間でいいから、裏口をあけておいてくれ」

カプランはうなずく。リッチーがなにをするつもりなのかわかっているようだ。

リッチーは奥のテーブルへ歩いていく。先にジョニーが立ちあがる。リッチーは彼の頬にキスをする。それからニック。ニックは体を離したとたんに言う。「なんの用だ、リッチー?」

「久しぶりなのにご挨拶だな」

「今日はいい日和(ひより)だ」ニックがほほえむ。「いい天気じゃないか。ディベラのパン屋のあとに入ったベトナム料理屋にはもう行ったか?」

「クレアはどうしてる？」リッチーは尋ねる。

「クレアはクレアだ。ソニーが来るのは知ってるんだろう？」

「なんでも知ってるさ」

「で、どうした、ハブられたと思ってるのか？」

カプランがレモンを添えたエスプレッソ三つと角砂糖を運んでくる。この店ではコーヒーといえばこれだ。飲めなければ追い出される。以前、リッチーはここでジャッキー・エスピファニオの息子と居合わせたことがあるが、あの間抜けはカフェインレスのクリーム入りを注文した。そのせいで、だれかの娘のパンツのにおいを嗅いだのがばれたのかと思ってしまいそうなほどぼこぼこに殴られた。そして、外は雨が降っているのにゴミのように放り出された。ジャッキーもその場にいた。息子がひどい目にあっても平然としていた。「なにがカフェインレスだ、情けねえ」リッチーは、あのときジャッキーが言ったことを覚えている。「すまんな、みんな。あいつも懲りただろう。ありがとよ」なんと、礼を言ったのだ。信じがたい。

リッチーはカップの縁にレモンをこすりつけ、カプランに目配せする。

「波風立てようってのか？」ニックがリッチーに尋ねる。

リッチーは椅子にゆったりと座り、頬をふくらませて板張りの天井を見あげる。「おれがなにをするつもりかって？　いい質問だ」

「答えろ、おれの手をわずらわせるつもりか？　今日のおれは人生に飽き飽きしてるんでね。娘がヘルペスをもらってきやがったんだ、嘘みたいだろう？　いままで大事に育ててやったのに、よりによってヘルペスだ。キスでうつるんだよな？　つまり、どこのどいつがあいつにキスをしたのか、おれはそれが知りたい」

アイス・ハウス・ジョニーが口を挟む。「まったくだ、ニック。悲劇だな」

「ヘルペスは悲劇じゃねえよ、ばか野郎」ニックがジョニーに言う。「おまえは大げさなんだ。ただ、あいつがだれかれかまわずやりまくってるのかどうかは知りたいね。まだ十三だぞ。まだ大丈夫だと思ってたのにな。去年、新しい自転車を買ってやったばかりなんだ。ついこの前まで自転車をほしがってたのがそんなに早く色気づくもんなのか？」

「近頃の十三歳はませてるからなあ」

「このヨギ・ベラ（元ヤンキースの捕手。数々の名言を残した）の御託はちゃんと聞かないとな」ニックは笑い、エスプレッソを飲む。「元気づけてほしいときはいつもジョニーが頼りだ。能力に限界のあるやつの能力だよ」

「おれをからかってるんだろう」とジョニー。

「からかってるんだ」リッチーは言う。

「いま思ったんだが、リッチー」ニックが言う。「おまえにこんな話をするんじゃなかった。なにしろおまえがエイドリアンとつきあいだしたのは、えーと、あいつが八年生のときじゃなかったか？　いやはや、ヴィクが知らなくてよかったな。エイドリアンはいまどうしてるんだ？　いまでも会ってるのか？」

「エイドリアンの話はするな、いいか？」

「痛いところをついたか、悪いな」ニックは気取ったイギリス人のように指を曲げ、またエスプレッソのカップを口につける。

ソニー・ブランカッチョがクラブに入ってくる。百三十キロを超える体軀。身長がますます低くなったように見える。汗をかいている。特大サイズのスーツのジャケットはほとんど膝丈で、黄色いネクタイはほどけている。禿げあがったひたいをハンカチで拭う。太い指にはいくつもの大きな指環。首には小さなほくろが点々と散らばっている。耳たぶに盛りあがった傷痕は、一九八八年にマッド・ドッグ・リッゾに嚙みちぎられたあとだ。うどの大木ふたり、ラルフィー・バロンチェッリとチャズ・カルーソが両脇に控えている。

カプランがソニー専用の赤い椅子を運んできて、リッチーの隣に置く。ニックとジョニーが立ちあがってソニーの頰にキスをする。リッチーもキスをする。ラルフィーとチャズも、それぞれキスをされる。全員がキスを終えてから着席する。

「リッチー、いまさらなんの用だ?」ソニーが尋ねる。「おまえは呼んでないぞ。おれの記憶が正しけりゃ、おれはおまえに今日の集会に来いとはひとことも言ってない」

「ああ、呼ばれてないね」リッチーは言う。

「では、いったいどうしておまえにご同席いただけるのかな?」

「おれは疲れたんだよ、ソニー」

「疲れたんなら昼寝でもしてこいや」

だれもがいっせいに笑い声をあげる。

「こいつは疲れたそうだ」ソニーは財布を取り出し、百ドル札を掲げる。「ラルフィー、チャズ、そこの一ドルショップでリッチーに枕とアイマスクを買ってきてくれないか? それから、奥の寝台で寝かせてやろう。ぐっすり眠れるぞ」

また笑い声があがる。

ソニーは百ドル札をジャケットのポケットにしまう。

「そりゃおもしろい、ソニー」リッチーは言う。「おもしろい、ソニイ。どうだ。詩人だろ」

ソニーはもう笑っていない。

カプランがソニーにエスプレッソのダブルとシードクッキーを運んできて、店の奥に消える。

ソニーはコーヒーにクッキーを浸し、もぐもぐと食う。「おれの見たところ」リッチーに言う。「おまえの本当の目的は知らんが、今日はおれに喧嘩を売りに来たんだろう。はっきり言えば、ずいぶん前からおれに喧嘩を売りたかったんじゃないのか。だとすれば、じつに気に食わん」

リッチーは空のカップに口をつけた。いつのまに空になっていたのだろう。中身を全員に見せた。「空だ」底に残った滓を指す。「サリー・ボーイ・プロヴェンザーノは覚えてるか？」

「おれにサリー・ボーイ・プロヴェンザーノを覚えているかと訊くのか？」ソニーが言う。

「ソニーがサリー・ボーイを忘れるわけがない」とラルフィー・バロンチェッリ。「いったいなんのまねだ？　盗聴器でも隠してるのか？」

「おれたちを売るつもりか？」とチャズ。

ソニーがラルフィーとチャズに合図する。「調べろ」

「好きなだけ調べりゃいい」リッチーは言う。「盗聴器どころか得物ひとつ出てこねえよ。出てくるのは、前とは違うハートだけだ」

「なんだそのくだらねえたわごとは？」ニックが言う。

「サリー・ボーイ・プロヴェンザーノの話をさせてくれないか」

「おれはそこまでひまだったか?」ソニーが大げさにため息をつく。「そいつの話は知ってるんだがな、クソキモ野郎」

「クソキモ?」アイス・ハウス・ジョニーがつぶやき、ニックにまたつつかれる。

「サリー・ボーイ・プロヴェンザーノは疲れた」リッチーは言う。「虚仮にされることに疲れたんだ。大きなヤマを当てたのにだれも注目してくれないことに飽き飽きした。裏切りにうんざりした。たとえば、ジェントル・ヴィクみたいな男が功名心にはやった雑魚に殺されるようなことにうんざりした。クレアみたいな仁義もクソもねえサイコ野郎にうんざりした。そんなわけで、長らく律儀に励んでいたサリー・ボーイは——」

ソニーがさえぎり、締めくくる。「ある日突然、反旗を翻した」上唇を吸う。「サリー・ボーイがどうなったか知ってるだろう? 百万ドル近い大金を盗んで逃げる途中、メリーランドのドライブインでコジモ・ザ・フィグに消された。これは脅しのつもりか? やるのか、リッチー? これは宣戦布告か?」ソニーは立ちあがるのに難儀している。足が小さいのだ。そして逆上している。またクッキーを取り、ぐちゃぐちゃと咀嚼してかけらを襟にぼろぼろ食べこぼしながらしゃべりつづける。「ヴィクがくたばったあと、おまえにはあんなによくしてやったのに、ここへのこのこやってきて脅すのか? これがおまえの恩返しか?」

「ものごとには順序ってもんがある」ニックが言う。「ソニーに不満があるなら上に相談するのが筋だろうが。おれらがなぜここに集まるのか、それは不満を解決するためだ」

「不満? それを言うなら、クレアにも不満はある。なんでまたソニーだけに問題があるって話になるんだ？」

「おまえ、おれたちに腹を立ててるのか、それともソニーにか？」ニックはほんとうにわからないらしい。

「だれもかれもに腹を立ててるんだ」リッチーは答える。

ソニーがテーブルを両手で強く叩き、エスプレッソのカップがソーサーの上でガチャンと鳴り、残りのシードクッキーが皿から派手にこぼれる。「いきがるのもたいがいにしろよ、リッチー。ラルフィーとチャズに地下へ連れていかれて、便器に顔を突っこまれるはめになるぞ」

リッチーは少しも怖じ気づかない。むしろ高揚している。生きている実感がある。エイドリアンのことを思う。さっきキッチンで自分があっというまにイッたのは、エイドリアンがすごすぎるからだ。次が待ちきれない、ハイウェイ沿いのモーテルで休憩しよう。ルシアには別の部屋をあてがって、有料放送の映画でも見せておけばいい。リッチーはソニーをひたと見据える。

「じろじろ見てんじゃねえ、おれはクリスマスの飾りかなにかか？」ソニーが言う。

「提案がある」リッチーは言う。

「おれに提案？」

「おまえら全員に提案だ」リッチーはテーブルの周囲に向かってさっと手を振る。「おれはニックとジョニーのあいだに置いてあるそのアタッシェケースをいただいて、おとなしく出ていくってのはどうだ？　そしてソニー、それからここに集まってるクレアの新しい参謀諸君、おまえらはそれをおれに対する和解金だと考えろ」

「で、おまえは金を持って夕陽を目指すってか?」

「あくまでも提案だ。もちろん、そうならない可能性も考慮している」

「おまえが考慮すべきはおれのタマの加減だ」ソニーが声をあげて笑う。笑い声と一緒にテーブルが振動する。ニックとジョニーも笑いだす。ラルフィーとチャズもつづく。「こいつ、ほんとうにおれに喧嘩を売ったぞ」

「いや、おまえの言うとおりだよ、ソニー」リッチーは言う。「いまのは全部冗談だ。おれはおまえらが今日ここに集まると聞いて、ちょっと文句を言ってやろうと思っただけなんだ」

「この野郎」とニック。「まったく、びびらせるんじゃねえぞ、リッチー。ほんとにびびったんだからな。思わせぶりなことを言いやがって」

「まったくだ、おまえを殺すはめになるなぞごめんだからな」とラルフィー。「おまえのことはずっといいやつだと思ってたんだぞ、なんたってミッキー・マントルの野球カードをくれたしな」

「あれは貴重なカードだ」

「おまえ、いまでも仲間だよな?」ニックが尋ねる。

「もちろんだ」

「クスリかなにかやってるのか知らんが」ソニーが言う。「おまえの冗談は笑えなかったぞ。まんまとだまされたが、そもそもおれをだますのはやめておけ。サリー・ボーイ・プロヴェンザーノ——いったいなにを考えてたんだ? その名前を出すだけで始末されてもおかしくないのに」

「わかってるわかってる。悪かったよ。おれの笑いのセンスは近頃すっかりいかれちまった」

「頭にガタが来てるんじゃねえか。ここの配線に。ストレスやら心配ごとやらはよくないらしいぞ。ロシア人のところでちょっと気晴らししてこい。頭がちゃんと働くようになる」

「そりゃいいな。ちょっといらいらしてるんだ」リッチーは立ちあがり、テーブルを一周しながら全員にキスをした。「諸君、おれの大人げないふるまいを許してくれ」

「病気野郎め」ソニーのつぶやきを聞きながら、出入口へ向かう。

外に出ると、消火栓のそばにとめておいた白い八二年型キャデラック・エルドラド・ハードトップ・クーペへ歩いていき、運転席に乗ってイグニッションにキーを差し、エンジンをかけてアイドリングさせる。グローヴボックスからとっておきのディ・ノビリ・トスカーニの葉巻を取り出す。車のライターで火をつけ、窓をあけて煙を吐き出し、ラジオをつけてよさそうな局を探した。ヘンドリックス。スプリングスティーン。イエスを流している一〇四・三に決める。クラブを見張る。

しばらくして車を発進させ、角を曲がってクラブの裏口のある狭い路地に入る。路地は両脇を高いフェンスに挟まれ、近隣の建物からは木立にさえぎられて見えない。

コインを入れた灰皿で葉巻の火を揉み消す。車のエンジンをかけたままトランクをあける。それに外に出てトランクのなかに屈みこむ。荷物の上に頑丈なワークブーツをのせておいた。それに履き替え、脱いだサンダルを荷物の上に置く。スクラミーの甥っ子から買った新品のニコン・F5を見やる。これを使うのが待ちきれない。ハイウェイ沿いのモーテルを転々とする人生を思い描く。ドライヴインで食べるハンバーガー、車窓を流れていく古いネオンサインや対向車の運転手の顔。

　もうひとつ、トランクに入っているのは――なによりもまず目に入るものだ――車椅子のジム・ストラゼラ特製のサイレンサー付きMAC10だ。まったくもってストラゼラの手は魔法の手だ。ヴィクが贔屓（ひいき）にしていた。こいつはささやく。リッチーはMAC10を取り、胸に当てる。この銃が好きなのは、『パルプ・フィクション』でブッチがヴィンセント・ヴェガを殺したのと同じ銃だからだ。あの映画は、八十六丁目のロウズ・オリエンタル・シアターで、公開直後の二週間で五回見た。古典だ。公開年はいつだったか、九四年か？

　銃の横にはニューヨーク・レンジャーズのスキーマスクを置いてあるが、かぶらないことにした。かぶる意味などないじゃないか。あいつらにこの顔をとっくりと拝ませてやれ。トランクはあけっぱなしにしておく。

　クラブの裏口のドアは緑色のグラフィティで埋まっている。カプランが鍵をあけてドアにつっかい棒をしておいてくれた。よし。カプランのこの迷いのなさは、やはりいまここで不正を正すべきであるという証拠だ。個人的な不満も近頃のファミリーに対する苛立（いらだ）ちも愛憎も、もはや関係ない。ソニーとクレアはリトル・サルがヴィクを殺したことを容認したが、あれは掟破りだった。かつてファミリーの誓いは大切なものだった。ヴィクが掟の話をするのを聞いていると、まさに詩だった。それがいまやファミリーはろくでもないチンピラの寄せ集めになってしまった。

　リッチーはひっくり返ったポーカーゲーム機の横を通り過ぎ、箱の並んだ薄暗い通路を小走りに進む。暗幕の手前で深呼吸する。ヴィクと闘犬を見にフロイド・ベネット飛行場へ出かけたことを思い出す。エラスムスという名前のピットブルはすごいやつだった。リッチーはいま、あの犬を召喚する。犬の首筋をつかむ。空いているほうの手で暗幕を引き、もう一方の手でMAC10をぶっ放す。すでにカプランはさっさと逃げてしまったらしく、これは愉快だ。

ソニー、ラルフィー、チャズ、ニック、ジョニー——五人とも仕留めるのはたやすい。彼らがぴくりとも動けないうちにMAC10は銃弾を吐き出す。しかも、だれひとり武装していない——集会の規則だから。

まるでギャング映画のワンシーンのようだ。びくんと跳ねる体。粉々に割れるエスプレッソのカップ。穴だらけになる壁。テーブルに突っ伏すソニー、ニック、ジョニー。ラルフィーとチャズはひっくり返っている。

リッチーはその光景を心ゆくまで眺める。大傑作だ。床を染める血飛沫。店内のしんとした静けさ。テーブルの端からぽたぽたとこぼれるコーヒー。ごろごろという最期の呼吸の音。ソニーはリッチーの名を二度呼んで静かになる。

こういうことを何度経験しても、何度やっても、現実ではなく映画であって死体も血も本物ではないと思えてならない。だが間違いなく現実だし、いつもと違う感じがするのは、いままでの自分の人生がこれで終わるからだ。

リッチーはテーブルに近づき、ジョニーとニックのあいだの床に血まみれで横倒しになっているアタッシェケースを拾う。卓上の紙ナプキンで血を拭い、蓋をあける。ちゃんと金が入っている。五十万ドルと聞いていたが、たしかに五十万ドルあるように見える。蓋を閉め、手間取りながらロックをかける。それから、あのデブが皿に一枚だけ残していたクッキーを取り、ひと口でぱくりとやってぼりぼり嚙み砕きながら車へ戻り、ほかの荷物の入ったトランクにMAC10とアタッシェケースをしまう。ふたたび運転席に乗りこみ、葉巻の吸いさしに火をつけると、いつかの日曜日、祖母の家から帰ったときのように、悠然と路地から車を出す。

ウルフスタイン

「子どものころの話だ」ボビー・マーレイがウルフスタインに向かって銃を構えたまま切り出す。「母の箪笥の抽斗から金をくすねた。それを知った母はどうしたか？　あのころの母親は、そういうときに木杓子で子どもを殴りつけたものだ。ぼくの母は違った。タイヤレバーを使ったんだ。テーブルに両手をのせさせてね。タイヤレバーでぶっ叩いた。両手にギプスをつけるはめになったよ、どれくらいつけていたのかもう忘れたがね。いまとは時代が違う。医者だって気にもとめなかった。盗みを働くような性根の腐った子どもなんぞ両手をつぶされてもしかたがないというわけだ。食事にも難儀したよ。ストローで吸えるものを摂るしかなかった。書くこともできなかった。小便をするにもいちもつをちゃんと支えられなくてね。床にまき散らしてしまった。だが、あれで懲りた」

「ボビー」

「〝ボビー〟」彼はウルフスタインの口まねをする。「フロリダで気楽に暮らすつもりだった。それまでたっぷり苦労したからな。ちょっと楽しみたかったんだ。バイアグラを飲んで、楽しみ方を知っている相手と少しばかりいちゃつきたかった。ぼくはずっとゴミ収集の仕事をしてきた。多少の蓄えがあった。よぼよぼになって女性とつきあったりなんだりができなくなる前に、しばらくフロリダで暮らそうと思ったんだ」いまや彼はリナのほうを見て、身の上を語っている。「そして、レイシーに出会った」

「あんたは懐の深い人だと思ってたのに」ウルフスタインは言う。

「ああ、たしかにぼくは懐が深い。だからといって、踏みつけにされて怒らないわけじゃないよ。ばかではないからな、それはたしかだ」

「あの、ひとつ言ってもいい?」リナが尋ねる。

「口出ししないほうがいいよ」ウルフスタインはリナを巻きこんで申し訳ないと思わないでもないが、この家でボビーとふたりきりにならずにすんだのはありがたい。それに、おそらくボビーはリナがマフィアの女房ではなくそのへんの普通のおばさんだと勘違いしている。

「言いたいことがあるなら聞こうじゃないか」ボビーがウルフスタインに銃口を向けたまま言う。

「ねえ、銃を置かない?」リナが提案する。「これって誤解よ、ただの誤解」

「お金は返すからさ、ね?」ウルフスタインも言う。

「金なんかどうでもいいんだ」

「だったらなにが目的?」

ボビーはふたたび自分のこめかみに銃口を当てる。「ぼくは自殺する。本気だ」もはや泣いている。

「どうしたらやめてくれる?」ウルフスタインは尋ねる。

「結婚してくれ」

フォートマイヤーズではじめて出会った夜、ボビーはケインパームに又借りしているコンドミニアムにウルフスタインを連れて帰った。いい部屋だった。ペーパーバックを積んだコーヒーテーブル、きれいに拭きあげた窓、大きなテレビ、ステレオ、革張りのソファ、テーブルを飾る造花。ふたりとも酔っていた。ウルフスタインは、ボビーが鼻歌を歌っていたのを覚えているが――曲はなんだったか？　シナトラ？　冷蔵庫には低脂肪ヨーグルトとプルーンと、バーかどこかでテイクアウトしたマヒマヒの残り物が入っていた。あのときもボビーは母親の話をした。母親とボビーはたったの十四歳違いだった。気の滅入る話ではないか？　セックスはうんざりするほど長ったらしかったが、バイアグラを飲んだカモが相手だと往々にしてそうなる。ボビーは尻をむき出して果てた瞬間にくずおれ、蠅をぺちゃんこにした。

ウルフスタインは、ボビーとなにか私的な話をしたことはなかったか、彼をなだめることができそうな話題はないかと記憶をたどる。

「そういえば、妹さんがコネチカットに住んでるんじゃなかったっけ」あせって出し抜けに尋ねる。

「いいかげんにしてくれ。またごまかすつもりか？　きみのやり口はわかってるよ」

「ちょっとおしゃべりしたいだけよ」

「やめろ」

「妹さんはなんて名前だったっけ――マーシャ？」

「妹は関係ない」

「いまでも銃マニアなの？　クラシック音楽も好きだったよね」

「これはあいつの銃なんだ。ぼくが盗んだことには気づいてない」ボビーはかぶりを振り、空いているほうの手で胸を強く叩いた。「妹は関係ない、いいな？　結婚してくれないのなら、ぼくはきみの家の居間で自分の頭をぶち抜く！」

「いますぐ結婚しなきゃだめ？」

「同意しろと言ってるんだ。レイシー、きみがいなくなってからぼくは不幸だった。フロリダを離れてからずっとみじめに生きてきた。二年ものあいだきみを探したんだぞ。きみのラストネームすら知らずに。ヨンカーズのクインランという私立探偵に金を払って、ようやく見つけてもらったんだ」

「ボビー」ウルフスタインは言う。「聞いて。あたしが覚えているかぎり、あんたからもらったのは一万五千ドルだよね。二階にそれだけの現金があるの。それを渡すから、ここでお別れしましょう、ね？　あたしはあんたと結婚する気はないの、だってだれとも結婚する気がないから」

「金を取ってこい」ボビーは銃を持った手で頬の涙を拭った。

「ほら、手を空けたほうがいいよ。銃を置いて、ちょっとのあいだ行儀よく座ってて」

「置けばいいんだろう置けば」ボビーがカウンターに銃を置く。

ウルフスタインは二階の寝室へ行き、ドアを閉めて鍵をかける。ボビーをリナとふたりきりにしてきたのが気になるが、彼を追い払うにはこうするしかない。ベッドの上に立つ。換気口が壁の上部中央にある。大きなスチールのカバーが六本のネジで固定されている。ネジはゆるめてあるから指でまわしてカバーを押しあければいい。耐火性のバッテリーバッグは換気口にぴったりおさまる大きさだ。それを引っぱり出してベッドに落とす。ファスナーをあける。金はビニール袋に包んである。一万五千ドル分の紙幣を取り出す。ボビーがドアをノックしにこなければいいのだが。バッグのファスナーを閉じて換気口に押しこみ、カバーを元どおりにかぶせる。紙幣をそろえ、チェストの一番上の抽斗にあったヘアゴムで束ねる。百五十枚の百ドル札。そんな大金には見えない。

一階へおりて札束をボビーに差し出す。「これで貸し借りなしよ」

「だから、金の問題じゃないんだ」ボビーが言う。

「いいから持ってって。それで話は終わり」

ボビーは金をポケットにしまう。「厚意は受け取っておくよ」

「じゃあこれで。あたしたち忙しいの」

「きみと、そこの友達が？」

「そう」

「ちょっと乾杯でもしないか？」

「なにに乾杯するの？」

「きみがぼくに誠意を見せてくれることに」

「やめて」

「一杯くらい付き合ってくれてもいいじゃないか。たったそれだけだ。一杯やったら、二度ときみの邪魔はしない」

「わかった」ウルフスタインは答え、リナに向かって言う。「あんたも飲む？」

「ありがとう、わたしは遠慮する」リナはソファに腰をおろし、両手で頭を抱える。

ウルフスタインはジョッキに氷を入れ、ぎこちない手つきでウォッカを注ぐ。ボビーの好みに合わせてウォッカが濁るほどライムを搾る。ボビーはジョッキを受け取り、がぶ飲みする。

「飲ませていいの？」リナが尋ねる。

「とりあえず落ち着いてもらわなくちゃ」

「きみに銃を向けたのは間違ってたよ、悪かった」ボビーが音をたててウォッカをすする。

「ただ、心からきみを愛しているんだ、レイシー。こんな気持ちになったのははじめてだ。フロリダに行く前に長いあいだつきあっていたマーナにもこんな気持ちにはならなかった。きみにとってぼくはただのカモだったことはわかってる。クインランにきみを捜してもらった。すると、いろんなことがわかった。きみの友達が書いていたとおり、ぼくはカモに過ぎなかったわけだ。でも、すべて嘘だったとは思えないんだ」

「あんたのことは好きよ」ウルフスタインは言う。「でもね、この先はないの。お金は返したでしょう。あたしにできるのはそれが精一杯」

ボビーが両手をパンと打ち鳴らす。「女に銃を突きつけておいてうまくいくと思うのが間違ってたな」

「あたしのことは信用したらいけないんじゃないかな、あんたをだましてたんだし」

「そうかもしれない。ただ、それでもまだ気持ちはあるはずだ」ボビーはジョッキに残ったウォッカをごくごくと飲み干す。

「それ、かなりウォッカが入ってたんだけど」

「喉が渇いていたようだ。少し気分がほぐれてきたよ」

なかなか追い払うことができない。ボビーはウルフスタインにお代わりを作らせ、ダンスをしようとリナの手を引っぱる。「音楽がないし」とリナ。ウルフスタインはいらいらしてくる。

ボビーが『マック・ザ・ナイフ』を口ずさみながらリナの腕をひねる。

「ちょっと、よしなさいよ、ボビー」

リナはボビーから逃れ、お手洗いに行きたいと小声で告げてバスルームへ向かう。

「わざと追い払ったんだ」ボビーが言う。

「あんた、飲み過ぎよ」

「ぼくは大丈夫だ。なんとでも言うがいい。どうやらぼくにはほんとうにアルコールが必要だったみたいだ。この金もさっさと使っちまいたい。一緒にカジノに行かないか?」

「そろそろ帰って。タクシー呼ぼうか? ここまでタクシーで来たんでしょ?」

「そんなこと言うなよ、まだいいだろ。積もる話もあるじゃないか。ラミーでもやるか」

「あんた、頭は大丈夫?」

ボビーがウルフスタインとダンスをしようと近づいてきて、ウォッカをこぼしているのもお構いなしに歌う。「おお美しき鮫の歯。真珠のようだ」歌詞を忘れたのか、尻すぼみになる。そのままむにゃむにゃとハミングする。「相手をしてくれたら百ドル払うよ」

「いま返したばかりのお金から百ドル戻すってこと?」

「そうとも。ぼくはひどく寂しいんだ」

「やめといたほうがいいよ」

不意に突き飛ばされ、ウルフスタインは壁に背中をぶつけて尻餅をつく。ボビーは苛立たしげにあとずさり、両手で髪を梳(す)きながら息を吐く。残ったウォッカはかろうじてこぼさない。ひと息にグラスを空ける。ウルフスタインもいろいろな人間を知っているが、ビールのようにウォッカをがぶ飲みする者は見たことがない。気持ちを落ち着かせ、両手をついてのろのろと立ちあがる。

「ぼくはほんとうに寂しいんだ」ボビーがまた言う。

ウルフスタインが尻をはたいていると、リナが戻ってくる。「どうしたの？」

ボビーが視線を落とす。「ぼくが突き飛ばしてしまった」

「突き飛ばした？」

「ちょっとダンスをしたかっただけなんだ。楽しみたかったんだよ」カウンターへ行き、ジョッキにどぼどぼどぼとウォッカを注ぐが、今度は氷もライムも加えない。それを二口で飲みきる。

「ここで吐かないでよ」ウルフスタインは言う。

ボビーは完全にできあがっていて、肩を揺すり、次々と表情を変える。申し訳なさそうな顔、酔っ払った顔、得意げな顔。「なあ。やっぱり女を突き飛ばしちゃいかん。さっきはいらいらしてたんだ。すまん、レイシー」またジョッキの半分までウォッカを注いで呷(あお)る。「一緒に踊っ(カット・ザ・ラグ)てくれた(ウィズ・ミー)かもしれないのに」なにも敷いていない床を見おろす。「絨毯(ラグ)はないけどな」

「そこにいる友達のリナは、こういうことをするあんたにほとほとうんざりしてる」ウルフスタインは言う。「いいかげんにしなよ」

「迷惑料に五百ドルやろう。ほんとうだ」ボビーはスツールに腰かけ、ウルフスタインから受け取ったばかりの札束を取り出す。「金ならある」数百ドルを取り分け、丸いジョッキの跡があちこち残っているカウンターに扇状に広げる。とたんにカウンターに突っ伏し、いびきをかきはじめる。

「気絶した？」リナが尋ねる。

「みたいだね」ウルフスタインは言う。「どうかしてるよ、こいつ」


ボビーは目を覚まさない。ウルフスタインは彼の顔の下から濡れてべたべたした紙幣を抜き取り、ヘアゴムでまとめた札束に戻す。一万五千ドルの束をボビーのポケットに突っこむ。リナはソファに座り、ときどき窓辺へ行ってエイドリアンの家の様子をうかがっている。

「この人、どうするの？」リナが窓辺からソファへ戻りながら尋ねる。

「寝かせとけばいいよ。目を覚ましたら逃げ出すよ、きっと」

リナはうなずきながら腰をおろす。

裏口をノックする音。

ウルフスタインははっとする。「まったく、今度はだれよ？」

裏口をあけると、案の定というかなんというか、ひさしを曲げたぼろぼろのヤンキースのキャップをかぶり、銀色のホログラムのステッカーに覆われた青いスーツケースを抱えたルシアが、スポンジのドアマットにスニーカーのつま先をねじこんでいる。「入ってもいい？」

「嬢ちゃん」ウルフスタインは言う。「もちろん。いらっしゃい」

そのとき、リナが気づいてあわててやってくる。「ああ、ルシア、どうしたの？」

「逃げてきた」

「ママは知らないの？」

ルシアはかぶりを振る。「あたし、あの人が大嫌い」言葉を切る。「おばあちゃんもあたしもお互いのことはよく知らないけど、これからは一緒にいたいと思って」

ウルフスタインはリナのことを常識的な女、たとえばこんなとき迷わず孫娘の肩に手をかけ、それはやめておいたほうがいい、なんと言ってもすぐ向かいにいるエイドリアンがいつ捜しにくるかわからないのだからと、懇々と諭すようなタイプだと思っている。それに、リナはブルックリンでやらかしたことから逃げてきたのだから、ルシアを巻きこむのはたぶん賢明ではない。

ところが、ことはそんなふうには進まない。

「これからお互いのことをもっとよく知ればいいのよ」リナはルシアを抱きしめる。「ママのことをそんなふうに言ってはいけないけど、あの家の環境がよくないのはすぐわかる。ぜひおばあちゃんのところにいらっしゃい」

「ちょっと、いいの？」ウルフスタインは口を出す。

「迷惑だったらいいますぐ出ていく――」

「そんなこと言ってない」

「どっちにしろ、エイドリアンも出ていくし」ルシアが言う。「リッチーと逃げるんだって。

リッチーが大金を盗んで、一緒にどこかへ行くみたい」ふと黙りこみ、ボビーを見つめる。

「あの人だれ?」

「だれでもない」ウルフスタインは答える。「いまの話だけど、ママとそのリッチーとやらがなんだって?」

「あたしを連れていこうとしてるけど、そんなの絶対いや」

「リッチーはだれのお金を盗んだの?」リナが尋ねる。

「なんか一緒に仕事をしてる人たち」

「どうしてその話を知ったの?」

「聞こえちゃったの。それに、エイドリアンに荷物をまとめろって言われたし。リッチーはたぶんそろそろ帰ってくる。エイドリアンはいまごろ怒り狂って家中ひっくり返してそう」

「リナ、あんたいまちゃんと考えてないでしょ」ウルフスタインは言う。「あんたはすでに逃亡中の身だよ。このうえまた逃げるの?」

「車があるもの」リナが言う。「心配しないで。これはチャンスなんだから。わたしとこの子は関係を築く機会を奪われていたんだから、それを取り戻すのは当然のことよ。一緒に暮すのが当然なの。どう見ても、娘にルシアの養育はまかせられない。ルシアにとっても、わたしよりあの子といるほうがよっぽど危険よ」

「そりゃそうだけど、賢明だとは思えないな」

「行きましょう、ルシア。急いで。ほんとうにありがとうね、ウルフスタイン」

「ちょっと待った」ウルフスタインは言う。「とにかくちょっと待って」

エンジオ

きょうび、だれかの住所を知りたければインターネットで調べればいい。あの雌犬（ゾッコラ）が逃げた先はブロンクスの娘のところに決まっている。その娘エイドリアンは以前近所に住んでいたので、エンジオとは顔見知りだ。いかにも尻の軽そうな娘だった。

エンジオは、リナに頭を殴られてインパラを盗まれた衝撃からいまだに立ち直れない。あの車に引っかき傷ひとつでもつけようものなら許さない。それどころか、前部座席に抜けた陰毛一本残してもだめだ。こっちはあんなに優しくしてやって、ちょっとばかり楽しもうとしただけなのに。リナがいくつか知らないが、女も六十を過ぎれば見向きもされなくなる。あの年で選（え）り好みはしないだろうと、エンジオは思っていた。体の関係が目的ならロシア人に金を払えばなんのストレスもなく簡単だが、エンジオとしてはロマンティックな視点がほしかった。ヴィクの女房だから、少しばかり敬意を払ってやった。だが、もうかまうもんか。

インパラをかっぱらっていくなど、蛮行中の蛮行だ。

正直なところ、殴られたこともひどい怪我をしたことも忘れてやってもいい。

だが、あの車だけは。

そんなわけで、エンジオは地下鉄に乗っている。まずD線でマンハッタンに出て、六系統に乗り換えてペラム・ベイ・パーク駅を目指しているところだ。リナのせいで血まみれになった服はやむを得ず捨てて、きれいなチノパンツと赤と黒のボウリングシャツに着替えたものの、頭には包帯を巻いている。頭の傷からどくどくと出血しているのを感じながら、目をつぶって電話まで這っていくあいだ、バイアグラの効果でそそり立っているいちもつはまったくの邪魔でしかなかった。マイモニデス医療センターで傷を縫合してもらった。二十針だ。転んで負傷したと嘘をついた。そのご年齢でお亡くなりにならなかったのは幸運ですと言われた。おれは昔から運のいいやつなんだと、笑って答えておいた。

エンジオの正面に座っている男がポケット版の聖書を読んでいる。たしかに聖書はいい本だ。エンジオも教会では聖書の一節に耳を傾ける。セント・メアリー教会ではいちばんいい紫のジャケットを着て、献金のかごを持って信徒席をまわり、みんなの顔の前でこれ見よがしに振ってみせたものだ。だが、地下鉄のなかでジェイムズ・パタースンの新作のように聖書を読むか？　ばかばかしい。男のみぞおちをつついて、ひと休みしろと言ってやりたい。おれは熱烈な福音伝道者ですとみんなに知られることになんの意味があるのか。

聖書を読んでいるのをエンジオに気づかれたことに男が気づく。きれいに髭を剃った顎。キャプテン・アメリカのプリントTシャツ。オリーブ色の肌。つけている香水は——なんだったか？　花のようなにおい。きっとカマ野郎だ、聖書でごまかそうとしているのだ。

「大丈夫ですか？」男がひらひらしたリボンを栞(しおり)にして聖書を閉じる。「その頭はどうしたんです？」

「なんでもない」エンジオは窓のほうへ体をずらす。

「事故にあったんですか？」

「ちょっと転んだだけだ」

「僕はジョンといいます」

「なんだ、友達気取りか？」

「少しお話をしたいだけですよ。僕らは他人に話しかけるのを恐れながら人生を送ってますよね、とくにこんな都会では。なぜ恐れるんでしょう？」

「なにを売りつける気か知らんが、そんなものはそのケツに突っこんでおけ」

「僕はニューヨークを愛しているんですよ。大げさですか？　ほんとに大好きなんです。僕はもともとテキサス出身なんですけどね」

「だったらテキサスに帰って、おれにはかまうな」

「聖書は読みますか？」

「ほれ来たぞ」

「聖書にはどんなことも書かれています。血、セックス、死、罪の贖い、なんでもありです」

エンジオは口をとがらせた。「聖書とはなんぞやという話か？」聖書を最初から最後まで読んだことはない。大部分は祭壇で読みあげられるのを聞いた。ミサの聖書朗読で。リッチャルディ神父、スタンクス神父、そして大昔にはライリー神父の説教のなかの引用で。だが、このジョンという男の話のどこが癇に障るのかわからない。もしかしたら、こいつは聖書を冗談として読んでいるのではないか。それならどやしつけてやる。

「僕はただ、書物に求めるような事柄がすべて書かれていると言ってるだけですよ」

「ふん、そうか」

「鞄にもう一冊入っています。さしあげましょうか？」

「聖書なら山ほど持っとる。おれが聖書をほしがってるように見えるか？　どうせなにかのペテンだろう？」

「ペテンなんかじゃありませんよ。聖書を広めたいだけです」

「しつこくつきまとうんなら、おまえにもうひとつケツの穴をあけてやる」

エンジオは膝に両肘をついて床をじっと見おろす。ジョンは次のグランド・セントラル駅で降車する。偽物の聖書を観光客に売りつけにいくのだろうが、知ったことか。


エンジオはリナの娘の家がブロンクスのどこにあるのか突き止めてから、そのあたりに住んでいる旧友のハリー・ガットゥーソに電話をかけた。もうすぐヨンカーズ競馬場内にエンパイア・シティ・カジノがオープンすることになっており、ハリーはそこにもっと近い場所へ引っ越したくて、ブロンクスヴィルで妹のナンシーと同居しはじめたばかりだ。このカジノが完成すれば、ハリーのような連中も一週間に何度もバスではるばるアトランティック・シティへ出かけずにすむようになる。ハリーとはいまだにつきあいがつづいているものの、もともとエンジオは自宅から半径十ブロックの外へ引っ越してしまった者と熱心に連絡を取るほうではない。けれど、ハリーとはしょっちゅうバース・アヴェニューのママ・ズッコの店でしゃべったりカードをしたりしていたし、彼はなにしろまめに連絡をくれる。二週間おきに電話をかけてくる。ブロンクスヴィルの家にも招いてくれた。そんなふうにいいやつなのだ。エンジオが電話でこれからブロンクスへ行くと告げると、ハリーはブロンクスヴィルから甥の車で駅まで迎えに行くと言った。

エンジオはウェストチェスター・スクエア・イースト・トレモント・アヴェニュー駅で電車を降りる。混雑した構内はくさい。ブロンクスくさい。ブルックリンとはにおいが違う。

地上におり、ハリーを探してあたりをきょろきょろ見まわす。ばかでかい鼻が彼の特徴だ。半年ぶりくらいか。ナンシーと暮らすようになって、毎晩ミートボール入りスパゲティだのチキンカツレツだのを強引に食わされて、きっと何キロか太ったことだろう。

しばらくして、コーヒースタンドのそばに若い男と立っているハリーが見つかる。若者は十八か十九くらいの年頃で、ぴちぴちのジーンズにぴちぴちのTシャツという出で立ち、まばらな髭がみっともない。どう見ても二日酔いだ。ハリーはいつもとまったく変わりない。ナス並みにでかい鼻。筋張った腕。椰子(やし)の木柄のシャツの胸ポケットにはメモ帳。カーゴショーツ。ローファー。

ハリーが若者を従えて笑顔で近づいてくる。「その頭、どうしたんだ?」

「ちょっと転んでね」

ハリーはエンジオに両腕をまわして頬にキスをする。「なんとまあ」

「言いたいことはわかる。鈍くさいにもほどがあるよな」

「おれも先週シャワールームで転んだ。危うくムスコを折るところだった」

「歳を取るってのは厄介だな」

「まったくだ。こいつは甥のルーだ」ハリーは仏頂面でもじもじしているルーを引っぱる。

「ルー、エンジオだ」

「なんだ、ナンシーの息子か？」

ハリーがうなずく。「あいつに似てるだろう？」

「まあな。目元のあたりが」エンジオは手を差し出す。ルーはそっけなく握手をする。「その髭はなぜ剃らないんだ？」

「めんどくさいだけっす」

「面倒くさい。おい、聞いたか？」

通りを横断し、ナショナル・ダイナーとかいう店の前を通り過ぎながら、エンジオはもう夕暮れどきだということに面食らう。近頃は夕方より遅い時刻に外に出ることはめったにない。出かけてもたいてい暗くなる前に帰宅し、チーズ・ドゥードルのボウルを膝にのせて大画面テレビでポルノを観る。そろそろ揺れるおっぱいも見飽きたので『スカーフェイス』でも観るか。パチーノはすごい役者だ。

「この近所に女でもできたのか？」ハリーが尋ねる。

「まあな」

ルーがのろのろとついてくる。

「どうした、クソでも漏らしたか？」エンジオは笑いながらルーに問いかける。ハリーに言う。

「甥っ子はなにをぐずぐずしてるんだ、クソを漏らしたのか？」

「あいつはいつも歩くのが遅いんだよ」とハリー。

「なにをするにものろいんだな。髭が重くて歩けないんじゃないのか。あれじゃあテロリストみたいだから注意してやれよ。近頃の世間の状況を考えたら、アメリカ人らしく見えるようにしたほうがいいと教えてやれ」

「いやまあ」ハリーはエンジオを追い払うようなしぐさをする。「おれはあいつをほっとくことにしてるんだ。あいつの勝手だろ。さあ、車はこのフェリス・プレイスにとめてある」

エンジオはかぶりを振る。「ええと、できれば車を借りたいんだが、いいかな?」

「もっといい方法がある。ルーが仕事に行くまで時間がある。あんたの運転手になるよ、そのほうがいい。だって、このへんの道は知らないだろう」

「いや、大丈夫だ」

「いいから聞けって。とくに夜は心配だ。よく知らない場所で事故にあわれたら困る」

エンジオはしばし考える。そもそもの目的はエイドリアンの家へ行ってインパラを取り戻すことだ。家へ行くくらいならたいして問題はないはずだ。だが、もしインパラがそこになかったら? いや、それどころかめちゃくちゃに壊されていたら? どうすればいい? ショックで呆けてしまうかもしれないから、このルーというやつがいたほうがいいのでは?「わかったよ、そこまで言うなら」

「ルー」ハリーが肩越しに呼びかける。「しばらくエンジオの運転手をしてくれ、いいな?」

「いいよ」

「急いで行きたいところがあるんだ」エンジオは言う。

「なんなりとルーに言ってくれ。今夜はブロンクスヴィルのうちに泊まるんだろう? ナンシーが客用の部屋を用意している。ブルックリンに帰らなくても大丈夫だぞ」

「たぶん用事はすぐ終わるよ」エンジオはちょっと黙る。「じつは車を取り戻しにきたんだ」

「盗まれたのか？」

「というか、勝手に借りられた」

「車を勝手に借りるなんて、どうしてまた？」ハリーはヤンキースのステッカーをべたべた貼ったSUVと落書きだらけの白いライトバンに挟まれた派手なブルーの日産マキシマを指さす。

「あれがうちの車だ」

　エンジオは後部座席に乗りこむ。ハリーはもたもたと助手席に尻を突っこみ、一本ずつ脚を引き入れ、低くうめきながら革のシートにもたれかかる。ルーがやっと追いつき、運転席のドアをあけてどすんと座席に腰をおろす。

「ルーが運転するよ」ハリーが言う。

「助かるね」エンジオは返す。

「インパラを勝手に借りられたって話だったが」

　ルーはライトバンの前部バンパーにマキシマの尻をぶつけながら通りに出ると、いきなり加速する。

「ヴィクの女房を覚えてるか？」エンジオは尋ねる。

「ジェントル・ヴィク・ルッジェーロか？　覚えてるぞ。リナだろ。クソ真面目な女だったな」

「なにもかも話すよ。あの女をベッドに誘ったんだ。おれたちは長年のご近所さん同士だ。ヴィクが死んで久しいし、おれの知るかぎりほかに男がいた様子もなかったし、リナも応じてくれるんじゃないかと思ったんだ。リナの友達のジーンって女にも、誘ってみろとそそのかされた。それで、まあいいかと。おれはいつだってその気はある。リナも年の割にはきれいだ。いつもどおりコニーに頼んでロシア人を紹介してもらえばよかったのにな。ところが、おれは欲を出した」

ウェストチェスター・アヴェニューに入り、ルーが窓をあけたので街の音が入ってくる。ハリーが振り返る。「こいつは驚きだ。リナ・ルッジェーロに手を出したのか？　ヴィクの仲間が知ったらまずいぞ」

「おれの知るかぎり、リナは連中とはつきあいがない。じつは、昔からそうなんだ」

「そこでハッチに入れ」ハリーがあわててルーに言い、高速道路の入口のほうを指す。マキシマはミニバンの横腹を危うくかすめてハッチンソン・パークウェイに入る。

どこへ向かっているのかエンジオにはわからないが、尋ねはしない。ルーがどこにでも連れていくとハリーに言われているから。

「それで？」ハリーが尋ねる。

「リナをうちに連れてきた。ワインを出した。それから、肌色の多い映画をつけた」

「エロ映画か？」

「そうだ」

「リナがむらむらすると思ったのか？」

「そのとおりだよ」

ハリーはいかにも老人らしいしわがれた笑い声をあげる。「あんたにはご婦人の性欲についてわかってるとは言わせんぞ。エロ映画を雰囲気作りに使うやつがいるか」

「いや、久しぶりだし、やってるのを見ればやりたくなるかと思った」

「ヴィクが墓から殺しにくるぞ。それで、どうなった？」

「バイアグラを飲んで、仲よくしようとした」

ハリーがふうっと大きく息を吐いた。「リナに抱きついたのか？」

「手荒なことはしてないよ。おれは紳士だからな、一応は。リナをその気にさせようとしただけだ」

「当ててみせようか。怒ったリナはおまえをぶっ叩いた」

「マリアが使っていたガラスの灰皿をひっつかんだんだ。もともとあれの親父さんが煙草を吸うのに使っていたやつだよ。煉瓦二個分くらいの重さがあってな。リナはそいつでおれをぶん殴った。おれは倒れて気絶した」

ハリーがまた笑い声をあげる。「ＫＯか？」

「悔しいがＫＯだ」

「リナがマイク・タイソンみたいになるとはなあ、それで？」

「おれは目を覚ました。そこらじゅう血だらけだった。頭がひどく痛かった」

「バイアグラでもっこりしてなかったのか？」

「びんびんだった」

ハリーは笑っていたのが咳きこみだし、シートベルトを引きちぎらんばかりに体をふたつに折る。ルーをしきりに叩く。「聞いたか？　おまえ、おかしくないのか？　血まみれで目を覚ましたらムスコがおっ立ってたんだと。ばあさんに灰皿で殴られて。同意は大事だってことだぞ」

ルーがうなずく。

「おれはなんとか電話のそばまで這っていった」エンジオはつづける。「九一一にかけた。救急車が来た。おれはストレッチャーに乗せられた。朦朧（もうろう）としていて気づかなかった」

「なにに気づかなかったんだ？」

「おれのインパラがなくなってることにな。マイモニデス医療センターに連れていかれて、二十針縫われた。医者の見立てでは、頭の傷以外はたいしたことなかったらしい。おれはタクシーで家に帰った。そのときだ、気づいたのは。タクシーを降りたとき、空っぽの私道と丸めて捨てられたビニールシートが見えた。そのときは、普通の泥棒だと思った。マルボロ・ハウシズのクソガキどもがインパラを盗んで、ベルト・パークウェイを暴走してるんだろうと思ったんだ。警察に通報しようとして、そのときふと思いついた。リナのやつだ。キーもない。それもインパラのキーだけが。でかいキーホルダーからそれだけなくなってたんだ。リナの家に行ってみたら、案の定いなかった。ブロンクスに娘がいるのはわかってる。そんなわけで、おれが死んだと勘違いして、インパラを盗んで逃げたんだろうと思った」

「いやいや、冗談だろう」

「冗談なもんか」

「うーん、どうやら大変なことになってるようだな」

「おれはインパラを取り戻したい、それだけだ」

「心当たりの場所になかったらどうするんだ？」

ルーが口を挟む。「ボッコボコにされてたら？」

「要らぬ心配はするな」エンジオは言う。


エンジオは早くエイドリアンの家に行きたくて気もそぞろだが、ハリーがブロンクスヴィルのナンシーの家で先に降りたがっている。インパラ捜しにはルーがつきあうからとエンジオをなだめる。「うん、つきあうよ」とルーが言う。

十五分でナンシーの小さな煉瓦の家に着く。花の咲く庭、赤い鎧戸、ディレクTVのパラボラアンテナ、頑丈そうな郵便箱。郊外によくあるタイプの住宅そのものだ。車が路肩に止まると、ハリーはやっとのことで降り、エンジオに腹は減っていないか、なんなら先に食事をしないか、ナンシーがアーサー・アヴェニューのイタリアパンを買ってきたし、トマトソースも解凍するぞと言う。エンジオは、まず車を見つけたい、どこにあるのか、無事なのか、それすらわからないままでは、神経の上でタップを踏まれているみたいだと答える。

ハリーが言う。「わざわざ言うまでもないだろうが、ヴィクの仲間が出張ってくるとしたら、甥っ子を行かせてもいいもんかね？」

「ヴィクの仲間は来ないさ。穏便にすませる。危ない目にはあわせないよ」

「あんた、あの界隈でときどき揉めごとを起こして、むちゃをやってたじゃないか」

「まあ、たしかに短気ではあるな」

「リナにはもうちょっと慎重になったほうがいいぞ。後家さんだし。しかも死んだ旦那はヴィク・ルッジェーロだ」

「わかってるよ。とにかくいまはインパラのことしか考えられない」

「それはわかる」

ハリーは家のなかへ消える。

「おじさん、自分で運転する？」ルーが尋ねる。

「後ろにいるよ」エンジオは答える。「あとどれくらいで着く？」

「住所は知ってる？」

エンジオは鞄のなかをまさぐり、住所を書きつけた先週の教会の会報を見つける。それをルーに見せる。

「シルヴァー・ビーチか。二十分もあれば行って帰ってこれるよ。おじさんが降りた駅のほうが近かったけどさ」ルーが車を出す。

「ところで、なんの仕事をしてるんだ？　一日中ハリーおじさんの運転手をやってるのか？」

「アーティストやってます」

「アーティ、ア、アーティスト？」

「漫画を描いてて」

「漫画はアートか？」

「アートだと思わないの？」

「スーパーヒーローとか、その手のたわごとだろう？」

「おれが描いてるのはそういうのじゃないよ。普通の人々の物語を描くんだ。バーの常連とか、食料品屋の店員とか、競馬の騎手とか、いろんな人の話」

「つまらなそうだな」

「人の人生はつまらなくないよ」

「おっぱいのでかい女の話でも描けよ、それならおれにもわかる。そういう話なら読んでもいいぞ」

ルーは黙りこくったまま、巧みにハンドルを操りながらハッチンソン・パークウェイ方面へ戻っていく。エンジオは窓をコツコツと叩きながら外を眺める。道路は赤いライトに染まっている。

「おじさんの車ってどんなの？」ルーが尋ねる。

「一九六二年型インパラ、ツードア。漆黒の塗装。内装は赤だ。赤い合皮の座席の座面は布張りで、カーペットはそろいの黒い斑点入り。ボンネットの下には、オーバーホール以来千マイルも走ってない五・三リッターＬＳ２エンジン。チャンピオン三層ラジエーター、キャブレターはホーリー６００。新たにオーバーホールしたマンシー四速トランスミッション。リアアクスルにはギヤ比三・三六のセットを搭載。ボーグソンのパワーステアリング。パワーフロントディスクブレーキ。ボディやアームには新品のポリウレタンブッシュ。ラジアルタイヤ。アルミ合金のホイール。おまえ、車に詳しいのか？　おれは長年あの車とつきあってきた。大金を注ぎこんだんだ。アヴェニュー・Ｘに専属の修理工がいるくらいだ」

「おれは車のことはぜんぜん知らないよ」

「だったらなんで訊くんだ？」

ルーは肩をすくめる。「この世界ってすごいと思わない？　おれは三時間前、この手でシコってた」ハンドルから右手を離して掲げる。「そしていま、この手でハンドルを握って、おじさんの運転手をやってる。あと二時間後には、この手でプレッツェルを食べながら、先週の『ザ・ソプラノズ』の最終回を見る。ほんとの最終回じゃないよ、もちろん。今シーズンの最終回。そんなことより、これってすごくない？　全部同じ手なんだよ。使い途によって手を替えてもいいわけでしょ。おっと、オナニー用の手に付け替えなくちゃとか、運転用の手にとか食事用の手に、みたいな」

「なにを言ってるのかさっぱりわからん」

「手が鉤になってる人たちって、どうやってオナニーすんの？　こするだけとか？」

「手が鉤になってる人間のこととかどうしておれが考えなくちゃならないんだ？　なんなんだこの話は」

「ただの雑談だよ」

「ただの雑談？」

ルーが肩をすくめ、ふたりは黙ったままドライブをつづける。

やがてエイドリアンの家に到着し、エンジオは家の前にとめたインパラを目にしたとたんに安堵する。無事だった。大きく息を吐く。「ああよかった」

「え？」

「ここに来たらあれがあるのが最高のシナリオだったんだ。そのとおりになってほっとしたよ」

たし」

「おれ、もう少し一緒にいようか？」ルーが尋ねる。「なんかあったときのために」

「いや。車はあったからいいんだ。キーを取り戻したらうちに帰る」

「ブロンクスヴィルに送ってあげなくてもいいの？　今夜泊まるってハリーおじさんに言って

「ブロンクスヴィルに戻るのもブルックリンに帰るのも、たいして変わらん。夜に運転するのは好きじゃないが、どうせ運転するなら家に帰ったほうがましだ」

「わかったよ。ハリーおじさんの電話番号は知ってるよね。なんかあったら電話して」

「運転ご苦労」エンジオはそばの街灯の明かりを頼りに、引っかき傷やかすり傷やへこみがないか探しながらインパラのまわりを一周する。見たところ、無傷のようだ。ドアハンドルを引く。ロックされている。

　空は暗くなりはじめたばかりで、下のほうはまだうっすらと紫色が残っている。ブロンクスでもこのあたりは感じがいい。ほかとは違う。なんだか海辺のリゾート地かなにかのようだ。エンジオは周囲の住宅を見まわす。芝生に高級そうな三輪車が置きっぱなしになっている。三輪車に金をかける理由がわからない。そんなに長いあいだ使うものではないだろうに。しかも、外にほったらかしにするとは。あきれたものだ。

　エイドリアンの家に近づく。玄関ドアの上に電灯はない。呼び鈴のボタンを押すと、カチッと小さな音がする。なにか武器になるようなものを持ってくればよかったかもしれないと、エンジオは思う。拳銃ではない武器だ——銃を持ち歩くのは昔から嫌いだった。バットかなにか。少々荒っぽく脅かしてやらなければならないから、振りまわすものがあればちょうどいいのに。

いきなりドアがあき、リナの娘が現れた。娘に間違いない。エンジオの記憶にあるより美人ではないか。学校にいた女の子たちを思い出させるきれいな茶色の瞳。爪は長くのばしている。セクシーだ。エンジオは、その爪に背中を引っかかれながらいちもつをぶちこむのを想像する。かすかなブルックリン訛りも残っているが、いまでは小粋なブロンクス訛りも身につけている。そこもセクシーだ。彼女の背後に散らかった居間が見える。ソファに放置した何着もの服。不用品があふれそうになっているいくつかの段ボール箱。

「あらまあ」エイドリアンはエンジオの頭のてっぺんから足元をじろじろ眺め、とくに頭をじっと見つめる。「角（かど）っこのエンジオ？」

「あそこにあるのはおれの車だ」エンジオは切り出す。「お袋さんはどこだ？」

「知ってる」

「なにを？」

「あんたの車って。どういうこと——いまリナとつきあってんの？　リナは違うって言ってたけど。車を借りただけだって。やっぱりね、あんな車を貸すくらいだからやってんでしょ」

「リナとはなんでもない、ほんとうだ」エンジオはエイドリアンの背後を見やる。「口説（くど）くつもりもない。リナはここにいるのか？」

「いない。こっちは会いたくもなかったわ。どうしてまだ車があそこにあるのかもわかんないし。向かいのあの家のババアとなんかやってたよ。あそこにいるんじゃない？」

エンジオは向かいの家のほうを振り向く。「穏便にすませたいんだ」

エイドリアンはそっけない。「あたしは関係ないから」

エンジオは黙りこむ。

「せいぜいがんばって」エイドリアンはドアを閉めようとする。

エンジオは片足でドアを止める。「話はまだ終わってない」

エイドリアンは息を吐く。「なにがあったのか知らないけど、あたしは関係ない」

リナがいないとは信じられず、エンジオはもう一度エイドリアンの背後の様子をうかがう。

「一度ここに来たのなら、戻ってくるかもしれないじゃないか」エイドリアンとの距離を詰める。「近くに住んでいたころのあんたを覚えてるぞ。もちろん、親父さんのことは高く買っていた」

「ヴィクの話はしないで」

「お袋さんにだって、親切にしてやったつもりだった。それなのに、おれをぶん殴ってインパラを盗みやがったんだ」

「それ、リナにやられたの?」エイドリアンはエンジオの頭を指さす。声をあげて笑う。「リナがそんなに怒るなんて、あんたなにしたの?」

「余計なお世話だ。リナが大げさなんだ」

「ふうん、会えてよかった、でもとっとと消えてね」エイドリアンが勢いよくドアを閉めたが、エンジオはあわてて足を引っこめてことなきを得る。

インパラまで引き返し、もう一度ドアハンドルを引いてみる。奇跡的にあくのを期待するも、やはりロックがかかっている。向かいの家に目をやり、リナの気配がないかどうか感じ取ろうとする。

大きな車が角を曲がってきて、インパラの後ろに止まる。白い八二年型キャデラック・エルドラドだ。エンジオはまじまじと見つめる。美しい。友達のフィル・ギャムボルが同じ車を持っていたが、あっちは茶色だった。

エルドラドのエンジンが喉を鳴らすような音をたてて停止する。

運転席から男が出てきた瞬間、エンジオはぎょっとする。ジェントル・ヴィク・ルッジェーロのかつての右腕、リッチー・スキャヴァノだ。おそらく見覚えがあるのだろう、ほれぼれとインパラを眺めている。これまでふたりはほんの数回しか言葉を交わしたことがない。やあ調子はどうだとか、その程度だ。

「この車は見たことがある」リッチーが言い、エンジオに目をやる。「あんたにも会ったことがあるぞ」

「リッチー、調子はどうだ?」エンジオは言う。

「ヴィクの近所に住んでたな? なんでここにいるんだ?」

「ちょっとした問題があったんだ。でももう解決した」

「問題?」

エイドリアンが家から出てくる。あわてている。きょろきょろあたりを見まわす。

「おれはここだよ、美人さん」リッチーが声をかける。「新しい冒険に出発する準備はできたか?」

「娘はどこ?」エイドリアンが尋ねる。エンジオに。「娘を見なかった?」

「どうした、いないのか?」リッチーがエイドリアンに尋ねる。

「二階で荷物をまとめてるものと思ってたのに。様子を見にいったら、どこにもいないの。信じられる？」

「リナのところにいるんじゃないのか？」エンジオは言う。

「リナがこっちに来てるのか？」

「勘弁してよ、頭が変になりそう」

「いますぐ出発しなきゃまずい」

「そんなのわかってる。こんなことになるなんて思ってもみなかった」

「クレアはじきに嗅ぎつけて、おれを捜しに来る。あいつがクラブにいたら、一緒に始末してやったのに。ルーは友達の家に逃げたんじゃないのか？」

「リナのところにいるんじゃないのか？」エンジオはもう一度尋ねる。

リッチーが眉をひそめる。「リナがなんでこっちにいるんだ？」

「向かいの家にリナがいるかもしれないんだろう？」

リッチーがエンジオに言う。「リナになんの用だ？」

「リナに車を盗まれた。キーを返してほしい、それだけだ。キーを返してくれれば、おれはさっさと帰るよ」

「リナがあんたの車を盗んだ？」

「だからそう言ったじゃないか」

「リナが理由もなしにそんなことをするわけがない」

エンジオはリッチーを無視し、向かいの家へ足を引きずるようにして歩いていき、よく手入れされた大きな薔薇の茂みの前を通り過ぎざま、花を一輪摘み取る。背後でキャデラックのトランクがあき、また閉まる音がして、リッチーがエイドリアンに話しかける声が聞こえる。

「ほら、金を手に入れてきたのに」とたんに口論がはじまったが、エンジオは振り返らない。向かいの家にたどり着き、手すりにつかまりながらなんとかポーチの階段をのぼる。ドアの前に立ち、棘(とげ)に刺されないよう気をつけながら薔薇を握りしめ、できるだけ強くノックする。

リナ

　リナはウルフスタインの言葉に引き止められてほっとしている。ちょっと、待った。とにかく、ちょっと待って。リナはルシアと並んでソファに座ったまま、どうすべきか考える。ルシアと一緒に逃げたとして、そのあといったいどうなるのだろう？　どこへ行けばいいのか？　ブルックリンの家に帰るわけにはいかない。リッチーとエイドリアンは追いかけてくるだろうか？　そもそもエイドリアンはどれくらいルシアを大事に思っているのだろう？　それにエンジオはどうなったのか？　死んでしまった？　生きているとしたら、怪我を押してインパラを取り戻しに来るだろうか？　やっぱりインパラはあのままにしておいて、グレイハウンドのバスに乗るべきだったかもしれない。頭のなかでいくつもの問いが渦巻いている。今日という日があんなふうにはじまってこんなふうになるのが現実とは思えず、おまけにキッチンカウンターで気絶しているボビー・マーレイのせいで、事態はますますわけのわからないことになっている。

「人生ってなにが起きるかわからない」ウルフスタインが天井からぶらさがっている薔薇のドライフラワーに触れる。「あたしが身をもって学んだことのひとつがそれ。ロサンゼルスの友達にヤム・ヤムって子がいたの。とってもいい子。でも、なにか事情があって逃亡中だった。なにがあったのかは知らない。でもひとつ絶対に忘れられないのは、最後に会ったときにこう言われたこと。〝ウルフィー、いったいどうしてかな？　結局いつもあたしは自分の心を傷つけてばかりいるんだ〟。この言葉がずっと忘れられないの。普通はなにをやるにしても、なにを決めるにしても、自分が傷つかないようにするもんじゃない？　でも思うに、また傷つくんじゃないかって怖がりながら生きていくことはできない。ときには傷つくことに真っ向から立ち向かわなきゃならないんだよ」

「そうね」

「あたしは、あんたにどうしろとは言えない。ただ、決断は急がなくてもいいんじゃないって提案はできる。エイドリアンがここへ来たらどうする？」

「あの人と一緒に行く気はないから」ルシアが言う。

「あなたはどうしたいの？」リナはルシアに尋ねる。

「わからない。パパ・ヴィクのことを教えて。なにが好きだったの？」

「パパ・ヴィクの話を聞きたいのなら、しゃべり疲れてへとへとになるまで話してあげる。パパ・ヴィクが生きていたらきっとあなたを自慢に思ったでしょうね。とくにそのヤンキースの帽子」リナはウィンクして張りつめた雰囲気をやわらげる。

ルシアはかすかに口元をほころばせている。だが、座っているその姿勢から、大きな敵愾心（てきがいしん）と不安を内に抱えていることがリナには見て取れる。うつむき加減の首すじ。ぶるぶる震えている鳥肌の立った脚。ルシアはコーヒーテーブルからウルフスタインのクロスワードパズルの本を一冊取り、そわそわとめくる。

外の通りがなにやら騒がしい。小声で言い合いをしている。ブラインドの隙間から紫がかった闇に覆われた通りが見え、リナはいつのまにか夜になっていることに気づく。車のトランクが閉まる音。足音。ドアを激しく叩く音。

「あんたの娘だよ」ウルフスタインが鼻息荒く告げる。

「やっぱりさっさと出発したほうがよかったのかも」リナは言う。

「あたしはエイドリアンとリッチーと一緒に行く気はないから」ルシアがまた言う。

「大丈夫よ」

ウルフスタインはエイドリアンを迎え撃つ気満々で玄関へ向かい、ドアをあける。

だが、そこにいるのはエイドリアンではない。

エンジオだ。怒りに頬を染めている。頭には包帯。片方の手に一輪の薔薇。その目はウルフスタインを通り越して、ソファのリナを見ている。リナはエンジオがそこにいることが信じられない。ショックや恐怖より驚きのほうが勝っている。

「生きてたの？　どうしてわたしがここにいるとわかったの？」

「娘のところ以外に行くあてなどあるまい」エンジオが答える。「雛菊が嫌いなら薔薇はどうだ？」リナのほうへ薔薇をアンダーハンドで投げるが、薔薇はリナの足元に落ちる。

「殴ったのは悪かったわ。でも、そっちも――」

「こいつが例の？」ウルフスタインがリナに尋ねる。それから、エンジオに向かってずけずけと言う。「あんたね、手を出すなって言ってる女に手を出すのは間違ってるよ」

「おれの車のキーは？」エンジオはウルフスタインを無視し、包帯を巻いた頭を片手でさすりながら尋ねる。

「キーは返すから」リナは言う。「さっさと帰って」

エンジオの背後から、リッチーとエイドリアンが重い足取りで庭の通路を歩いてくる。「あたしの娘はどこ?」エイドリアンがエンジオを押しのける。

「リナ? なぜこんなところにいるんだ?」リッチーが尋ねる。

「あたしはあんたたちとは一緒に行かないから」ルシアが声をあげる。

「ふざけんな」とエイドリアン。

「エイドリアン」とリナ。

エイドリアンが片手をあげる。「あたしに話しかけないで」

エンジオが咳払いをする。「キーはどこだ、クソ女」

リナはポケットからキーを取り出してエンジオのほうへ放り投げる。キーは肩に当たり、カタンと音をたてて床に落ちる。

「今度はキーを投げつけるのか!」エンジオはわなわなと震えながら、平べったいキーを拾おうと屈みこむ。「おれの車をこんな遠くまで走らせやがって。ほんとうならただではすまされないところだぞ。おれの寛大さに感謝するがいい」

「ただではすまされないのはそっちも同じでしょうが。あんなことをしておいて、わたしに殺されなかったのをありがたく思うことね」

リッチーが気色(けしき)ばむ。「このチンポ野郎(スチユガッツ)になにかされたのか、リナ?」

エイドリアンが肩でリッチーを押す。「口出ししない。ルシアを連れて出発するよ」

「この男、わたしをレイプしようとしたの」リナは言う。

「あんた、なにを、なにをしたって？」リッチーがエンジオにすごむ。

「この女の言ってることはでたらめだ」エンジオはまだキーを拾うことができずにいる。「全部おれが悪いことにしたいんだ。おれはちょっと楽しみたかっただけなのに。無礼を働くつもりはなかった。でもこの女がやったことはもはや別問題だ。おれを灰皿でぶん殴って、インパラを盗んだんだぞ」

「ヴィク・ルッジェーロの奥さまになんてことしやがる！」

「まだ十四歳だったわたしの娘に手をつけた変態に擁護してもらう必要はないわ」リナは言う。

ルシアは動揺した様子で、帽子のひさしを目の下までおろす。

「それはないよ、リナ。はじめて寝たときこいつはもう十五歳になってた。おれにも流儀ってもんがある」リッチーはふと黙る。「なんであんたが知ってるんだ？」

「流儀？」

リッチーはエイドリアンに向きなおる。「おれたちがつきあいはじめたころのことをリナは全部知ってるのか？」

ボビーがカウンターから顔をあげ、しきりにかぶりを振る。「どうしたんだ？　パーティでもやってるのか？」

「ボビー」ウルフスタインが声をかける。「寝てていいよ」

「〝寝てていい〟とはなんだ？」ボビーはスツールの上で背筋をのばす。髪がくしゃくしゃにもつれている。ぺろりと唇を舐める。「いいか、そこの人たちがだれだか知らんが、ぼくにとってはどうでもいいんだ。もう一度、手短に言うぞ、レイシー」スツールからおりてシャツの前をなでおろし、指で髪を梳く。なにか硬いものを咀嚼していたような顔が急に笑顔になる。

「レイシー、レイシー、もう少し我慢して聞いてくれないか。大変な日だったよな。でも、とにかくこれだけ言わせてくれ、ぼくらはうまくいくと思うんだ」

「まだ言うか」

「とにかく言わせてくれ、ぼくらはぴったりの組み合わせだよ、ほんとうに。ぼくにはわかるんだ。いまここには指環もなにもないけど、結婚してくれないか？」

「ボビー、煙草持ってる？　吸いたくてたまらないの」

ボビーはあちこちポケットをまさぐり、残り物の煙草を取り出す。それをウルフスタインに差し出し、火をつけてやる。

「ありがと。あんたっておもしろいね、ボビー。ほんとにそうだよ。おもしろい人」ウルフスタインの声音(こわね)には『グッドフェローズ』でジョー・ペシをおだてるレイ・リオッタが混じっている。この台詞を口にすればだれだってそうなるものだ。

「なあ、レイシー、それはあんまりじゃないか。ぼくはピエロじゃない。頼むよ。きみと結婚したいんだ。きみはどうなんだ？　ヴェガスに連れていってやるからさ」

「ちくしょう」床に這いつくばったエンジオがいらいらとつぶやく。ポケットから取り出したペニー硬貨でキーをひっくり返して拾おうとしているらしい。

ルシアがくすくす笑う。元気が出てきたようだ。目の前の光景に見入っている。「あの人、ずいぶん手こずってるね」

「そのクソガキを黙らせろ！」

「わたしの孫にそんな口のきき方は許さない」リナは言う。

エンジオはやっとのことでキーをつかみ、ほっと息を吐く。よろよろと立ちあがろうとしたとたんに、またキーを取り落とす。

リッチーが大笑いする。

エイドリアンがすごみを利かせた声で言う。「ルシア、い、いますぐ、行くよ」

エンジオがキーをつまみあげ、長年探し求めていた宝を見つけたかのように凝視していたが、またしても取り落とす。

「おもしろすぎるぜ」リッチーがかぶりを振る。

エンジオはみたびの挑戦でようやく成功し、生命維持に欠かせない錠剤のようにキーをぎゅっと握りしめて立ちあがる。

「時間の余裕があればその首をへし折ってやるところだぞ」リッチーがエンジオに言う。「ヴィク・ルッジェーロの奥さまに手を出すとはな」

「リッチー、ルシア、早く」エイドリアンが急かす。

リッチーはふとウルフスタインに目をやり、はじめて彼女の顔をまともに見つめる。「あんた、どこかで見た覚えがあるな」

ウルフスタインは肩をすくめる。

リッチーは室内を見まわし、壁の写真に気づく。「こいつはびっくりだ。あんた、ルシャス・レイシーか？　まさか、信じられない。『スージーの地球最後の夜』はおれのお気に入りだったんだ。いつの作品だ、一九八二年か？　あの年は景気が悪かった」右手をあげ、深爪している短い親指をのばす。『トウモロコシ育ちのチアリーダー』だろ」次に人差し指をのばす。『吸いこんじゃう』」それから残りの三本をいっぺんにのばす。どれも痛々しいほどの深爪だ。『北欧カタストロフィ』、『乱交船』、『淫夢』。名作ばかりだ。まだなにか忘れてるかな?」

「いろいろ忘れてる」ウルフスタインは煙草の吸い殻をバド・ライトの空き瓶のなかに落とす。

エイドリアンが大きく息を吸いこむ。「待って、あんたポルノに出てたの?」と、ウルフスタインに問いただす。それからリッチーに向きなおる。「あんたはなに、それでシコってたの? 気持ち悪すぎ」

「『チャリティ・ボックス』」リッチーがさっと左手をあげて親指をのばす。

「それ観た人はかなり珍しいよ」とウルフスタイン。

左手の人差し指がのびる。『銃よりも尼』

「あれは楽しかった」

リッチーが天井に視線をさまよわせる。「あとなんだっけ」

「やめときなよ。場の空気を読みなさいって」

「あとひとつだけ。あんたと、ほら、宇宙服を着たやつが」

「『エイリアンの誘惑』」

「あれは狂ってたな」

「トニー・カーディナル監督作品。あの人はいろんな意味で天才だった。変態、でも天才」

エイドリアンがリッチーの腕を引っぱる。「そのおばさんの言うとおり、空気を読めって。行くよ」

リッチーはわれに返る。「おおそうだった。クレアだ」

エンジオもいまでは壁の写真に気づきはじめている。「ルシャス・レイシー？　出演作を見たことがあるぞ」

「ふん、そうでしょうね」リナはつぶやく。

ボビーがまた立ちあがり、長毛種の犬のようにぶるぶるとかぶりを振る。「きみがポルノ映画に出てたって？　すばらしい。きみには敬服するよ、レイシー。きみがひりだしてきたクソの数々には降参だ。そういう映画に出て、ぼくみたいな男をだまして。根性と頭脳がなければできないことだ。これは皮肉じゃないぞ。きみこそ天才だ。

ぼくとは結婚したくないのか？　大事にしてやるのに。きみが盗んだ金――ありがたくも返してくれたけど、あんなものは端金(はしたがね)だ。セントラル・パークを馬車で一周しよう。きみが望めば、ウォルドーフ・ホテルに部屋を取る。クルーズにも連れていってやる。ノルウェージャン・ドーン号。あんな大きな船がヴェラザノ＝ナローズ・ブリッジの下をくぐるんだぞ。見たことあるか？　女王さまみたいなもてなしを受けられる。ビュッフェ、マニキュア、ショー。きみが望めば、週に三日はアトランティック・シティに行こう。ホテルの優待券があるんだ。見たいショーはどれでも最前列で見られる。きみが好きなコメディアンは？　ジェリー・サインフェルドの独演会を見たくないか？　あいつはおもしろいぞ。

もうひとつ。映画のなかで、きみは後ろの穴に突っこまれたことはないよな？」ボビーはカウンターの前に戻っている。だれも彼の話を聞いていない。なかでもウルフスタインはまったく聞いていない。ボビーはリナが放置したまますっかり忘れている銃を取り、振りまわしはじめる。「ほら、ここに銃があるぞ！」

「だれだこいつ？」リッチーが尋ねる。

「だれでもない」ウルフスタインが答える。

「だれでもないだと？」ボビーが息巻く。「だれでもないと言われるのはうんざりだ。ぼくはボビー・マーレイ、レイシー・ウルフスタインを愛している。たとえ一万五千ドルをだまし取られようが、心を傷つけられようが。全部許してやる」

「なあ、ボビー・マーレイ」リッチーが進み出る。「おれがあんただったら、銃を置くよ」

「リッチー、ほっときなよ」エイドリアンが言う。「そいつが自分を撃とうが、母さんを撃とうが、ウルフスタインを撃とうが、どうでもいいじゃん。とにかくあの子をひっ捕まえて、出発しようよ！」

「死ねよ！」ルシアが叫ぶ。

ボビーの手がはじかれたように動く。彼は床から天井へ、それから左から右へと銃口を振り、だれもが首をすくめる。「言っておくが、ぼくは本気だ。ほしいものを手に入れるために引き金を引かなければならないのなら、そうするまでだ」

「ボビー、落ち着いて」ウルフスタインが声をかける。

リッチーは片手をあげて制する。「ちょっと待て、じいさん。ここは満員だ。女性と子どもがいる。それに、正直に言わせてもらえば、あんたはそいつの扱い方を知ってるようには見えない。なにが不満なんだ？　だれを殺したい？」

「相手にするなってば」とエイドリアン。

「わからない」とボビー。

「わからない？　それならそいつを置いて、別の方法でプロポーズしてみろよ、なあ？　どうだ？　再起動するんだよ」

ボビーは銃をリッチーに向けるが、その弱々しい手は興奮でぶるぶるとわなないている。

「あんたを殺してやろうか？」

リッチーは笑い声をあげる。「その可能性は考えてなかったな。おれがだれだか知ってるか？」

「だれだろうが知ったことか」

「よーし、外に出ようか。おれの得物は車に積んである。決闘だ。背中合わせに十歩。すぐ決着がつく」

つかのま、鼓動のような沈黙が室内を満たす。ボビーはリッチーに銃口を向けたままだが、目はウルフスタインを見ている。ウルフスタインはリナとルシアを見ている。リッチーはボビーを見ている。エイドリアンは、ようやく解放されると思っていたのが、期待がはずれて心底がっかりした人間の顔をしている。ルシアは、目の前でシェイクスピアの芝居が繰り広げられているかのように、当惑しつつもおもしろがっている。リナは、どこに目をやればいいのかわからない。

エイドリアンがリッチーをつつく。「こんなつまんないじいさんに撃ち殺されてもいいの？　あと少しで自由になれるのに」

「たしかにそうだ、A」リッチーはボビーのほうを向いて両手をあげる。「おいじいさん、あんた運がいいぞ。おれには明るい未来が待ってるんだ。その未来をつまらん老いぼれのせいで台無しにするわけにはいかない。ここでお別れだ。ルシャス・レイシー、素敵な思い出をありがとよ。ほんとうは、素敵なおっぱいをありがとよ、と言うべきなんだろうが、言われすぎて飽きてるよな」車のキーを片手にルシアのほうへ近づき、青いスーツケースを持ってこいと身振りで示す。「そいつはおまえの荷物だろう？　錯乱して暴れるやつを病院へ連れていくみたいにおまえを無理やりかついでいくのはごめんだぞ、いいな？」

「言ったでしょう、その子を連れ去るのはわたしが許さない」リナは割りこむ。

「はばかりながらリナ、いきなりやってきて娘の子どものことにあれこれ口を挟むのはやめてくれないか。クレアのことは覚えてるだろう？　ヴィクからしょっちゅう話を聞いてるはずだ。ハンマーと眉毛のクレアだよ。あいつはおれのやったことに腹を立てて絶対に追ってくる。悪いことは言わん、クレアがここへ来る前におれたちを逃がしたほうがいい」

「手をおろすんじゃない！」ボビーがわめく。

「じいさん、おれはあんたのためを思ってやめろと言ってるんだ。おれを怒らせるな。これは忠告だ、聞き入れて損はない」

ボビーは右腕を左手で支え、ためらうことなく引き金を引く。

銃弾は大きくそれ、玄関口に立っているエイドリアンの首に命中する。

リナからあえぎ声が漏れる。目の前で起きたことが信じられない。すべてがスローモーションに見える。エイドリアンから——じつの娘、たったひとりの娘から目をそらし、ルシアに両腕をまわして目を覆ってやろうとする。ルシアはもがき、エンジオが放り投げた薔薇の花を踏みつぶす。

「ママ?」

エイドリアンは喉を押さえている。五年生で肺炎になったときと同じ、ニンニクの薄皮のように脆(もろ)そうなあの痛ましげな表情で、自分が死ぬのを確信して。地面にくずおれ、赤い蛾(が)の群れがうじゃうじゃと這い出てくるようにも見える血を押しとどめようとするかのように、両手で喉をつかんでいる。娘の長い爪、リナはそれに目の焦点を合わせる。エイドリアンの口からごぼごぼという音がする。

「救急車を呼んで!」リナは全身を鋭い痛みに切り裂かれる。つま先がずきずきする。目の奥も。骨は焼けつきそうだ。

「なんてことするの、ボビー」ウルフスタインは壁の電話機へ向かう。

エンジオはこっそり玄関ドアを出ると、ズボンの尻を手で押さえながらできるだけ急ぎ足でインパラのほうへ歩いていく。

呆然としたリッチーがルシアの前の床に車のキーを落とし、ひざまずいて彼女を抱きかかえる。「ベイビー、行くな」リッチーはささやく。「ベイビー、新しいニコンを手に入れたんだぞ。旅の途中で最高のダイナーを見つけて、そこでおまえの写真を撮るんだ。ミルクシェイクをおごってやる。バニラだ。おれたち新しい土地に行くんだろ。ベイビー」

エイドリアンが咳きこんで血を吐き、睫毛(まつげ)を震わせる。幼いころからほんとうにきれいな睫毛をしていた。エイドリアンがまだ子どもだったころ、知らない女たちがよくリナに近づいてきて、「あなたの娘さんみたいな睫毛になりたい」と言ったものだった。エイドリアンがまだ子どもだったころ。

ボビーが両手を髪に突っこみ、大きく息を吐く。「ああ」とつぶやく。「ぼくじゃない。絶対にぼくじゃない。手をおろすなと言ったのに。あいつに言ったのに。だれもぼくの言うことを真剣に聞いてくれない」

リッチーがボビーを見あげる。「殺してやる」目に涙が浮かんでいる。「楽には死なせねえ、時間をかけて殺してやるからな、クソ野郎」唾が飛ぶ。嗚咽（おえつ）している。エイドリアンの体の下に両腕を差し入れて抱きあげようとする。そこらじゅうが血まみれだ。「病院に行こうな。いちばんいい医者に治してもらうんだ。トランクに入ってる金は残らず医者にくれてやる。あっというまに治してくれるぞ」

リナはルシアの髪をくしゃくしゃになでまわす。ルシアがいやそうな顔をして離れる。リナはまたどなる。「ウルフスタイン、救急車を呼んで！」

ウルフスタインはとうにダイヤルを９１１の９までまわし、元に戻るのを待っている。

「こんなことになるなんて」ボビーが言う。「その人を撃つつもりはなかった。そんなつもりはなかった。どうしよう？」

そのとき、新たに男がもうひとり入ってきたが、気づいたのはリナだけだ。リッチーすら気づかない。ずんぐりした体、青いベロアのトラックスーツ、ジェルでなでつけた白髪交じりの髪、思いがけずおもしろいところに居合わせたと言わんばかりによこしまな笑みを宿した目。深い皺の寄ったひたい。アーチ形の眉。ふさふさとした耳毛（みみげ）。大きなスレッジハンマーを胸の前に斜めに構えている。一秒後、リナはその男がだれか完全に思い出す。クレアだ。ずいぶん年を取ったように見える。

　リナは頰の涙を拭って――目の前で娘が、たったひとりの娘が血を流して死にかけているのに――クレアを指さすものの、どうしても声が出ない。ウルフスタインを振り向くと、彼女はオペレーターと話している。ところがそのとき、クレアがウルフスタインに近づいて受話器を奪い、螺旋状のコードをジャックから力任せに引き抜く。電話機本体をハンマーで叩き壊され、ウルフスタインは飛び散る破片をよけるように両手で顔を覆う。

　クレアがハンマーをおろしたときには、電話の残骸がちぎれかけたコードからぶらさがっている。全員の目が彼のほうを向いている。「カプランはなかなかおまえだと教えてくれなかったぞ、リッチー」クレアが言う。「でも、結局は安物の椅子みたいに潰れちまった。おれがハンマーを見せるとみんなそうなるんだ。おれがこいつを使いはじめたいきさつを話したことがあったっけか？　おれは、言うなればトレードマークを探していたわけよ。いろいろ試してみた。なかでもハンマーがしっくりきたんだな。それはそうと、どうしてここにいるのがわかったのかと考えてるんだろう？　おまえはここまでパン屑を落としといてくれたようなもんだ」リッチーとエイドリアンのそばへ戻る。「いったいどうした？　だれがこのあまを撃ったんだ？」

　リッチーはあいかわらず嗚咽し、鼻水を垂らしたままクレアを振り向く。「クレア、聞いてくれ。Aが死にかけてる。病院へ連れていかせてくれ。頼む。あんたとおれの問題はあとで片をつけよう」

クレアがほほえむ。「片をつけるのか、そりゃよかった」スレッジハンマーを振りかぶる。リナを見やる。もちろん、リナがだれかわかっている。エイドリアンがリナの娘だということも知っている。エイドリアンがヴィクの娘だということも。

「クレア、やめてくれ」リッチーが言う。

ひざまずいてエイドリアンを抱きかかえているリッチーは、戦争映画で死にかけている人を抱きしめている登場人物のようだ。リナはこのあとどうなってもルシアを守ろうと一歩先を考える。リッチーがなにをしたのか知らないが、クレアは彼を半殺しにするだろう。そうしたら、その次は？　クレアはみんなをどうする？　どうすればエイドリアンを救える？

クレアの笑みがさらに大きくなる。目が笑っている。顔全体が。「ヴィクを殺したのはリトル・サルじゃなくておれだっていう話はしたか？　今度はヴィクのあばずれ娘を老いぼれた競走馬みたいに楽にしてやろうか？」ハンマーを振りおろしてエイドリアンの上で寸止めし、喉にヘッドをぐいぐい押しつける。

リッチーがあわててエイドリアンの体の下から腕を抜いてハンマーの柄をつかもうとする。エイドリアンは抑揚のない最期の声を低く漏らす。残っている気力では太刀打ちできない。クレアがしていること、彼はそれをただの遊びでやっている。リナの視界は暗くなる。

ルシア

目の前で母親が撃たれ、ハンマーで窒息死させられることなど、そうそうあるものではない。正直なところ、ルシアはまったく同じ空想をしたことがある。いくつかのバリエーションもあった。心のなかで思うくらいは自由だろうと言い訳して、母親の死を願いすらした。だがいま、ルシアは自分の気持ちがよくわからない。それどころか、なにも感じていない。そんな自分はサイコパスではないだろうかと思う。泣いたり嘔吐したりはせず、ただ冷たく空虚な穴のようなもので胸が一杯だ。母親の痛みに共鳴することはない。母親の手を握りたいとか、一度も言われたことのない言葉を言ってほしいとか思わない。

リナおばあちゃんは気を失い、隣でソファに倒れている。まるで衝撃波に打たれたかのようだった。リナおばあちゃんはたぶん神を信じている。ルシアは違う。ぜんぜん信じていない。もともとまったく信じていないものをさらに信じられなくなるなんてことがあるのだとすれば、日曜日はいつにも増して神などいないような気がする日だ。そしてこれからは、日曜日に新しい意味がくわわる。母親が殺された曜日。

リッチーはひざまずいたままむせび泣き、エイドリアンを自分の膝から押して遠ざける。

「死んじまった」

母親の死体がごろんと転がった瞬間、悪趣味な爪がルシアの目にとまる。あの長い爪はずっと前から嫌いだった。今日は何色に塗られていたか覚えていない。いまは血で真っ赤だ。

ハンマーを持った男が声をあげて笑っている。気持ちの悪い笑い方。さっきのは聞き間違いだろうか？　パパ・ヴィクを殺したのは自分だと、この男がほんとうに言ったのか？　またスレッジハンマーを胸の前で構えている。振りかぶる体勢だ。今度はリッチーの胸をハンマーで殴ろうとしている。そんなことになっても、ルシアはやっぱり悲しくないかもしれない。

エイドリアンを撃った老人はキッチンのカウンターに覆いかぶさってうめいている。嘔吐しそうな様子だ。銃は――あの銃はどこに行った？　ルシアの目につくところにはない。「ぼくはただ」老人はカウンターに向かってぶつぶつとしゃべっている。「ぼくはただ、レイシーとよりを戻したかっただけだ」

「ボビー、い、ま、す、ぐ、お黙り」ウルフスタインが言う。

「クレア、おまえを殺す」立ちあがったリッチーのシャツは、ルシアの母親の血で縞模様になっている。

「丸腰でか？」ハンマー男が言う。

ウルフスタインがルシアのそばへせかせかとやってくる。「おばあちゃんの足を持って。あたしが脇の下を抱えるから」

ルシアはウルフスタインの言いたいことをすぐには呑みこめない。見おろすと、リッチーの車のキーが床に落ちているのが目に入る。それを拾い、カットオフしたデニムパンツのポケットに突っこむ。ルシアは逃げることを考えている。リッチーがトランクに入っていると言っていた金のことを考えている。クレアがその金を奪い返しにきたことはわかっているし、なによりもまずクレアから逃げなければならないこともわかっている。でも、金があれば自由になれる。新しい人生が手に入る。父親を見つけることもできるかもしれない。車が必要だし、運転ならできる。ビッグ・ポーリーが教えてくれたことはすべて覚えている。覚えているはず。

「おばあちゃんを二階の寝室へ連れていくよ」ウルフスタインが言う。

「それからどうするの？」

「それからどうするのかはまだわからない。ほら、ちゃんと抱えられる？」

「たぶん大丈夫」

ふたりはリナおばあちゃんを抱えて階段へ向かう。ルシアは祖母の軽さに驚いている。

クレアは三人には目もくれない。リッチーを見据え、いまにもハンマーで顎をぶん殴ろうとしている。

リッチーがうなり声をあげ、クレアを通り越してカウンターの上の銃めがけて突進する。

クレアがビュッと振りまわしたハンマーは、ウルフスタインの変なランプをひっくり返し、壁の写真を叩き割ってシートロックに穴をあける。ハンマーは穴にはまり、クレアは引っこ抜くのに手間取る。

リッチーがボビーの銃をつかむ。

ボビーはうなだれたままぼそぼそつぶやいている。「ぼくを撃て」リッチーに言う。「銃はあんたにやる。全部終わらせてくれ」

クレアがボビーの背中をハンマーで容赦なく打ちのめす。ボビーは走ってきたトラックのグリルにぶつかった犬のような悲鳴をあげる。

極限までぴりついていたリッチーが、その音に銃を取り落とす。

クレアがふたたびボビーを殴りつける。今度は面白半分に。ボビーの悲鳴は、正気を失った人間が新種の苦痛を出産しているかのように獣じみたものになり、体はのたうっている。

ウルフスタインが先に立って階段をのぼりはじめたとたん、ぐったりしたリナの体が階段にごつごつとぶつかり、ルシアはなんとか支えようとする。「ああもう」ウルフスタインが言う。「大丈夫？」

ルシアはあえぎながらうなずく。普通はこんなとき、暴力と悲鳴に衝撃を受けるものではないだろうか。怖くなるものではないだろうか。なにしろエイドリアンが殺されたのだ。それにもうひとつ、クレアはリッチーを片付け次第、二階へあがってくるはずだ。それなのに、ルシアは衝撃も恐怖も感じない。やはりサイコパスなのかもしれない。サイコパスならこんなときでも落ち着いていたり、生き生きしたりするはずだ。自分はこの先ずっと――今日を生き延びることができたとして、この先ずっと人でなしとして生きていくのかもしれないと、ルシアは思う。たぶん、いままでも人でなしとして生きてきたのだ、血筋が血筋だし。

廊下を進むあいだにリナの目があき、ルシアはようやく祖母の両足をカーペットの上に落とす。リナは真っ青な顔色をして、吐きたいのをこらえているかのように息を詰めている。ルシアは、リナおばあちゃんがなにを見てなにを思っているのだろうと考える。しみだらけの天井を見つめて、悪い夢を見ていただけだと思っているのだろうか？

「リナ、大丈夫？」ウルフスタインが小声で尋ねる。

「わからない」

一階からものがぶつかる音がまだ聞こえる。三人は寝室に入り、リナをベッドに横たえる。ウルフスタインは寝室のドアに鍵をかける。

「これからどうするの?」ルシアは尋ねる。

「これって現実なの?」リナが言う。

「残念ながらね」ウルフスタインがチェストをドアの前へ押しながら答える。「嬢ちゃん、ちょっと手伝ってよ」

ルシアはそばへ行って手を貸す。チェストで完全にドアをふさぐ。

「あのいかれたやつはハンマーしか持ってないからね」ウルフスタインが言う。「ここにこっていれば助かるよ。警察が来て助けてくれる。どっちみち、あいつもあの彼氏を殺したら気がすむかもね」

「逃げたほうがいいと思うよ」ルシアは言う。「ほらこれ」――と、ポケットから車のキーを取り出す――「リッチーの車のキー。これで逃げよう。警察にいろいろ訊かれるのって面倒くさくない?」

「できれば避けたいね。リナはどう思う?」

「ヴィクはいつも言ってた。警察を巻きこまずにすむ方法があるならそうしろって」真面目な口調。急に意識がはっきりとしたようだ。顔色も戻ってきている。

「ふたりとも、ここからは真剣に考えてほしいの。下にいるのはあんたのママだ」ウルフスタインはルシアを指さす。「そして、あんたの娘でもある」その指をリナのほうに向ける。「道義の話として、あんたたちには後悔してほしくないの。あたしたちはあの子を置いていく、あの子を置いていくんだよ」

「もう死んじゃったし」ルシアは言う。

「リナは?」

リナはうなずく。「娘にあんなことをしたクレアには血で罪を贖ってもらう。ヴィクのこともあるし。ヴィクを殺したのは自分だと言ったでしょう? なんてこと。逃げることができれば、考える時間ができる。計画を練る時間が」

「わかった。この家は放っていくしかない。大事な写真がひとつだけあったけど、あのクソ野郎がめちゃくちゃにしちゃったし。とりあえず有り金持って、みんなであたしの友達のモーの家に行こう。モーにも前もって注意しとかなきゃ。この家はモーのものなの。明日の朝までには、警察がモンローまでモーに会いにくる。とにかく、今夜ひと晩かくまってもらってひと息つくにはちょうどいいところだよ」

「わかった」リナが言う。

「お金は?」ルシアは尋ねる。

ウルフスタインはベッドにあがってリナの隣に立ち、壁中央の換気口のカバーを仮止めしてあるネジを引っこ抜く。黒の四角い鞄を引っぱり出してベッドに放る。「これ。あたしの老後の蓄え」

「ここからどうやって脱出するの?」リナが尋ねる。

「窓から逃げる」ウルフスタインはベッドをおりて両膝をつく。ルシアに事情を話す。「ロサンゼルスに住んでたときに家が火事になってひどい目にあったんだ。それ以来、住む家にまともな非常口がなければ、この梯子を備えつけるようにしてるの」ベッドの下に手を入れ、折りたたみ式の梯子を引き出す。「これを窓に取り付けると、四メートルちょっとの長さになる」立ちあがって窓辺へ行き、ブラインドをあげる。梯子の上端の金具を窓枠にはめ、梯子をおろす。「四百五十キロまでは耐えられるよ。あいだをあけずに急いでおりて、リッチーの車まで走る。どう？」

「あたしが運転する」ルシアは言う。

「あたしが運転する」ウルフスタインが言う。「あんたたち、いま冷静じゃないでしょ。それに、検問に引っかかったときに十五歳がハンドル握ってたらまずいし。嬢ちゃん、あんたが先におりな」

ウルフスタインは金の入った鞄を窓の外に放り投げる。鞄はどさりと音をたてて庭に着地する。ルシアはヤンキースの帽子のひさしを後ろにまわし、さっさと梯子をおりる。スーツケースが居間の床に置きっぱなしになっているのを思い出すが、その中身にはたいして愛着がないことに気づく。ベスト・バイならあちこちにある。CDだっていくらでも万引きすればいい。持っている洋服は気に入らないものばかりだ。歯ブラシも使い古して久しい。今度は電動歯ブラシがほしい。手元に残しておきたかったのは、筒に丸めてなんとかスーツケースに収めたジーターのポスターと、まあまあ大事なヤンキースのチケットの半券くらいなものだ。

次はリナだ。梯子をおりるのに手間取っている。おっかなびっくりだ。一段踏みはずして危うく転落しそうになる。ウルフスタインは、脚が痛いとぶつくさ言いながらも、すぐ後ろにつづく。

ほどなく三人とも庭に降り立つ。ウルフスタインは鞄をフットボールのように抱え、右脚をゆらゆらと振っている。三人は周囲の様子をうかがう。通りのむこう側で、鍵を拾えなかった男——たしかエンジオとかいう男が、リナの盗んできた美しい昔の車の脇にひざまずき、車体の下のなにかを捜しているが、手が届かないらしい。見るからにいらいらしている。うー、あー、というい かにも年寄りくさい声が響き渡る。車のボンネットが街灯に照らされて輝いている。

「くそっ、もうひとり面倒なやつがまだいた」ウルフスタインがリナをつつく。「あいつ、またキーを落としたのかな?」

「そうみたい」リナが言う。

三人が車の横を通り過ぎようとしたとき、エンジオが顔をあげ、途方に暮れた様子で三人を見あげる。「おれのキーが」もっぱらルシアを見ながら言う。「キーを落としちまって、車の下に入りこんじまった。頼むから助けてくれないか。殺されたくないんだ」

ルシアは無視する。リナも無視する。ウルフスタインはちょっと笑う。

「お願いだ、助けてくれ」助けが来ないのを悟ると、エンジオはまた四つん這いになり、うめきながら車体の下をまさぐりはじめる。

ルシアは急いでリッチーの車の運転席側のドアをあける。なかに入り、広々とした前部座席の中央まで体をずらす。ベンチシートというやつだ。こういう昔の車はいい。前に三人並んで乗れるから。それに、この手の車でシートベルトを締める人はいないし。ルシアは身を乗り出して助手席側のドアをあける。リナが乗りこみ、左腕でルシアの肩を抱く。ウルフスタインが運転席に座り、後部座席に鞄を放る。ルシアはウルフスタインにキーを渡し、ウルフスタインがキーをまわすと、素敵なエンジン音が鳴りだす。

ルシアはウルフスタインの家のほうを振り返る。ウルフスタインもリナもかたくなに振り向こうとしないように見える。もう一台、車が前にとまっている。霊柩車そっくりに黒くて長くて、窓はスモークガラスだ。アンテナにメッツの旗がついている。たぶんハンマー男の車だろう。その向こうで、家の玄関のドアがあいている。リッチーとハンマー男が居間のウルフスタインのリクライニングチェアの前で取っ組み合っている。ハンマーは近くになさそうだ。銃もルシアに見えるところにはない。ふたりは戸口から転がり出てきて、やがてルシアの視野から消える。

母親の遺体も見えなかったが、ルシアは遺体があそこにあると知っている。リッチーはエイドリアンが死んだと言ったが、それは事実なのか、もし事実だとしたらそれはいったいどういうことなのか。自分はちゃんと見えているのだろうか？　ちゃんと感じているのだろうか？神はいないと思っているから、あの世もないだろうと思うけれど、エイドリアンとパパ・ヴィクがせめて煙草一本くらいは一緒に吸っていてくれればいいなとは思う。パパ・ヴィクが煙草を吸っていたのかどうか知らないし、エイドリアンもほんのときたま吸う程度だった。でも、あの人ならこう望むだろう。永遠の闇が訪れる前に、最後に一服したい、と。

ウルフスタインの家でなにがあったのか案じた隣人たちが外に出てきていないかと、ルシアはブロックのほかの家々にすばやく目を走らせるが、人の姿はまだない。ひょっとするとカーテンの陰から覗いているかもしれない。都会の人間はそうなのだ。警察が到着したら通りに集まって噂話をはじめるのだろうが、完全に危険が去るまでは姿を現さない。

ウルフスタインは一方通行の多いシルヴァー・ビーチを巧みに抜け、左へ曲がってペニーフィールド・アヴェニューへ、そこからさらにスログズ・ネック・エクスプレスウェイに入る。ヘッドライトを点灯する。だれもしゃべらない。リナは恐怖をすっかり通り越して怒っているような顔をしている。車内は暑い。窓はあいている。すれ違うほかの車のビュンビュンという音がルシアの耳を満たす。どこに向かっているのか、ルシアには見当もつかないが——二回ほどニュージャージーに旅行したことがあるくらいで、ニューヨーク市から外に出たことがほとんどないからだが——リッチーと母親とどこかへ行くのではなくてよかった。というか、元母親か、どうでもいいけれど。ウルフスタインはモンローに行くと言っていた。きっとその町は北にあって、もうすぐ市外に出たら後戻りはたぶんできない。

ルシアは沈黙を破る。「おばさんはポルノ映画に出てたの?」ウルフスタインに尋ねる。

ハンドルをゆるく握っているウルフスタインが言う。「煙草がないとやってらんないね」

ウルフスタイン

シルヴァー・ビーチの家に置いていかなければならなかったもののなかで、ウルフスタインが唯一惜しいと思っているのは、スティーヴィー・ニックスの写真だ。あのいかれマフィアがハンマーでめちゃくちゃにしてしまった。そうでなければ、なんとかして持ち出したのに。モーが手紙に書いていたように、あれはふたりの人生最高の一夜、永遠に忘れられない一夜なのだ。

いま、ウルフスタインは前方の道路をまっすぐ見据えている。リナは放心状態だ。ルシアは黙りこくっている。車はクロス・ブロンクス・エクスプレスウェイの中央車線を走っている。ウルフスタインは久しく、おそらくフロリダから帰ってきてからこっち運転していないが、勘は古びていない。もうすぐジョージ・ワシントン・ブリッジを渡り、パリセイズ州間パークウェイに入る。渋滞だのなんだのの障害がなければ、モーの家まで一時間足らずだ。

ウルフスタインはこのエルドラドにほれぼれしている。エイドリアンの彼氏は——彼氏だかなんだか知らないが、たぶんもう死んでいるあの男は、この車の手入れは完璧にやっていたようだ。きっと、ダッシュボードに指をすべらせても少しも埃がつかない。ウルフスタインは、車には詳しい。一家言ある。とくに一九七〇年代から八〇年代の車。ロサンゼルスにいたころなのだから。ならずにいられようか。あたりを見まわせば、そこらじゅう美しい車だらけなのだから。コンヴァーティブル。流れるように美しいマシン。ばかでかい車体のクロームのバンパーには、世界の歴史が映りこんでいた。ウルフスタインは、ロサンゼルスをドライブして、いろいろな車をうっとりと眺めることがなによりも好きだった。あのころは素敵なやつを二台、チャレンジャーとサンダーバードを持っていたが、落ち目になって二台とも売り払ってしまった。モーはかつてトランザムに乗っていた。知り合いの業界の大物たちの車となると、それはもうすごかった。ランボルギーニにデロリアン。それでも、ウルフスタインがどんな車より高く評価するのは、こんな優雅なキャデラックだ。ベンチシートの座席に腕をかけて、あてもなくドライブするときの気分ときたら。いまどきの車はクソだ。プラスチックの塊。まるでおもちゃだ。高い安全性が聞いてあきれる。ちっぽけなシビックなど、トラックに追突されればアコーディオンよろしくひしゃげてしまうではないか。このエルドラドなら耐えられる。そう、この車は戦車だ。

こんなとき、普通はもっとエイドリアンやボビーのこと、あの家で起きた悪夢のことを考えてしまいそうなものだ。ハンドルを握る両手はがたがた震えている。神経は高ぶっている。骨は熱いガラスになってしまったかのようだ。舌は歯の裏を舐めている。

だが、ウルフスタインの頭に浮かぶのは、ラジオ番組に出演するようになって一年ほどたった夏の夜のことだ。あの晩のスタジオは、エアコンが故障していつもより蒸し暑く、扇風機が顔の前でぶんぶんまわっていて、ウルフスタインの声はいつもより吐息混じりに聞こえた。その夜、電話をかけてきたのはオマンコ博士というラジオネームのトラック運転手だった。その名前に、ウルフスタインはくすくす笑った。彼はごく当たり障りのないおしゃべりをした。電話をかけてくる男たちの大半はトラック運転手で、射精したらブツッと電話を切ってしまうような無礼で不愉快な輩ばかりだった。けれど、このオマンコ博士は、そのラジオネームとは裏腹に真面目そうだった。そして彼がウルフスタインの声と出演作をほめたあとに話したこと、あれは彼の本音だった。ついうっかり口をすべらせたのか、それともなんとなく話しやすかったから私的なことを打ち明けたのかはわからない。「すごく怖いんだ。女房と別れて以来、どうすればいいのかわからない」と、彼は言った。ウルフスタインは、そのとき自分史上最高に賢い言葉を返したと自負している。「そんなのなるようにしかならないのよ。とりあえず突き進むだけ」

いま、自分自身がその言葉を実行しようとしているのだと、ウルフスタインは思う。もともとそういう性格でもあったし。

バックミラーに目をやると、ぐんぐん近づいてくる車が映っている。クロス・ブロンクス・エクスプレスウェイの交通量は多く、ほかの車がエルドラドの左右をビュンビュンと追い抜いていくので、最初のうちはその車がよく見えないが、やがてリナの乗ってきたインパラだとわかる。ボンネットに道路照明灯の光が反射して目立っている。いまハンドルを握っているのはリッチーだ。バンパーが接触しかねないほどインパラが追いあげてきて、ウルフスタインにもリッチーの顔が見える。なぜこんなに早く追いつかれたのだろうか。もっとスピードをあげて、時速百四十キロで、ホイールから煙をあげて街を出るべきだったのだ。

「ちくしょう」ウルフスタインはリナとルシアに、いや、夜の闇に向かってつぶやく。「あいつら、すぐ後ろにいる」

リナはぎくりとして振り返り、後部ウィンドウから外を見る。「リッチーが追いかけてきたの？　エンジオを連れて？」

ルシアも後ろを向いてひざまずき、座席の背に顎をのせている。「ハンマー男はどこ？」

「リッチーが殺したのかもしれない」リナが言う。

「そうは思えないけど」

ウルフスタインは車のスピードをあげて隣の車線に入る。

「あたしたち、追いかけられてるの？」ルシアが尋ねる。

「そのようだね」ウルフスタインは答える。

「リッチーが狙ってるのはこの車とお金だよね」

「あたしのお金？」

「リッチーが奪ったお金。トランクに入ってる。そう言ってたじゃん。それに、あの人この車をめちゃくちゃ大事にしてるんだよ」

道路がだんだん混んでくる。ウルフスタインはすばやく車線を変更する。リッチーはぴったりついてきて、クラクションを肘で鳴らしながら高速を出ろと合図する。リナは窓を閉める。

リッチーはエルドラドの右側に車をつけ、窓をあけて叫ぶ。「おれの車を返しやがれ！」助手席のエンジオはインパラを酷使されていることに茫然自失の態で、真っ赤な顔で口をぽかんとあけて肩を落としている。

インパラが横腹をこすらんばかりに接近してきたので、ウルフスタインはハンドルを左に切って逃れる。

「窓をあけろ！」リッチーがどなる。

ルシアはリナのむこうへ身を乗り出して窓をあける。「うっせーよ、リッチー！　あんたのお金はもうあたしのもんだから！」きっぱりとした声。有無を言わせない響きがある。

ルシアの言葉に不意を衝かれたのか、リッチーはとまどうように眉間にぎゅっと皺を寄せる。おまえを娘同然に思っていたのに、という表情だ。

これ以上スピードを出せないとウルフスタインは思う。時速七十キロまで落としても、せせこましいクロス・ブロンクス・エクスプレスウェイでは猛スピードのように感じる。走っている大量の車。壁に陸橋。せめて時速八十キロは維持したいが、道路はどんどん混み合いはじめて流れが悪くなっていき、もはやインパラを振り切るのは不可能だ。

リッチーの車はすぐ後ろを走っている。ウルフスタインはふたたび車線を変更し、車線一本と車二台分、リッチーを引き離す。これでひと息つける。

「どうやってあいつらをまくの？」リナが尋ねる。

「このままじゃ無理」ウルフスタインは答える。「あの橋を渡ったらなんとかなるかも」

リッチーがクラクションを鳴らしながら追ってくる。

ウルフスタインは橋の手前で、窓をグラフィティで覆いつくしたホイールキャップのない大きなワゴン車がよたよた走っているのを追い越し、前にするりと割りこむ。ワゴン車がリッチーの前を完全にふさぐ。

「わたしがあの灰皿をつかんだせいで」リナが言う。「世界が壊れてしまったようなものよ。

わたしがあんなことをしなければ、娘は死なずにすんだ」

「ちょい待ち」ウルフスタインは言う。「そんなふうに考えない。そういうことを言わない。なんにもならないよ」

「リッチーのお金はあたしが預かるからね」ルシアが言う。またあの有無を言わせない口調だ。

「あいつに親を殺されたんだもん。お金をもらうのは当然でしょ」

「別にいいけどさ」ウルフスタインは答える。「モーの家に着いたら、お金をどうするかおばあちゃんと相談しな。まずはとにかく無事にたどり着くことじゃない？」

「わたしが灰皿をつかんだりしなければ、こんなことにはならなかった」リナはまだその考え方に囚(とら)われている。「リッチーとエイドリアンは夕陽に向かって車を飛ばしてたのに」

「たぶんそうはならなかったよ」

「あたしはどうなるの？　あたしはあいつらと一緒に行く気はなかったし」とルシア。

ワゴン車の後ろからインパラが飛び出てきて、立てつづけにクラクションを鳴らしながらエルドラドの左側をふたたび追いあげてくる。

ルシアはウルフスタインの前へ腕をのばし、リッチーに中指を立ててみせる。

「嬢ちゃん、あんたなかなかの癇癪玉(かんしゃくだま)だね」ウルフスタインは言う。

リナが小声でなにかつぶやいている。

ウルフスタインはバックミラーをちらりと見やり、インパラの後ろからもう一台、見覚えのある車が走ってくることに気づく。家を出たとき、そばにとまっていた九五年か九六年型の黒いリンカーン・タウンカー、アンテナにメッツの旗をつけたやつだ。道路灯のまばゆい光を浴びて輝いている。どうやらリッチーは気づいていない。「ちくしょう」ウルフスタインはつぶやく。

「どうしたの?」リナが尋ねる。

「もうひとりのやつが来た」

リナは体をひねって振り返る。「クレアが? どこ?」

「インパラの後ろの車」

リナが声をかぎりに叫びだす。「このバケモノ!」この騒音のなか、別の車線にいるクレアに聞こえるわけもないのにまくしたてる。泣いている。「わたしの娘によくもあんなことを! ヴィクをよくも!」リナが両手でエルドラドのルーフを殴るバンバンという音が車内に響く。

ウルフスタインはサイドミラーでふたつのことを同時に見て取る。リナに自分の車をぶん殴られておののくリッチー、そしてグリーンのリステリンをボトルからじかにぐいとあおり、窓の外に吐き出すクレア。

「おばあちゃん」ルシアはそれ以外になにを言えばいいのかわからないらしい。

「バケモノめ」リナの声は弱々しい鼻声になっている。

車がなにかの下に――トンネルではないが、やや混乱してまわりがよく見えなくなっているウルフスタインにはトンネルのように感じるなにかの下に――もぐりこむと、煤けた照明が両脇の壁にぼんやりとした影を投げかけている。やがて、車は橋の中央左車線に出る。路上に並ぶオレンジ色のコーン。絶え間なく流れていく車のライト。橋中央の主塔から巨大な星条旗が翻るさまが下水溝の格子の上のドレスにも似て、マリリン・モンローを連想させる。ウルフスタインは若いころからマリリンが大好きだ。手に入るかぎりの関連本を読み漁った。ベッドの上で裸体に白いシーツを巻きつけている彼女をよく思い浮かべる。

川の水面が光っている。街明かりは背後に遠ざかっていく。ウルフスタインは次の一手を考えている。インターステート九十五号線の左車線に入り、交通量の多い幹線道路が深部静脈のように集中しているニュージャージーを目指しているように見せかけて、パリセイズ州間パークウェイ方面の出口直前ですばやく右へ車線変更し、リッチーとクレアをまいてモーの家へ向かう。簡単そうだ。

しかしもちろん、そう簡単ではない。インパラはエルドラドに追突せんばかりに迫ってくる。そしてそのすぐ後ろをついてくる威風堂々たるタウンカーに、もはやリッチーも気づいているはずだ。

ウルフスタインは方向指示器をつけずに左車線に入る。エルドラド、インパラ、タウンカーが、葬儀の車列よろしく一列に並ぶ。

「なにをする気?」リナが尋ねる。

「あいつらをまく」ウルフスタインは答える。

「ぴったりついてくるのに?」

ウルフスタインは右肩越しに途切れなく車が流れている中央車線を見やる。このしぐさでばれませんように。リッチーとクレアの両方をまかなければならないのだから。「土壇場でパリセイズに入るから」

「三車線も横切るの? わたしたちを殺す気?」

「そうならないことを願ってる」
星条旗の下をくぐり抜けた瞬間、激しくはためく音が大きなエンジン音のように聞こえる。パリセイズ方面の出口が見えてくる。

ルシアとリナはウルフスタインがうまく逃げおおせる方法を考えているのか、ずっと後ろを見つめている。中央車線の車の流れは切れ目がない。これはアーケードゲームだ。猛スピードで走る車の列に割りこんだら、あとはリッチーとクレアが完全にブロックされることを願う。成功すればびっくりだが、ウルフスタインの見るかぎり、これに望みをかけるしかない。パリセイズ州間パークウェイまで追いかけてこられたらもうだめだ。あの二車線の真っ暗なパークウェイは出口から出口までの距離が遠いから——道路脇へ追い立てられたり、幅寄せされてパーキングエリアや木立に突っこんだりするはめになりかねない。

ウルフスタインはまたマリリンのことを考える。エルドラドのボンネットに愛らしく寝そべっている彼女を思い浮かべる。よしいまだ。曲がれ、ウルフスタイン。この勝負、ものにしろ。自由を勝ち取れ。

リッチー

リッチーは放心状態で床にひざまずいている。両手は血に染まっている。エイドリアンの血だ。少し離れたところで彼女が仰向けに横たわっている。リッチーはよろよろと這っていき、あたりを見まわす。クレアが現れてからの一部始終をぼんやりと思い出す。もつれ合い、部屋中を転がりまわっている自分たちが一瞬見える。たしか、クレアからハンマーを奪い取ったのではなかったか。そうだ、そうした。ほんのしばらくのあいだだけだったが。すると、クレアはジャケットの内側から銃を取り出した。シグ・ザウエルＰ２２０。リッチーはハンマーを振りまわした。狙いがはずれた。クレアが発砲する。はずれた。それから、山羊か羊よろしくたがいに頭突きした。クレアがリッチーを嘲笑い、ぶるりとかぶりを振った。

　リッチーはあのときのことを頭から振り払おうとする。遠くでサイレンが鳴っている。クレアの姿はなく、ハンマーもなくなっている。きっと家の外の暗がりに隠れて、リッチーに襲いかかる機会を待っているはずだ。警察が来たときに家のなかにいたくないのだ。それがクレアのやり方だ。それにしても、ルシアとリナとルシャス・レイシーはどこにいるのだろう。近所の家から警察に通報しているのかもしれない。いや、それともペニーフィールド・アヴェニューへ出て、パトロール中のパトカーを止めようとしているのか。

ぐずぐずしている場合ではないので、リッチーは立ちあがり、ドアがあいたままの玄関へ行く。通りの様子をうかがう。エルドラドがない。ちくしょう、やられた。ということは、MAC10と金とカメラも奪われたのだ。

ところが、街灯の円錐形の明かりのもと、あの老いぼれエンジオがひざまずいてインパラの下を手探りしている。頭の包帯のせいで、ショック療法から逃げ出してきた患者のように見える。

リッチーは家のなかへ引き返して壁や冷蔵庫に目を走らせ、なんらかの手がかりを探す。いても立ってもいられない。女たちはどこへ行ったのか？　リッチーの金を持ってどこへ行くつもりか？　ブルックリンへ帰る？　リナならそんなことはしない。クレアが出張ってきたからには。

クレアのクソ野郎め。カッシオの店で連中を皆殺しにしたときにクレアがいなかったのが、前にも増して悔やまれる。

リッチーはエイドリアンを撃ったやせっぽちの老人の死体を蹴飛ばし、その老人がクレアに滅多打ちにされて床に崩れ落ちるまで座っていたスツールのそばのカウンターに封筒が置いてあることに気づく。封筒の隣のグラスからウォッカのにおいがする。封筒の端をつまむ。きっと重要なものだ、だから取ってあったに違いない。差出人の住所はモンローだ。封筒から手紙を取り出し、すばやく目を通す。おそらくこのモーというのはルシャス・レイシーの親友で、そうだとすれば女たちはモーにかくまってもらおうとモンローへ向かったのではないか。いまの時点では当てずっぽうでしかないが。床の上に老人の銃、リッチーがつかのま奪ったものの、すぐになくしたあれが落ちている。拾って薬室をチェックする。残った銃弾は二発。パンツのウエストに銃を挟むと、それが肌に触れる。冷たくも熱くもない。ただそこにあるだけだ。しっくりこない。

モンロー。あの町なら行ったことがある。一度、ダイナーに行った。二〇〇二年にカーヤス・ジョエルのハシド派のユダヤ人と宝石の取引をしたときのことだ。

手紙を封筒に戻してパンツのポケットに突っこむ。サイレンが近づいてくるが、まだ猶予はある。エイドリアンのそばへ行き、しばしたたずむ。片方の膝をついてエイドリアンにキスをすると、唇に血の味が移る。彼女の腰から脚をなで、脆そうな長い爪の先端に触れる。ここがベッドのなかだったらどんなにいいか。こんな世界では。こんなビジネスをやっていたら。泣いてはいけない、それはわかっている。泣いたら終わりだ。

ハイスクールのころのエイドリアンが見える。座って脚を組むところ。リップグロスをつけるところ。オチのないジョーク。マディソン・スクエア・ガーデンのレンジャーズの試合に連れていけとよくねだられた。あんな子がホッケーファンなのだ。リッチーの母親もエイドリアンを気に入っていた。母親の人を見る目は間違いない。エイドリアンはリッチーの祖母のものだった古いエプロンをつけて、ブラショーレをこしらえる母親を手伝った。ひとりでもうまいトマトソースを作れた。ピザも生地から作った。最高なんだ、おれのAは。一生にひとり会えるか会えないかの特別な存在。どんなにひどい喧嘩をしても、いつも支えになってくれたし、戻ってきてくれた。

行動しなければ。唇についたエイドリアンの血を両手に移し、立ちあがって家を出る。

エンジオのほうへ歩いていくと、不気味な静寂のなかで舗道を踏むブーツの音がやけに響く。ひざまずいてエンジオを肘で押しのける。車体の下へ腕を入れ、エンジオには届かないあたりをまさぐる。キーを見つけてふたたび立ちあがる。

「あったのか！　やれ、ありがたい」

「クレアはどこだ？」

「五分ほど前にタウンカーに乗って消えた。もうすぐパトカーが来るぞ」

「わかってる」

リッチーはインパラの運転席のドアをあけてハンドルの前に座る。

「なんであんたが乗るんだ？」エンジオがドア枠に手をかける。

「おれのものを取り返しに行く」リッチーはいきなりドアを閉めてエンジオを追い払い、窓をあける。キーをまわす。エンジンが低くうなりだす。

「おれはリナを手込めにする気はなかったんだ」エンジオが言う。つかのまの沈黙。「おれも連れていってくれ」

「断ると言ったら？」

「後生(ごしょう)だ。頼むよ。こいつから目を離したくないんだ」エンジオの手はインパラのルーフにのっている。老いて黄ばんだ目に涙が浮かんでいる。「おれにはこいつしかいないんだよ」

「わかった。ほら。乗れよ。急げ。クレアが現れたら人間の盾が必要になる――あいつは絶対に、また現れる、それは保証するが、そうしたらあんたが盾になるんだ、じいさん」

エンジオが助手席側へまわって乗りこむ。

リッチーはゆっくりと車を道路に出す。サイレンの音から遠ざかるように脇道を走り、ペニーフィールド・アヴェニューから高速道路に入る。

「優しく運転してくれ」エンジオが頭を抱えて言う。「頼む」

セント・レイモンズ墓地のあたりで、暗闇のなか何台ものパトカーの回転灯が光っている。続々と集まってくる応援。召集された警官たち。近隣の住人たちは、騒ぎが収まるまで静まりかえる。高速道路のフェンスのむこうの側道は赤と青のライトに照らされている。リッチーはやけくそな気分だが、迷いのない手つきで車を飛ばす。唇にエイドリアンの血の味が残っている。

「クレアはほんとうに戻ってくるのか?」エンジオが尋ねる。「どうしてそう思うんだ?」

「クレアはゲームが好きだ」リッチーは窓の外に唾を吐く。

頭のなかでリッチーはエイドリアンの記憶をたどっている。以前の彼女に話しかけている。少女の彼女。大人になった彼女。リッチーはベイ・リッジのアワ・レイディ・オブ・エンジェルス教会の前でキスをしている。これからリッチーの仲間のブルーノ・ボナンノとO脚のナースの結婚式に立ち会うのだ。やがてリッチーは、自宅キッチンの食卓で『デイリー・ニューズ』のボックススコア欄を読んでいるパジャマ姿のエイドリアンを眺めている。彼女が髪を耳にかけるしぐさ。虫歯ひとつない歯。子どものころからそうだった。「おまえもAみたいにちゃんと歯を磨けよ」と、ヴィクによく言われたものだ。それから、はじめて別れたあとのエイドリアンを見ている。彼女のあとをつけているところだ。エイドリアンは二十番街のリセンゾの店でエスプレッソとレインボーケーキの小箱を買っている。リッチーは、店名の文字が磨りガラスになったウィンドウ越しになかを覗く。イタリアパンの山のむこうを眺める。そして、あいつはアナベラ・シオラに似ていると思う。『ジャングル・フィーヴァー』に出ていたシオラ。変だ、いままで一度もそんなことを思ったことがないのに。別れたあとになって、目が似ているような気がする。髪型を変えたせいかもしれない。コニー・アイランドのビーチにいるエイドリアンが見える。水着を着るために、シャワー室で無駄毛を処理している。セント・メアリー教会でホスチアを舌にのせてもらう彼女が見える。以前はB線といわれていた地下鉄を待っている彼女が見える。いままでに見た彼女のあらゆる姿が見える。つきあいはじめたばかりのころ。ふたりはショア・ロードにとめた車のなかでキスをしている。彼女はほんの子どもだ。ヴィクに隠れてつきあっている。自分に触れる彼女の両手。彼女に触れる自分の両手。映画のような記憶。

ある晩――三回目か四回目の別れのあと、エイドリアンがクイーンズに住んでいたころのこと、〈ディーノズ・バス・ストップ〉でマイキー・ザ・グーンを殺したあと、リッチーは彼女に会いに行った。動揺していたのだ。マイキーはまだ十八歳だった。だが、命令は絶対だ。ヴィクには、これは神の思し召しなのだと言われた。それでも、リッチーは怖くてたまらなかった。あんな若いやつを殺して平気でいられるわけがない。たしかにマイキーはしくじった、そのことはだれよりもよくわかっていたが、若い者には失敗から学ばせてやるべきだ。いま、リッチーはあの夜エイドリアンの部屋で自分たちがしたことを思い出している。ルシアは四歳くらいで、別室で眠っていた。自分とエイドリアンは、テレビでやっていたヒッチコックの

『鳥』を背景に、床の上でまじわった。おびただしい数の鳥。すごい迫力だった。いま、リッチーにはあのときの自分たちが見えている。リッチーにまたがったエイドリアン、襟ぐりが破れたヤンキースのTシャツ、腰を振りながらリッチーの名を呼ぶエイドリアン、幼いルーが目を覚まそうがおかまいなしだ。そのとき、クレアのハンマーが振りおろされ、エイドリアンの顔がガラスのように粉々になる。

どこを見てもクレアがいる。隣の車線の車は、どれも満面の笑みを浮かべたクレアが乗っている。陸橋やフェンスの上を這っている。バスやワゴン車や救急車のリアウィンドウのなかに彼の顔が浮かんでいる。

思い返せば、クレアはヴィクを殺したのは自分だと言っていた。ヴィクが殺されたとき、嘘の噂があっというまに広がったのを思い出す。だれひとり、リナですら、リトル・サルを目撃してはいなかったのに。全部クレアの仕業だった。復讐としてリトル・サルを殺したのはリッチー自身だ。

リッチーはエルドラドを目で追いつづける。エルドラドを追うことに集中しようとする。本物のクレアがどこからともなく現れ、ベルト・パークウェイでオジー・ギガンテを殺したときのように発砲してくるかもしれない。オジーはキャデラック・エスカレードのなかで頭を吹っ飛ばされ、フォート・ハミルトン陸軍基地のフェンスに激突した。リッチーはヤンキー・スタジアムのモニュメント・パークをオジーとふたりだけで特別に見せてもらったことがある。オジーがあそこの大物のジョー・ケリーと仲がよかったのだ。あれはいい一日だった。そのあとアーサー・アヴェニューに寄った。オジーがクレアに殺されたのは、その三カ月後だった。

「どうしてあいつらがこっちへ向かったと思うんだ?」エンジオが尋ねる。

「しゃべってもいいと言われるまでは黙ってろ」リッチーは答える。

エンジオは、まあ落ち着けと言うように両手をあげる。

何度も車線を変更する。スピードメーターの針は時速百三十キロを指している。リッチーが大事なインパラに苦痛を与えているせいで、エンジオは泣きそうな顔で下腹をつかみ、うめいている。

「あんたの車は一級品だ」リッチーはギアチェンジしながら言う。「おれは運転がうまい。だれにも負けない。あいつらを見つけたら車は返してやる。簡単な話だ」

もっとも、その読みが間違っている可能性はある。モンローからの手紙を見つけたとはいえ、そのあとのことはまったくの当てずっぽうだ。リナとルーが見つからなかったら。女たちが向かったのがモンローほど簡単に行ける場所でなかったら。ほかの場所に向かっていたら。ルシヤス・レイシーは顔が広いだろう。州北部のホテルかもしれない。アトランティック・シティ。ヴェガス。それともカリフォルニア、フロリダ、いや、テネシーの僻地(へきち)だってありうる。

「見つからなかったら、この車とおれはどうなる?」リッチーの頭のなかを読んだかのようにエンジオが尋ねる。するとそのとき、まるで図ったように、前方のエルドラドがリッチーの目にとまる。自分の車だからわかる。あの形。ブレーキライトの輝き方。細長い四角形が格好いいリアウィンドウ。頑丈そうなルーフ。大きくて安定したタイヤ。その姿を目にしただけで悲しくなる。こんなに早く女たちに追いつけたのが信じられない。「見つけたぞ見つけたぞ」リッチーは大声で言う。

「どこだ？」

「あそこだ」ダッシュボード越しに人差し指をぴしっとのばす。

「見えないぞ」

「どこに目をつけてるんだ」

「どうするんだ？」

「どんな手を使ってもおれの車を取り戻す。このインパラがかわいけりゃ、エルドラドの無事を祈るんだな」

うまくいきそうに思えたのもつかのまだった。リッチーに見つかったと知れば、女たちはおとなしく路肩に車を止めて、車と金を返してくれるものと本気で思っていた。

ところが、そこからジグザグの追いかけっこがはじまる。ルシアが窓からリッチーに向かってどなる。きれいな瞳になにかがあらわになっている。たぶん、あの金への欲望だ。エイドリアンと同じ目をしている。

ルシア。彼女が幼かったころ、リッチーは会うたびに二十ドルを渡していた。リッチーのおじがいつもしてくれたように、紙幣を折りたたんで輪っかにしてルシアの親指にはめてやった。ルシアはそれを全部、野球カードだのグミだの、子どもが小遣いで買いたがるようなものに使っていた。ルシアとの思い出がどっとよみがえってくる。好物のクッキー。あのくるくる巻いたピスタチオのやつはなんて名前だったか？　それからサラミソーセージ入りのパン。あいつは自分の体重と同じくらいのパンを平らげた。〈スプモーニ・ガーデンズ〉やレニーの店へピザを食べに連れていってやった。八歳のルシアに「サーカスを見たい」とねだられたときはどうしたか？　もちろん、リングリング・サーカスの最前列のチケットを手に入れた。リムジンでマンハッタンへ行き、ポップコーンにピーナッツ、綿あめ、なんでもかんでも買ってやった。飼育係がシャベルで集めていた象の糞の山にふたりでげらげら笑った。そのルシアが、いまやこうだ。はじめて会ったころのエイドリアンと同じ年齢のルシア。あんなことがあったせいで、あの目が$マークになっている。

それに、やはりクレアが後方に現れた。シルヴァー・ビーチから追いかけてきたに違いない。おそらく、気づかれないように最初からずっと距離を見計らいながらついてきたのだろう。ゲームだ。サイコ野郎らしくリステリンでうがいをしている。たぶん、クレアはリッチーをただ撃ち殺すのでは物足りない。リッチーが思うに、現時点でクレアはどこかの倉庫でリッチーを縛りあげ、ハンマーで両脚を折ったり電気ショックを与えたり、『リーサル・ウェポン』型の拷問にかけようと考えているのではないか。

ついに橋を渡る。三台の車が一列になる。あの女はなにかたくらんでいる。ルシャス・レイシーは。あの女でヌイていたのが嘘みたいだ。長年、あのおっぱいで。ルシャス・レイシーはなにをたくらんでいるのだろう？　ぎりぎりでパリセイズ州間パークウェイにすべりこんで逃げきるつもりか？　いや、そう思わせておいて、アクセルを踏みこんで九十五号線を突っ走っていくつもりかもしれない。だが、おれほどの抜け目のない男はだまされない。サイコ野郎のクレアもまあまあ賢い。そもそもエルドラドを――ついでに言えば、おれが奪った金を――かっぱらいさえしなければ、あいつらもこんなふうに逃げなくてもすんだのに。トレモントから急行バスに乗って、ペンシルヴェニア駅かグランド・セントラル駅かポート・オーソリティのバスターミナルか、どこにでも行けばよかったのだ。もっとヤバい目にあいたいのか、もっと悲しい思いをしたいのか。

そのとき、エルドラドがパリセイズ方面出口へ向かって進路を変更し、ワゴン車があいだに割りこんでくる。ワゴン車の運転手は太った説教者みたいな首をしている。天井から鎖で電話帳をぶらさげている。こっちへ来るなと言うようにリッチーに向かって手を振り、クラクションを鳴らす。リッチーは悪態をつく。クレアのタウンカーがインパラの尻を叩く。ちょっとぶつかっただけなのに、エンジオはがたがた震えてうめき声をあげる。「やめてくれえ」抑えた声で言う。「やめてくれやめてくれ。リッチー。お願いだ」

「落ち着けよ。もうあいつらには追いつけない」

バックミラーのなかに哄笑(こうしょう)するクレアが映っている。

まるで子どものころに持っていた赤い表紙の小さなパラパラ漫画を見ているようだ。ジュニア・ハイスクールの男子はみんな、ルカ・シコットからそれをもらっていた。親指でパラパラめくる。すると、鉛筆描きのストリッパーがステージの上でGストリングと乳首を隠すスパンコールだけの姿になっていく。最後のページでは、ついに乳首まであらわにしたストリッパーが膝に手をついて艶然とほほえんでいる。ルカはタイムズ・スクエアで仕事をしているおじから、そういうばかげたものを調達していた。あのころ、裸のおっぱいは学校の人気者だった。あのころ、裸のおっぱいはどこでも簡単に見られるものではなかったから。遠ざかっていくあの車は——リッ、リ、リッチーの車は、あのパラパラ漫画を思い出させる。まわっている扇風機の羽根を透かして見ているように、細切れでまたたくまに変化していく絵を。

そしてワゴン車は完全に前をふさぎ、首の太い説教者のような運転手はリッチーをにらみ、窓に唾を飛ばしてどなっている。

エルドラドは出口を出て、暗いパリセイズ州間パークウェイへ突っこんでいく。リッチーはクラクションを鳴らす。このまままっすぐ走っても別の道筋でパークウェイに入ることはできるが、それでは不利だ。もしも三人が最初の出口でパークウェイを出たら、完全に取り逃がしてしまう。ほんとうにモンローへ向かっているという保証はない。結局は賭けに過ぎないのだ。

突然タウンカーが隣に現れ、クレアが肩をすくめ、ハンマーを掲げて頭を殴るまねをする。

「うわぁっ、来たっ」エンジオがクレアに気づく。「降ろしてくれ、車はやる。考えなおした。おれはほら、運がよくてもせいぜいあと数年しか生きられないだろ？　こんな心臓によくないことはごめんだ。とにかく降ろしてくれ。どこでもいいから」

「うるせえ黙ってろ。おれはいま考えてるんだ」リッチーは目の前に道路図を広げるように、どの道筋をたどればニュージャージーのさびれた奥地に迷いこむ前に軌道修正できるか考える。ニュージャージーの奥地に迷いこめばその時点でゲーム終了だと、何度か経験して思い知った。やたらと信号が多い。やたらと曲がり角が多く、ひとつ間違えばどつぼにはまる。古い工場だの屋外広告板だの鉄条網だのがやたらと多い。そして、壊れた車の部品や瓦礫が山になった、あからさまに荒廃した場所がやたらと多い。ニュージャージーのそういう地域に迷いこんだら途方に暮れるしかない。

「おれたちどうすればいいんだ?」エンジオが尋ねる。

「だから黙ってろって」

その瞬間、リッチーは自分がインパラのハンドルをきつく握りしめて敵について考えていることに気づく。ルシアは敵なのか、そして自分はルシアの敵なのか？　敵同士にはなりたくない。ルシアにとって父親のような存在でありたいとずっと思っていた。それが無理なら親戚のおじさんでもいい。あの子にこっそり小遣いをやってにっこりさせてやれるような。クレアは敵だ、それは揺るぎない事実だとわかっている。敵が血を汚染することも知っている。マイキー・ザ・グーンは敵じゃなかった。ソニー・ブランカッチョ、あいつは敵だった。敵はいくらでもいる、手強いやつも、そうでないやつも。敵と言ってもいいやつらが山ほどいる。

ほら、まばたきしているあいだに神が事態を暗転させちまった。ニュージャージーが、不吉な兆しがそこらじゅうにぼんやりと現れはじめている。うかうかしてると、クソ田舎のハイウエイで迷うか死ぬかぼんやり呆けるはめになる。リッチーは、エルドラドのトランクに入っている金がどんどん遠ざかっていくのを感じる。クレアのハンマーに膝を砕かれるのを感じる。そして、殺処分に連れていかれる老犬のように隣で縮こまっている腰抜けじじいが、さらに神経を逆なでする。今夜、月は出ていない。両足が冷えきっている。こんな夜に両足が冷えるなんて信じられるか？

リッチーは夏の罪を思い出している。ショア・ロードにとめた車、そのなかにいる自分とエイドリアン。甘美な記憶にひととき溺れそうになる。エイドリアン、エイドリアン。混乱した頭が、がらんとした空洞に彼女の名前を『ロッキー』のように何度も何度も投げかける。「あのエイドリアンとは綴りが違うんだけど」彼女はリッチーがロッキー・バルボアのまねをするたびに、そう言ったものだ。

クレアがまたインパラの尻を突く。エンジオは声も出ないようだ。クレアがぴったりとついてくるが、リッチーは標識に目もくれず最初の出口を出る。この先にあるのは料金所と間違った方向へのびる道路なのかどうか、それすらも定かではないが、覚えている代替ルートに通じているよう祈るしかない。

ニュージャージーがなんだ。迷路がなんだ。クレアがもう一度勝負したいのなら、かかってくればいい。

リナ

高速道路沿いのパーキングエリアで、エルドラドはエンジンをかけたまま止まっている。中央の駐車場ではなく、売店やファストフード店が入っている平屋の脇だ。リナの気分はまだ落ち着かない。ルシアはほんとうにリッチーとクレアを振り切ることができたのか確かめるように道路から目を離さない。ウルフスタインは公衆電話から友人のモーに電話をかけている。

パリセイズ州間パークウェイからニューヨーク・ステート・スルーウェイに入ったのはウルフスタインの英断だった。どちらの道もモンローへ通じている。目的地を知らないリッチーはパリセイズ上でリナたちを捜すしかないし、インターステート九十五号線をおりてパリセイズに入るのはさほど難しいことではない。一方、クレアは追ってこないようだ。いまのところは。彼はリナたちが金を持ち逃げしたことを知らない。だからリッチーを追っている。

エルドラドは置いていくべきだ。リッチーが取り戻したがっているのはそれだけなのだから。いや、それだけではないか。

ルシアが話していた金。リナが考えているのは、その金の一部で殺し屋を雇えばクレアを殺せるということだ。でも、だれを雇えばいい？　リッチーではないことはたしかだ。ヴィクの手下のだれかが引き受けてくれるだろうか？　いや、だれが残っているにせよ、たぶん近づかないほうがいい。ヴィクがフレディ・タッチという男にあちこち外で起きる問題を処理させていたことは知っている。フレディとは、〈トレグロッサ・アンド・サンズ〉でおこなわれたヴィクの通夜で一度だけ会った。彼に連絡してみようか。

リナの頭のなかはぐるぐる渦を巻いている。車のヘッドライトに照らされて公衆電話で話しているウルフスタインを眺める。リナのせいでとんだ騒ぎに巻きこまれたのに、すっくと背筋をのばして立っている。もっとも、あのボビーという男のこともある。あの男のしたことがウルフスタインに重くのしかかっているはずだ。リナはルシアに目を転じ、無理やり笑顔を作ろうとする。

「あの人、置いていこうよ」ルシアはヤンキースの帽子を脱ぎ、ダッシュボードに放る。

「え？　だれを？」リナははたとわれに返ったかのように訊き返す。

「ウルフスタイン。それがあの人のためだよ」

「なんてこと言うの。この車にはあの人のお金を積んである。わたしたちを信用してくれてるのよ。わたしに親切にしてくれたし」

「エイドリアンを撃ったのはあの人の彼氏だよ。あたしは……おばあちゃんが……お金は置いていけばいいじゃん。お金ならほかにもあるんだし」ルシアの顔がぱっと明るくなる。「見てみようよ。トランクにリッチーのお金が入ってる。いくらあるんだろ？　あたしたちどこにでも行けるよ」

「わたしはいまあなたのお母さんのことを考えてるの。パパ・ヴィクのことも」

リナは窓の外に目をやり、ウルフスタインが電話を切るところを見る。ウルフスタインはちょっと用足しに行くと言うようなしぐさをする。リナはうなずき返す。

「見てみようよ」ルシアが言う。「いくらあるのかな」

「お金なんかどうでもいいわ。いいえ、もちろんどうでもいいわけじゃないけど。そのお金があれば、人を雇ってクレアの息の根を止められる」

「そんなの意味ないじゃん」

「だってあの男は……」

「エイドリアンはもう死んじゃったんだよ。あのジジイがうっかり撃っちゃって」

「ルシア」

「もう死んだの」

「あなたのお母さんの仇でしょう。それだけじゃない。わたしもやっと知ったことだけど」

「トランクのなかを見てくる」ルシアは座席の上で腰をずらし、運転席のドアをあける。トランクのロックを解除するのを忘れ、引き返してきてリリースボタンを探す。しばらくしてようやく見つかる。「おばあちゃんも一緒に見にいこうよ」

リナにしてみれは、金など見たくもない。それでも、とりあえず見にいくことにする。ルシアの機嫌を取るために。「わかった」と言いながら車を降りる。「ちょっと見てみようかな」

トランクの前に並んで立ち、ルシアが蓋を押しあける。ふたり一緒に目にしたものは、リナにとってはさらに見たくなかったものだ。マシンガン、カメラ、大きな鞄、アタッシェケース、スキーマスク、サンダル。ルシアはきょろきょろとあたりを見まわし、だれかに見られていないのを確かめ、ぽっかりとあいたトランクのなかへ身を屈める。アタッシェケースをあけたとたん、よこしまな目つきになる。

「すげえ(ジーザス・クライスト)」紙幣を親指でめくる。「いくらあるんだろ？」

「すごい額ね」リナは言い、ルシアの前に手をのばしてアタッシェケースの蓋を閉じる。「お願いだから主の名前をみだりに口にしないで」

「すごい額っていくら？」

リナはルシアを無視してリッチーの鞄のファスナーをあけ、きちんとたたんだヴァン・ヒューゼンのドレスシャツを取り出す。ブルーの地に白い水玉模様の身頃、糊のきいた白い襟。リナは慣れた手つきでネックサイズ十八のシャツの襟元をつまんで振り、ボタンをはずす。葬儀や結婚式やミサの前にヴィクのシャツをベッドに広げたように、リッチーのシャツをマシンガンの上に広げる。大きなマシンガンの輪郭がシャツの上からでもわかる。「こんなものはすぐ隠さなきゃ」

「こんな大金、見たことある？　パパ・ヴィクは稼いでたんでしょ」ルシアは興奮し、いまにも笑いださんばかりに頬をゆるめてそわそわと体を揺らしている。あんなことがあったのに、そしていまもこんなことになっているのに、なぜそんなにうれしそうなのか。

「トランクを閉めなくちゃ」リナはそう言いながらも、ぐずぐずして手を動かさない。

「この銃もすごいよね！」

リナはシッと言ってルシアを制する。今度はリナがあたりを見まわす。中央の駐車場に、〈スバーロ〉のカサカサしたビニール袋や湯気を立てる〈スターバックス〉のカップを持って車に戻ってきた人々がいる。数は多くない。遅い時間だからだ。こんなパーキングエリアに――とりわけこんな夜遅くに――いる人間は、後ろ暗い事情があるように見える。たとえば、サングラスをかけて車に寄りかかっている、いかにもウォール・ストリートにいそうなあの中年男。自分の半分くらいの年齢の女とホテルで逢い引きした帰りではないだろうか。それから、あの廃品回収業者のようなオーバーオールをはいたもじゃもじゃ眉毛の小男、彼はなぜここにいるのだろう？　なにかの後片づけをしてきたのか？　トラックの荷台に大きなバケツが並んでいる。リナが送ってきたような人生を送っていたら、あるいはリナが結婚したような男と結婚していたら、あらゆるものごとの裏には秘密があると思うようになる。素知らぬ顔をした人物がこっそり自分を見張っているかもしれないと思うようになる。リナはようやくトランクの蓋を閉める。

「あれがあれば片がつくよ」ルシアが言う。「クレアとリッチーに見つかったら始末しよう。ふたりいっぺんに。バンッ。みたいに。それでチャラだよ」

「なにを熱心に話してんの？」

ウルフスタインがマールボロ１００ｓのパックと、オートミールとレーズンのまずそうなグラノーラ・バーを一握り持って戻ってきた。「栄養取らなくちゃ。トイレは行かなくていい？　清潔そうだったよ」

「わたしは大丈夫」リナは言う。

「テレビでニュースをやってた。コマーシャルの合間にやる短いやつ。赤いワンピースのレポーターがシルヴァー・ビーチからレポートしてたよ。パトカーが何台も来てた。レポーターの声はよく聞こえなかった」

リナは舗装した地面を見おろす。足元右側につぶれたソーダのカップ。ぺたんこの緑色のガム。黄色いペンキの斑点。足首のあたりにたなびくエルドラドの排気ガス。

「なにか食べたほうがいいよ」ウルフスタインがグラノーラ・バーをリナの手に押しつける。

「ありがとう」リナはそれを受け取り、ポケットにしまう。「あとでいただくわ。胃がむかむかしてるの」

「わかるよ」ウルフスタインはルシアのほうを向く。「あんたは食べる?」

ルシアは食べると答え、ウルフスタインから目をそらして高速道路を走りすぎる車を眺めながら、バーを一本あっというまに平らげる。

「お友達とは連絡がついたの?」リナは尋ねる。

「うん。あらかじめ事情を話しておいたほうがいいだろうと思ってさ。なんだかうれしそうだったよ。酔っ払ってるみたいだったけど、うれしそうだった。揉めごとが起きると張り切っちゃうんだよね」ウルフスタインはマールボロ100sのセロファンをはがし、銀紙を破って一本くわえる。売店で一緒に買ってきたとおぼしき紫色の小さなビックのライターで火をつける。

「一本ちょうだい」ルシアが言う。

「嬢ちゃん。あたしを困らせないで」

リナは言う。「煙草なんてとんでもない」

「あたしのやることに口出ししないでよ」ルシアがすかさず言い返す。

「もちろんします」

「煙草を吸いたけりゃ吸うし」

ウルフスタインが深々と煙を吸い、リナとルシアのいない方に向けて吐き出す。「嬢ちゃん、落ち着きな。おばあちゃんの言うことは聞くもんだよ。あんたはまだその年じゃない。十八になったら好きなだけ吸えばいい」

「ポルノ映画に出てたおばさんにお説教される筋合いないし」

「ほんとに癇癪玉だねえ」ウルフスタインはことさらうまそうに、これ見よがしに煙を吐く。

「お金といい、煙草といい」リナはルシアに向かってかぶりを振る。「わたしはあなたに対してどうすればいいの？」

「どうもしなくていいよ」ルシアは両足のつま先を内側に向ける。「どうでもいい。どうせあたしはビッチだし」

「あんたがいらいらするのはわかるよ」ウルフスタインが言う。

「だったら煙草ちょうだい」

「ビッチ？」リナはその言葉を呑みこもうときつく目をつむる。もう一度、「ビッチ？」と繰り返す。母親に似て、とウルフスタインに思われているのではと考える。

ウルフスタインは煙草を踏んで火を消す。「行こうか」三人は車に乗るが、ルシアは金という熱源の入ったトランクのそばにいたいのか、今度は後部座席に座る。高速道路の車の流れに合流する瞬間、リナは振り向いてルシアを見る。

ハリマンとセントラル・ヴァレー方面の十六番出口を出る。リナはこの道とこの出口を覚えている。料金所を出ると国道十七号線で、その先には競馬場のあるモンティセロという村があり、リナはヴィクが共同出資を考えていた馬を見に何度か訪れたことがある。ブライト・ファンシーという名前の馬だった。カジノが併設される前、ただの競馬場だったころのことだ。車で競馬場に行ったあるとき、リナは入口近くのフェンスに年老いた流れ者(ホーボー)が座っているのを見かけた。まだ朝早かった。空は紫色に曇っていた。優しそうな目をして白く長いひげを生やし、杖を持ったその老人の身の上をリナは想像しはじめた。貨物列車の屋根に乗って旅をする彼。列車側面の車両番号を引っかいている彼。森で眠り、焚火(たきび)で温めた缶詰の豆を食べる彼。リナがホーボーに対して抱いているイメージは、映画で見た数少ない例が元になっていた。ひょっとすると、あの老人はホーボーですらなかったのかもしれない。

　十七号線はヴィクと六八年に新婚旅行で滞在したキャッツキルズにも通じている。〈ガーシュウィンズ〉。美しいリゾートホテル。コメディアンのショー。乗馬。プールサイドでのカクテル。泊まったのはコテージだ。壁は真っ赤に塗ったばかりで、触れるとべとついた。ヴィクは雛菊の花束を六つも買って、ワインの空き瓶に生けて部屋のあちこちに飾ってくれた。毎朝遅くまでベッドから出ず、コーヒーを運んでもらった。前世紀から持ってきたような華奢(きゃしゃ)なカップとソーサーのセットでコーヒーを飲んだ。おそろいのシルクのガウンを着て。ヴィクがフルトン・ストリートの〈マーティンズ〉で買ってくれた水着は、リナがそれまで着たことのないような美しい品で、白いパイピングがほどこされたブルーのジャンセンだった。ヴィクの言ったとおり、プールサイドでは注目された。ずっとあれを着ていた。毎晩、バスルームの窓枠に置いた蠟燭をともし、古風な鋳鉄(ちゅうてつ)のバスタブで足の無駄毛を剃った。人生で最高の二週間だった。静かで穏やかでのんびりした二週間。ブルックリンの喧噪から離れて。ヴィクの仕事のストレスから離れて。

でも、いま思えば、クレアがそばにいた。彼は当時ティーンエイジャーだったけれど。すぐそばにいたのではなく、近くの安モーテルに泊まっていた。一日一度、ヴィクに報告をしたり急ぎの用件を取り次いだりしにきた。まだ子どもだったのに、すでにあの薄気味悪いアーチ形の眉をしていた。

リナとヴィクは一九八八年、結婚二十周年の記念にふたたび〈ガーシュウィンズ〉を訪れた。このときはクレアもだれもついてこなかったが、二日後ヴィクは仕事で呼び戻された。来たばかりなのに連れて帰るのは申し訳ないと彼が言うので、リナは残り、プールサイドでソリティアをしたり、ポキプシーから来たアデレードという女性と一緒に過ごしたりした。持ってきた水着は特別なものではなかった。夜はアデレードとその夫のロンと食事をし、そのあとはひとりで部屋に戻って古い映画を観たりダニエル・スティールを読んだりした。エイドリアンはラルフィー・バロンチェッリの妹にあずけていたので、後ろめたさはあったものの、ひとりだけの時間を満喫できた。印象に残っているのは、テニスコートの脇の草地で裸足になったことだ。それから、プールに浮かべたフロートにのんびり寝そべったこと。ひとりでカリクーンの教会へ行き、建物の小ささと会衆の少なさに驚いたことも覚えている。献金のバスケットに五十ドルを入れてやけに敬虔(けいけん)な気持ちになり、ヴィクが遠く離れた場所でいまなにをしているのか考えないようにしたのだった。

あの旅でもうひとつ印象に残っているのは、〈ガーシュウィンズ〉の没落ぶりだ。ひび割れた壁。そこらじゅうにたまった埃。落ち葉やゴミの浮いたプール。しょぼくれたダイニング。

歌手もコメディアンもいないステージ。プールサイドのがたついた寝椅子。鎧戸は壊れ、屋根板もみすぼらしくなったコテージ。あのとき、時間の流れに思いを巡らせたのを思い出す。自分の体の変わりようやホテルの変わりようを思い、なにもかもいつのまにか消えるのだと思った。蠟燭をともして足の無駄毛を剃ることもなかった。そもそもバスタブがなくなっていた。狭苦しいシャワー室があるだけで、磨りガラスのドアにはかびが生えていた。あのときのリナは、ジャンセンの水着を着て将来に希望だけを見ていた六八年の〈ガーシュウィンズ〉に戻れるなら、なんだって差し出しただろう。

最後に聞いた話では、〈ガーシュウィンズ〉は二〇〇四年に廃業したらしい。リナはパソコンで、放置された本館や、水ではなく泥やコンクリートブロックで埋まったプール、錆びた椅子、美しかった看板を覆う蔦、崩落したステージ、落書きだらけのコテージ、割れて板を張られた窓の写真を見た。悲しい光景だった。

リナが窓の暗闇を眺めているうちに、車は坂道をのぼり、ウルフスタインは右の方向指示器をつける。後方の道路が赤く照らされる。出口はまだずいぶん先なのに、ウルフスタインは方向指示器をつけっぱなしにしている。しばらくしてスピードを落とし、最初のモンロー方面出口を出て左車線を走りつづけ、青信号でまたすばやく左に曲がる。真っ暗な〈モービル〉のガソリンスタンドのある角を右に曲がると広い通りに出て、突き当たりに煌々と明かりのともったダイナーがある。

モンローは、おそらくかつては都会人に田舎と見なされていたような郊外の町だ。広い通りの左側にはふたつの湖が並んでいる。はっきり言えばただのよどんだ池だが、それでも町の中心だ。手前の湖のさらに手前は、修復された朝鮮戦争の飛行機、滑り台、ブランコのある公園になっている。フーディを着た女の子がふたり、ブランコに座っているのが見える。公園の向かいのショッピングセンターには、ベーグル屋と一ドルショップ、中華料理屋、〈ダンキンドーナツ〉が入っている。なにかがうずくまっているような、郊外特有の不気味な雰囲気がリナを包む。こんな遅い時間なのに営業しているダイナーの外にエンジンをかけたままとまっている車のなかで、ハイスクールの生徒くらいの子どもたちが煙草を吸い、携帯電話でしゃべっている。リナは、携帯電話を持っていなくてよかったと思う。ルシアも持っていなくてよかったと思う。

しばらく黙っていたウルフスタインが口を開く。「モーは酔っ払ってるとちょっと強烈な感じになるんだけど、あんたたちもきっと気に入る」今度はリナに向かって言う。「モーはよろこんで助けてくれるよ」

でこぼこした駐車場のある〈バーガーキング〉とチェース銀行と、赤・青・白に塗った三匹の木彫りの熊を正面ウィンドウに飾った名もないアイスクリーム屋を過ぎると、リトル・レイクスと呼ばれる一帯があり、その奥にモーの家がある。乱平面造りの家屋の前庭にはクリスマスの飾りがいまだに残っている。ひっくり返ったトナカイ、汚れたサンタクロース、もつれた延長コードからぶらさがったエルフ。両隣の家との距離は近く、狭い通りの反対側にも家が密集しているが、どこも真っ暗で、見るからに陰気な感じがする。一九六〇年代か七〇年代に造られた住宅地だろう。近くの二本の道路は街灯ひとつない袋小路だ。エルドラドは明るい光のあふれるモーの家の私道に入っていく。花柄のカーテンがあいている。音楽が鳴っている。モーとおぼしき女性が紫色のブラジャーにじゃらじゃらしたビーズのネックレス、スパンコールのジムショーツという格好で、張り出し窓のむこうを踊りながら横切る。赤く染めた髪は頭のてっぺんにこんもりと結いあげてある。

「あの人がモー？」リナは尋ねる。

「実物のね」ウルフスタインが答える。「なにかうれしいことでもあったのかな。日曜日だから楽しんでるだけかもしれないけど」

「病気のお母さんがいるんじゃなかった？」

「眠りが深いタイプなんでしょ」

「この家に入るの？」ルシアが尋ねる。「車で走りつづけるほうがいいよ」

「それでどこへ行くの？」リナは訊き返す。

「どこでも。カナダとか」

「せめて、モーにもう少し事情を話さなくちゃ」ウルフスタインが言う。「それに、ここにいれば見つからない。ゆっくり休める。疲れを癒やして、明日の朝出発すればいい。モーはアイデア豊富だし」

三人は車を降りる。ウルフスタインは黒い鞄を運び出す。ルシアは車の後ろへまわってトランクをあけ、リッチーの金が入ったアタッシェケースを取り出してリナに言う。「これはあたしの手元に置いとくから」

金のことしか考えていないように見えるルシアに、リナはとまどう。たぶんショックを受けている。

「それ、いくら入ってた？」ウルフスタインがリナとルシアに尋ねる。

ルシアはうつむいて返事をしない。

「そんな大金なんだ？」ウルフスタインが言う。

斜面をのぼっていくと、モーが玄関をあける。「ようこそようこそ」モーは三人を一階の階段踊り場へ招じ入れる。厚化粧と真っ赤な口紅はナイトクラブ帰りのようで、レースのブラジャーは見るからに値段が高そうだ。満面の笑み。黄ばんだ歯。リナはモーの首に生えた一本の太い毛を見つめる。モーについてウルフスタインから聞いた話のなかでリナが思い出すのは、ふたりが映画で共演していたということだ。エンジオの家のテレビでちらりと見たような行為をしているふたりが頭に浮かぶ。

ウルフスタインがモーを抱きしめて笑い声をあげる。「あんた、パーティでもしてたの？」

「音楽を小さくしてくるね」モーはリナとルシアと挨拶を交わす前に、テレビ画面を一時停止するような手つきでふたりを指さす。二階へ短い階段を駆けのぼる。キッチンに置いてある小さなCDラジカセの音量を絞る。聞いたことのある曲なのにリナはタイトルを思い出せない。

モーが言う。「クーッ。あ、ごめん、この曲ほんとに久しぶりに聞いたの。『サンダー・アンド・ライトニング』。最後に聞いたのはサリナスのスーパーマーケットで、あたしはハイになってて、フルーツループの箱をあけてぼりぼりやりながらうろうろしてたのね。そのあとバーに行ってジュークボックスでこの曲を探したんだけど、入ってなかった。たしか八〇年代だった。曲がヒットしたのは七二年の夏だけどさ。シャイ・コルトレーンが歌ったんだよね」モーは歌いだす。「ウーッ、ワッタグッティンアイガッ、これが歌いだしね。オーッ、イッサッチャグッティンアイガッ！　オ、サンダーアンライニーン、オーッオーッ！　アイテルユーイッツフライニーン、オーイエー！　サンダーアンライニーン、オーッオー！　サンダーアンライニーン、アイテルユーイッツフライニーン、オーイエー！」

「モー、あたしたちちょっとばかり困ったことになってるの」ウルフスタインが言う。

モーはワインのボトルをつかみ、ぐびぐびと飲む。「あたしいま、なにを言われてもぜんぜん大丈夫だから。二日前に母さんがついにくたばったのよ、ウルフィー。あたし自由になったんだ。だから酔っ払いたいの。病院を出てからこっち、ノンストップで酒祭りだよ。ゆうべはキャプテンズ・テーブルからジョー・ペトロヴィックを呼んだの、そうじゃなきゃあんたに電話をかけてた」ワインをカウンターに置き、手のひらを上にして両手を差し出す。右の手のひらに黒いマジックで〝ゴミ袋を買う〟と書いてあるのがリナにも見える。「煙草持ってるよね？」モーはしゃべりつづける。「持ってるって言って。持ってないなら、〈ショップライト〉のそばに〈シェル〉のスタンドがあるから、ひとっ走り連れてってよ」

「持ってるよ」ウルフスタインは答える。

「お母さまのこと、残念ね」リナは言う。

モーはリナの言葉を追い払うように手を振る。「しかたないよ。もう年だったしさ。認知症だったの。とにかく、母さんと暮らしてるあいだは息をするのもきつかったけど、ちょっと楽になれた。もうおむつを替えなくてもいい。お尻を拭いてあげなくてもいい。お粥を作ってあげなくてもいい。母さんがそこらじゅうにこぼすコーヒーやクリームを拭いてまわらなくてもいい。母さんって耳が聞こえないくせに補聴器をつけないから、こっちはメガホン使わなくちゃいけなかったんだけど、もうそういうのもなし。嘘じゃないって、ほんとにそうやってたんだって。そこらに死人が立ってるって話にもつきあわなくていいんだ。もちろん幻覚か夢でも見たんだってわかってたけど、度を超すと怖くなるもんよ」モーはふと黙る。「ごめん」踊り場に立ちっぱなしのリナとルシアとウルフスタインのもとへ戻ってくると、リナに手を差し出す。「あたし、モー・フェラン。ウルフィーとは長い長いつきあいなの」

「リナ・ルッジェーロです」リナはモーの手を握る。「こっちは孫のルシア」

モーはルシアに目を転じる。「年はいくつ?」

「十五」

「なんだかもやもやした気がこのへんから出てるよ」ルシアの頭の上に手をかざし、操り人形の糸を探すような、ルシアのオーラをかき混ぜるようなしぐさをする。

「いやなことがあったからね」ウルフスタインが言う。

「わかった、みんなおいで」モーは悠々とした足取りで階段をのぼりながら三人に手招きする。

「モーに全部話してごらん」

　まずウルフスタインが一部始終を話す。四人が座っているのは居間のビニール張りのソファで、その後ろの壁にはモーの母親が認知症になる前に描いた絵が並んでいる。果物。ピクルスの瓶。畑と農家の人々。滝。ウルフスタインはモーにリナの身の上を語り、逃げてきた理由をざっと説明する。エンジオ。灰皿。エイドリアンとルシアとリッチー、そして事態が手に負えなくなったいきさつ。話を前に戻して、ボビーの件を補足する。いまいましいボビーといまいましい拳銃。エイドリアンが撃たれた直後にクレアといういかれた男が現れたこと。彼がやったこと。ヴィクとの関係。それから、ジョージ・ワシントン・ブリッジでのカーチェイス。

話が新たな展開を見せるたびにモーの目がどんどん大きくなる。ウルフスタインの煙草を立てつづけに吸う。ルシアはこっそり一本くすねようとするが、リナに阻止される。そしてまたリナに噛みつく。

ウルフスタインの話が終わると、モーはふうっと煙を吐き、足元の空のワインボトルに吸い殻を落とす。「うん、少しばかり酔いが醒めたね。つまり、警察がここへあんたたちを捜しにくるんじゃないかってわけね」

「賭けてもいいけど来るよ」ウルフスタインが言う。「あの家の持ち主はあんただって近所の人が警察に話すのは時間の問題」

「それにボビーのこともあるし――あの困ったちゃんのことは覚えてる。あたしが送った手紙を読んだんでしょ。ということは、あんたたちを捜してるほかの連中も手紙を見つけて、ここの住所を知っちゃったかもしれないね」

ウルフスタインはさっと口に手を当てる。「ほんとだ。ボビーは手紙をカウンターに置いたから」

「そうだとすれば、連中もいまこっちに向かってるかもしれないよね？」

「その可能性はなくはないね」

ルシアははじかれたように立ちあがり、アタッシェケースを持って窓辺へ行く。「だったら早く逃げようよ」

「ちょっと待って」ウルフスタインが言う。

「せめて銃を取りに行ってもいいでしょ」

「銃？」

「トランクに入ってるの」

「あたし、この子を気に入ってるのか怖がってるのかわかんない」モーが言う。

「その銃はだれのものなの？」ウルフスタインは尋ねる。

リナが答える。「リッチーのよ。トランクをあけたら、お金と一緒に積んであったの」

「あたしは平気だよ」とルシア。

「どんな銃？」とウルフスタイン。

ルシアは肩をすくめる。

リナは首をかしげ、趣味の悪い白鳥の形のランプや拡大版のパズルブックがのったコーヒーテーブルの下を覗く。丸めた紙おむつがひとつ目にとまる。モーの母親を思うと、母親の死をよろこび、自由になることばかり考えているモーをとがめたくなる。自由とは不思議なものだ。自由を手にすると、持て余したり不自由な状態に戻りたくなったりする。〈ガーシュウィンズ〉でひとりで過ごしたときのように。自由はありがたかったが、最後の二日間ほどは飽き飽きしていた。「マシンガン」リナはようやく答える。

ウルフスタインが声をあげて笑う。モーも笑いながらまたウルフスタインのマールボロ100sに火をつける。

「なにもおかしくないと思うけど」リナは言う。

「おかしくはないよ」ウルフスタインも煙草に火をつける。

「ぜんぜんおかしくない」モーがしわがれた声で言う。「でも、すっごくわくわくする」最後のひとことが激しい咳きこみに変わる。リナは、モーがしゃべったり笑ったり煙草を吸ったりするたびに、老いてしなびた乳房がぶるぶる揺れるのを、見てはいけないと思いながら見てしまう。フロリダではしょっちゅうビーチチェアにトップレスで座り、顎の下にアルミホイルの反射板を当てて日光浴をしていたのか、モーの肌はがさがさで、もともと青白いアイルランド系にしては浅黒い。なんにせよ、モーがまだシャツを取りに行こうとすらしないことにリナはあきれる。あのじゃらじゃらした首飾り――三十年前にイースト・ヴィレッジの駐車場マーケットで売っていたような代物も、乳房の揺れを強調しているだけではないか。

「さて、どうしようかねえ」ウルフスタインが尋ねる。

「あたしが理解したところでは」モーは脚を組む。「あんたたちは逮捕されるようなことはしてない。だって」――と、リナを煙草で指す――「この人は助平ジジイを灰皿で殴っただけ。で、ウルフスタイン、あんたは――まあね、フロリダでやってたことのツケを払うはめになるかもしれないけど、ボビーが殺されたのなら、それもなさそうだ。もちろん――なんだっけ、娘さんの名前は？　エイドリアン？　娘さんのことは残念だよ。ほんとうに。でも、あんたたちが警察に追われてるわけじゃなくてよかった。追いかけてくるのは、別のいかれた連中だよね。そいつらから隠れていることができれば、いずれ警察に見つかっても〝あの悪党たちを捕まえてくださいよ。あたしたちはあいつらから逃げてたんです〟って言えばいい。でしょ？

てなわけで、みんなで隠れよう。最悪のシナリオでは、そいつらはここの住所を知っていて、こっちへ向かってるんだよね。その子の言うとおり、車で逃げてもいいんだけど、警察もここへ来るかもしれない。だったら、そいつらと警察で勝手に片をつけてもらいましょっていうのが、あたしの考え。あたしたちは見つからないところに隠れてりゃいい。簡単だよ。隣の家に隠れるの」

「隣の家？」リナは訊き返す。

「隣は空き家なんだよ」モーは左側の真っ暗で陰気な家のほうを親指で指す。「二カ月ほど前に、住んでた夫婦が離婚したの。いつもすごい声でののしり合ってたんだ。女房はヘッジファンド会社の彼氏とパラダイス・アイランドへ行っちまって、旦那は〈ドク・チャーリーズ〉でバーテンやってたスロヴェニア人の女とできちゃって、いま一緒に暮らしてる。家は宙に浮いてるの。詳しい事情は知らないけど、とにかく空き家になってる。あたしは旦那から――グースって男なんだけど、ガス屋が来たら入れてやってくれって鍵を預かってるの。あんたたちが盗んできた車は隣のガレージに入れて、家中真っ暗なままにしておいて、半地下に身をひそめよう。いかれたやつらがうちに来ても、あたしがいなければ、あたしたちみんなでどこかへ逃げたって思うでしょ。朝には警察が来るよ」

「あいつらをぶっ殺すのはどう？」ルシアが言う。「ここんちのドアに爆弾を仕掛けてさ」

「映画の見過ぎだよ、嬢ちゃん。第一、爆弾なんかどこで手に入れるのさ？　第二に、ババアのおむつみたいなにおいがする家だろうが、あたしは母さんの家を爆破する気にはなれない」

モーは煙草の吸い殻をワインのボトルに落とし、ウルフスタインとリナに向きなおる。「あんたたちはどう思う?」

ウルフスタインはリナにうなずく。「言ったでしょ、モーはアイデア豊富だって」

なるほど、隣家へ移動するのはいい考えだと、リナも思う。モーはCDラジカセとカセットテープ数本、太い電源コードのついたノートパソコン、マグナムボトルのワイン二本、懐中電灯、塩味クラッカーひと箱を、いまにも取っ手のちぎれそうな〈ショップライト〉のトートバッグに放りこむ。そしてついにネックレスをはずし、〝いい女の子は天国へ、悪い女の子は楽屋へ〟とプリントされたTシャツを着てから、リナとルシアを連れて一階へおり、懐中電灯で行く手を照らしながらガラス戸から裏庭に出る。一方、ウルフスタインはエルドラドを移動しに向かう。ルシアはあいかわらずリッチーの金が入ったアタッシェケースを大事そうに抱えている。

リナの見たところ、モーの家の裏庭は——というか、モーの母親の家の裏庭は、陶製の鳥の水浴び盤、大理石のノーム像、ソーラー電池式のスティックライト、乾いた泥をこびりつかせてひっくり返った庭用家具でぎゅうぎゅう詰めだ。金属の小さなバケツに入ったシトロネラのキャンドルを危うく踏みつけそうになる。暗闇のなか足音を忍ばせて芝生を歩き、背の低い植えこみを飛び越えて、離婚した夫婦の家の裏庭に入る。地面に置くタイプのプールがあり、くすんだ色のシートに雨水がたまっている。汚いサッカーボールと壊れたバーベルのほかにはなにもない。

モーが地階の裏口のドアの鍵をあけ、三人で暗くひんやりとした家のなかに入ると、そこはおそらく広さと形からして家族がくつろぐための部屋だったに違いない。座り心地のよさそうなソファと、アルバムでいっぱいの棚、結婚式の写真が並んだ壁が目につく。住んでいた夫婦は、金曜の夜などに口をきかずにすむよう、フラットスクリーンのテレビでケーブル局の番組をえんえん見ていたのだろう。リナは懐中電灯の揺れる光を追い、ルシアの肩を抱いてモーの後ろを慎重に歩いていく。

「電気は来てないの？」リナは尋ねる。

「たぶんまだ来てるはずだけど」モーが答える。「来てないと困るな。ガレージのシャッターをあけてウルフィーを入れてあげなきゃいけないから」

この家もモーの家と同様に乱平面造りだ。家具は少なく、生活の気配もない。いかにも悲劇が起こった場という感じがする。リナは霊魂の存在を信じている。不幸な霊がとどまる場所があると信じている。ここは違う。霊はいない。霊ではなく、この家で営まれていた生活の残像がある。夫婦の鬱屈した感情が家全体に染みついている。リナもその感情の影響を受けているのかもしれないが、ただの思い過ごしではないような気がする。この有毒な感じは。じめじめした湿っぽさは。

三人は青い廊下を恐る恐る進む。一瞬、モーの懐中電灯が蓋の開いた配電盤を照らす。廊下の奥のドアをあけると、一段と殺風景で寒々しいガレージに出る。外でエルドラドがアイドリングしている音が聞こえる。モーがスイッチを見つけて天井の小さな電球を点灯してから、手のひらの付け根で別のボタンを押すと、シャッターがきしみながらあがっていく。リナは、壁のフックに掛かっているピンク色のベビーカーに目をとめ、離婚した夫婦には子どもがいたのだろうかと考える。愚問だ。自分には関係ないことだ。子どもは亡くなったのかもしれない。この家に漂う不吉な感じはそのせいかもしれない。

ウルフスタインはそろそろとバックでエルドラドをガレージに入れる。狭いガレージのなかでは、エルドラドがふくらんで生きているように見える。ウルフスタインはライトを消し、エンジンを止める。モーがまたボタンを押す。シャッターがぎしぎしとおりてきて閉まる。

「ねえ、この家で殺人事件でも起きたんじゃないの？」ウルフスタインが現金を入れた鞄を持って車からおりてくる。

「うん、あんたも感じる？」モーが言う。

「顔を煉瓦で殴られたみたいに」

「どういうこと？」リナは尋ねる。

「悪い気が漂ってる」モーが答える。「不幸な夫婦が悪い気をせっせと増幅させちゃったってわけ」

「その夫婦って子どもはいたの？」

「いなかった。なんでベビーカーがあるんだろうね」

ふたたびモーの懐中電灯に導かれる。青い廊下を逆戻りする。一階の一番奥の小さな部屋にこもることになる。モーはトートバッグを隅に置く。ウルフスタインも自分の鞄をその横に置く。ルシアはアタッシェケースを手放そうとしない。部屋に窓はないので、モーは照明をつける。郊外の家の例に漏れず、四個の省電力電球を入れたファン付きのシーリングライトだ。だが、電球はひとつしか点灯しない。室内は薄暗いままだ。壁にはネジ釘の穴が点々とあき、額縁が掛かっていた場所にうっすらと茶色い跡が残っている。床はむき出しで、隅にゴミが集められている。そのなかに、破れたタンポンの袋がある。

「ひとりが上に行って見張りをしてもいいかもしれないけど」モーが言う。「あたしはここにじっとしてたほうがいいと思う」

「ここでただ座ってるだけ？」ルシアは床に腰をおろしてあぐらをかく。

「大丈夫だよ」モーはトートバッグのなかをまさぐる。「気晴らしの道具は持ってきたから。嬢ちゃん、あたしとウルフスタインおばあちゃんの若いころの写真でも見る？」

「おばあちゃんじゃないよ」ウルフスタインがぴしゃりと返す。

「不適切じゃないかしら」リナは口を挟む。

「心配いらないって。上品なやつしか見せないから。芸術的って言ってもいいよ」モーはノートパソコンを取り出して開き、電源を入れる。キーボードを叩き、ルシアの前にパソコンを置く。「これは『ホワイト・アップルズ』って雑誌のグラビア。七七年の夏。〝グラマー美女特集〟だって」

ウルフスタインが顔をほころばせる。「モーってば、やめなよ」

「ウルフィーは気に入ってるんだよ」モーはリナに言う。「自分がどんなにセクシーだったか、みんなに見てほしいの」

「あたしはいまでもセクシーだよ」

「ねえ、セクシーさん、もう一本煙草くれない？」

「しまった、車に置いてきちゃった」ウルフスタインはせかせかと部屋を出てガレージへ向かう。

リナは好奇心を刺激されてルシアの隣に座り、パソコンの画面を覗きこむ。画面上部に〝ルシャス・レイシーとモーリーン・スワローズ〟というピンク色のくるくるした飾り書きの文字が踊っている。その下でふたりが、ヤング版のウルフスタインとモーが、水色のベビードール姿で虎の毛皮の敷物の上でたがいの鏡像のように両手を合わせている。尻を高く突きあげて。ふわふわとなびかせた髪は、モーはいまの赤ワイン色より明るいリンゴ飴のような赤で、ウルフスタインは黒褐色と赤褐色の中間のような色だ。薄い化粧。チョーカー、温度によって色の変わるおもちゃのような指環、そして青いスター・サファイアのブレスレット。

「モーリーン・スワローズって、おばさんのこと?」ルシアがモーに尋ねる。

「いかす芸名でしょ?」

ウルフスタインがマールボロ100sを持って戻ってくる。モーとふたりで火をつける。リナは咳きこみ、手を口に当てる。

「セクシー小悪魔」モーが言う。「それがあたしたちだったの。あんたも大人になったら『人妻、乱れる』って作品を見てごらん。あたしたちの最高傑作よ、あたしの意見ではね」

「あたしは違う」ウルフスタインが言う。

「ほらはじまった」モーがウルフスタインに煙を吹きかける。

「あんたの演技は最高だった、それは認める」

「マーティ・サヴェッジは色男だったよね」モーはリナとルシアのほうを向く。「あたしたち、マーティのことを精液鉄砲って呼んでたの。みんなそう呼んでた。ジャクソン・ポロックの絵みたいにまき散らすんだもの」

「キモっ」ルシアが言う。

「そこらじゅうに汁を飛ばすんだよ。一度なんか、あれはどう見ても誤射だね、どういうわけかマーティの髭にぴゅっとかかってさ、髭から溶けた蠟が垂れてるみたいになっちゃった」モーは声をあげて笑う。「奇跡だよ。スープのなかに聖母マリアが見えたってのも結構だけど、あたしが見たのはマーティ・サヴェッジが」――空いている手でホースのノズルを上に向けるまねをする――「間欠泉みたいに自分の髭に噴射するところだからね」

モーがなにを言っているのか完全には理解できず、リナは取り残されたような気がしている。

「ちょっと、ほんとにキモいんだけど」ルシアがかぶりを振る。

「嬢ちゃん、キモいってどういうことか、あんたはわかってない。キモいのは『アンブロシア』の舞台裏で『ゴッド・ブレス・アメリカ』をおならで吹いたヴァレリー・シュガーのことだよ。生のソーセージを一パック全部お股に詰めて一発ずつ発射できるウィラ・スターチのことだよ。ハーシェル・ストーンに乗っかってめちゃくちゃ腰を振りながら生卵の酢漬けを呑みこむスタンプ・レディのことだよ」

「やめて……もうたくさん」リナは言う。

「でしょでしょ」とモー。「ほんとに気持ち悪いってそういうことだよね。精液鉄砲なんか芸術家だよ」

ウルフスタインが煙草をくわえたまま大笑いし、煙のしみる目をこする。「モーって変なやつでしょ。そう、あたしたちはじめて会ったとき、運命を感じたの。あんたのときと同じだよ、リナ。カチッとはまったの」

「あたしはうんうんうなってるマーティ・サヴェッジの下から見あげた瞬間、ウルフィーとは馬が合うってわかった」モーが言う。「ふたりともブロンクス育ちだったのもよかった。イタリア料理屋で一晩中しゃべってたよ」

リナは、昔のモーやいまのモーのどんなところと似ていると思われているのだろうかと想像を巡らす。

「まだほかにも写真があるよ」モーが言う。「でも、また今度ね。あたし、こういうウェブサイトやってるんだ。古きよき黄金時代のころのファンが見てくれてるんだよ。あたしたちラジオ番組に出てたんだけど、ウルフスタインの声聞きたい？」ふたたびトートバッグのなかをまさぐる。『いけないおねえさんのいけないお話』というラベルのついたカセットテープを取り出す。

ウルフスタインが止めようとする。

「ちょっとだけ。あんたの声を聞かせてあげなよ」

「ごめんね」ウルフスタインはリナに言う。

モーはカセットテープをケースから取り出してラジカセに差しこむ。再生ボタンを押す。埃のついたスピーカーから、今夜は蒸し暑いけれどリスナーのみんながいい気持ちになれますようにとウルフスタインのささやく声が聞こえる。

「はいはいもういいでしょ」ウルフスタインは身を乗り出して停止ボタンを押す。「こういう状況だし、思い出に浸ってる場合じゃないよ」

がたいと思う。

リナは正直なところ、少しばかり苦手なことであっても気晴らしになるものがあるのはありがたいと思う。

ウルフスタインとモーが同時に床で煙草を揉み消し、吸い殻を小さなアコーディオンのようにつぶす。ウルフスタインが唇についた煙草の葉をつまみ取る。

「母さんが発作を起こす前に、最期にあたしになんて言ったと思う?」モーが言う。

「なんて言ったの?」ウルフスタインが返す。

「〝ラミーをやらない?〟」モーはほほえむ。「最期の言葉がこれっていいでしょ。いまあんたたちにラミーをやらないかって訊きたいところだけど、トランプを持ってくるの忘れちゃった。子どものころ、ドライブすると〝ピクニックに行きます〟ゲームをやらなかった? ウルフィー、あんたはあまりドライブ旅行に行ったことがないんだよね。あたしはいつも〝ピクニックに行きます〟ゲームをやってたな。そんなに遠出したわけじゃないけどさ。キャッツキルズとか、レイク・プラシッドにも一度行った。あたし、あのゲームが昔から好きでね。〝ピクニックに行きます、アーティチョークを持って行きます。アルファルファを持って行きます。アボカドを持って行きます〟。昔から得意だった。同じ文字からはじまる言葉を十個くらいすぐに思いついちゃう。それも、関係ない言葉じゃないよ。ほんとうにピクニックに持って行きそうなものだよ。真剣にやってたんだもの。もうちょっとワインがほしいな。飲みたい人いる?」

ルシアが胸を張る。「飲みたい!」

「ルシア、だめ」リナは犬にお座りと命ずるような口調で言う。

「〝飲みたい〟って言うのはこの子だけね」モーはボトルをつかんで栓を抜く。「おばあちゃんの言うことは聞きな」

ルシアは肩をすくめる。

リナはウルフスタインにもらったグラノーラ・バーを取り出して袋を破る。少しかじり、また気分が悪くなりそうだったので食べるのをやめる。

じっと座っていると、いつのまにかまたヴィクのことを考えている。なかでもあのときの彼を。ヴィクは近所の若者を助けてやったことがある。もちろんイタリア系だった。マイキー・ベンヴェヌート。マイキーは、いまは駐車場になった二十五番街のバスケットボールコートで黒人の若者を殴った。アルミのバットでめちゃくちゃに殴ったのだ。そのとき、ヴィクは仲間と向かいのアンジェロのパン屋の外でスフォリアテッレとエスプレッソをやりながら競馬の話をしていて、マイキーが黒人に襲いかかるのを目撃した。そして、もっとやれとはやし立てた。そのあと、警察が来る前にマイキーを自宅へ連れ帰った。リナは仔牛のカツレツとパルメザンチーズでヒーローサンドイッチ（細長いパンに具を挟んだ大きなサンドイッチ）をこしらえてやった。マイキーは有頂天だった。満面に間抜けな笑みを浮かべて、サンドイッチをあっというまに平らげた。リナは満足した。ヴィクと仲間は、マイキーと笑いながら黒人の若者を侮辱するようなことを言い、ああいうガキは脳天にぶちかましてやるのがこの町のためだと気勢をあげた。リナがすべてを理解したのは数時間後だ。翌日、黒人の若者が亡くなったのを知った。打ちひしがれた様子の両親がニュースになった。イタリア系が多数を占める地区で、黒人の若者が、肌の色が理由で殺されたのだ。マイキーは逮捕されなかった。リナ自身もいそいそと彼に食事を与えてしまった。その後、マイキーはヴィクに使われるようになったが、ギャンブルで借金を重ね、最後はアトランティック・シティで殺された。決して忘れられない。マイキーをかくまい、一緒になって笑い、よくやったとほめ、保護し、褒美に仕事をやったヴィク。そして、一日真面目に働いていた若者には滋養をつけてやらなくちゃとばかりに食べさせてやった自分。なにがなんだかわからない。もしかしたら自分はずっとわかっていなかったのではないか。いまはっきりわかるのは、自分も共犯だと感じていることだ。すべてにおいて共犯だ。

エンジオ

クレアに追いかけられてパリセイズ州間パークウェイを猛スピードで走る車内で、エンジオはリッチーに懇願する。「もう少し行ったらパーキングエリアがある。そこで降ろしてくれ。お願いだ」

「車を止めてあんたを降ろせって？」リッチーが言う。「どうなると思ってるんだ？　おれたちふたりともクレアにやられて、それで終わりだ。さっきから静かにしてろって言ってるだろうが」

エンジオは吐き気を覚える。リナに手を出したりしなければこんなことにならなかったのに。時間を巻き戻したい。やりなおしたい。やりなおせるなら、コニー・アイランドへ行って、脚が長くて息のくさいロシア女に手でささっとやってもらい、〈トトンノ〉でホワイトピザを買って家に帰りたい。それから映画を観る。紙皿もナプキンも使わずに、膝に置いた箱からじかにピザを食べながら。そうすれば、いまごろインパラも真っ暗闇のパリセイズ州間パークウェイをぶっ飛ばしているのではなく、家の私道にとまっていたはずなのに。

子どものころのエンジオは、危険なことがなによりも嫌いだった。怖い思いをしないように気をつけていたが、あんな父親がいればそれも簡単なことではなかった。周囲の子どもたちはみんな、父親にベルトでぶたれていた。だが、エンジオの親父はベルトでぶつどころではなかった。親父は二十代でナポリからブルックリンへ渡ってきた。仕事と酒のせいで怒りっぽくなった。エンジオは、六歳のころ部屋の隅のボイラーのそばへ追い詰められ、作業台の脇の道具箱からこぼれたネジの数を数えていたのを覚えている。ワイヤーやはんだごてであふれかえったバケツをじっと見つめながら、荒れ狂う親父をやり過ごしたのを覚えている。かわいそうだと同情されたくはなかったので、だれにも父親の話はしなかった。マリアにすら話したことはない。だが一度、若い娼婦にぺらぺらしゃべってしまった。だれにも話せなかったことまで話した。女は、それがどうしたと言わんばかりだった。女が出身地のセルビアで体験したことのほうが百万倍ひどかったからだ。

エンジオには後悔していることがいくつもある。死に瀕したマリアが脳裏に浮かぶ。マリアが長年の結婚生活でしたこと、してくれなかったこと、それらをみんな忘れて、彼女にかけるべきだった言葉がたくさんある。「なにかほしいものはないか?」は、その最たるものだ。

クレアの車が背後から消え、インパラの車内が暗くなる。

「あいつ、ライトを消しやがったのか?」リッチーが言う。

エンジオはクレアがあきらめたのを願いながら、いや、クレアがあきらめていようがいまいが、この隙に車を降りて逃げられないかと考えながら振り返る。もはやインパラなどどうでもいいと思っているわけではない。急に、いままでになく死が怖くなったのだ。こうなることは、リッチーと車に乗る前に予測するべきだった。そこは無の世界なのだろうか? 殺されたら、すべてが真っ暗になるだけだろうか? いや、それどころか、体は死んでいるのに自分がまだ存在しているのはわかって、あいかわらず後悔したり恐怖を感じたりしたらどうする？　死とはひたすら永遠に恐怖を感じつづけるだけなのだとしたら？「見えるところにはいないよ」エンジオは言う。

「やつは駆け引きしてるんだ」

「止めてくれ。頼むよ」

また死に際のマリアが思い浮かぶ。しなびた口元。骨と皮ばかりになった体。赤みの失せた頰。「あたしって、取るに足らない人間よね」マリアはエンジオにそう言った。「ずっとそうだった。あんたはそれ以下よ」

「おれだってそれなりにやってる」あのときエンジオは言い返した。「おれもおまえも、それなりにやってる」

「どうしてだろうね？」

「なんだ？」

「あたしたち、なんで生きてるんだろうね？　少しも幸せじゃなかったのに」

エンジオは黙っていた。幸せを感じたことはあるが、そこにマリアはいなかった。〈リオーニ〉の〝ディーン・マーティン〟ヒーローサンドイッチを食べるとき。〈ヒンシュ〉の完璧なエッグクリームを飲むとき。もちろん、インパラも幸せのひとつだ。五五年にブルックリン・ドジャースの優勝をスタンドで見た瞬間。夏、ボードウォークで〈ネイサンズ〉のホットドッグを食べ、ベンチに座ってワンダー・ホイールやビーチの女たち、パン屑を目当てに舞い降りてくるカモメたちを眺めること。まさにこのインパラの助手席で、手のひらに唾を垂らし、黄ばんだ歯を見せて笑いかけてきたセルビア人の娘。ショア・パークウェイ沿いの〈ハーバー・モーター・イン〉で、カーテンを体に巻きつけた銀行員のジョディ、その背中で外の明かりに照らし出されていた、緑色の小さなドラゴンのタトゥー。

マリアはたった一度だけ幸せをもたらしたが、それは死んだときだ。友人たちが、大皿に山盛りのズィーティやセモリナ小麦のパンや何箱ものクッキーを持ってきてくれた。においの強い香水をつけた女たちが頬にキスをしてくれた。マリアのクローゼットを整理し、古着を人にやったりゴミに出したり、コロンブス騎士団に持って行ったりすると、気分がすっきりした。男やもめと呼ばれるのは悪い気がしなかった。独身者や配偶者と別居した者や死別した者や離婚した者が集まる教会のダンスパーティは楽しかった。男やもめ仲間とカードをするのは楽しかった。男やもめとして生きる決意をしていた。不埒なことなどもうできなくなったような気がした。

「どこへ行ったんだ?」リッチーがつぶやきながら左右を振り返ったせいで、車がジグザグに揺れる。

エンジオは嗚咽を漏らしはじめる。

「くそっ、静かにしろって」

今度はクレアのことが気になる。ひとけのない道路でクレアに身ぐるみ剝がされて浅く掘った穴に放りこまれるところが目に浮かぶ。

「ドアの外に突き飛ばしてやろうか」リッチーが言う。

「あそこで頼む。あそこのパーキングエリアで。お願いだよ」森のなかへ入っていきたい。森のなかで寒い思いをしたい。背の高い木が茂るあの森の反対側へ抜けて、一軒家を見つけてそこに迎え入れてもらいたい、熱いコーヒーとベーコンを出してもらいたい、包帯を交換してもらいたい、病院へ連れていってもらいたい。

空想は広がっていく。

たまたま見つけた一軒家に看護師が住んでいる。一度は看護師と恋に落ちてみたいとずっと思っていた。マイモニデス医療センターで治療を受けたとき、若い看護師の胸元を覗きこみ、隙あらば手にさわった。看護師は疲れた目をして、不格好なスニーカーを履いていた。スクラブは紫色だった。ミントタブレットと睡眠を必要としていた。空想上の森の家に住んでいる看護師は四十代だ。そして美人。髪は黒いが、白い根元がちらほら見える。どうやら職場とジムと自宅を往復するだけの毎日らしい。テレビが古いのは、せいぜいニュースを見るくらいだからだ。スクラブはピンク色。息は風船ガムのにおいがする。ポーチにいるエンジオに気づき「寒いでしょう」と言う。

「寒いよ」とエンジオは答える。

彼女はエンジオの手を取ってなかに招じ入れる。頭の包帯をはずし、過酸化水素水で消毒し、抗生物質を塗る。新しい包帯を巻く。病院で巻いてもらったものよりも柔らかくて上等だ。それに、彼女のほうが病院の看護師より包帯を巻くのがうまい。「だれにやられたの?」と彼女は尋ねる。

「さあね」エンジオはそう答えるが、事実を話したくなる。

彼女はコーヒーを淹(い)れ、ベーコンを炒める。エンジオはいま何時かと尋ねる。もう夜遅いという返事。それから、彼女はこの先なにがあってもエンジオを守ってくれる人のようなキスをする。

エンジオは正面の窓から外を覗いてリッチーかクレアがいないか確認するが、ふたりともいない。別世界へ弾き飛ばされたのだ。

「わたしがそばについてるわ」彼女が言う。

「きみの名前は?」

「リリー」

「きみを見つけることができてよかった」

「わたしを見つけてくれてよかった」

そんな人生もあるかもしれないと、エンジオは自分に言い聞かせる。ただし、この車を降りられたらの話だ。長いあいだ、このインパラはエンジオにとって自分の分身だった。ひょっとすると、人生で唯一、ほんとうに愛したものだったと言ってもいいかもしれない。それなのにいま、エンジオは打って変わってインパラを捨ててもいい、リッチーの好きにさせてやってもいいと思っている。木に衝突させてもかまわない。川に突っこもうと知ったことか。いまやインパラなどどうでもいい。森の家の看護師に会いたい。優しくなでてキスをしてほしい、食事をこしらえてほしい、彼女のやわらかなベッドに入れてほしい。いやらしい思惑などみじんもない。

パーキングエリアに近づき、本線から枝分かれした暗い曲がり道が見えてくる。それはたんなるパーキングエリアへの道ではなく、ここから出られる道のように感じられ、リッチーはそっちに向けてやけくそのように右に急ハンドルを切る。もしクレアがライトを消してついてきているなら、パーキングエリアへ向かっていることをぎりぎりまで気取られないようにして、ついでに追い払おうと考えたのかもしれない。いい考えだ。エンジオは振り返るが、あとをつけてくる車はないようだ。ただし、クレアがあきらめたように見せかけて、姿を見られないようにかなり後ろを走っている可能性はある。

思っていたよりパーキングエリアが遠いのか、リッチーは悪態をつきながらハンドルを叩く。木立に挟まれた対面通行の長い道路をしばらく走ると、休憩所とハドソン川を望む展望台のある駐車場に出る。夜も更けたので、とまっている車は一台だけだ。クリーム色のフォード・エクスプローラー、粘着テープでとめたバンパー、ひびの入ったフロントガラス、ガラスの割れ目を透明なビニールシートで覆った後ろ側の窓。砂利の小山の隣のスペースに、尻を奥にしてとまっている。

エンジオの見たところ、リッチーはパークウェイに戻るにはいまの対面通行の道路を引き返すしかないことに苛立っている。「だからついてくるなと言っただろうが」リッチーはエンジオの前に身を乗り出して助手席のドアハンドルをぐいと引き、ドアを押しあける。「ほら、さっさと降りろ」

エンジオは目を拭い、あわてて車を降りたせいで包帯を巻いた頭をドアフレームにぶつける。インパラから目をそらしながら数歩離れる。もうこれは自分のものではないと思いこもうとする。クレアのせいでバンパーにできたへこみがかすかに光っているのが見える。看護師のことを思う。彼女はどこにもいない。近くに家などない。朝まで休憩所で過ごすしかないだろう。

暖かい場所があれば、こんな老人でも一夜を明かすことができるはずだ。それで上等じゃないか。公衆電話があるかもしれない。ハリーに電話をかけて、ルーを迎えによこしてもらえばいい。あのうつけ者のルーでもいまなら大歓迎だ。

エンジオは展望台のむこうのベンチに目をとめる。あそこでホームレスのように体を丸めて休もうと考える。いまいる場所から川は見えない。駐車場の端に行けば見えるだろうか。暗闇のなかでも崖の輪郭はわかる。低く垂れこめた黒い雲は、真っ暗な空を背景に紫がかって見える。右に目をやれば、遠くにジョージ・ワシントン・ブリッジの明かりが光っている。対岸にも住宅だかビルだかの光が沼地のように広がっている。なかにいる人々はいつもどおりに過ごしているのだろう。ベッドで眠っていたり。遅くまで働いていたり。おれの看護師もあそこにいるかもしれないな。

リッチーがいまいましそうにドアを閉めて急発進し、タイヤがエンジオの脚に砂利を飛ばす。突然、駐車場の入口でひと組のヘッドライトが点灯する。クレアのタウンカーだとエンジオは悟る。リッチーの行く手はふさがれている。タウンカーが動きだす。

リッチーはスピードを落とすどころか、どんどん加速する。運転席側の窓があいている。リッチーは片手でハンドルを操作しながら窓から少しだけ顔を出し、手元が不安定ながらも拳銃を構えて二度発砲し、タウンカーのフロントフェンダーと助手席側の窓に命中させる。銃声が谷間に吸いこまれていく。川が銃声をくぐもらせる。リッチーが叫んでいる。クレアはそれでも近づいてくる。

衝突を避けようとリッチーがハンドルを切った瞬間、タウンカーがインパラの運転手側に勢いよく突っこむ。銃声よりも大きな音がする。原形をとどめない金属の塊と化した二台の動きは一転して鈍くなったものの、タウンカーはインパラをぐいぐいと押しつづけ、溝に落とす。エンジオが目をきつくつむる前に見たのは、大口をあけて哄笑するクレアの姿だ。

父親がヴィクトリー・メモリアル病院で死に瀕していたとき、エンジオは患者本人の意に反してそばにいた。父親には「おまえがいなくても大丈夫だ」と言われていた。それでも帰らなかった。コーヒーを買ってきてやり、父親が残した病院食を食べた。ぬるぬるした果物、色の悪いコールドミート、固いパン。紙パックのまずいオレンジジュース。当時、エンジオは四十代だった。大昔だが、いまはそんなふうに思えない。さまざまな瞬間と現在をつなぐ道があり、すべてが同じ一瞬のできごとであるかのように感じる。エンジオはぶるぶる震えている。父親の最期の言葉は「とっとと出ていってくれんか？」だった。その夜、ついにエンジオが病院を出たあと、父親はひとりで息を引き取った。看護師たちが速やかに集まってきたが、父親はひとりで死なせてほしいと頼み、そのとおりひとりで死んだ。父親が出ていってくれと言った理由はこれだったのだと思うと、エンジオの気は晴れた。息子に死ぬところを見せたくなかったのだ。エンジオは息子も娘もいないが、残念でもなんでもない。いままでなにかが足りないと感じたことはない。いまも感じない。人類は癌だから。

エンジオは目をあけて煙を見あげる。この老いた体でも可能ならば手すりを乗り越えたい。それができたら、巨大な岩だらけの斜面を川まですべり落ちていくのに。川を泳いで渡るのに。向こう岸に着けば、看護師が待っているのに。

焦点の定まらない目をしたリッチーがインパラの外にいる。なんとか車を脱出して溝からあがり、緑色の大型ゴミ容器の脇でひざまずいている。つぶれてひっくり返ったインパラは、路上で轢かれた獣のようだ。長年かわいがっていたそれがひっくり返っているのを目の当たりにするはめになるとは、エンジオは想像したこともなかった。

　手すりを乗り越えるのはやめて、右側のリアサイドウィンドウに透明なビニールシートを貼りつけたフォード・エクスプローラーへ急ぐ。キーが刺さったままになっていますように。ここを出る方法が見つかりますように。もっと早く考えつかなかった自分に腹が立つ。エクスプローラーにたどり着き、ビニールシートを破り取って手を突っこみ、ドアロックを解除する。後部座席に乗りこんだものの、運転席へ移動してキーを探すか、ワイヤーをこすり合わせてエンジンをかけるかしなければならないのに、どうしても体が動かない。後部座席に座ったまま呼吸をととのえる。自分の年齢が思い出せない。年寄りだ、それはわかっている。看護師など存在しない。

　フロントガラス越しにハンマーを持ったクレアが見える。リッチーのそばに立ち、片方の膝にハンマーを振りおろす。リッチーが痛みに悲鳴をあげる。ビニールシートの破れ目からその声が車内に流れこんでくる。こんな声は聞きたくない。エンジオは手をのばして運転席側のドアロックを解除し、移動する。息でガラスが曇る。キーがこぼれ落ちてくるのを期待してサンバイザーをおろす。なにも出てこない。カップホルダーのなかをまさぐる。グローヴボックスと中央コンソールをあける。キーはない。ダッシュボードの下に手をいれてワイヤーをいじる。この方法でエンジンをかけるのは久しぶりだ。うまくいかない。やり方を思い出せない。

　頭の包帯が濡れるほどの汗をひたいにしたたらせて顔をあげると、クレアがこっちに向かってくるのが見える。

「あんたがだれか思い出したぞ！」クレアがハンマーを振りまわしながら声を張りあげる。「ヴィクの家の近くに住んでたろ！」雑踏のなかで数年ぶりに再会し、ハグをしにくるみたいな台詞。リッチーはあいかわらずつぶれた車のそばで泣き叫んでいる。

エンジオの腸が空になっていた。耐えがたい悪臭がする。もしかしたら自分は人間ではなかったのかもしれない。バックミラーに映る暗闇がさらに暗くなっていくようだ。

クレアがドアをあけてエンジオを引きずり出す。エンジオは両手で顔を覆ってあえぎながら言う。「おれはなんの関係もないんだ、許してくれ」

「あんた、クソを漏らしたのか？」

「許してくれ。おれは関係ない。ただの老人だ」エンジオは両手をクレアの靴に置く。「金がほしいのか？　いくらでもやる。あんたの靴にキスをしてもいい。あんたの言うとおりにするよ」

「そういう問題じゃねえよ」

やはり自分はリナに灰皿で殴り殺され、その瞬間から地獄への道がはじまっていたのかもしれないと、エンジオは思う。クレアのにやにや笑いを見あげる。歯が剃刀（かみそり）のように鋭く見える。クレアがハンマーを振りおろす。おれはこの世からいなくなるかもしれない。最初からいなかったのかもしれない。

ウルフスタイン

　ウルフスタインとモーは一本のワインをまわし飲みし、立てつづけに煙草を吸っている。ルシアは疲れて眠ってしまったリナに寄りかかってやはり眠りこけているが、アタッシェケースは脚でしっかりと挟んだままだ。あんな態度だったが、いまは正真正銘、子どもに見える。十五歳はたくましいものだ。とりわけ、自分の世界がひっくり返ってしまった十五歳は。

　ワインは安物で、混ぜ物をした酒精強化ワインではないが、まあ似たようなものだ。ウルフスタインは栓を抜いてもうひと口飲む。「頭をしゃっきりさせとかないとね」モーに言う。

「それ飲むとしゃっきりするよ、ほんとに」モーが応える。

「自分が見たものが現実とは思えないんだ。なにひとつ現実味がない。カーチェイスしたのも信じられない」

「死ぬほど怖かったんだね」

「マフィアの女房なのよ」ウルフスタインは親指でリナを指す。「人が撃たれるところを見たことがあるのかな。ひょっとすると何度も見てるかもしれない。でも、実の娘が目の前で殺されるなんてあんまりだよ。ボビーはクソ野郎だ。それに、あのもうひとりの男も。信じられない」

「嘘でしょ、この人がマフィアの女房？」モーは声をひそめ、ウルフスタインの脛を叩く。

「そんなこと言ってなかったじゃない」

「というか、元女房だね。旦那は死んだの、正確に言えば」

「だからこんなことになったの？」

「まあ、関係なくはない」

「ちょっと、やばいよ、ウルフィー」

リナが目をあける。「わたし、目が覚めてたんだけど」

「ごめん」ウルフスタインは言う。

「いいのよ。わかってる」

リナは壁に背筋を当ててルシアの頭を肩にもたせかけてやりながら、同時にあくびと伸びをした。「この子、眠ってるときはほんとうに穏やかな顔になるのね」

「たくましいよね。いいことだよ」

「いまあなたたちが話してたことだけど、わたしはずっと人が撃たれるのを見たことがなかったの。でも前にも言ったとおり、ヴィクを見つけたのはわたしだった」リナはモーのほうを向く。「ヴィクというのは亡くなった夫ね。あの人は、わたしにはいやなものを見せないようにしていた。もちろん、いろいろな噂は耳に入ってきた。完全にさえぎるのは無理だもの。裏切り者がばらばらにされてコンクリート詰めにされたとか。でも、目の前で人が撃たれるのは違うでしょう」

「娘さんのことだけど」モーが言う。「お悔やみを言うわ」

リナはうつむき、視線を落とす。「わたしとあの子は、なんて言えばいいのかな。おたがい追い払い合った。ううん、違う。おたがい縁を切った？　ちょうどいい言葉が見つからない」言葉を切る。「疎遠になった、って言えばいいかも。だからといって、悲しくないわけじゃない。ただ……あの子のことはよくわからなくなってた」

「あたしもウルフィーも子どもがいなくてよかった」モーはかぶりを振る。「いまのは言っていいことじゃなかったね。ごめん。あたし何日も飲んだくれてたから」

「いいの。いまはまだ、なにもかも現実とは思えないし」

ウルフスタインには、いまリナがどんな気持ちでいるのか想像もつかない。どうしても想像できない。どんなに打ちひしがれ、混乱しているか。それでも、リナに話をつづけてほしい。あんなことがあったあとに自分の頭の奥にこもってしまったら戻れなくなる。そのうち頭のなかであの場面の再現がはじまってしまう。だから、ウルフスタインはエイドリアンとはまったく関係のない話をする。「じつは、あたしとモーもロサンゼルスではマフィアとつきあいがあったの。業界に結構いたからね。レニー・オリヴィエリって男はいいやつだったよ。立派な男だった」

「ヴィクもそうだった」

「だろうね。レニーはね、いつもあたしの好きな店のパンを買ってきてくれた。ときには花もね。下心があるからじゃないよ。本物の紳士だったんだ。上等なスーツを着ててさ。『カジノ』のデ・ニーロみたいだった。あの映画見たことある？　あんなふうにスーツを着こなして、髪を後ろになでつけて、しょっちゅうミントをぽりぽり食べてた。ほんとに優しい男だったんだ。まああたしにはね」

「『カジノ』はヴィクも好きだった。もちろん『グッドフェローズ』もね。わたしがよく行く八十六丁目の〈ミーツ・シュプリーム〉には写真が飾ってあるの。ヴィクとふたりの仲間がスコセッシとデ・ニーロとペシともうひとりと撮った写真。あの人、なんて名前だっけ。ポーリーの役をした人。先代が亡くなって、子どもたちが店を継いだけど、だれもヴィクのことは知らないの。写真はサイン入りなのよ。壁にかかってる。盗んどけばよかった」

「そうだね」

「いまさらほんとうにほしかったものを知ってもしかたないね」リナは言い、いったん口をつぐむ。「ルシアをヴィクのお墓に連れていきたい。そんなことできるのかしら。わたしたち、いつまでも逃げつづけなければならないのかな。ルシアはわたしをどう思ってるんだろう」

「音楽でもかけようか」ウルフスタインは言う。「この子が目を覚まさないように、小さな音で。モー、なにかいいやつない？」

モーは持ってきたカセットテープのなかから二本抜き出す。「ポール・サイモンとペギー・リー」

「スティーヴィー・ワンダーはないの？」

「母さんに隠されちゃった」

ウルフスタインは笑う。「じゃあ、ペギー・リー」

モーはペギー・リーの『オールタイム・グレイテスト・ヒッツ』のラベルがついたテープをラジカセに入れて再生ボタンを押す。音はゆがんでテンポがやや遅いが、充分だ。ミス・ペギーが『アイム・ア・ウーマン』を歌いだす。

ウルフスタインには、フロリダにグロリア・ルヴィーンという友人がいた。ある夏、膵臓癌と診断され、あっというまに逝ってしまった。半年だ。ウルフスタインはたびたびグロリアを見舞い、こんなふうにカセットテープを聞いた。あのときはステレオだったけれど。グロリアはいつもリンダ・ロンシュタットを聞きたがった。

「友達のグロリアは、もしもあたしたちが有名な歌手だったらってよく想像してたよ」ウルフスタインは言い、ワインのボトルを傾ける。「その子は病気だったんだけど、まるでほんとにあったことのように話してた。たとえば、一緒にツアーに出てヒット曲を歌ったとかね。あたしも話を合わせた。そのうち、本気になってきてね。〝ローリング・ストーンズと一緒にやったときのことを覚えてる？〟とか、〝レッド・ロックスのライヴを覚えてる？〟とか言うの。そうやって、一緒に過ごしてた。どんな衣装を着たとか、どんなメイクをしたとかあたしが話すでしょ、グロリアはただにこにこしてうなずいてた。そんな人生もあったかもしれないねって。ないとは言いきれないよ。そういう夢とか希望が現実になってるパラレルワールドがあるって、あたしは信じてる」

「グロリアか、覚えてるよ」モーが言った。「いい子だった」

リナからは反応がない。面食らったのかもしれない。いや、ただ疲れているだけだろうか。

ウルフスタインは話をつづける。「あたしのいちばん古い記憶は四歳か五歳のときなの。リヴァーデイルに住んでたころのこと。あたしはアイレット刺繍のスカートがふわっと広がるワンピースを着て、ピアノの前に立ってる。眼鏡をかけた男の人がピアノを弾いてる。だれだかは知らない。髪が脂っぽくて、歯も汚ない。でも、指はすごい速さで鍵盤を叩くんだ。ピアノはこのテープみたいな音で鳴ってる。ちょっと音がはずれてるの。あたしは歌ってる。ほんとうの歌じゃないよ。その場で適当に作った歌。でも、なによりもはっきり覚えてるのは、映画みたいに自分の姿を外から見てたことなの。あたしはその子なのに、その子を見てるわけ。あとで思い返すと、あれは別の自分を見てたんじゃないかって気がしてきた」言葉を切る。「グロリアとふたりで語り合った話は作り話のようだったけど、もしかしたらほんとうにあった別の人生の話をしてたのかもしれない」

「あの、ちょっと立って体を動かしたいの」リナが言う。

「大丈夫？」ウルフスタインは尋ねる。

「少し胃がむかむかする」

立ちあがったリナは、ルシアの頭の下にアタッシェケースを差しこんで枕の代わりにする。ルシアはもぞもぞと動くが、目を覚ましてはいない。

リナが部屋のなかをゆっくりと行ったり来たりする。

「吐きたかったらここで吐いていいよ」モーが言う。「だれも気にしないからさ」

「新鮮な空気を吸えばよくなるわ」

「それはやめといたほうがいいよ」ウルフスタインは言う。

「裏口から一瞬、顔を出すだけにするから」リナは部屋を出てドアをパタンと閉める。

ウルフスタインは、なぜこんなときにグロリアや子どものころの記憶を話してしまったのだろうと考える。リナはかえって気を悪くしたに違いない。ウルフスタインはモーと座って音楽を聴く。カセットテープには緊張感がつきものだ。曲が終わると、その面の終わりだろうかと思ってしまう。だれだってテープの片面が終わるのは嫌いだろう。テープがカタンと止まり、再生ボタンがガチャッとあがると、とたんにさびしくなる。音楽を聴くおもな手段がカセットテープだったころ——結局はそれほど長い期間ではなかったが、ウルフスタインはよく覚えているあのころ——いつも音楽が止まるのが怖かった。カセットテープをひっくり返すのは好きだったが、片面が終わる音は嫌いだった。人が死ぬときもこんな感じなのだろうかと思ったのを覚えている。カタンと止まって、音がなくなる。小さな窓のなかを覗きこむと、なにも動いていない。なにも回転していない。それはひどく気の滅入る眺めだ。

ハリウッドでときどき飲みに行っていた〈フロリック・ルーム〉というバーに、海賊版のカセットテープを売りに来る男がいた。モーやハニーたちとバーで飲んでいると、男は堂々とした足取りで近づいてくる。ウルマーという名前だった。だぶだぶのTシャツ、安全靴、破れたジーンズ。いつも笑顔で、いつも強引に品物を売りつけた。ウルフスタインは彼を気に入っていた。ペテン師にどうしても惹かれるのだ。普通の人間はいつまでもぐずぐずと迷い悩むが、それではペテン師にはなれない。あっというまにすべてが崩壊することを知っているからこそ、失敗の可能性は抑止力にはならない。失敗を嘘で切り抜けるのがペテン師だ。ウルフスタインはみずから詐欺を働くようになる前からペテン師に憧れていた。ウルマーはもちろん、いかさまビリヤード師や業界の女たちなど、ばりばり稼げる才覚がある者はみんなすごい。ルシアにもそのきらめきがかすかに見て取れる。

いまウルフスタインがなにを思い出しているかというと、ある午後の〈フロリック・ルーム〉でのできごとだ。ウルマーはいつも携帯している小さな折りたたみ式マットを広げ、そこにカセットテープを並べて、ライヴ録音だのミックステープだのダブのダブだのと売りこむ。テープの値段は安かった。一本二ドルだ。ウルフスタインはいつも品質など気にせずに一本買っていた。ウルマーは普段なら金を受け取ってウルフスタインの手の甲にキスをする。けれど、あのときのウルマーはしょんぼりと泣きそうな顔をしていた。ウルフスタインは「どうかしたの？」と尋ねた。

「なんでもないよ」ウルマーは答えた。

「ひどく悲しそうに見えるけど」

「どうしてかわからないんだ。いろんなものがのしかかってくるような気がして」そのときウルフスタインは、こんなふうにペテン師が本心を垣間見せるのはめったにないことだと思った。不安があっても、それに打ち勝つすべを身につけなければならない。でもこの瞬間、なぜかウルマーはガードをおろした。いつも隠している弱さを見せても大丈夫だと信頼してくれたからではないか。

そんなわけで、ウルフスタインはテープを八本買った。

してやられたことに気づいたのは数日後だ。彼はどうすればウルフスタインを完全にだませるか、やり方を探り当てたのだ。ガードをおろすこと、それがウルフスタインをだますのにもっとも有効なやり方だと。

得がたい教訓だった。

「あなたを抱きしめるとわかるの」カレンおばはよくそう言った。「神さまがあなたに用意した運命が、わたしにはわかる」まだ十歳のウルフスタインも、これには内心、鼻を鳴らしていた。カレンおばの肌はやわらかそうで、てらてらと光っていた。ある角度から見れば、ぐずぐずに熟れすぎてケーキに焼きこむか捨てるしかないバナナのように見えた。ウルフスタインはカレンおばが嫌いだった。意に反してこのおばに預けられたのだ。毎晩、ひざまずいてばかげたお祈りをしなければならなかった。次に大洪水が来たときに新しい箱舟に乗せてもらうために。悔いてもいないことを赦してもらうために。神のために守らなければならない、でも守りたくもない戒律を破ったことを。あのころウルフスタインが抱いていた感情を端的にあらわすならば、なんでもいいからいまここことは違うなにかを手に入れてやるという、半端ではない覚悟だ。いざおばの家を出ていくことになったとき、ウルフスタインは一度も振り返らなかった。その先になにが待っているのか想像できるはずもない。無謀な冒険万歳。サバイバル万歳。無鉄砲万歳。

ウルフスタインはリナの様子を見に外へ出ながら、いつのまにかおばを思い出していたことに気づく。いまや思うところも見えるものも変わり、さんざんな目にもあったけれど、若かった自分がカレンおばから逃げるだけの知恵を持ち合わせていたのはとにかくよかったと思う。それは前向きだったということでもある。どん底の時期でも、つねに楽観的な自分が自分を見守っていた。パラレルワールドそのものだ。いまもナイヤックに閉じこめられている哀れな少女が見える。顔をてらてら光らせた怒りっぽいおばに聖書で叩かれる哀れな少女が見える。信じていない神のぼってりした手が自分の喉を絞めるのが見える。いまだに逃げ出そうともがいている少女が見える。

おそらく、おばは何年か前に亡くなったのだろう。いや、ひょっとするとまだ生きているかもしれない。骨張った魔女のようなおばが、どこかの陰気くさい老人ホームで、何十年も前にいなくなった恩知らずで罰当たりな姪のために祈っているかもしれない。

裏口の外に出たウルフスタインは、プールの陰へそろそろと入っていく人影をカレンおばだと本気で思う。一瞬、間を置いて、それがおばとは似ても似つかないリナだと気づく。

ウルフスタインはできるだけ声をひそめてリナを呼ぶが、リナは答えない。ウルフスタインはそばへ行く。「リナ、大丈夫？」

リナはプールの脇の落ち葉が散らかったコンクリートの地面に膝をついて嘔吐する。体を起こして口元を拭う。

「神経が参ってるんだよ」ウルフスタインは言う。

リナはえずく。また吐こうとする。なにも出てこない。

「よしよし、大丈夫よ」ウルフスタインはリナの首筋をさする。

リナが吐こうとするのを見ていると、不思議と冷静になる。いま自分がすべきことがわかる。リナが楽になるように手を貸すことだ。ラリったハニーや病気のグロリアの世話をしたように。背中をさすって。優しい言葉をかけて。慈悲深く。普段は慈悲深くないウルフスタインだが、目的があって優しくするのは嫌いではない。

「もう大丈夫」リナは何度か空えずきしたあとに言う。

「少しは気分がよくなった？」

「ええ」リナは立ちあがり、膝から土埃を払う。

「なかに戻らなくちゃ」ウルフスタインは周囲を見まわし、敷地の向こうに目をやる。いまのところモーの家に異状はなさそうだ。

「わかってる。ごめんなさい」リナはもう一度、口元を拭って裏口へ歩きだす。

暗い家に入ってドアを閉め、ウルフスタインは言う。「カレンおばってほんとに意地悪だった」

リナはとまどうようにウルフスタインを見る。「おばさんがどうしたの？」

「おばのことを考えてたんだ。なぜかわからない。今夜はちょっとおかしいみたい。あたしはおばが大嫌いなんだけど、感謝してもいるの。この手の憎しみって本物の反発力を生むんだよ。おばのおかげであたしはタフになれた。あの人はそんなつもりはなかっただろうけど」

ふたりは廊下を進み、ルシアとモーのいる部屋の前で立ち止まる。ドアのむこうから別のペギー・リーの曲が聞こえる。

「これほんとの話なんだけど、カレンおばって、あたしが気に入らないことをしたら、ガラスの破片を敷いたお盆の上にひざまずかせてお祈りをさせたの。嘘じゃない。でかい銀のお盆を持ってたんだよ。あんな大量のガラスの破片をどうやって集めたんだか知らないけどさ、とにかく持ってたわけよ。緑色のガラス。たぶん古い保存瓶じゃないかな。膝が切り傷だらけになった。お祈りが終わると、おばは消毒薬と絆創膏をくれて知らんぷり。あたしも大人になってからは冗談のネタにしてたけどね。だからあたしは長時間ひざまずいてられるんだって」暗闇に向かってウィンクする。

「ひどい話」リナは言う。「それがどのくらいつづいたの？」

「家出するまで。あたしの膝をよく見たら、小さな馬蹄形の傷痕がたくさんあるのがわかるよ。だいたい治ったけど、細かい痕が残ってる。家出したばかりのころはほんとに怖くてさ。まだほんの子どもだったし。それでも、鏡に映った自分を見て〝後悔してるひまはない〟って言い聞かせてた。五十回は繰り返したね。あたしにとってはマントラだよ。それから〝さあ行動しろ〟がつづくの。これは一度だけしか言わない」

「それ、いいわね」

「おかげで乗り越えたんだ」

ふたりは黙り、部屋に入る。ルシアが目を覚まして体を起こし、アタッシェケースを胸に抱いている。「どこに行ってたの？」とリナに尋ねる。

「気分が悪かったの」

「変わったことはなかった？」モーが尋ねる。

「見たところ、なかったよ」ウルフスタインは答える。だが、暗闇は多くのものを隠すと、身をもって知っている。

リッチー

リッチーは駐車場で仰向けになっている。クレアはリッチーの膝をハンマーで叩きつぶしたあと、エンジオを始末しに行ってしまった。痛みはすさまじい。リッチーは唇を噛む。空を見あげる。インパラに乗ったまま宙返りしたせいで、頭がぐるぐるまわっている。周囲の世界を静止させようとするが、止まってくれない。怖くて膝にさわれない。体のあちこちがじんじん痛む。衝突したときにあばらを折ったようだ。首が固まって動かせず、すでに鋼のコルセットをはめているかのようだ。腰も傷めている。歯のあいだに血の味がする。こんなふうに終わるのかと思う。自分は愚かだった。迂闊だった。この駐車場で死んでもしかたがない。賢くないのだから。賢くないのはいまにはじまったことじゃない。

首を少しだけ左へ巡らせると、遠くにとまっているエクスプローラーのそばでクレアがエンジオをハンマーで滅多打ちにしているのが見える。古い彫像を叩き壊しているかのようだ。こんな像は見飽きたから粉々にしてやれと言わんばかりにハンマーを振りおろす。最初は腕、次に脚、そして胴体。エンジオの泣き声混じりのうめき声がおぞましい。

寝返りを打とうと試みる。さっきクレアのタウンカーが突っこんできて、その最初の一撃をインパラが悲哀に満ちた巨体の老ボクサーよろしく受けた瞬間、拳銃は衝撃でどこかへ吹っ飛んだ。いま銃が手元にあったら、そして愚かにも無駄遣いしてしまったあの二発の銃弾があったら、クレアを撃つのだろうか、それとも自身をこの苦痛から解放するのだろうか、正直なところわからない。

脇腹を下にすると、痛みがひどくなる。無事なほうの膝で立ちあがれるか試してみなければならない。つぶされたほうの膝を使わないようにして。それからどうする？　片足を引きずりながら、長い道路をパークウェイまで歩くのか？　いくらも歩かないうちに、振り返ればすぐそこに満面の笑みのクレアがいることになるだろう。

頭のなかで、リッチーはブルックリンの公立学校ＰＳ１０１の校庭でスティックボールをしている。頼みのバットは、握り手を絶縁テープでぐるぐる巻きにしたやつだ。ハンク・デ・シモーンがゴムボールを投げる準備をしている。リッチーは背後の塀を振り向き、白いチョークで描いたストライクゾーンを確かめる。ハンクが投げる。リッチーはバットを振り、遠くのフェンスのむこうまでボールを飛ばす。奇跡的なホームランだ。リッチーはバットを捨て、その場でぴょんぴょん跳ねる。「リッチーがまたやりましたぁ！」と声をかぎりに叫ぶ。

「運がよかったんだ」ハンクが唾を吐く。

「運と実力だ」リッチーは言い返す。

ハンクとリッチーは親友だ。ふたりとも八年生。いつもくっついている。一緒に漫画を読む。スティックボールをする。雑誌を万引きする。ソニーの親父さんのスタックス・ブランカッチョや、いつも粋で格好いいジェントル・ヴィクに頼まれてちょっとした仕事をやる。子どもとはいろいろわけがわからないことをするものだが、なかでも友達が急に友達でなくなるのは不思議だ。それぞれが別の道に進んだせいで、あるいは興味のある存在ではなくなったせいで、すっぱりとつきあいを絶つ。リッチーはハンクとつるまなくなった。新しくできた仲間に繁華街のいい店へ連れていってもらって童貞を捨て、初心者用の銃を手に入れた。ハンクはいつまでも子どもだった。ときどき、漫画本を抱えてとぼとぼ歩いている姿や、間抜けな馬が干し草を咀嚼するようにガムをくちゃくちゃやっているのを見かけたが、そのたびにかわいそうな気がした。いま、リッチーは自分をかわいそうだと感じている。もっと子どもでいればよかった。ハンクはどうしているだろうか。たぶんこのあたりに暮らしているのだろう。裏庭には木。ツリーハウス。子どもがふたり。妻にはいつも「ハンク、いますぐそれやめて」と叱られている。もうしばらくしたらベッドを出てコーヒーを飲み、シティ行きのバスで仕事に出かける。月曜日。さわやかな気分だろう。やる気満々だろう。

まるでいま起きていることのように感じていたハンクの思い出が消えていく。

リッチーは両手を突き、折れていないほうの脚を踏ん張る。尻が高くあがって、あのばかげたヨガのポーズのようになる。ヨガはやったことがある。一度、エイドリアンに連れていかれたのだ。彼女は九九年の夏に二週間ほどヨガにはまっていた。ブロンクス・スタイルのヨガだ。ベイチェスター・アヴェニューのベイ・プラザ・ショッピングセンターの〈バーンズ&ノーブル〉の隣に、小さなショッピングモールがあり、そこに教室が入っていた。リッチーは前屈した拍子に大きな屁をぶっ放してしまい、クラス全員に笑われた。そして、怒って出ていった。「てめえらは屁より偉いのか?」と捨て台詞を残して。スパンデックスだかなんだかの服を着た女たちは、リッチーが尻から鳩をひり出してスタジオのガラスの壁に叩きつけたかのように、ぎょっとしていた。

　遠くで電車の音がする。いや、電車ではないかもしれない。クレアとエンジオのほうをまた見るのが怖い。エンジオがハンマーで粉々にされるのが見えてしまうのではないか。すさまじいエネルギーで走ってくるクレアの足が舗装した地面を踏む音が聞こえるのではないか。ハンマーを地面に引きずる音が聞こえるのではないか。顔をあげたらすぐそこにいるクレアと目が合うのではないか。体が裏返しになったような、夜空の反対側の世界が生々しく迫ってくるような気がする。おれは腰抜けだ。いつだってそうだった。リッチーは片脚でぴょんと跳び、とたんに転んで突っ伏す。

「おう、なにやってんだ間抜け」クレアが大声で言う。

　痛みがひどくなる。膝の関節が粉みじんになったようだ。いまリッチーは痛みを引きずりながら這っている。二台の車の残骸のほうへ向かう。車体の右側を上にして倒れているタウンカーの下にもぐりこめるかもしれない。クレアの手の届かない場所に避難できるかもしれない。煙に紛れて消えることができるかもしれない。

「どこへ行こうとしてるんだ？」クレアが近づいてくる。

　聞こえないふりをすれば、ほんとうにクレアがいなくなるのではないか。

「タクシーを呼んでやろうか？　一緒に乗っていこうぜ。いや、いまのはなしだ。そのエクスプローラーで行こう。おまえが考えてることはわかるぞ。〝おまえのタウンカーはどうだ、クレア？〟と言いたいんだろう？　あれはおれのタウンカーじゃねえ。そっくりだが、クライド・フィネッリの車だ。おれが自分の車にメッツの旗をつけると思うか？」クレアはもうリッチーを真上から見おろしている。「おまえがそんな勘違いをするとはな。おれがメッツをどう思ってるか知ってるだろ。あそこにいたキース・ヘルナンデスな、おれはあいつに一度会ったことがある。なあリッチー、答えてくれよ。おいリッチー、どこへ行こうとしてるんだ？」クレアが腰を落としてリッチーの背中を膝頭で押さえ、ハンマーを地面にごとんとおろす。

リッチーは前に進めない。まるで残酷な子どもに押さえつけられた鼠だ。

クレアはしゃべりつづける。「おまえ、金玉なくしたのか？　カッシオの店の集会に乗りこんで、丸腰の仲間を皆殺しにした度胸はどこに行ったんだ？　言ってみろ、ぼくは腰抜けですってな」

リッチーは口を地面に押し当てる。砂とタイヤと闇の味がする。

「ほら、ぼくは腰抜けです。言えよ」

肩の後ろからクレアの吐息のミント臭が漂ってくる。リッチーは言う。「ぼくは腰抜けです」

クレアが笑い声をあげる。「よっしゃ。おれがエンジオになにをしたか見てたか？　あれはウォーミングアップだ、肩があったまったぜ」

「ぼくは腰抜けです」リッチーは繰り返す。

クレアはリッチーの背中から膝をどける。立ちあがる。ハンマーを拾う。「ここで待ってろよ。エクスプローラーを取ってくる。ポンコツだが用は足りるだろう」

足音が遠ざかる。リッチーはふたたび這いはじめる。橋の上でルシアのことをあんなふうに考えたのが悔やまれる。ルシアは敵ではない。娘と呼べたらよかったのに。三人で——自分とエイドリアンとルシアの三人で、なんのトラブルも残さず、待ち受けるトラブルもなく、旅しているのならよかったのに。ルシアにどこかで豪勢に御馳走してやりたかったな。あいつは食いしんぼうだからな。ルシアをいまもほんとうの娘だと思えたらよかった。おまえのために祈るから、自分のために祈ってくれと頼めたら。祈り。祈りは大事だ。自分はもうすぐ死ぬが、ルシアが金を手に入れたのならよろこぶべきだろう。あの金をだれかにやるなら、ルシアがいい。もちろん、クレアは追うだろう。クレアはなにごとも放っておかない。自分は死ぬが、どうせ死ぬならクレアを道連れにしなければ。

エクスプローラーが足元に止まり、リッチーは車体の下から発する熱を感じる。クレアがクラクションを鳴らす。パワーウィンドウがおりる音がする。「さっさと立て」クレアがにやにやしているのがリッチーにはわかる。「この車、だれのものだろうな。たかが九五年型フォード・エクスプローラーのために知らないやつを殺すのもなんだかなあって話だ。点火装置をショートさせるのに手間取っちまった。昔は得意だったんだ。そりゃもう一瞬でできた。ところがいまや、女のブラジャーをはずそうとしてる十二歳児みたいにダッシュボードの下をまさぐってるとは情けねえ。これに似たトラックを持ってたやつ知ってるか？　アル・バーク、そう、あのアイルランド野郎だ。あいつのお袋はしょっちゅう聖水をまくんだよ。アルに訊いたんだ、〝お袋さんはいったいどこであんな大量の聖水をもらってくるんだ？〟そうしたら、あのアイルランド野郎はなんて答えたと思う？〝神父がうちに来て、お袋がそのへんに置いてある水のタンクを全部、祝福するんだ〟。神父が〈ポーランド・スプリング〉のタンクを祝福するんだとさ、信じられるか？」

リッチーは立とうとする。クレアが運転席に座っていたら、おもしろがって轢こうとするかもしれない。クレアならやりかねない。『悪魔の毒々モンスター』という狂った映画があった。冒頭で、筋肉バカの集団が自転車に乗ったやせっぽちにそうする。にきびをつぶすように、人の頭を車で轢くのだ。

「よし」クレアがドアをあけて外に出てくる。「助けが必要そうだな。おれが手を貸してやる。おまえを殺すつもりはないんだ、リッチー。心配するな。いまはまだ殺さない。まあ、あちこちちょっと痛めつけるかもしれないが、金を取り戻すまでは生かしておいてやる。いまは金しか見えてねえからな。そのうえで、絶対にやり返すと決めてるんだ。そのうえで、おまえのことはずっと嫌いだったから、死ぬのを見て楽しみたい。だが、まずは金だ」両手をリッチーの体の下に入れ、うめきながら抱き起こす。「さっきの事故のせいで、あちこち体が痛むんだ。おまえもか？　ヴィクの隣人を殴り殺すのに体力使ったしな」また声をあげて笑う。

クレアはリッチーをエクスプローラーの右後部座席へ連れていく。窓ガラスが割れてビニールシートも破り取られている。「ガキのころ、他人を殴り殺す夢を見なかったか？　おれは見た。現実にやるのは、夢とはくらべものにならねえほどすっきりする。ガキのころのおれに教えてやりてえよ」

「そのトラックには乗らんぞ」リッチーは言う。

「ばかを言うな」クレアがドアをあけ、リッチーを押しこむ。「おまえがナビをやるんだよ」

次にリッチーが思い出せるのは、エクスプローラーの後部座席でぐったりとのびていたことだ。エクスプローラーは猛スピードで走っている。おそらくパリセイズ州間パークウェイだ。

しばらく気を失っていたらしい。寒気がする。割れた窓から風が容赦なく吹きこんでくる。車内はひどい悪臭がする。クレアがラジオを大音量でかけている。「ユーキャント・オールウェイズゲッ・ワッチュウォーン」音楽に合わせてハンドルを叩きながら歌う。

「音を小さくしてくれないか？」リッチーは頼む。

「目が覚めたか、お姫様（プリンチペッサ）？」クレアが音楽に負けじと声を張りあげ、バックミラーの角度を調節してリッチーを映す。「いまなんつった？」

「音を小さくしてくれ」昔からこの曲は嫌いだった。ストーンズが嫌いなわけではない。むしろ好きだ。いままで四回、ライヴを見た。ただ、この曲はどこでもかかる。映画、スーパーマーケット、タイヤ屋、スシ屋。耳にすると、ひどく気が滅入る。死ぬ前にこの曲は聴きたくない。もっとユニークなやつがいい、毎日ラジオでかかるようなやつではなく。ジミ・ヘンドリックスのむせぶような『レッド・ハウス』とか。あるいはメタルでもいい。エイドリアンのおかげで、メタルにはまった時期があった。ディオの『レインボウ・イン・ザ・ダーク』かアイアン・メイデンの『ウェイステッド・イヤーズ』かモーターヘッドの『エース・オブ・スペーズ』がいい。

「いまの聞いたか」クレアがしゃべっている。「〝音を小さくしてくれぇ〟。おまえに金玉はねえのかよ。ストーンズを聴きたくないやつがいるか？」クレアは音量をさげる。「おまえのせいで興ざめだ」

リッチーの体のなかはまだずきずきと痛む。両腕で自分の胸を抱きかかえる。

「店に寄って食い物を買ってくるから、そのあと行き先を言えよ、いいな？」クレアが言う。

「あいつらがどこに行ったか、おれは知らん」リッチーは目を閉じる。
「〝おれは知らん〟じゃねえ。おまえは知ってる。絶対に知ってる」
意識が遠のいていく。

ふたたびリッチーが目を覚ますと、車内は食べ物のにおいが充満している。ソーセージと脂、ハッシュブラウン。コーヒーも。クレアはソーセージと卵とチーズをのせたベーグルにかぶりついている。溶けたチーズがジャケットにしたたり落ちる。クレアは数口でベーグルサンドイッチを平らげる。それから、膝に置いた紙袋のハッシュブラウンをフォークで突き刺し、コーヒーで流しこむ。デジタル時計の時刻は午前二時三分になっている。リッチーには信じられない。

クレアがまたバックミラー越しにリッチーを見て、目をあけていることに気づく。「やっと目を覚ましたか。眠り姫かおまえは。死んだかと思ったぞ。何度か起こそうとしたんだがな。二回ほどでかい屁をかましてみた。起きねえ。五回クラクションを鳴らした。起きねえ。ガソリンスタンドに寄って休憩して、リステリンを買うあいだも、おまえはずっといびきをかいてた。終夜営業の店で食い物を買ってきた。それでも目を覚まさなかった。うちのお袋がよく言ってたみたいに、よっぽど睡眠が必要だったんだな」

リッチーはドアのほうへ少し体をずらす。膝がべらぼうに痛むのに、よく眠れたものだ。頭がくらくらする。首の具合はますますひどくなっている。脳震盪（のうしんとう）を起こしているかもしれない。ホッケーの夢を見た、それは覚えている。エイドリアンとレンジャーズの試合を見にいく夢だ。

マディソン・スクエア・ガーデンの外階段に立っているエイドリアンは、赤くて長いマフラーを巻き、ふわふわしたレンジャーズのニット帽をかぶっていた。

口のなかがからからでべとつく。舌が歯の裏に貼りつく。「水は?」

「水がほしいのか?」

リッチーはうなずく。

クレアが〈アクアフィナ〉のボトルを放ってよこす。座席の背に跳ね返って床に落ちる。リッチーは手探りでボトルを見つける。それを胸に置き、キャップをはずそうとする。力が入らず、うまくいかない。ようやくはずれたとき、水がこぼれてシャツを濡らす。リッチーは少し体を起こし、ボトルに口をつけてごくごくと飲む。

「全部飲め」クレアはしんなりしたハッシュブラウンをまた口に入れる。「水分補給しないとな」

「ここはどこだ?」

「さあな。このへんはさっぱり不案内なんだ。あいつらはどこへ行ったんだ?」

「知らない。橋で見失った。おまえも見てただろう。どこに行ったかさっぱりわからん」

「嘘つけ」

「行き先がわかってりゃあんなに必死に追いかけたりしない」

「おれは別にあせっちゃいねえよ、リッチー。かならず見つける。今夜は無理かもしれない。だが、絶対に嗅ぎ出す。子どもひとりとばあさんふたりが金を持ち逃げしたところでどうなる? 跡を残すに決まってる。たぶん、先におまえを殺さなくちゃいけない。それでも、女たちを見つけて金を取り戻したら、ガキを母親と同じように殺す。それから」――と、指を振る――「それから、友よ、おまえのエルドラドをおれのエルドラドにして、そいつでブルックリンまで意気揚々とご帰還だ。おまえの首をアンテナにぶらさげてもいいな。みんなもひと目でわかるだろ。友達を裏切ったらこうなるってな」

「おまえがおれの友達だったことはない」リッチーは言う。「ソニーも友達じゃなかった」

「そのとおりだ」クレアがコーヒーをずずっと啜る。

リッチーはポケットに手を入れ、そろそろと手紙を取り出す。このクソサイコ野郎に手紙の存在を悟られないよう、フロアマットの下か運転席と中央コンソールのあいだにこっそり差しこむことができないだろうか。手紙を持っているのを知られたら、まずいことになる。もしも女たちがほんとうにこのモーとやらの家に行ったのだとしたら。痕跡があるのだから、行ったはずだ。そしてもしも女たちがそこに隠れていて、ほとぼりが冷めるのを待っているとしたら。人間は窮地に立たされると、思いもよらないような愚行に走るものだ。リッチーはなんとか手紙をポケットから出す。手がねじくれている感じがして思うように動かせない。腹の上に手紙を押し、フロアマットの上に落とす。

「なにをしてるんだ?」バックミラーのなかでクレアの眉がアーチ型に持ちあがる。「おれに渡すものがあるのか?」クレアは助手席のハンマーに手をのばす。それは――リッチーがいま見るかぎり――エイドリアンとエンジオの血にまみれ、いつでも使えるように助手席に立てかけてある。クレアはハンマーの取っ手をつかみ、片手で、この狭い空間で可能な限りの勢いをつけてリッチーの腹を殴りつける。

リッチーは腹のいちばんやわらかい部分にまともに強打を食らい、体をふたつに折る。

「いまなにを隠した？」クレアはハンドルを右に切り、いま走っている道路の端にエクスプローラーを寄せる。中央コンソール越しに手をのばし、床に落ちた手紙を拾ってしげしげと眺める。「なんだこれは？」

リッチーは脇腹を下にしてクレアから顔をそむける。またハンマーが襲いかかってくるのはわかっている。それを見たくない。

今度は腕をやられる。肘のすぐ上だ。

リッチーはまた仰向けになり、閉じていた目をふたたびあける。

クレアは笑い、コーヒーのマドラーで歯をせせり、サンドイッチが入っていたアルミホイルをくしゃりと丸める。窓をあけてホイルのボールを道路に投げ捨てる。紙袋からハッシュブラウンを手づかみで取り出し、口に押しこむさまは、半日以上なにも食べていなかったかのようだ。「くそっ、そういうことか」口いっぱいにイモを頬張ったまましゃべる。「これが手がかりなんだな。封筒の差出人の住所が。百パーセントじゃないが、あいつらがここに向かったと思ってるんだろ」

リッチーは、その読みがはずれていることを願っている。ルシアとリナがとうの昔に別の場所へ移動していることを願っている。「モンローか」クレアはハンマーの取っ手であごを掻く。「大統領にいたよな。モンローってのが。おまえは大統領ファンか。いま大統領やってるあのピエロ、ダブヤ（ジョージ・W・ブッシュのこと。父ブッシュと区別するため、「W」と呼ばれた。その南部訛）は」――ブルックリン出身の人間が精一杯テキサス訛りをまねしている――「間抜けな野郎だよな。あいつを見てると、同じ学校にいたバカを思い出す。ミルティってやつだ。なんと、いちもつをでかく見せたくてパンツにトマトを仕込んでたんだ。まあキュウリとか詰め物をした靴下とかならわかるが、トマトだぜ？　で、仲間のティノがミルティのクラスに入っていって、パショーネ先生の目の前でトマトを狙って蹴った。グシャッ。そのあと何カ月かこのネタでミルティを笑いものにしたもんだ。こいつがダブヤと似てるんだよ。モンローってやつのことはよく知らねえ。大統領の名前だってことだけは知ってるがな。ではモンローに行くとしようか、どうだ？」

リッチーはクレアの声を頭から締め出し、痛みのなかに引きこもる。


さらに時間が経過する。リッチーはいつのまにかまた気を失っていた。だが、いまは目を覚まして天井の小さなドーム型のライトを見つめている。車内に吹きこんでくる風が前にも増して強い。クレアはかなりスピードを出している。

「訊きたいことがあるんだ」クレアがリッチーに大声で言う。

「なんだ？」

「おまえはエイドリアンが十五のときからヤってたんだよな？　そのころのエイドリアンのあそこはどんな感じだったんだ？　きっと輪ゴムみたいに締めつけてきたんだろ」

「あいつの話はするな」

「おれは苦しんでるエイドリアンを楽にしてやっただけだ。十五歳のエイドリアンのキツキツマンコの話をしてくれよ」

リッチーは咳きこみ、とたんに全身がばらばらになりそうな痛みを感じた。とくに脇腹がひどい。クレアに黙れクソがと言い返したい。エイドリアンの名誉を守りたい。でも、なにもかもしくじった。このけだものをルシアから遠ざけることにも失敗するのか。

「迷っちまった」クレアが言う。「信じられねえな？　免許取り立てじゃあるまいし。お手上げだ。無駄に走りまわってる。いったいここはどこだ？　ピークスキルって看板があるが。どうしてこんなところにいるんだ？　やっぱりあの橋を渡るんじゃなかったな。ベア・マウンテン・ブリッジ。いい名前だと思ったんだ。ときどきおれもバカになることがあるんだよな、ほんとに。あそこの信号が見えるか？」クレアがひびの入ったフロントガラスのむこうを指さす。

頭がずきずき痛むリッチーには、クレアの指さす先にあるものが見えない。

「インディアン・ポイントだとよ。ヤンキーがいつも原子力発電所のコマーシャルをしてるだろ。〝安全。安心。命を守る〟ってやつ。たわごとだ。事故が起きたら半径百マイル以内の生き物が全滅する。チェルノブイリの二の舞だ」

「訊いてもいいか？」リッチーは尋ねる。

「おう。おれはいま寛大な気分なんだ」

「なぜヴィクを殺した？」

「邪魔だったからだ。ヴィクはおれを檻に閉じこめてた。おれは暗くて狭苦しい囲いのなかで肉にされるのを待ってる仔牛みたいな気分だった。ヴィクはおれを信用していなかった。おれをけだものだと思ってた」

「おまえはけだものだ」

「たしかに」

「あの日は？　ヴィクはおまえだとわかっていたのか？」

「もちろんだ。おれが家の前に車を止めた瞬間に悟ってたぞ」

「リトル・サルはその場にいなかったのか？」

「運転手だった」

「ヴィクはなにか言ったか？」

「おれが銃を構えたときにこう言った。〝やるのかやらないのかはっきりしろ〟」

「ヴィクらしいな」

「さすがの死にざまだった。命乞いなんかしなかった。おれは記念にバジルの植え込みのそばに銃を投げ捨てた。まだハンマーを使ってなかったしな。伝統に則ったわけだ。それよりエイドリアンのオマンコだ。味はよかったか？　おまえ、見るからにクンニ好きって顔をしてるもんな。〈ジョリー・ランチャー〉のグミのスイカ味とか、そんな感じを想像してるんだが。なあ、教えてくれよ。退屈でたまんねえんだよ」

　リッチーはまた咳きこみ、全身を痛みに切り裂かれる。ふたたび世界に闇がおりる。


　まばゆい日差しがフロントガラスに反射している。リッチーはやっとのことで体を起こす。車はいま、モー・フェランの自宅の向かい側にとまっている。クレアはさんざん道を間違い、三時間から四時間ほど迷った。

　クレアはハンドルにぐったりと突っ伏している。「このポンコツが故障しなかったのが信じられねえ」

「エルドラドはない」リッチーは言う。「やっぱり、ここへ来るほどバカじゃなかったってことだ」

「たしかにそうかもしれん。でも、せっかくここまで来たんだから、確認しないと収まらねえよ」

そのときリッチーは、隣家の二階で窓のブラインドがあがるのをフロントガラスの縁越しにたまたま目にする。一瞬、窓辺に立っているルシアが見えるが、彼女はさっとブラインドをおろす。あのバカたれ。クレアに気づかれなかったのは幸運だ。

リッチーはいくつかの選択肢を考える。とにかく、自分を犠牲にしてもルシアを逃がしたい。実行可能な選択肢はひとつしかなさそうだ。クレアを殺す。クレアは拳銃を持っているはずだが、いまどこにあるのだろう。あれを奪わなければ。リッチーの勝ち目はそこにかかっている。ルシアの勝ち目が。

ルシア

ルシアは人生とは不公平だとつくづく思う。自分の脚のあいだにこんな大金があるのに、好きに使えないなんて。このお金を使えれば、高級ホテルに泊まって毎晩ルームサービスを取ることもできる。ハンバーガーにステーキ、パンにはたっぷりバターを塗って、ソーダもビールも飲んで、フォンダンショコラも食べて、真っ白いシーツを敷いたベッドでごろごろして、散らかした部屋はだれかに片付けてもらう。ビーチに家を買って、海で泳いで、帰ってきたらサンドイッチを作ってお金を数えながら煙草を吸う、なんてのもいい。ビーチといってもシルヴァー・ビーチみたいなところじゃない。逃亡生活にぴったりのビーチ。静かで。ひとけがなくて。海が青くて。鳥もいて。波打ち際には上半身裸の男がかわいい犬と走ってたりして。そういうのが無理でも、とりあえず父親を捜しに行くことはできるのに。

お金とは奇妙なものだ。ルシアは、リナおばあちゃんがバカなことをするのではないかと心配している。〝このお金で殺し屋を雇いましょ〟的なことではない。〝このお金は警察に届けなくちゃ〟的なことだ。映画で何度も見たことがある。違法な金を手に入れるのをいやがる人間がかならず出てくる。汚れた金だとかなんとか言い張って、かたくなに受け取ろうとしない。リナおばあちゃんはそのたぐいかもしれない。ただし、警察は信用できないと言っていたけれど。この町には駅か長距離バスターミナルがあるのだろうかと、ルシアは考える。あるとすれば、ああいう映画のとおり、金を隠すことのできるロッカーがあって、ロッカーの鍵を紐で首にさげて、ほとぼりが冷めるまで隠れていることができるのかもしれない。

こうだったらいいのにと思うことは山ほどある。別の時代に別の場所で生まれたかった。たとえば、地下鉄のトンネルで生まれたのならよかったと思う。〝モグラ人間〟の本を図書館で借りたことがある。地下鉄のトンネル内に小さな小屋を建て、電気を通して、水道管から漏れる水でシャワーを浴びて暮らしている人々の話で、なんだかおもしろそうだと思ったのだ。それか、映画のプレミアに連れていってくれるような有名女優の娘になりたかった。そもそも、自分が生まれたときのことすら知らない。母親がなにも教えてくれなかったからだ。ヴィクトリー・メモリアル病院で生まれた、それだけしか知らない。布にくるまれた薔薇色の頬の自分の写真を見たことがない。イタリアで生まれたかったとも思う。一緒にキャッチボールをしたり、熊のぬいぐるみだの人形だのを買ってくれる父親がいたらよかったのに。父親がだれか知らないまま大きくなりたくなかった。目を閉じれば父親の顔が浮かぶ、そういうのがよかった。現実には、父親の顔はぼかしが入っている。両手もそうだ。体つきも、着ている服も、すべてルシアが想像のなかで創りあげたものだ。リッチーはときどき来る他人に過ぎない。パトリシアの店でピザを買ってきたり、ソファでヤンキースの試合を見ながらパンツに手を突っこんだまま眠りこけたり、父親っぽいところはある。でもぜんぜんだめだ。いまごろ死んでいればいいのに。この金とリッチーをつなぐ糸が永遠に切れてしまえばいい。リッチーがどんな死に方をしたか、それはどうでもいい。いや、まだ死んでないか。でも、いまこの瞬間にも、どこかで死にかけているのかもしれない。リッチーがエイドリアンと同じ目にあっているのを想像しても、吐き気がこみあげることはない。むしろほっとする。

ルシアは、モーの隣で床に寝転んでいるウルフスタインを見やる。ふたりとも眠っている。リナおばあちゃんも壁にもたれて眠っている。地下鉄で居眠りして乗り過ごしてしまうたびれたおばあさんのように、ぽかんと口をあけている。ルシアは、金を放置しているウルフスタインにあきれる。あんなふうに、そばにぽんと置きっぱなしにして。鞄に鍵もかけていない。ほしいだけ盗んでアタッシェケースにしまってやろうか。

あのポルノの話は気持ちが悪かった。あの写真も。ふたりが着ていた衣装も。髪型も。若いころの体も、とはいえルシアから見ればおばさんの体だ。あの体でしていたことも。ふたりはキスをしたのではないか。それ以上のことも。

ルシアは立ちあがり、両腕を上にのばして首をポキッと鳴らす。大きく息を吐き、アタッシェケースを持ってドアへ向かう。少し前にうとうとして、リナおばあちゃんが外で吐いて戻ってきたときに目を覚まし、また少し眠った。そのあいだに見た夢は特別なものではなかった。夢なんてくだらない。なんの意味もない。

家のなかを探検するのはいい考えかもしれない。ルシアはアタッシェケースを持って部屋を出る。ウルフスタインの家にあったような、鞄を隠せる排気口を探すべきかもしれない。バスターミナルのロッカーよりましな気がする。だが、アタッシェケースは排気口には入りそうにない。よほど大きな排気口でないかぎり。

リナおばあちゃんとウルフスタインとモーが目を覚まさないように、できるだけ音をたてないようにしてドアを閉める。

左に階段がある。段がきしむので、そろそろとのぼる。のぼりきると、かびくさいカーペット敷きの部屋がある。ブラインドは閉まっているが、外が明るくなっているのはわかる。もうすぐ六時になるころだろう。何曜日だったか思い出せない。月曜日？　月曜日だ。喉が渇いた。キッチンかバスルームがあったら、水道の水を飲んでも大丈夫だろうか。そもそも水が出るのだろうか。

ブラインドの羽根を親指で押しさげ、外を覗く。通りは静まりかえっている。向かいに並んだ平屋に赤みがかった明かりがともっている。モーの家の前庭と私道と郵便箱が見える。車はない。だれも待ち構えていない。やっぱり心配しすぎだ。クソジジイふたりは殺し合いのあげく死んだのだろう。あの手の連中がやりがちなことだ。

ルシアは赤いチャックテイラーと左右ふぞろいの靴下を脱ぎ、足の裏をカーペットにこすりつける。感覚が鈍っているような気がする。靴下を丸めてスニーカーに突っこみ、裸足で室内を歩きまわる。以前はテーブルや椅子、それにたぶん戸棚が置いてあったらしく、カーペットにはくぼんだ跡がそこらじゅうに残っている。

キッチンに入ると、タイル張りの床がひんやりとする。奥の隅に四角く埃がたまっているのは、冷蔵庫の跡だろう。シンクの隣のカウンターにアタッシェケースを置き、戸棚や抽斗のなかを漁る。たいしたものは入っていない。ヘアゴム、やることリストを書いた紙切れ、ガス会社の領収書、小銭。シンクへ行き、音がしないように水道の水を細く出し、じかに口をつけて飲む。ひどく喉が渇いていたことにようやく気づく。口のなかがからからだったことに。唇が歯にくっついていたほどだ。水は冷たくておいしい。水を止めて手の甲で口を拭う。

コンロの上に『とってもサラダ』という料理本がある。ぱらぱらとめくる。ここに住んでいた夫婦とおぼしき男女の写真がはらりと落ちる。ふたりは〝マデイラ・ビーチ〟と書いてある看板の前に立っている。女は赤いビキニを着て麦わら帽子をかぶっている。男は〈スピード〉の水着だ。ふたりとも大きなサングラスをかけている。ルシアは写真をふたつに引き裂き、床にひらひらと落とす。

裏庭に面した窓から外を覗く。シートをかけたプールは上から見おろすと汚らしい。プールのむこうが庭の端で、そこから先は森だ。ルシアはこんな森を久しく見ていなかった。野放図に広がる森。森のむこうになにかがあるかもしれないし、ずっと森なのかもしれない。朝のそよ風に揺れる梢を眺めていると、眠くなりそうだ。

アタッシェケースをあけ、金をじっと見つめる。触れてみる。最高の手触りだ。帯封をした束をひとつ取り出して、できるだけゆっくりと数える。すべて百ドル札。においを嗅ぐ。やはり映画で登場人物がそうするのを見た。なんでもかんでも映画だ。紙幣はインクのにおいと清潔で新しいにおいがする。いつも〈アンクル・パット・デリ〉やピザ屋へ行くときにポケットに突っこむ皺だらけの古い紙幣とは大違いだ。いままでこんなふうにお金のにおいを嗅ぎたくなったことなどない。舐めてみたいと、ちょっと思う。小さな子どものころ、毛布の端を舐めたように。毛布を舐めたがる奇妙な癖があったのだ。あの舌触りが好きだった。いま、そんなふうにお金を舐めたい。舌触りを味わいたいからではない。やけにおいしそうに見えるからだ。自分のものだし。

けれど、ほんとうに舐めたりはしない。つかんだ札束をポケットにしまう。さほど分厚くないので、尻ポケットにぴったり入る。少しは身につけておきたい。本物かどうか知りたい。使い途(みち)をあれこれ想像したい。開いたままのアタッシェケースに屈みこみ、札束に耳をつけて音を聞く。やはり最高の音がする。貝殻を耳に当てると、遠い波の音がするように。

アタッシェケースの蓋を閉めてパチンと掛け金を掛け、一緒にキッチンを出る。目の前の壁から緑と赤い電線が飛び出たサーモスタットがぶらさがっていたので、手をのばしてぷよぷよしたグレーのボタンを押してみる。廊下を右に行くと、ドアが三つ並んでいる。ドアを片っ端からあけてみる。最初のドアをあけると、そこはバスルームで、壊れた便器とバスタブがあるが、シャワーカーテンはない。シャワーヘッドはかびが生えている。洗面台の抽斗をあけてみる。使い古しのマスカラ。ヘアゴム。タンポンの空き袋。

ふたつ目の部屋は通りに面していて、もとは書斎だったようだ。入った瞬間にそう思ったのはなぜか、ルシア自身にもよくわからない。部屋の形と広さのせいかもしれない。夫婦がデスクの前に座って請求書をチェックしているところを思い浮かべる。いや、それよりも、妻がジムに行っている隙にポルノを見てオナニーをしている夫のほうがありがちだ。そんなふうに男がオナニーをするところなんか思い浮かべたくない。みじめすぎる。ほかの女たちは、男がオナニーをするところを思い浮かべたりするのだろうか。想像できない。ウルフスタインとモーは、自分たちの映画を見てオナニーをする男たちのことを考えるのだろうか。思い浮かべるのだろうか。ルシアはつま先をカーペットにこすりつける。

一瞬遅れて、ルシアはブラインドの羽根が開いていることに気づく。通りが見えるということは、通りからも自分が見えるはずだ。スウェットスーツ姿の女が長いリードにつないだ犬と散歩している。犬はマスチフだ。オーチャード・ビーチの遊歩道でよく見かける気取った人々のように、女は両腕を高く振りあげながら歩く。ルシアは窓辺に駆け寄り、ブラインドのスティックをまわして羽根を閉じ、部屋を暗くする。女がこちらを見あげたら、だれかが無断でこの家に住んでいるのではないかと思って警察に通報するかもしれない。それは困る。ルシアが困る。

ルシアはくるりと後ろを向いて部屋を出る。三つめの部屋は――家の裏手にあるので、窓からだれかに覗かれる心配はない――寝室だったに違いない。床は木の板だが、カーペットをはがしたような跡があり、踏むとざらざらする。実際には会ったことのない、あの不幸な夫婦がこの部屋にいるところを想像してみる。知り合いのように思い浮かぶ。赤いビキニと麦わら帽子の女。〈スピード〉の水着の男。ふたりともサングラスをかけている。そして、口論している。ルシアは窓辺へ行き、森を眺める。外はさっきより明るくなっている。

廊下で物音がする。せかせかと歩いてくる足音。ルシアは緊張する。廊下を覗いて、もしそこにリッチーかクレアがいたらどうすればいいのだろう。でも、あのふたりが静かに入ってくるとは思えない。バーンとドアをあけて、大声で到着を告げるはずだ。

リナが入ってきて、両手を首の後ろにあてて肘を高くあげ、あくびをする。「なにをしてるの？」小声で尋ねる。

「探検」

「いま何時？」

「さあ。六時過ぎくらい?」

「まあ」

「だれも来ないよ。さっさと逃げようよ」

「わたしはどうすればいいかわからないの。ほんとうにわからない」リナはつかのま黙りこむ。

「そのお金を片時も放さないのね」

ルシアはアタッシェケースを見おろす。

「ちょっと話をしない?」リナが言う。

「あとにして」

「話したくないの?」

「うん」

「とりあえず、心配だから下におりて」

「おりたくない。あの部屋でじっと座ってるのはもう飽き飽きしちゃった。それにおなかもすいてるし。食べるものあるの? おばあちゃんが外に出たんだから、あたしも出ていいでしょ。近くにガソリンスタンドがあるはずだよ。ベーグルかなにか買いにいきたい」

「そうね。わたしは興奮して、おなかがすいたとか喉が渇いたとか考える余裕もなかった。ウルフスタインにもらったグラノーラ・バーをちょっと食べてみたけど」

「あたしは水道の水を飲んだだけだよ」

「そう、それはよかった。水が一番よ」

「家の裏に森があるの。森に走っていって、反対側まで抜けたらなにかあるかもしれない。たぶん道があるよ」

「それはやめておいたほうがいいわ」

「だれも来ないじゃん。あたしたちがここにいることは気づかれてないんだよ」

「そうかもしれない。じゃあ、下におりて、ウルフスタインとモーに相談してみましょう」

「いやだ」

「ルシア。お願い。わたしも我慢してるんだから」

ルシアは書斎へ戻る。リナを試すつもりだ。リナがついてくる。ルシアは窓のブラインドの紐を引いて完全に上まであげる。リナを試すつもりだ。リナがついてくる。ところがそのとき、モーの家の向かいにフロントガラスにひびの入ったSUVが止まる。車のなかが見える。運転席に座っているのはクレアだ。リッチーの姿は見えない。ルシアはブラインドをおろして窓から離れる。

「どうしたの?」リナが尋ねる。

ルシアは震える息を吐く。「あいつらが来た。あいつだけかもしれない。クレアしか見えなかった」

リナはルシアの腕をつかんで、引きずるようにして階段を駆けおりる。「あいつらが外にいる」ウルフスタインとモーに知らせる。「少なくともひとり。ルシアがクレアを見たの」

「わかった」モーが言う。「落ち着こうよ。あたしたちがここにいることは絶対にばれない。うちの様子を見て、だれもいないとわかったら、あんたたちはあたしを拾ってどこかへ逃げたんだろうって考えるはずだよ」

「そうね」

「せいぜい十五分だよ。すぐいなくなる」

「あたし、車のトランクから銃を取ってくる」ルシアが言う。「あいつを撃ち殺しに行く」

「銃なんかさわったこともないくせに」ウルフスタインが言う。

「どうしてわかるの？」

「見りゃわかる」

「銃なんか簡単だよ」

「嬢ちゃん、落ち着きな」

「だって、気づかれたかもしれないんだよ」

「どういうこと？」モーが尋ねる。

「あいつが外に車を止めたとき、あたし窓から外を見てたの。あいつに見られたかもしれない」

モーは考えこむ。

リナはいつのまにか、昨日の朝どこにいたのか考えている。セント・メアリー教会の聖櫃そばの、いつもの信徒席。子どものころからずっと、ヴィクが殺されてからは毎日のように通っている教会。二〇〇四年にインフルエンザにかかった一週間は例外だが、今日はほんとうに久しぶりに教会に行けない一日になりそうだ。昨日はあの信徒席に座り、ロザリオと集金袋を膝に置いてリッチャルディ神父がキリストに身を委ねよとだらだら説教するのを聞いていた。神父はあの蛙の鳴き声めいた声で、さすれば永遠の安全と承認と赦しを得て、われわれにつきまとう苦悩と和解できるのです、と言った。要するに、人は無謀なおこないではなく自制によって救われるという話だった。あのときリナが思ったのは――そしていま、ますますその思いは正しいという確信が強まっているが――そんなのはクソのたわごとだ、ということだ。後悔してるひまなんかないよ。さあ行動しろ。信仰とは、自制し服従することではない。力を身につけ、欲望を認め、神に挑戦することだ。行動するためのもの。リナはいま、生まれてはじめて信仰は役に立つと感じている。自分の道を切り拓け。取り壊すべきものは取り壊せ。舌を手すりに置け。悪事を働いても、神の愛を失うわけではない。やむを得ず手を汚しても。結婚したばかりのころのことだが――よほど心の奥深くに埋めてあったに違いない――リナはいやらしい目で見てくる男がいるとヴィクに言いつけた。実際にはいやらしい目で見たりしていなかったのだが、ヴィクは相手の顔を煉瓦塀に叩きつけた。あのとき、いい気分だったのを覚えている。自分には闘争心がある。力がある。生き延びるすべを知っている。

「家の裏に森があるけど、モー、あの森のむこう側にはなにがあるの？」リナはようやく声に出して尋ねた。

「四百メートルほど歩くと、レイクス・ロードに出るよ」モーが答える。

「レイクス・ロードはどこに通じてるの？」

「森を出て左に曲がれば、町の中心に行ける」

「バスターミナルはある？」

「ある。ミルポンド・パークウェイの〈プラネット・ピザ〉のそば」

「だったら、こうしましょう。あなたたち三人は森を抜けてバスターミナルへ行って。わたしはここに残ってクレアと対決する。これはわたしの戦いなの。クレアがエイドリアンとヴィクにやったことは許せない」

「なに言ってんの」ウルフスタインが言う。「あたしたち、四人一緒にいなくちゃ」

「あなたたちはわたしのせいで巻きこまれただけでしょう」

「リナ、だめだよ」

「ね、いまのうちに逃げて」

「参考までに言っとくけど、こんなおもしろいこと何年かぶりだよ」モーが言う。

「クレアに見つかったらおもしろくなくなるわ」

「あたしたち四人いるんだよ。あっちはひとり」

「でも、あいつはしたたかよ」

「あんた、やっと孫に会えたんじゃないの」ウルフスタインが言う。「この子がいちばん大事でしょ。リッチーの金を持って、ルシアとバスに乗りな。なるたけ遠いところまで行けるチケットを買うんだよ。砦はあたしたちが守る」

「その子は男に気づかれたかもしれないって思ってるんだよね、だったらみんなで逃げるってどう？」とモー。「とにかく、ぐずぐずしてられないよ」

リナはうなずく。考えなおすひまはない。これは自分の戦いだ、でも、みんな一緒にいたほうがいい。一緒にいられる仲間がいるのはありがたい。

四人はこもっていた小部屋を出る。ルシアが二階の窓からクレアに姿を見られたかもしれないと言ったせいで、危険を冒すはめになった。ほんとうに見られていたらとっくに踏みこまれているると、ルシアにはわからないのだろうかと、リナはつい考えてしまう。孫娘がこんなふうにみんなを危険にさらすとは情けない。本人はあいかわらずアタッシェケースをがっちり抱いている。

「スニーカーはどうしたの？」リナはルシアに尋ねる。

「二階に忘れてきちゃった」

「裸足で森を抜けるつもり？　走らなくちゃいけないかもしれないのに」

「大丈夫。平気だよ」

またルシアが反抗的な態度を取る。リナと一緒に過ごすようになってさほど時間がたっていないのに、ルシアはすでにエイドリアンそっくりに口答えをするようになっている。リナがなにを言っても反対のことをする。それにしたって、靴も靴下もなしで逃げるなんて愚の骨頂ではないか。「取ってきてあげる」リナは言う。

「いいよ。平気だってば。あたしの足は丈夫なんだから」

モーが裏口をあけ、四人はこっそりと裏庭に出る。ウルフスタインは自分の鞄を持っている。モーは家から持ってきたものをすべて置いてきた。リナは手ぶらだが、ルシアが荷物のような気分で、孫娘の背中となにも履いていない足を見つめる。

森の境界は、プールの端から五メートルほど先にある。リナが思っていたほど広い森ではないようだ。モーが言うには、反対側まで四百メートルほどらしい。目を凝らせば、木々の隙間に道路らしきものや白い家がぽつぽつと建っている斜面が見える。地面を踏むルシアのつま先が丸まっている。

四人は身を屈めてプールの右側を進む。

人の話し声が聞こえ、四人は足を止める。

なんと言っているのか聞き取れないが、リナにはクレアの声だとわかる。モーの家へ近づいてくるようだ。プールの角から覗くと、クレアはスレッジハンマーを持って家の周囲をうろうろしている。血まみれのハンマーはハロウィーンの小道具のように見える。クレア本人の青いトラックスーツも血に染まり、いつもはなでつけてある髪がくしゃくしゃに乱れているが、機嫌はよさそうだ。両手をひさしにして、モーの家の一階側面の窓からなかを覗きこむ。「ご婦人のみなさーん?」ガラス越しに呼ばわる。「みーなさあーん? どこにいるのかなあぁ?」

やはり、四人が隣家に隠れていることに気づいていなかったのだ。ルシアは嘘をついたのだろうか。リナは、エルドラドのトランクに入っている銃を思い出す。あれを持ってこなかったのは不覚だった。どうやらウルフスタインも同じことを考えているらしい。

クレアはモーの家の裏へまわる。大理石のノーム像を拾いあげて話しかける。「ご婦人のみなさんを見かけなかったか？　捜してるんだよ。見てない？　くそっ、役立たずのノーム野郎め」ノーム像を家に投げつけるが、壊れない。ドサッと音をたてて地面に転がる。

今度は『ケープ・フィアー』のマックス・ケイディ役のデ・ニーロをやっている。「〝出てこい出てこい、隠れてるところから！〟」しばらく黙る。「〝おれは神と同格で、神はおれと同格だ。おれは神のように大きく、神はおれのように小さい。神はおれの上にはなく、おれは神の下にはない。十七世紀、シレジウスの言葉だ〟」今度は映画館の場面の笑いをまねる。リナはすっかり震えあがっている。あの映画は封切り時にヴィクとロウズ・オリエンタル・シアターで見た。たしか九一年だ。いや、マーボロ・シアターだったか？　どちらにしても、死ぬほど怖い映画だった。ふた晩つづけて眠れなかったほどだ。八十六丁目で見かける知らない男はだれもかれもマックス・ケイディに見えた。ジーナ・ジャンフォーチュンの息子――ロブ・キャップと呼ばれていたあの子も、両腕や首にタトゥーを入れていた。二十五番街のチャイニーズ・マーケットの外でその姿を見ると緊張したものだ。

だが、ルシアの目に怯えの色はない。リナのこともこの現状もまったく意に介していない様子で眉間に皺を寄せ、森だけを見つめている。

「ご婦人方、そこにいるんだろう？」クレアは近所の人々が目を覚まそうがかまうものかと言わんばかりに、声をかぎりに家に向かって叫ぶ。家の鼓動を感じ取ろうとしているのか、あるいは重大な秘密を聞き取ろうとしているかのように、アルミの羽目板に耳を当てる。

クレアがモーの家のむこう側へ消えたとき、四人はいまが森へ逃げこむチャンスだと悟る。みんな同時に走りだすが、リナはルシアから目を離さないよう、少し遅れてついていく。最後にこんなふうに全力疾走したのはいつだったか、思い出せないほど久しぶりだ。ハイスクール以来かもしれない。体育の授業でトラックを走った。当時はラファイエットもリナのような子が通える学校だった。走ったあとは、はあはあとあえいだものだ。体をふたつに折って。両手を膝について。

森の境界はすぐそこなのに、とてつもない距離があるように感じる。時間の流れが奇妙に遅い。リナの目はじっとルシアを追っている。ルシアが転ぶ前から待ち構えているかのようだ。行く手には、尖ってねじ曲がった枝が落ちている。ルシアはなにも履いていない右足でそれをまたぎそこねて踏みつけ、転倒してアタッシェケースを放り出す。リナは思わずルシアの名前を呼び、あわてて自分を黙らせるように口を押さえる。ウルフスタインとモーが足を止める。

リナはルシアを助け起こそうとしながら振り返り、モーの家の裏にクレアの姿を認める。クレアは四人に気づいている。にんまりと笑う。壁を叩き壊そうとしているかコンクリートにボルトを打ちこもうとしているかのようにハンマーを構える。「ご婦人方！　やっぱりここにいたのか！」

ルシアが立ちあがり、土埃を払う。片方の足をあげて、かかとから木の棘を抜く。やはり靴を取りに行かなかったのは愚かだったと、リナは思う。「ルシア」と声をかける。

ルシアは振り向きもしない。少し離れたところに落ちているアタッシェケースを見つけて駆けだす。それをさっと拾いあげ、森の奥へ走っていく。

「そのガキを逃がすな！」クレアがこっちにやってくる。

リナはその場から動けない。ウルフスタインとモーを見やる。そして、ルシアのほうをさっと振り向き、木立の奥へ消えていく背中を見送る。

「あの子のあとを追って」ウルフスタインが言う。

「あなたたちは？」

「銃を取りに行く」

リナはルシアを追いかける。ウルフスタインとモーが家のほうへ戻っていく。クレアは、いつでもだれでも捕まえることができると言わんばかりに、どっしり構えて動かない。ルシアの姿は見えなくなった。いったいどこへ行ってしまったのだろうか。背後でドアの閉まる音がする。ウルフスタインとモーが無事に隣家に戻れたのならいいのだが。青い廊下はそれほど長くないから、すぐにガレージへ、銃のあるところへ、エルドラドへたどり着けるはず。ついでにエルドラドに乗って逃げてくれればいい。もうクレアの声が聞こえる。また『ケープ・フィアー』の笑い方で笑っている。


のろのろと歩くリナの靴がときおり小枝を踏みつけてパキッと音がする。ルシアの痕跡を探すが、どうやら行き当たりばったりに方向転換してジグザグに走っているらしい。そろそろ道路にたどり着きそうだ。ルシアはもう森を抜けたのだろうか。およそ五十万ドルの現金を携えた裸足の少女。ああ、どうしようどうしよう。ある晩に見た人身売買のテレビ番組を思い出す。

全国のさびれた裏道やバスターミナルで家出少年や少女がふっと姿を消し、売り飛ばされた先で地下室に閉じこめられているという内容だった。ほかにも恐ろしい場面が思い浮かぶ。路上でトラックに轢かれたルシア。野生動物に襲われたルシア。

道路まであと少しなのに、リナは途方に暮れている。引き返すべきだ。ウルフスタインとモーを助けなければ。クレアと対決すべきなのは自分なのだ。

頭がぼうっとする。モーはなんて言った？　レイクス・ロードへ出たら左へ曲がれば町の中心に着くんだったかしら。ルシアはバスターミナルへ向かったに違いない。ほんの子どもだ。世界は広すぎ、あの子の選択肢はかぎられている。

リナはあたりを見まわす。木の陰からヴィクが出てきてくれたらいいのに。映画ならそうなるのに。守護天使のヴィクに会いたい、どうすればいいのか教えてほしいとヴィクを呼べば、夕食に遅れたときのように笑顔で現れ、美人さん、なにも心配はいらないよと請け合ってくれ、あの人だけが使う愛称で呼んでくれるはず。でもほんとうは、そんな愛称などない。ヴィクはたいていリナと呼んだ。ときどきリーと省略することはあったけれど。

「助けて、ヴィク」リナは声に出す。

鳥のさえずりだけが返ってくる。木々は沈黙している。

なんてこと、ついに死んだ夫に話しかけるようになるなんて。そして、夫を殺した男が背後の空き家にいる。ルシアまで失いたくない。クレアに落とし前をつけさせたい。木々の枝が作る暗い網目を透かして空を見あげる。ピンク色がかったあざやかなブルー。

リナは前進する。

森を抜け、涸れ谷を渡ると、細い路肩に出る。これがレイクス・ロードだったらいいのだけれどと、リナは思う。確かめようにも標識がない。先を行くルシアが見えてこないだろうかと思いながら左へ歩きだす。だが、そううまくはいかない。モーの家の方角からサイレンの音が聞こえる。リナはあせり、歩くペースを速める。しばらくして一発の銃声が鳴り、つづけて数発が森に響き渡る。ウルフスタインとモーがクレアを撃ったのかもしれないと、希望的観測を抱く。あんたはハンマーを持ってるけど、こっちはマシンガンがあるんだよ。希望的観測ばかりだ。ヒッチハイカーのように親指を突き出す。最初に通りかかった車はリナを避けて対向車線にはみ出して走り過ぎる。二台目も同じ。道路の先を渡ったところにルシアが見えたような気がしたが、ただの郵便箱だ。古びた目が錯覚を起こしている。

ウルフスタイン

モーが裏口のドアを閉めて鍵をかける。ウルフスタインは先に立ち、暗いガレージに入る。エルドラドのトランクを鍵であけ、モーに銃を取り出すように言う。モーはマシンガンの存在感に畏れ入るような声をあげる。「生きてるって最高だねえ」モーが銃を取る。

「ちょっと、落ち着いてよ」

「いざ、輝かしき栄光に包まれて死なん」

ほかの部屋からドスンバタンとものすごい音がする。クレアがスレッジハンマーでドアを叩き壊しているらしい。「ご婦人のみなさん！」

ウルフスタインはボタンを押してガレージのシャッターをあける。シャッターがガタガタとあがりはじめると同時に、ふたりは車に飛び乗る。ウルフスタインはハンドルを握るが、不自由なほうの脚がこわばっている。鞄は後部座席の前に置く。

「これ、カチッというまで引き金を引けばいいんだよね？」モーが尋ねる。

「それでいいんじゃない？」ウルフスタインはエンジンをかけるが、あせってアクセルを踏みこんでオーバーフローさせそうになる。

シャッターが充分にあがるのを見計らい、アクセルを踏んでガレージを出る。リッチーが目の前の私道をゾンビのようにさまよっている。さんざん殴られたらしく、痣だらけだ。ウルフスタインは彼をよけ、車を芝生に乗りあげさせる。

リッチーに邪魔されて私道の端でハンドルを切るのが遅れ、向かいの家の郵便箱にまともに突っこんでしまう。白い髭をチンストラップ形に刈りこんだ老人がポーチの階段から見物していたが、郵便箱を破壊されて叫び声をあげる。ウルフスタインはブレーキを踏み、顎髭老人の芝生の上で車を急停止させる。ギアをリバースに入れてバックで道路に戻る。気を取りなおして出発しようとしたそのとき、リッチーが車の隣にいることに気づく。彼はふらつきながら助手席のドアをあけ、抵抗するモーを無視して座席の背を前に倒すと、後部座席にダイブしてそのまま横たわる。

「あんた、どこにいたのさ？」モーはリッチーに声をかける。

「これはおれの車だ」リッチーは言う。「おれは自分の車で死にたい」

顎髭老人がポーチからわめく。「郵便箱は弁償してもらうからな、モー！」

モーはマシンガンを掲げる。「ミスター・ロマーノ、いまちょっと立てこんでんの。あとで買えるかぎり最高の郵便箱を買ったげるから」

「ならいいんだ、モー」ロマーノ氏は、おそらく彼には思いも寄らなかったレベルの危険をにわかに察知したようだ。そそくさと家のなかに入り、ドアを閉める。

ウルフスタインはシフトレバーと格闘する――ギアがはまりこんで動かない。クレアが現れるのを予測し、肩越しにモーの家を見やる。どこかでこの様子を見ているはずなのに、出てこないのはなにかたくらんでいるからだ。

「あんたら、からかわれてるんだ」リッチーが言う。「あいつはゲームをやってるつもりだ」

ウルフスタインがギアをドライブに入れたとき、モンロー警察のパトカーがモーの家の前に止まる。ウルフスタインに止まれと告げるようにサイレンを二回鳴らす。ウルフスタインはブレーキを踏むが、ギアはドライブに入れたままにする。

モーがマシンガンを床に置き、窓をあける。

「ちょっと、なにしてんの？」ウルフスタインは尋ねる。

「あのふたり、知り合いなの」

「どういう知り合い？」

「ガソリンスタンドで何回も一緒に煙草を吸った仲」

警官がゆっくりとパトカーを降りる。男と女。紺色の制服姿で、黙ったまま小走りに近づいてくる。女はサングラスをかけ、帽子の下の髪はシニヨンに結ってある。肌は青白く、そばかすだらけで、ずんぐりしている。男はアヒルみたいによたよた歩き、太鼓腹のせいで制服がはじけそうだ。禿げあがった頭は陶器のようにすべすべだ。見るからに田舎町の警官という風情。

ガレージから、ハンマーを持ったクレアが出てくる。ウルフスタインは、彼のほうが先に警官たちに気づき、あとずさりして物陰に隠れるのを見る。

「大丈夫かい？」男性警官が尋ねる。だれに問いかけているのかはっきりしない。

「ファルセッティ、フィッツジェラルド」モーが窓から顔を出してふたりに呼びかける。「あたしだよ、モーだよ。〈シェル〉のスタンドでいつも一緒に煙草吸ってるじゃん」

「モー？」女性警官が言う。そばかすと真っ白な肌から推測すれば、こちらがフィッツジェラルドだろう。「なんだか騒ぎが起きてるって通報があったの。どうしたの？　郵便箱を壊したのはあなたたち？」

「あたしたちというか違うというか」

「どういう意味？」

ウルフスタインが察するに、どうやらブロンクスからここの警察署に連絡が来たわけではないらしい。ふたりを呼び寄せたのはクレアのどなり声に違いない。

「なんだか不安そうだな」男性警官、つまりファルセッティが言う。

「母が亡くなったのよ、知らなかった？」モーが尋ねる。「だからなの。いろいろ大変で。覚悟してるつもりが、覚悟できてなかったんだよね」

フィッツジェラルドがサングラスをはずす。「まあ、かわいそうに、モー。それはつらいでしょうね。わたしの母もアルツハイマーなの。似てるわ。悲しいことよね」

「こちらは」――と、モーはウルフスタインの肩に手をかける――「親友のレイシー。助けに来てくれたの」

ファルセッティが運転席側、フィッツジェラルドが助手席側へやってくる。モーは両膝をぴったりつけてマシンガンを隠す。「優しいお友達ね」フィッツジェラルドが言う。

ファルセッティがウルフスタインに窓をあけるよう合図する。ウルフスタインは従う。「おっと！」ファルセッティは後部座席のリッチーを指さす。「この人はいったいどうしたんだ？」

「なんでもないの」モーが弁解がましく言う。

「あんたに訊いたんじゃないよ、モー」ファルセッティがしかつめらしく言う。「あんたのお友達に訊いたんだ」

ウルフスタインは、クレアのことを正直に話してしまおうかと考えたが、それは賢明ではないと思いなおす。クレアは見ている。ここでしゃべってしまえば、彼は姿を現し、警官ふたりは彼を撃とうとして、その結果とんでもないことになる。ここはみんなのために、クレアのことは隠してひと芝居打ち、このブロックから出ていくにかぎる。「あたしのいとこなの」ウルフスタインはしゃべりながら考える。「ゆうべ飲み過ぎちゃったのよ。〈ショップライト〉へ行って、〈ペディアライト〉を飲ませなくちゃ」

「飲み過ぎというよりも車に轢かれたみたいなありさまだが」ファルセッティはリッチーに声をかける。「あんた、大丈夫か?」

「あの子を頼む」リッチーがつぶやく。

「なんだそりゃ?」

「なんでもない」モーが言う。「まだ酔っ払ってんのよ。わけのわからないことをしゃべってる」

「ルシア」リッチーはつづける。「ハーフ・ア・ロックはあいつにやる」

「〝ハーフ・ア・ロック〟って言った?」フィッツジェラルドが声をあげる。「それ、『ザ・ソプラノズ』に出てきたよね。五十万ドルのことでしょ」

「この人、素寒貧（すかんぴん）なのよ」ウルフスタインは言う。「見りゃわかるでしょ。夢を見てんのよ。もうすぐ更生施設に入るの」

ファルセッティがほほえむ。ウルフスタインは、彼のサングラスに映っている自分を見る。

すっかりやつれて見える。目の下が大きくたるんでいる。頬は落ちくぼんでいる。顔色も悪い。髪はぼさぼさ。「ヤバいね」思わず漏らす。

「は？」

「お巡りさんのサングラスに映った自分を見て、ひどい顔だと思っただけ」

「ゆうべは大変だったんだろう？」

「気持ち的にね」

「いい車だな。エルドラドだろ？　フロントをぶつけたみたいだが」

「それでしょげてるとこ」

「あのトラックがだれのものか知ってる？」フィッツジェラルドが、モーの家の真向かいにとまっているエクスプローラーを指さす。ひび割れたフロントガラス。歩道に片側のタイヤを乗りあげている。サイドウィンドウも割れている。

「さあ」モーが答える。

ファルセッティが車のなかへ顔を入れ、小声で尋ねる。「ほんとうに大丈夫なのか？　ヤバい状況なら黙ってウィンクしてくれ」

「エイドリアン」後部座席でリッチーが口走る。「ルシアはおれにまかせろ。心配するな」

ウルフスタインとモーは顔を見合わせる。声を出さずに会話できるのはふたりの特殊能力だ。モーもウルフスタインと同じことを考えているらしい。ふたりはファルセッティに向きなおる。モーは肩をすくめるだけで黙っている。ウルフスタインが代表して言う。「大丈夫よ、ほんとに。ご心配、痛み入るわ、お巡りさん」

「モー、ほんとうにお袋さんのことは残念だよ」ファルセッティが言う。

「ありがとう。母さんもようやく楽になれたわ」一拍置く。「これ以上、お漏らしせずにすむしさ」

ファルセッティとフィッツジェラルドがそろって笑い声をあげる。「あんたってほんとにおもしろい人ね、モー」フィッツジェラルドが言う。「またスタンドで会いましょうね。ガールフレンドには煙草はやめろって言われてるんだけど、でもこっそりつづけるわ、あんたに会いたいし」

モーがにこやかに笑う。「ベサニーによろしくね」

「早いうちに郵便箱をなんとかしてあげてね」

「そうする」

ファルセッティとフィッツジェラルドはエルドラドから離れてパトカーへ向かう。

ウルフスタインは、シャッターがあがったままのガレージを見やる。クレアが出てくるが、ハンマーを持っていないので、最初は迫力に欠けて見える。にやにや笑いながら唇に人差し指を当て、しゃべるなと合図する。拳銃を抜いてウエストの高さで構えている。

ウルフスタインの突然の叫び声に、ファルセッティとフィッツジェラルドは面食らう。モーは遅れてリッチーのマシンガンを膝の上に拾いあげ、慣れない手つきでクレアに狙いをつけようとする。一瞬、ウルフスタインの目はモーの手に書かれたメモに吸い寄せられる。〝ゴミ袋を買う〟。クレアが私道を突進してくる。ファルセッティに向かって発砲し、背中に弾を命中させる。ファルセッティは舗装した地面にがっくりと膝をつき、ウエストのまわりをまさぐり、おそらくいままで一度も使う機会のなかった拳銃を抜こうとするが、ばったりとうつ伏せに倒れる。フィッツジェラルドがパトカーの陰に逃げこむ。ウルフスタインが最後に見たフィッツジェラルドは、無線で応援を呼びながら銃を抜いたものの、冷静さを失っている。ファルセッティの名前を呼ぶ。彼はうめいている。

モーがクレアを狙う。クレアは声をあげて笑っている。「いいもの持ってるじゃねえか」

モーはクレアのほうへ銃口を向けて引き金を引く。銃弾は高くはずれて空き家の窓ガラスを割る。クレアは校庭の〝自殺ゲーム〟で捕まるのを免れた小学生のように、得意げに踊ってみせる。

ウルフスタインはアクセルを踏み、タイヤをきしらせながら車を出す。

クレアがエルドラドに向かって発砲し、リアウィンドウが粉々になる。モーがぎゃっと声をあげる。マシンガンを引っこめる。

ガラスの破片を浴びたリッチーが苦しげにうめきながら言う。「おれはあいつを殺さなかった。殺せなかった」

ウルフスタインは、クレアがエクスプローラーに乗ってエンジンをかけ、モーの家の私道に突っこみ、バックで切り返してUターンするのをバックミラーで確認する。フィッツジェラルドが銃を抜いて追いかけるが、エクスプローラーは止まらず、彼女は発砲しない。激しい怒りとショックのせいで、フィッツジェラルドが通りの真ん中で力なくひざまずいているあいだに、クレアは彼女の手の届かないところへ逃げていく。

クレアはたちまち三人に追いつく。ウルフスタインは来たときとは別のルートでリトル・レイクスを出る。住宅地の狭く曲がりくねった道。手入れが行き届いた庭に安っぽいプラスチックの郵便箱を設置した、こじんまりした家々。ガウン姿の住人たちが銃声とは想像もしていない大きな音とパトカーのサイレンを聞きつけ、コーヒーの湯気のあがる取っ手の大きなマグカップや新聞を手に外へ出てきて、なにごとだろうと話し合っている。彼らにとって町を猛スピードで駆け抜けるエルドラドとエクスプローラーは思いも寄らない珍事だ。

ウルフスタインはモーに道案内させる。「そこを右、そこ左、ねえそろそろあいつを振り切れそうなものだけど」

だが、クレアはぴったりついてくる。

ウルフスタインのなかで、警官とはいえこのばか騒ぎに関係のない人たちを巻きこんでしまったことに後悔がこみあげる。あんなふうに背中を撃たれたファルセッティ。たぶん家族がいるだろう。いかにも警官が好みそうなことを好む男だろう。どうか助かってほしい。フィッツジェラルドは銃を持っていたのに発砲しなかった。まだ眠っている近隣住民を驚かせたくなかったのだろう。とにかく早くガールフレンドのもとに帰りたいことだろう。

クレアを見てはいけない。どうせ香水をつけた犬のように澄ました顔でハンドルを握っているはずだ。金がこのエルドラドには積まれていないことを彼は知っているはずだ。それなのに追いかけてくるのは目撃者を始末するためだろう。警察が早く来てくれますようにと祈るしかない。リナとルシアが無事でいますようにと祈るしかない。

レイクス・ロードの交差点が近づくと、モーがいきなり左に曲がるよう合図する。ウルフスタインは急ハンドルを切り、危うく側溝にはまりそうになる。クレアは苦もなくついてきて、ふたたびエルドラドの尻をつつかんばかりに追いあげる。青と黄色の銘板が前に立っている古い製粉所と石造りの家を通り過ぎると、レイクス・ロードがカーブを描く。「次の交差点で州道17M号線とまじわるよ」モーが言う。

前方に町の名前がついた小さな湖がある。交差点の信号は赤だ。一ドルショップの〈ダラー・ジェネラル〉とペットサロンの前で、二台の車が信号が青に変わるのを待っている。「どうする?」ウルフスタインは尋ねる。

「あの二台をよけて、信号無視してまっすぐ行こう」

「大丈夫?」

モーは肩をすくめる。「大丈夫でしょ」

ウルフスタインはアクセルを踏んで対向車線にはみ出ると、信号待ちをしている二台を追い越す。対向車がいなかったのは幸運だ。申し訳ばかりにブレーキを踏み、そのまま交差点を走り抜ける。

ふたつの湖のあいだを少し走ると、ミルポンド・パークウェイとの交差点があり、その先は町の目抜き通りになっている。二軒のピザ屋、パン屋、美容院。まだ朝早いので道は空いている。店はどこもあいていない。あちこちからサイレンの音が聞こえてくる。フィッツジェラルドの応援要請に応じてパトカーが集まっているのだ。

「バスターミナルはそこだよ」モーがミルポンド・パークウェイの北のほうを指さす。そこにはデリ兼バスのチケット売り場があり、路肩でショート・ラインのバスがアイドリングしている。

「ここに来ちゃまずかったね」

「ごめん。警察署はすぐそこ。ほかに行き場はなさそうだ」モーがそう言ったとたん、一台のパトカーがエルドラドとすれ違い、ファルセッティを助けに走っていく。フィッツジェラルドはファルセッティの命をなによりも優先してエクスプローラーのナンバーを伝え忘れたに違いない。このような事態に慣れていないのだ。そのうち思い出すだろう。

「警察があんたんちに集まってるよ」

リッチーが後部座席でぼそぼそつぶやきはじめる。

「なんて言ってるのかな?」ウルフスタインは言う。

彼の声が大きくなる。「自分の車で死なせてくれ、いいな?　おれは自分の車で死にたいんだ。おれはここにいるぞ。大丈夫だ」

「あたしたちはできるかぎりのことをするんだよ、おばかさん」モーが言う。

ウルフスタインはステージ・ロードを右に曲がってスピードを落とし、裁判所の隣の〈オアリー〉というパブの前で車を止める。通りの反対側にある警察署はざわついている。車に乗りこむ警官たち。いつもと変わらない朝になぜこんな混乱が起きるのかと思案顔で空を見あげている制服や私服の警官たち。

クレアがエルドラドのすぐ後ろに車を止める。

パブの前に掲げられた旗には〝911を忘れない。ロン・キーガン隊長に感謝を捧げる〟と書いてある。店はあいているようだ。いや、二十四時間営業なのかもしれない。ミラー・ライトのネオンが窓際で光っている。

「どうする？」モーが尋ねる。

「どうしようね」ウルフスタインは言う。

「このままだとここであいつに殺されるよ」

ウルフスタインは後部座席の床から金の入った鞄を拾いあげ、ガラスの破片を払い落とす。きらきらした破片をまぶされたリッチーは静かになり、ごちゃ混ぜの苦悩の塊と化している。目は閉じている。口も閉じている。呼吸が乱れているようだ。破片の下の彼は血と痣とこぶだらけだ。

「車を降りよう」ウルフスタインはモーに言う。

「それから？」

「警察署に入る」

「それはどうかな」

「銃は置いていくよ」

「銃は置いていく？」モーが訊き返す。

「そう」

「無謀そのものって感じがするんだけど」

「そもそもあんたの考えでしょ。〝警察署はすぐそこ〟って言ったよね。これよりましな方法はある？　いつもはあんたがアイデアを出すほうでしょ」

「車で走りつづける」

「どこまで？」

「あいつをまくまで」

「まけなかったら？」ウルフスタインがドアをあけようとしたとき、クレアがエルドラドの右隣にエクスプローラーを寄せる。二台の隙間は十センチもない。ウルフスタインは息を呑む。クレアにすっかり不意を衝かれてしまった。モーはマシンガンをななめに持ちあげるが、銃口の先にいるのはクレアというよりウルフスタインのほうだ。

クレアはエクスプローラーの車内で助手席側に手をのばして窓をあける。「このポンコツ、いまどき窓が手動なんだ。信じられるか？」

ウルフスタインとモーはじっと彼を見る。

「なあ、おれは急いでるんだ。ここの警官たちは」——と、警察署の前の小集団のほうを示す——「おれがあの禿げを撃ったと知ったら気を悪くするだろ。でも、出発する前に稼げる点は稼いでおかないとな。あいつらはどこへ行った？　リナとあのガキは？」

ウルフスタインは精一杯よこしまな笑みをクレアに投げかける。「ねえ、坊や」アドレナリンが不安をかき消す。「あたしとここにいる友達は、この車を降りて警察署に入るつもりなの」

「それで？」

「それだけよ」いったん黙り、モーの膝に手を置く。「モー、外に出て」

モーはうなずく。助手席のドアをあけ、リッチーのマシンガンを残して外に出る。ウルフスタインはクレアに一瞥（いちべつ）もくれず、鞄をしっかりとつかむが、やはり座席に置いていくことにする。クレアはまだ鞄に気づいていないから見せたくない。リッチーが奪った金と間違えられては困る。そんなことになったら、大事な老後の資金が煙と消えてしまう。いま、ふたりはパブの前に立っている。モーはジムへ行くような格好で、ウルフスタインは、フォートマイヤーズで踊りに行くときによく着ていた赤いマクラメ編みのセーターとラングラーのジーンズという格好で。リッチーはエルドラドの後部座席で死にかけている。

「あんたら度胸あるな、それは認める」とクレア。「気に入ったぜ」そう言い残し、ステージ・ロードに車を出して去っていく。

警察署の前にたむろしている警官たちがウルフスタインとモーに気づく。サングラスをはずし、リアウィンドウの割れたエルドラドで〈オリアリー〉の前に乗りつけた風変わりなペアをしげしげと眺める。いつもと違う朝のできごと第二弾だ。ウルフスタインは彼らに向かって手を振る。はったりで勝ったものの、この先どうなるかわからないギャンブラーの気分だ。まったく、とんでもないことになったものだ。

「これを切り抜けたら」ウルフスタインはほとんど唇を動かさずにモーに言う。「またカリフォルニアに行こうよ」

「いいね」モーが言う。「ひと仕事しようか」

「『コクーン』のパロディは全世界が待ってるからね」

「いいタイミングだよね。だれも覚えていない映画の二十年後の下ネタ」

「モー、ありがとね。これからどうなるにしても、あたしについてきてくれてありがとう。さて、あのお巡りたちは煙草持ってるかね」ウルフスタインは通りに出て立ち止まり、エルドラドのなかに手をのばして鞄を取る。そうしながら、おとなしく気絶してくれていますようにと思いつつリッチーに目をやり、たぶん大丈夫だと考える。

それからすぐ、いよいよ警官の群れに近づきながら、ウルフスタインはペテン師モードに入る。

ルシア

どこ行きでもいいから次のバスのチケットをくださいと、ルシアは言う。チケット売り場のカウンター係は大男で、〝ようクソ野郎、おれはここで見てるぜ〟とプリントされたピチピチのTシャツを着て、『Xメン』のコミックを読んでいたが、ビンガムトン行きのショート・ラインがあと数分で到着するとルシアに答える。男の背後の壁にプリペイドの携帯電話とテレホンカードがかかっている。

ルシアは、それでいいと言い、ポケットに入れておいた札束から百ドル札を一枚抜いてチケット代を支払う。

カウンター係は百ドル札を見て、偽札ではないかと疑うように顔をしかめる。ルシアは、本物だ、お釣りは取っておいてと彼に言う。

「どうしてこんな大金を持ってるんだ？」とカウンター係が尋ねる。

ルシアは肩をすくめてチケットを受け取り、公衆電話のそばのベンチへ向かう。

ベンチに座ってアタッシェケースを膝に置く。疲れているし、喉も渇いている。ビンガムトンなんて町の名前は聞いたこともない。どんなところだろう。足が痛い。森や道路の土埃で汚れ、足の裏は小石を踏んだ跡がまだらになっている。やっぱり靴を取りに戻るべきだった。なんでも思いどおりにできるところをリナおばあちゃんに見せたかったのだが、ばかなことをしたものだ。脚がつりそうだ。森を走り抜けるのは大変だった。迷ってしまってレイクス・ロードを見つけられないのではないかと心配でたまらなかった。レイクス・ロードに出ても、道を間違えたのではないかと思っていた。町の中心に近づき、湖が見えてきたとき、ビール販売店の前で立ち止まり、台車に箱をのせて運んでいた男にバスターミナルの場所を尋ねた。男はなめ方向を指さした。モーが話していたピザ屋が見え、すぐにチケット売り場がわかった。

「靴はどうしたんだ？」カウンター係が出てきて、ミネラルウォーターを差し出す。

「履きつぶしたんです。水、ありがとうございます」

彼はうなずく。「喉が渇いてるみたいだったから。年は？」

「十七です」ルシアはためらいもせずに答え、ボトルのキャップを取って水をがぶ飲みする。

「あんたが十七？」

ルシアは彼のほうを向いてうなずく。「そうですけど？」

「いいや、別にいいんだ」彼はカウンターのむこうへ戻っていく。

バスでこの町を出ていくまでにリナおばあちゃんに追いつかれる可能性は五分五分だと、ルシアは思う。そのときはそのときだ。ただ、みんなに追いつかれたくない。状況は承知している。あの三人には死んでほしくない。ただひとりになりたいだけだ。できるだけひとりに。

学校にドム・フィセッティという男子がいて、しつこくルシアにちょっかいを出してくる。彼がチョークでペニスの絵を描いたルーズリーフを背中に押し当てたせいで、ルシアはその授業のあいだずっとシャツの背中に線描きのペニスをつけたまま過ごすはめになった。友達のリズが言うには、ドムはルシアに気があるからそんなことをするらしい。冗談じゃない。二度と学校に行かなくていいのはありがたい。教会にも。教会なんて他人に押しつけられた無意味な習慣だ。なかでも最悪なのは告解だ。刑務所の面会ブースみたいな場所に座って、スクリーンの反対側にいる息がビールくさいフラハーティ神父に、でたらめな話をするのだ。「どうぞ、お嬢さん（マイ・ディア）」と神父は言う。あんなふうにマイ・ディアと呼ばれるのはいやでしかたがなかった。

あるとき、フラハーティ神父にほんとうの話をしたことがある。「あたし、ほんとうのお父さんがだれか知りたいんです」

「それは罪ではないよ」神父は言い、まったく関係のなさそうな、例え話のような話をした。

ルシアがあのとき言いたかったのは、ただ父親がだれか知りたいということだ。いま、もしかしたら父親はビンガムトンに住んでいるのではないかという気がする。いかにも父親たちの場所という響きではないか。

おもてのドアがあく。ワークシャツにジーンズ、アイルランド風の平らな帽子をかぶった男が入ってくる。カウンターで街行きのチケットを買い、ルシアの隣へ来て腰をおろす。「ピートだ」と名乗る。

「どうも」ルシアは返す。

「なんだか大騒ぎになってるな。なにがあったんだろう。サイレンがやたらと鳴ってるが。事故が起きたんだろうな」

ルシアは肩をすくめる。

「おれは街で働いてるんだ。電気技師だ。ジャヴィッツ・センターが職場だ。きみはどこへ行くんだ？」

「別に、どこにも」

「おれもどこにも行きたくないよ。仕事なんか大嫌いだ。うるさかったらすまんな。おれはお節介(せっかい)なんだ。女房には知らない人に話しかけるなって言われてるんだけどな。知らない人に話しかけるのが好きなんだよ。おれにもきみと同じくらいの年の娘がいる。ランナーなんだ。おや」――と、ルシアの足元を見おろす――「靴はどうした？　ないのか？　女房に電話して娘が履いてた靴を持ってこさせようか。娘はいま陸上の合宿に行ってるんだ。地下室にあいつの古い靴が山ほどある。サイズはいくつだ？」

「ありがとうございます、でも大丈夫です」

「ほんとに？　裸足なんて危ないぞ」

「裸足が好きなんです」

「ま、蓼(たで)食う虫も好き好(ず)きってな。虫じゃないな、すまん」

ふたりはそれからしばらく黙って座っている。ピートはシャツのポケットからメモ帳を取り出し、使い捨て鉛筆でなにか書きはじめる。「アイデアが浮かんだらメモするんだ」ピートが言う。「特別なことじゃない。ときどき発明のアイデアが浮かぶことはあるけどな。通勤をおもしろくするアイデアとか。たとえば、いまきみのおかげで、この発着所に靴屋があるといいかもしれないと思いついた。ここは靴を売るのにうってつけだろう？　バスに乗らなきゃいけないのに靴がだめになってしまった、これは困る。ブランドものの靴じゃなくていいんだ。履き心地がよくて手頃な値段なものでいい。いい考えじゃないか？」

ルシアはうなずく。

「エリック」ピートはカウンター係に呼びかける。「聞こえたか？　ここで靴を売れよ」

「いいね、ピート」エリックはコミックから目をあげもせずに言う。

「だろ」

ビンガムトン行きのバスが外に止まる。「もう行かなくちゃ」ルシアは立ちあがる。

ピートが言う。「きみに会ったことは忘れないよ、おかげで靴を売るっていうすごいアイデアを思いついたからね」

ベンチからドアまで、ひんやりと冷たいタイルを裸足で踏んでいく。ドアを押して外に出る。ピートが言っていたとおり、サイレンが聞こえる。パトカーがレイクス・ロードを走っていくのが見える。たぶんモーの家に向かっているのだ。なにがあったのかはわからない。気になるが、それよりもここを離れるほうが大事だ。

目の前にバスが止まっていて、運転手は歩道に出て荷物を入れるトランクをあけている。

「ビンガムトン？」運転手がルシアに尋ねる。耳にふさふさと毛が生え、青い無地の前つば帽をかぶって制服を着ている。リナおばあちゃんくらいの年齢だろう。両手を見ると、結婚指環が絶縁テープでとめてある。手の甲にはケルト文様のタトゥーが入っている。

「はい」

「そいつのほかに荷物は？」

「ないです」ルシアは運転手にチケットを渡す。

運転手はルシアの足を見る。「大丈夫か？」

「あたし十七歳なんですけど、白血病の友達のために裸足で歩いてるんです。歩けば歩くほど、お金が集まるんです」どこからそんな嘘が出てきたのか自分でもわからないが、説得力はあると思う。

「ふうん」運転手がやや笑いながら言う。「がんばれよ」

ルシアは大型バスのスモークガラスの窓を見あげる。まばらに座っている乗客が見える。タラップをのぼり、ニューヨーク市警の帽子をかぶっている女の後ろに座り、足元にアタッシェケースを置く。女は振り返り、ルシアを二度見する。ルシアを心配しているのではなく、なにか悪さをしないかと警戒しているのだ。

窓の外に、湖だか池だかのひとつが見える。早朝に犬を散歩させたりジョギングしたりする人々が小道を行き交(か)っている。ルシアは水を飲み干し、わざと音をたてるためにボトルを握りつぶす。ラベルをはがす。そのとき、レイクス・ロード方面から歩いてくるリナおばあちゃんが見える。道路を渡ったと同時に、バスの後ろに隠れてルシアからは見えなくなる。「ヤバい」ルシアはつぶやく。帽子の女が、なんて野蛮なと言いたげにルシアを見る。裸足で言葉遣いも悪いとは。

リナおばあちゃんの声がバスの外から聞こえてくる。運転手と話している。アタッシェケースを持って靴を履いていない女の子を見かけなかったかと、ルシアのことを尋ねている。運転手は、その子ならいま乗ったばかりだと答え、家出娘かと尋ねる。おばあちゃんは、そうではないと答え、バスに乗って孫娘と話をしたいと言う。運転手はあと五分で出発するから、乗るなら早くチケットを買ってきてくれと答える。おばあちゃんは、孫娘にお金を持って行かれたと言う。運転手は、だったら乗りなと言う。ルシアは座席で縮こまる。

リナおばあちゃんが乗車してくる。「ルシア?」通路を進みながら、乗客の顔を確かめてい

る。

ルシアは前の座席の陰に隠れて、小さくなったような気がする。

リナおばあちゃんが隣で足を止める。「なにをしてるの?」

「逃げるの」

「わたしを置いて?」

「そういうわけじゃないけど」

「お金をちょうだい、チケットを買ってくるから」

ルシアは体を起こし、ポケットに手を突っこむ。「売り場の人に二枚分のお金は払ったんだけど。でもまだお金はあるよ」百ドル札をおばあちゃんに渡す。「ついでにポップコーン買ってきてくれる?」

「すぐ戻るわ」リナおばあちゃんは通路を引き返してバスを降りる。運転手に、すぐに戻るから待っててくださいと頼む。

リナおばあちゃんが建物のなかにいるあいだに、リナはどうするか考える。逃げる? どこへ? クレアはまだそのへんをうろついているはずだ。ウルフスタインとモーを殺したかもしれない。お金を追いかけてくるかもしれない。リナおばあちゃんが戻ってくる前にバスが発車すればいいと思うが、すぐに戻ってきて出発できるのならそれでもいいことにする。

リナおばあちゃんが戻ってきて、小袋のポップコーンをくれる。二個のプリペイドの携帯電

話も買ってきている。「もう少し奥に座って」

ルシアはふくらはぎでアタッシェケースをしっかり挟み、窓のほうへ体をずらす。ポップコーンの袋をあけると、一分きっかりで平らげ、口をあけて残りの屑も流しこむ。

リナおばあちゃんが隣の席に座る。震える手で携帯電話のパッケージをあけ、一個をルシアに渡す。前の席の背もたれについているポケットから、捨てられた馬券とちびた使い捨て鉛筆を見つけ、二個の携帯電話の番号をそれぞれ二回書き、半分に破って一枚をルシアに差し出す。「携帯があったほうがいいと思ったの。いざというときのために。使い方はよくわからないんだけど。プリペイドよ」

「ありがとう」ルシアは携帯電話と紙切れをポケットに突っこむ。プリペイドとはいえ、ついに携帯電話が手に入ったのはうれしい。「ウルフスタインとモーは大丈夫?」

「わからない」リナおばあちゃんは言う。「わたしはあなたを追いかけて森を抜けてきたから」

「ふたりは残ったの?」

「家に戻ることにしたの。リッチーが」——と、声をひそめる——「トランクに積んでたあれを取りに行ったのよ。たぶん、車でどこかへ逃げたわ」

「サイレンがすごいね」

「そうね。ふたりとも無事だといいんだけど。わたしのせいであの人たちを巻きこんでしまった」

「おばあちゃんはあたしのほんとうのお父さんがだれか知ってたの?」

リナおばあちゃんは振り向き、リナをじっと見る。「よくは知らなかった。すぐに関係なくなったから」

「どういう意味？」

「すぐに別れたの。エイドリアンは相手に話していなかったかもしれない」

ルシアはショックを受ける。「あたしのことを話していなかったってこと？」

「はっきりとはわからないけれど。覚えているかぎり、たいした人じゃなかった。エイドリアンのほうが振ったの」

「名前は覚えてる？」

「ルシア、わたしはいまそのことは考えられない。なぜお父さんの名前を知りたいの？」

「わかんない」

「わたしと一緒にいたいんじゃないの？」

「わかんない」

リナおばあちゃんは虚空（こくう）を見あげる。「わたしはいつもいろんなことを正しくやってるつもりだった。でも、なにもかも嘘で固められてたら、正しくやれるわけがない。わたしの生活は暴力によって成り立っていたの、直接手をくだしたわけではないけど。目をそむけてた。いろんな噂は聞いていたのに。わたしはあなたにはそんなふうになってほしくないの、ルシア」

「あたしは目の前で母親を殺されたんだよ」ルシアは歯を食いしばる。「おばあちゃんだってクレアの息の根を止めるって言ってたくせに」

ニューヨーク市警の帽子の女はこれを聞いて、もはや盗み聞きをせずにいられようかと思ったらしく、ふたりのほうへわずかに首を巡らせる。

「そうね。そうよね。ごめんなさい」リナおばあちゃんの目が潤む。「ほんとうにごめんなさい。言ってることは正しくても、言い方ってものがあるわね。あなたと暮らすチャンスをもらえないかな。あなたの人生をいいものにする手伝いをしたいの。ふたりならできる。夫がいて、裏庭のシーソーで遊んでいる子どもたちのいる人生、あなたにはそういうものを見つけてほしいし、用意してあげたいと思ってる。家族から引き離されたままでいてほしくないの」

「夫じゃなくて妻がほしいかもよ？」

「とにかく幸せになってほしい。幸せに生きてほしい。お金はどうでもいいの。ねえ、愛してるって言ってくれない？」

「おばあちゃんのことよく知らないし」

リナおばあちゃんは深呼吸する。「名前はウォルト。あなたのお父さんの名前。〝おれのせいじゃない〟（ノット・マイ・フォルト）のウォルトって呼ばれてた」

「ウォルト？」ルシアは眉間に皺を寄せて繰り返す。アニメのキャラクターみたいな名前だ。現実の世界にウォルトがいるとは知らなかった。でも、いるのだ。そのひとりが父親。

「ウォルト・ヴィスクーソ」リナおばあちゃんが言う。「ただの小悪党。エイドリアンがあの男とつきあうようになったいきさつは知らない。たしか、クラブかどこかで知り合ったのよ。長続きしなかった」

「まだ生きてるの？」

「わからない。ほんとうに知らないの」

運転手はもうバスに乗っている。レバーを引いてドアをシャッと閉め、運転席に座って乗客リストを確認する。

バスの左側を一台のSUVがゆっくりと通り過ぎる。ルシアは、それがモーの家の前に止まるのをブラインド越しに見た車だとひと目で気づく。顔を手で隠して座席に沈みこむ。すぐに隠れたせいで、ハンドルを握っているのがクレアかどうかは確認できていない。

「どうしたの?」リナおばあちゃんが尋ねる。

ルシアはうんざりしてSUVのほうへ顎をしゃくる。「またあいつだ」

SUVはバスの発車を邪魔するように前に止まる。運転手はクラクションを鳴らし、つづいてさっと両手をあげる。「いったいなんなんだ?」

「わたしたちがいるのがわかってるのよ」リナおばあちゃんがルシアに言う。「どうしてわかったのかしら」

「当てずっぽうじゃね? たまたまバスを見かけて、ここしかないって思ったんでしょ」

「そんな、信じられない」

ふたりが見ているうちに、クレアはSUVから降り、バスをじろじろ眺めている。両腕をあげてのびをする。ルシアは彼の腰に銃が差してあることに気づく。リッチーのものほど大きくはないが、見るからに本物だ。本物に見えない銃などあるのだろうか? 母親を撃った銃はおもちゃのように見えたが、ちゃんと用は足りた。この先どこへ行くにしろ、銃が必要かもしれない。ビンガムトンは銃を手に入れられそうな場所のような気がする。たどり着けたとしたら、だけど。たどり着けるとしても、そのときにはこの札束が詰まったアタッシェケースはなくなっているかもしれない。ルシアの想像するシナリオでは、クレアがバスに乗りこんできて、リナおばあちゃんを殺してアタッシェケースを奪うが、ルシアは子どもだから見逃してくれる。いや、それはクレアを買いかぶりすぎだ。

ルシアは立ちあがる。クレアがバスに近づいてくると、トラックスーツに血が飛び散っているのがわかる。とても目立つ。犬の散歩をしたりジョギングをしたり、朝を楽しんでいる人々がいるのに、ここに人殺しがいるのだ。「あたしたち、追い詰められたね」

エイドリアンはルシアをほったらかしていたが、自分の身を守ることだけは教えてくれた。エイドリアン本人にそのつもりはなかったのかもしれないが、ルシアが幼いころからしつこく繰り返していた――揉めごとを見かけても、自分に関係のないことだったらそっぽを向きなさい。友達が問題を起こしたら距離を置きなさい、自分の経歴に傷をつけないようにしなさい。いつのまにかトラブルに巻きこまれることがあったら、自分をなにより優先してさっさと逃げなさい。いかなる犠牲を払っても。

リナおばあちゃんのためにぐずぐずするわけにはいかない。自分の命が第一。お金は二番目。でもいま、自分の命はこのお金にかかっている。お金がなかったら生きていけないではないか。

ルシアは非常口を探す。路線バスはすべて天井に非常口があり、リアウィンドウも押せば開くことはわかっている。こういうバス、つまりエイドリアンとリッチーとコンサートを見に二度アトランティック・シティへ行ったときに見たカジノの絨毯みたいな座席のあるバスに乗るのは、これがはじめてだ。天井に非常用ハッチがあるが、どうやってあそこによじのぼればいいのだろう。

「どうする?」リナおばあちゃんが尋ねる。

ルシアは、おばあちゃんが決めてというように肩をすくめる。

クレアがフロントガラス越しに、ドアをあけて乗せろと合図している。

運転手は苛立っている。クラクションを鳴らして声を荒らげる。「さっさとどきやがれ。なにやってんだ。こちとらスケジュールってもんがあるんだぞ」すでにバスはクレアのほうへじりじりと動いている。

ルシアは座席の上に立つ。

「なにをするの？」リナおばあちゃんが尋ねる。

クレアは立ちあがったルシアを見つけて頬をゆるめる。銃を抜いて運転手に銃口を向ける。湖のまわりにいる人々が、その様子をひどく心配そうに眺めている。携帯で電話をかけている人もいる。クレアは完全におかしくなったのかもしれない。ここまでおおっぴらにやるなんて。警察とドンパチやりたいのかも。死にたいのかも。自分は不死身だと思っているのかも。

ルシアは、運転手がギアをパークに入れて両手をあげ、ドアをあけてクレアを乗せるだろうと、なかば覚悟する。ところが、彼は——手の甲にケルト文様のタトゥーを入れて耳から毛をふさふさと生やしているこの男は、図太い神経の持ち主でもあるらしい。いきなりアクセルを踏む。クレアは後ろへよろめき、銃を取り落としそうになるが、われに返ってふたたび運転手に狙いをつける。ルシアはなにかにつかまろうと手をのばすも座席に尻餅をつく。バスはそのままクレアのSUVの尻を容赦なく突き、力任せに押しのける。クレアはバスの脇にいる。バスはSUVを遊園地のバンパーカーよろしく小突きまわす。クレアがバスの横腹を拳で殴る。ついにSUVは横倒しになり、バスの前から障害物がなくなる。スピーカーから運転手の声がとどろく。「しっかりつかまれ」バスが急発進する。乗客たちが拍手する。バスはもうミルポンド・パークウェイを通常の速度で走っている。ルシアは窓からクレアの様子を確かめようとするが、バスの真後ろに取り残されているらしい。

「お急ぎのところ失礼」運転手はちょっと渋滞に引っかかったかのような口ぶりだ。

「ほんとにこんなの信じられない」リナおばあちゃんがまた言う。

ルシアはほっと息を吐き、アタッシェケースがまだそこにあるか確かめる。ジャクジーのある高級ホテルにいる自分を思い浮かべる。フロントで百ドル札を両替してもらうところを思い浮かべる。両替したら、プールのそばの自動販売機コーナーを見つけて、〈マスケッティアーズ〉三本と〈スニッカーズ〉一本とコーラを買おう。それから部屋に戻って、テレビでヤンキースの試合をつけてジャクジーに浸かり、チョコバーを食べてコーラを飲み、ウォルト・ヴィスクーソについて考える。食べ終わったら、タオルを巻いて窓辺で煙草を吸う。その空想のなかにリナおばあちゃんはいない。ホテルがあるのはビンガムトンかもしれない。別の町かもしれない。

今度は電気技師のピートを思い出す。あんな父親が存在するなんて驚きだ。たぶんあの人ならバスに乗り遅れても娘の靴を取りに戻るだろう。

そのとき、SUVが追いあげてきて、つぶれたフロントをバスの横腹に当てようとする。そちらを見おろしたルシアは、クレアと目が合う。リナおばあちゃんがおろおろと立ちあがり、通路に出る。

「あの異常者はなにがしたいの?」ニューヨーク市警の帽子の女が言う。「チンピラみたいだけど」

「テロ攻撃かも」ニューヨーク州立大学ビンガムトン校のスウェットシャツを着た女子学生が言う。

運転手のぶつぶつとつぶやく声がスピーカーから聞こえる。道路はゆるやかなカーブを描く。その先は17M号線にぶつかるT字路になっていて、突き当たりにダイナーがある。右手にはブランコと滑り台と、子どもたちが乗りこむことのできる古い戦闘機のある公園だ。

クレアがスピードをあげてバスの前に割りこんだとき、運転手はとっさに右にハンドルを切る。バスは縁石に乗りあげて木のフェンスを突き破り、戦闘機に衝突する。飛行機とバスのあいだから煙があがる。バスのなかは大騒ぎだ。リナおばあちゃんは前の座席の背にぶつかったらしい。ルシアはアタッシェケースを抱えて座席の上に立ちあがり、ニューヨーク市警の帽子をかぶった女の隣の座席の背をまたぎ越す。同じようにして二列先の空席へ移動し、通路に出る。

しばらくして、リナおばあちゃんがようやくわれに返ってルシアに大声で問いかける。「どこへ行くの?」

「ドアをあけて!」ルシアは運転手に呼びかける。

運転手は片手で首筋を押さえている。窓の外に身を乗り出し、バスのフロントにどの程度のダメージを受けたか確かめようとしている。「やらかしちまった」

「ドアをあけてってば!」ルシアはもう一度言い、運転席の隣でつんのめって止まる。さっと振り向く。リナおばあちゃんが通路を進んでくる。

「だめだ。あのいかれた野郎はなにをするかわからんぞ」

ルシアは運転手がドアを閉めたときに押したレバーに手をのばし、ぐいと引く。

「おい、やめろ」

ドアがプシュッと音をたててあく。ルシアは階段を一段飛ばしでおり、戦闘機の翼の上に降り立つ。クレアを探すと、木のフェンスのそばでかろうじて停止させたSUVからよろよろと出てくる彼が見える。

ルシアは戦闘機から飛び降り、公園を突っ走る。後ろは振り返らない。足の痛みにもかかわらず草地を全力で走る。メリーゴーラウンドとシーソーのむこうに高さ百五十センチほどのワイヤーフェンスがある。その先はまた森だ。フェンスを乗り越えよう。後ろで銃声が鳴り響くかもしれない。背中を撃たれるのはどんな感じだろうか。フェンスにたどり着き、反対側へアタッシェケースを放り投げてあとを追う。銃声は聞こえない。振り返ってはいけない。

リナ

朝鮮戦争の戦闘機にバスが突っこんだ瞬間、金属がぶつかるけたたましい音がする。リナはまたしても、この衝突の影響がどこまで広がるのだろうかと真っ先に考える。この町の人々は何年も前に戦闘機をこの公園に設置したのだろう。ここは記念公園であり、人々が集ったり遊んだり、おそらくは戦争の犠牲者を偲んだりもする公共の場所だ。それが半壊したのは、昨日一日でリナがくだしたあらゆる判断の結果なのだ。

前の座席の背にぶつかる瞬間、リナは考える。もしかしてはっと目が覚めて、いままでのことはすべて突飛で不条理な夢だったと気づくのではないか。そうだったらいいのにと思う一方で、夢ではないことを願ってもいる。まただれもいない家で皿を洗い、隅にたまった埃を掃除機で吸い、家のどこを修繕すべきか迷い、ヴィクの思い出にすがり、またひとりで教会へ行く時間を待つ生活に戻るのはいやだ。

でも、これは現実だ。クレアがすぐそこにいる。ルシアを見やると、そこにいるのは怯えている少女ではない。生き延びようとしている少女だ。そうではなく、自分を頼り、世話をしてほしがっている少女だったらいいのにと、リナは思う。ルシアには「ねえ、おばあちゃん、あたしたちどうすればいいの？」と言ってほしい。なんとかしてルシアを自宅へ連れ帰り、食事をこしらえてやりたい。ズィーティのオーブン焼き。ブラショーレ。ソーセージとピーマンの炒め煮。手作りの食事を食べさせれば、きっとルシアもあの家に残ってくれて、おとぎ話のようにふたりでいつまでも幸せに暮らせるはずだと、リナは信じている。

ルシアが立ちあがり、座席の背を乗り越えようとしている。つかのま、リナは事態を呑みこめない。それからやっと、ルシアがまた逃げようとしているという恐怖にガツンと襲われる。リナは声をあげるが、自分でもなにを言っているのかわからない。

それなのにルシアはドアをあけて戦闘機の上へ、そこから地面へと飛び降り、公園の奥へ走ってフェンスのむこうへ消える。

リナはプリペイドの携帯電話を取り落とすが、屈んで拾いあげ、ポケットにしまう。ルシアの番号をメモした紙が見当たらない。座席の下を探す。メモを膝に置いていたかどうかも思い出せない。もっと注意すべきだったのに。冷や汗が出てきて、息が苦しくなる。

「みなさん、落ち着いて!」運転手が言う。

落ち着いて? こんなときにどうすれば落ち着いていられるのだ?

窓の外に目をやると、クレアがバスのほうへやってくるのが見える。銃を抜いている。ルシアが逃げたことには気づいていないようだ。彼の背後に、警官の集団が青い塊になっている。クレアが金はどこだとわめいている。片足は引きずり気味だ。

外の音は窓にさえぎられている。クレアの声もサイレンも、銃を置けという警察の怒鳴り声もくぐもっている。集団の先頭にいるのは女性警官だ。両手で銃を構えている。クレアの三メートルほど後方にいる。

リナは、集まった野次馬のなかにウルフスタインとモーを見つける。ふたりとも殺されずにすんだのだ。心から安堵する。とにかくあのふたりは無事だ。

クレアに目を戻す。彼もまっすぐこちらを見ている。銃を構える。ガラス越しに撃つつもりだ。それでいいのかもしれない。天国に行けるかもしれない。エイドリアンのもとへ。ヴィクのもとへ。行けるかもしれない。頭のなかにはたくさんの〝かもしれない〟が散らばっている。

女性警官の声がくぐもったままこの瞬間を支配する。「銃を置け！」

クレアは聞いていない。

女性警官が発砲し、弾はクレアの背中に命中する。彼が倒れるのを眺めるのは愉快だ。朝の光が彼を包んでいるように見える。ピンク色と紫色がかすかに混じったブルーの光が。リナはそのときはじめて周囲をなだらかな山に囲まれていることに気づく。いままでまったく目に入っていなかった。それらの山々の名前もなにも知らない。でも、そこにあることはわかっている。ヴィクとエイドリアンを思う。クレアが警官に背中を撃たれていい気味だと思う。死ねばいい。リナは、生きている実感を味わう。

クレアは死んだ。厳密に言えば、まだ死んでいないけれど。リナはバスを降りてすぐにそのことを知る。警官たちが彼のまわりに集まっている。クレアは笑い声をあげたりむせたりあえいだりしている。その挑戦的で邪悪な笑い声が警官たちの怒りをさらに煽る。だれも救急車を呼ぼうとしない。彼を撃った女性警官は、集団から離れたところで両手に顔をうずめている。

バスの運転手を先頭に、リナたち乗客は壊れた木のフェンスの外へ出る。

うろたえているリナは、公園の奥の森にルシアが消えたことを忘れている。ルシアはどこへ行くつもりなのだろう？　なにをするつもりなのだろう？　たぶん戻ってくる。戻ってくるはず。

リナの肩を叩く者がいる。振り返ると、ウルフスタインとモーが立っている。ふたりとも煙草を吸っている。ウルフスタインはたたんだ新聞を脇に挟んで鞄を抱えている。リナは抱きしめられる。「あの子はどこ？」ウルフスタインが尋ねる。

「わからない」リナはかぶりを振る。「また逃げられたわ」

「助けを求めたほうがいいんじゃない？　警察に捜してもらわなくていいの？」

「わからない。そうしたほうがいいんだろうけど。あの子、わたしと一緒にいたくないみたい」

「あの子はどうしたらいいのかわかっちゃいないのよ」

そこへ警官が三人やってくる。彼らは、クレアに撃たれた警官が助かりそうだと聞いてうれしそうだ。リナは、なにがあったのか尋ねる。ウルフスタインとモーが、ファルセッティとフィッツジェラルドの話をする。クレアを撃った女性警官を指さし、彼女がフィッツジェラルドだと言う。ウルフスタインは、クレアに追いかけられて三人の警官と出会うまでのいきさつを語る。ウルフスタインがみんなに煙草を配る。警官のひとりが飲んでいたピーチ味のシュナップスを差し出し、ウルフスタインとモーは形ばかり口をつける。ゴールドという名前の制服警官が三人をブランコへ連れていき、供述書を取りたいのでここにいてくれと言い残して私服警官たちの指示を仰ぎにいく。

三人はブランコに座ってじっとしている。ウルフスタインが足元に鞄を置き、その上に『デイリー・ニューズ』をのせる。リナはルシアのことを考える。ウルフスタインとモーは煙草を吸い終えて、足元の砂に差して消す。さらに一本ずつ火をつけ、気分が落ち着くからとリナにすすめる。リナは断る。

「ルシアとお金のことは警察に話してないよ」ウルフスタインが言う。「どうするかはあんたに決めてほしかったの。だって、警察は情報をつなぎ合わせるかもしれないよね。あの子はあちこちで姿を見られてる。目立つよ、アタッシェケースを持った裸足の子なんて」

「ええ」

「あの子はだれの指図も受けない。したたかな子だよ。それは悪いことじゃない。この世界では強みになる」

「リッチーは死んだの?」

ウルフスタインは肩をすくめる。「エルドラドに置いてきた。どのみち助からないと思う。エンジオはパリセイズ州間パークウェイのパーキングエリアでクレアに殴り殺されたって、警察が言ってた。ブロンクスから来たお巡りが嗅ぎまわってる。ペスカレッリって刑事。そのうちあたしたちも話を訊かれるだろうね」

「そうね」

「ねえ、リナ」ウルフスタインがあらたまって言う。「エイドリアンのこと、ほんとうに悔やんでも悔やみきれないよ。次から次へと悪いことが起きてしまった。ボビー。リッチー。クレア。エンジオ」かぶりを振る。「だれでも判断を間違えることはある。みんな間違いを犯す。

へまをする。あれを見てよ。あんたが乗ってたバスだって、あんなふうに飛行機に突っこんじゃった」

「あの飛行機はこの町のシンボルみたいなものなんだ」モーがつけたす。

「バスが町のシンボルに突っこんじゃった、でもどっちもまだここにある。飛行機には翼がついてる。バスはでかくて頑丈。なにがあれば修理できる？　新しいラジエーターグリル？　サスペンションの部品？　よくわかんないけど。まあとにかく、あたしたちみんなそうなんだよ。故障してて修理が必要なの。でも、生きてさえいれば直せる。あんたとルシアも生きてる。たしかに、いままでずっといろんな悪いものに取り囲まれてた。でもまだ人生はつづく。あんたはまっとうな女だし、あたしっていう友達もいる」

つかのま、リナのなかの恐怖も痛みもやわらぐ。

ウルフスタインが『デイリー・ニューズ』を掲げる。「見てよ」四面までめくる。「シルヴァー・ビーチの記事はすっ飛ばして。読んでも意味ないから。だけど、ここ」――と、下半分を占める記事を指さす――「クイーンズに住む八十六歳の女性が宝石店に強盗に入ったんだって。この人、なんと六十年も宝石店や銀行で強盗を繰り返してた。それが今回捕まったってわけ。六十年のキャリアのなかで九回目だって。五年、刑務所に入ってたこともある。そのあとも、あっちで二年、こっちで三年、また半年って感じ。しぶといって大事だよ、リナ。あきらめちゃだめだ。絶対に」

警官ふたりが事情聴取をしに近づいてくる。ひとりはまたゴールド巡査、そしてもうひとりの男はブロンクスのペスカレッリ刑事だろう。リナは目をあげ、日差しを反射してぎらぎらと光っている向かいのダイナーの窓を眺める。ルシアの携帯電話の番号をなくさなければよかったと思いながら、ポケットのなかの携帯に触れる。

リッチー

リッチーにもまだ少しは闘志が残っている。ぺっと血を吐く。体を覆うガラスの細かい破片がちりちりする。エルドラドの室内灯を見あげ、リアウィンドウを振り向く。座席に手をつき、両手を動かせ、指を曲げてみろと自分に言い聞かせる。上体を起こす自分が見える。なんとか運転席へ移動し、逃げ去る自分が見える。だが、そのとおりに実行することはできない。車の外で声がする。女。男。風。風に声があるか？　リッチーはまばたきする。エイドリアンの名前を呼ぶ。またじっと目を閉じる。きつくつむっていると、蛍光色の小さな閃光しか見えない。

記憶がどっと戻ってくる。この車を手に入れた日。ヴィクとあちこち乗りまわしたこと。ルシアを後部座席に乗せたまま、助手席のエイドリアンとキスをしたこと。この車で母親を教会へ送っていった。父親の葬儀では砂利道にこの車をとめた。それから、十八番街のセルフ洗車場を使ったときのこと。そうだ、あの晩はスティーヴン・セガールを〈ピーター・ルーガー・ステーキハウス〉へ送っていったのだった。近所で『アウト・フォー・ジャスティス』を撮影していたのだ。セガールはヴィクと古いつきあいらしかった。ヴィクはリッチーにセガールの案内役をまかせた。あの大男は、エルドラドのなかでずっと黙っていた。ときどき、ああとかううとかうなるぐらいで、まともな言葉はしゃべらず、ただの一般人を助手席に乗せているのとなにも変わらなかった。会話に誘おうとしても無駄だった。でも、あいつのなによりダメなところは、自分がペシャやデ・ニーロと同格だと思っていたところだ。話にならない。『グッドフェローズ』の役者の話になると目のなかに星を浮かべるヴィクが、セガールをリッチーに押しつけたのはそういうわけだ。

エイドリアン以外の女を乗せたこともある。なかでもアンジェラ・ディ・ピエトロが最高だった。舌に輪っかのピアス。大量のブレスレット。髪はブロンドに脱色していた。腕には祖母の肖像画のタトゥー。いつもノースリーブを着ていた彼女の腕に描かれたその顔を指でなぞったのを思い出す。上手な絵だった。クイーンズの有名な店で入れたそうだ。

リッチーは、ほんとうにこういう感じなのかと驚いている。出血多量でくたばる寸前には、ほんとうにこれまでの人生のさまざまな場面が見え、さまざまな顔を思い出すんだな。車のなかに焼きたてのパンのにおいまでしやがる、思い違いなんかじゃない。

立ちあがることができたら、最後にもう一度だけ運転席に座りたい。アクセルを踏んでハンドルを握りたい。それが叶うなら、この車もろとも崖から転落するのに。大炎上するのに。『テルマ・アンド・ルイーズ』みたいに。自分はあのふたりの主人公の両方と立場こそ同じだが、強い女ではなくただの間抜けな男なのだ。あの映画はよかった。スーザン・サランドン。死にかけのくせに今度はスーザン・サランドンを思い出すのか。彼女がレモンかなにかで体を洗う映画はなんだったか？　バート・レイノルズが窓から見てるんだよな。違う、バート・レイノルズじゃない。バート・ランカスターだ。『アトランティック・シティ』、それだ。それから『プリティ・ベビー』ってのもあったな。あの映画のサランドンは娼婦役で、赤ん坊に授乳していたのが記憶に残っている。正直なところ、こういう終わり方は悪くない。スーザン・サランドンのおっぱいを思い浮かべる。やっぱりあれだ。ささやかなよろこびだった。

本物のルシャス・レイシーに会えたのに、そのあとすぐになにもかもめちゃくちゃになってしまった。狂ってしまった。近所の貸しビデオ屋を思い出す。奥にスイングドアで仕切られた小汚い部屋があり、そこがポルノのコーナーだった。部屋のなかは饐えたにおいがしていた。古いカーペットは精液の染みがあちこち残っていた。年寄りたちが部屋に入ったとたん、ケースの写真に興奮して漏らしてしまうせいだ。リッチーはあの部屋に入り、両腕いっぱいに大きな箱を何箱も抱えて出てきたことを覚えている。あるじのロシア人は、爪楊枝で歯をせせりながらウィンクし、おれはルシャス・レイシーのファンクラブに入っていてサイン入り生写真が家にあるんだ、と言っていた。

体力をかき集めて運転席に移動し、運転できるのなら、酒屋へ行きたい。酒屋に入っていって――こんなぼろぼろの男が入っていけばみんなびっくりだろう――十二歳のころアルバイトしていたニュー・ユトレヒト・アヴェニューの酒屋で見たホームレスたちのように、MD20／20（安価な酒精強化ワイン）を買いたい。リッチーはあの店で床を掃いたり箱を運んだりしていた。ドアサインが〝営業中〟にひっくり返されると同時に、ホームレスがどやどやと入ってきてそれぞれ酒を手に入れ、店のすぐ脇の路地へ持って行って飲んでいた。リッチーは、あんなふうになりたくないと思っていた。いい靴を履いてきれいな女の子とつきあって、大きな車に乗って腰に銃を差したかった。ブランカッチョ一家の連中のようになりたかった。そのひとりになりたかった。いかにもならず者らしくふんぞり返って歩き、髪をグリースでなでつけ、聖書並みに分厚い札入れを持ちたかった。

だれかが窓ガラスをノックする。「大丈夫か?」と尋ねる声。意地の悪そうな声。警官の声だ。

これはもうバッドエンドしかありえない。へまをやったらその報いを受けねばならない。それが正義、いや、業(カルマ)か。なんでもいい、知ったことか。

リッチーは言葉にならない声を漏らす。もう言葉は残っていない。

警官が連れのだれか、おそらく別の警官を呼んでいる。リッチーにはここがどこかすらわからない。町だ。どこかの町。なぜここへやってきたのか、いまではぼんやりとしか覚えていない。クレアか。窓辺にいたルシア。リナ。エイドリアン。

なけなしの力を振り絞り、ガラスの破片のなかから起きあがる。前のベンチシートに体を投げ出す。こんなシーンを映画で見ようものなら、タマがもげるほど大笑いしそうだ。『バーニーズ　あぶない!?　ウィークエンド』だ。『ナイト・オブ・ザ・リビングデッド』だ。ベンチシートにどさりと倒れこみ、だらりと四肢を投げ出す。

リッチーは夢見ている。夢を見て、次の瞬間にはなにも見ていない。フロントガラスがかすんでいく。頭がハンドルに近づく。両手をハンドルに置きたかったのに。イグニッションにキーを差しこみたいのに。目を閉じると、胸にずしんと重みがのしかかってくる。肺に息が詰まる。呼吸が止まる瞬間はわかるのだろうか。唇を舐める。最期の吐息は悲鳴のように感じる。

ルシア

森のなかに小川が流れている。幾筋もの日の光が周囲に差しこんでいる。この場所を森と呼ぶのがふさわしいのかどうか、ルシアにはわからない。二十メートルほど先に、建物や住宅が見えるからだ。小川をざぶざぶと渡る。水の深さは足首ほどだ。痛む足に水流が心地よい。飛行機の公園のほうで銃声があがる。一発だけだ。小川の反対側も木が茂っている。少し進むと、民家の裏庭に出る。まだ新しいデッキの下に芝刈り機がしまってある。家は白くて高さがある。芝生を踏んでいるうちに足が乾いてくる。やわらかな緑の芝生。

ルシアはあたりを見まわす。どこへ行けばいいのだろう。煙草があればいいのに。家の正面へまわると、地面はアスファルトで舗装したばかりのようだ。私道に、〈フィッシャープライス〉社の三輪車とストリートホッケーのネットがある。私道の前の短い道路は、先ほどバスで通った幹線道路にぶつかる。用心深く〝止まれ〟の道路標識まで歩いていって左を向くと、ひとかたまりになったバスと飛行機、そしてパトカーの回転灯の光や集まった野次馬たちが小さく見える。

さっき気づいたダイナーが道路の反対側にある。ルシアはのろのろ運転の車をよけつつできるだけ人目を引かないようにダイナーへ走る。リナおばあちゃんがまだ生きているなら、そのへんでルシアを捜し、通りがかった人をつかまえては「わたしの孫娘を知りませんか?」と尋ねているに違いない。

ダイナーの駐車場には車が二台しかとまっていない。ラインの入った車体がへこんでいて、後部バンパーに〝モンロー＝ウッドベリー〟のステッカーを貼った黒いカムリと、ONLY1NUNという文字が並んだデザインナンバープレートをつけた赤いシビックだ。

ルシアはダイナーに入る。背後でガチャンとドアが閉まる。

カウンターの前に立っているウェイトレスが、とまどうようにルシアをまじまじと眺める。

「あなた大丈夫?」

ルシアはうなずく。奥のボックス席に座り、隣にアタッシェケースを置く。

ウェイトレスが来てメニューを差し出す。「ほんとに大丈夫?」

「大丈夫です。コーラください」

ウェイトレスは息を吐き、コーラを取りにいく。

ボックス席をいくつか挟んだところに年配の女性が座っている。地味な服装。四十代くらい。目の下が黒ずんでいる。髪はシニヨンにまとめてある。白いブラウスの胸元に小さな金の十字架がぶらさがっている。テーブルには湯気のあがるコーヒー、カッテージチーズとフルーツがのっている。ルシアと目が合うと、コーヒーを持ってやってくる。「座ってもいい?」

「どうして?」

「ひとりで退屈そうだから」

「大丈夫です」

「道の向こう側がなんだかすごい騒ぎになってるわね」

「そうですね」

「わたしはシスター・ドロシー」

「シスターなんですか？」

「そうよ」

「あのＮＵＮ（修道女）のプレートをつけた車はシスターの？」

「シスター・ローリーから借りたの。母に会いにニュー・パルツへ行くのよ。老人ホームにいるの」

「シスターにもお母さんがいるんだ」

「あなた、おもしろいのね」シスター・ドロシーはルシアの向かいに腰をおろし、コーヒーを飲む。彼女の目つきは鋭く、顎が尖っている。「相席させてもらうわ」

「どうぞ」

ウェイトレスがルシアのコーラを持ってきて、ほかに注文はないかと尋ねる。ルシアはクリームチーズを挟んだセサミベーグル、チョコレートマフィン、アップルパイを注文する。ウェイトレスがあきれたような顔をする。ルシアは、めちゃくちゃおなかがすいてるんですと言う。ウェイトレスは、こんなこと訊きたくないけどお金は持ってるのかと尋ねる。ルシアは百ドル札をちらりと見せる。ウェイトレスは厨房へ戻っていき、オーダーを伝える。

「靴はどうしたの？」シスター・ドロシーが尋ねる。

「みんな、あたしの足がそんなに気になるんだ」

「心配してるって言うのよ、そういうときは」

「大丈夫です。あたしの足は問題ないです。ちょっと濡れたけど。裸足で歩いてるのは理由があるんです」

「そうなの？」

「白血病の友達のためにお金を集めてるんです」

シスター・ドロシーはなんの変哲もないブルーのパンツをはいている。ポケットに手を入れ、ぴかぴか光る銀色のスキットルを取り出し、中身をコーヒーに注いで言う。「これ、秘密ね」スキットルをポケットに戻し、小指でコーヒーをかき混ぜる。

「お酒好きなんですか。珍しくないけど」

「飲んべえの修道女に会ったことあるの？」

「あたし、ブロンクスのアイルランド系が多い場所に住んでるんです。知り合いの司祭もシスターもみんな大酒飲みです」

「あらまあ」シスター・ドロシーはアイルランド訛りで歌うようにつぶやく。

ルシアはコーラを一気に半分ほど飲む。「あたしにお説教するつもりなら、そういうのいらないんで」

シスター・ドロシーは両手をあげる。「大丈夫かなって思っただけよ」

「あたし、何年も前に神さまを信じるのやめたんです」

「いまいくつ？」

「十五です」

シスター・ドロシーは酒入りコーヒーをごくりと飲む。テーブルに身を乗り出し、小声で言う。「じつは、わたしもう信じるのやめたの」

「そうなんですか？　いいですね」

「あなた、名前は？」

「ルシア」

「シラクサの聖ルチアは知ってる？　聖ルーシー」

「ルーシーって呼ばれるのいやなんですよね」

「わたしは呼ばないわ」

「聖ルチアなら知ってます。目を持ってる人でしょ」

「ええ、その人」シスター・ドロシーはまたカップに口をつける。「なにから逃げてきたの、ルシア？」

ルシアはコーラを飲み干す。そわそわと窓の外に目をやる。バスとパトカーの回転灯の光が見えるが、人混みのなかにリナもクレアもいないようだ。だが、公園のほうをいつまでも見ないほうがいい。ダイナーの窓が曇りガラスでよかった。「逃げてきたなんて言ってませんけど」

「お母さんは？」

「死にました」

「お父さんは？」

「いまから捜しにいくんです」

「あなた、天涯孤独なの？　捜しに来る人はだれもいないの？」

ルシアは、いまこうしてシスター・ドロシーとしゃべっているあいだもそのへんで——すぐそこで——自分を捜しているはずのリナおばあちゃんを思う。以前、テキサスの銀行強盗のテレビ番組を見た。その強盗は銀行を襲ったあと、向かいのメキシコ料理屋で食事をしたそうだ。たぶん勝ち誇った気分だったのだろうが、いまルシアもそんな気持ちだ。「ええ、いません」ウェイトレスが注文の品を運んできて、コーラのお代わりを持ってくると言って空のグラスをさげる。

ルシアはベーグルにかぶりつく。二杯目のコーラを持ってきたウェイトレスに、アップルパイにバニラアイスクリームを添えてくれないかと頼む。

ウェイトレスはかぶりを振るが了承する。「持ってきてあげる」いったん立ち去り、小さなボウルに盛ったバニラアイスを持ってくる。

ルシアは先ほどポケットからちらりと見せた百ドル札を取り出してウェイトレスに差し出す。

「お会計は帰るときでいいわ」ウェイトレスが言う。

「よかったらいまお願いします」ルシアは言う。

「もっと細かいのない？　合計で十二ドルなの」

「すみません、これしかないの」

ウェイトレスは肩をすくめてレジへ向かう。すぐに釣り銭を持って戻ってくる。

ルシアはケチャップの瓶の下にチップとして十ドル札を一枚挟み、残りの七十ドルと少しをポケットに突っこむ。ベーグルを置き、スプーンでバニラアイスをアップルパイにのせる。フォークを取ってパイを食べはじめる。しばらくしてフォークを宙で止め、パイをもぐもぐと咀噛しながらシスター・ドロシーの顔を見て尋ねる。「シスター、お金払うんで、車で送ってくれませんか?」

「どこへ?」

「シスターがこれから行くところへ。ニュー・パルツだっけ? そこでいいです。何日かどこかよそに泊まらなくちゃいけなくて」

「ちょっとしたお小遣い稼ぎも悪くないわね」シスター・ドロシーが椅子に深く座りなおす。

ルシアはパイをほおばってにっこり笑う。「あなたっていい人だね、シスター」

ルシアは自分たちをびゅんびゅん追い抜いていく左側の車線の車を見送る。シスター・ローリーの赤いシビックは高速道路を走っているが、シスター・ドロシーは背中を板のようにこわばらせ、両手でハンドルをがっちり握りしめ、時速七十キロを死守している。車は新品同様で、芳香剤の松っぽいにおいがする。アタッシェケースはルシアのふくらはぎのあいだに挟まっている。

ダイナーの駐車場から出るとき、ルシアはリナおばあちゃんとウルフスタインとモーをちらりと見かけたが、三人には気づかれなかった。いまは三人のことは考えないようにしている。警察がそこらじゅうにいる。クレアの姿は見えなかった。

「煙草は吸わないんですか?」ルシアは尋ねる。

シスター・ドロシーは道路からルシアに目を転じる。「あなた、ほんとにいい根性してるわね」また道路に視線を戻し、ルシアの膝のほうを片手で指す。「そこのグローヴボックスに入

って る」

ルシアはグローヴボックスをあけ、松の香りの芳香剤と折りたたんだ道路地図の隣にパーラメント・ライトを見つける。

「わたしにも一本ちょうだい」シスター・ドロシーが言う。

ルシアはシスターに一本渡してから、自分の分を取ってフィルターを指先でとんとんと叩く。学校にマイラというヤバい子がいて、その子がコカインかなにかを鼻から吸うときに、ときどきパーラメント・ライトのリセストフィルターを使っている。「ライターは？」

「車のライター使って」シスター・ドロシーが手をのばしてライターを押しこみ、ポンと戻ってくるのを待つ。戻ってくると、赤く輝いている電熱線でまず自分の煙草に火をつけてからルシアに渡す。

ルシアは煙草に火をつけ、深々と煙を吸いこむ。悪くない。タフになった気分だ。窓をあけて外に煙を吐き出す。汚れた冷たい両足のつま先を丸め、ざらざらしたフロアマットにこすりつける。「もっとスピード出せないんですか？」

「あなたってほんとうにアレね。悪いけど、わたしは運転が嫌いなの。スピードを出せば出すほど嫌いになる」

「運転、替わりましょうか？」

「あれ持ってるの？　仮免許」

「持ってます」

シスター・ドロシーは路肩に車を止めるが、エンジンはかけたままにする。ふたりは外に出て座席を替わる。ルシアはアタッシェケースを脚とドアのあいだに置く。そばを走り過ぎるバスやトラックやSUVが、小さなシビックを揺さぶる。ルシアは煙草を道路に放り捨てる。運転席に座った瞬間から、すでに自由になった気がしている。なんていう部品だったか、そうだ、ギアをドライブに入れてアクセルを踏みこむと、車は勢いよく右車線に突っこんでいき、製パン会社のフライホーフファーのトラックの真後ろにつける。

シスター・ドロシーの口から膝に煙草がぽろりと落ちる。シスターは膝の上でまだ先端が赤く燃えている吸いさしをあわてて叩く。「ちょっと、丁寧に運転してよね。座席に焼け焦げの穴をあけようものならシスター・ローリーに殺されるわ」だめになった煙草を窓から捨て、膝に残っている燃えさしを手のひらのつけねで叩き消してから、スキットルの酒をあおる。

ルシアはバックミラーで後ろを確認しつつ、走行を安定させようとハンドルを握る手に力をこめる。

「お父さんのこと教えてくれる？」シスター・ドロシーが言う。

「なんで？」ルシアは思わずシスターを振り向く。

「道路から目を離さない」

鈍く輝くアスファルトと白いライン、前方を走るトラックのタイヤに目を戻す。

「お父さんを捜しに行くってダイナーで言ってたでしょう」シスター・ドロシーが言う。「手伝ってあげましょうか？」

「名前しか知らないんです。それもつい最近知ったの」

「ということは、まだお父さん捜しははじめたばかり？　アタッシェケースとお父さんの名前い？」

だけを手に、靴もない。ところでそのアタッシェケースにはなにが入ってるのか訊いてもい
「五十万ドル」ルシアはにんまり笑いながら答える。

シスターー・ドロシーはげらげら笑いだす。「五十万ドル。たいした度胸だわ」

車が高速道路を北へ走っているということを除けば、ルシアはいま自分がどこにいるのかわからない。十八番ニュー・パルツ出口で高速道路を出る。モーの町からせいぜい五十分程度しか走っていないので、ルシアは少しばかり不安になる。ここへ来たことがばれるはずはないが、できればもう少し遠くへ行きたい。バスに乗るしかないようだ。いや、もしかしたら——ほんとうに、もしかしたら、だけれど——シスター・ドロシーからこの車を盗めるかもしれない。シスター・ドロシーの車ではないから、さほど後ろめたい思いをせずにすみそうだ。シスター・ローリーは知らない人だ。どこかそのへんに生きていて、くだらないナンバープレートのために余分なお金を出すような人に過ぎない。シスター・ドロシーにはいくらかお金を置いていけば、盗んだことにはならないだろう。別に善悪なんてどうでもいいけれど。

「どう？」シスター・ドロシーが尋ねる。

「なにがですか？」ルシアは訊き返す。

「裸足で運転するのは。変な感じしない？」

「まあ、少しは。よくわかんないけど」

「靴を買ったほうがいいわ」

料金所で停止する。眼帯をつけた係員が、スティーヴン・キングの『ザ・スタンド』という

分厚い本を読んでいる。シスター・ドロシーがチケットを探しまわり、運転席のサンバイザーに挟んであったのを見つけ、ルシアの前に腕をのばして料金を払う。金額はたいしたことはなく、一ドル少々だ。係員は、いままで出会った人々の例に漏れずルシアを二度見する。足元すら見えていないのに。とにかくルシアの子どもっぽさにびっくりしているのだろう。山ほど疑問があり、それを訊きたそうにしている。ルシアは、係員がまともな言葉を発する前に車を発進させる。

シスター・ドロシーが、こっちが町だと言って左を指さす。一軒のガソリンスタンドと何軒かのスーパーマーケットの前を通り過ぎる。前方は山と空が広がっている。あけっぱなしの運転席の窓から入ってくる風がさわやかだ。

「いい町でしょう」シスター・ドロシーが言う。

ルシアはうなずくが、赤信号でブレーキを踏むのをうっかり忘れて黄色いフォルクスワーゲン・ビートルに追突しそうになる。

「バスの発着所を通り過ぎて」シスター・ドロシーが言う。「ホステルがあるから。ホステルってなにか知ってる？」

ルシアは肩をすくめる。「あんまり。映画は知ってます」

「なんて映画？」

「『ホステル』」

「わたしが好きな映画は『レインマン』と『フォエバー・フレンズ』だけよ」

「『ホステル』はスプラッターです」

「まあとにかく、ホステルっていうのは安く泊まれるところのこと。ホステルに泊まって、バスに乗りなさい。ところで料金の相談をしてなかったわね」

「料金?」

「ここまで乗せてあげた料金。四十ドルでどう?」

ルシアはまた肩をすくめる。「いいですよ」

映画館の看板のあるショッピングモールの前の青信号を抜ける。ピザ屋とビールの販売店と薬局の前を通り過ぎる。道路はくだり坂になっている。ふたたび赤信号で止まる。左側にはデリ、右側には怪しげなインド料理屋。山が近づいてきたような気がする。車を盗もうなどと考えただけでもばかだったと思う。成功するわけがない。

また別のガソリンスタンドやデリや、小さな商店を何軒か通り過ぎたのち、シスター・ドロシーが前庭の芝生に変な彫像のある、古くて白い大きな建物を指さす。「あれよ。あそこの前で止めて」

ルシアは言われたとおりに建物の前に車を止めたものの、縁石に片側のタイヤを乗りあげ、消火栓にぶつかりそうになる。

シスター・ドロシーはスキットルの酒をごくごくと飲む。「お父さん、見つかるといいね」

ルシアは、ダイナーで受け取ったあと折りたたんでポケットにしまっておいた紙幣を取り出す。そこから二十ドル札を二枚抜いて灰皿に置く。アタッシェケースを膝にのせながら、いきなり蓋が開いて中身がばらばらとこぼれるのではないかと心配になる。だが、そんなことにはならない。車から道路に降り立ち、アタッシェケースをしっかりと抱きしめる。

シスター・ドロシーは運転席に移動し、開いた窓から身を乗り出す。「靴を買いなさいよ」ルシアはうなずいて礼を言う。車の後ろ側をまわって歩道にあがる。シスター・ドロシーはシビックのタイヤをきしらせて走り去る。いろいろな人が現れてはいなくなるのは不思議だと、ルシアは思う。

頭のなかでは父親の名前がぐるぐる渦を巻いている。ウォルト・ヴィスクーソ。いままでずっと、ルシアにとって父親は空白の一ページだった。顔なしだった。無だった。それがいまや、頭の奥の黒いスクリーンに名前だけは映し出されている。ウ、ォ、ル、ト。四文字。ダサい名前。おまけにヴ、ィ、ス、ク、ー、ソだ——ほんとうならルシアの名字はこうなるはずだった。ルシア・ヴィスクーソ。ぜんぜん好きになれない。

ホステルを見あげる。映画で大学生が泊まるのはこういう場所ではないか。床にマットレスが置いてあって、壁にはバンドのポスター、みんな床にあぐらをかいて、小さなガラスパイプでマリファナをまわしのみするのだ。

隣にトレイルウェイズのバスターミナルがある。駐車場でタクシーが三台アイドリングしている。長髪の男がバイクの修理をしている。若い女性の三人組がおしゃべりしながらバスを待っている。

ルシアの計画では、まず図書館へ行って父親のリサーチをする。そのあとスニーカーを買いに行き、それからアタッシェケースを持ち運ぶのはいかにも間抜けっぽいから、リュックも買う。そして、父親についてなにがわかるかにもよるが、バスターミナルで北行きか南行きか東行きか西行きのチケットを買うことになるかもしれない。そうでなければ、ホステルに引き返して部屋を取り、二、三日のあいだおとなしくしているつもり——だが、それは危険だと思う。ここはモンローからそんなに離れていないうえに、家出少女がいるという噂が広まるかもしれず、そうなったらたちまち気づかれて警察に通報されるに違いない。だから、シスター・ドロシー、ベッドでゆっくり眠りたいのはやまやまだけど、やっぱりホステルに泊まるのはやめておいたほうがいいと思うんだ。

人目につくところはできるだけ避けたい。

ルシアはバスターミナルの事務所に入る。ガラス窓のむこうで、燃え尽き症候群のヒッピーのようなネルシャツ姿の男がペーパーバックを読んでいる。木の羽目板張りの壁。長細いベンチ、ピンボールマシーン、枯れかけた植物ののった小さなプラスチックのテーブルが、待合室にあるもののすべてだ。

「バスのチケットを買いたいのか？」男が本から目をあげもせずに尋ねる。

「図書館はどこですか？」ルシアは質問を無視して尋ねる。

男がまじまじとルシアを見つめる。「本が好きなのか？」と、読んでいた『ジターバグ・パフューム』を掲げる。青い地に、女性の手があけている香水瓶から煙のようなものが立ちのぼっている絵が描いてある。「これおもしろいぞ」

「図書館に用があるんです」ルシアは言う。

男はカウンターから身を乗り出してルシアの足をじっと見おろす。「家出してきたんだろう？　警察の厄介になりたくはないよな。あいつらは豚だ。この町にはシェルターがある。そこへ行くか？」

「家出してきたんじゃないです」

「じゃあ、なにか事情があって裸足で歩いてるのか?」

ルシアは黙っている。

「図書館はメイン・ストリートを北へ行って右側だ。すぐわかるよ」

ルシアは礼を言うと、ふたたびアタッシェケースをしっかりと抱えてバスターミナルの駐車場から歩道に出る。うつむいて顔を隠し、町の中心へメイン・ストリートを歩いて行く。タイ料理屋とイタリア食品店と若者向けのバーの前を通り過ぎる。

図書館があるのは、メイン・ストリートがやや左へカーブするあたりだ。どこにでもある個人商店やマーケットが並ぶ。それときれいな山の稜線。図書館に入ると、受付カウンターのむこうに巨人がいる。というか、ルシアには巨人に見える。たぶん身長は二メートル近くあり、体重は百三十キロ以上、頬に大きなほくろがある。この男もネルシャツと小汚いジーンズという出で立ちだ。ルシアが共用のパソコンはどこにあるかと尋ねると、男はその場所を指さし、ゲストとしてログインする方法を教えてくれる。

ルシアは席に座ってアタッシェケースをふくらはぎに挟んでから、インターネットでウォルト・ヴィスクーソを検索する。パソコンを使うのは好きではない。好きになったほうがいいのだろうけれど、好きではない。パソコンでゲームをしたいとか音楽を聴きたいとか、なにかをしたいとは思わない。パソコンに向かっていると、みんなが不格好なキーボードを叩きながら箱型のモニターをじっと見つめているダサいバージョンの未来世界のなかにいるような気がしてくる。

父親に関する記事や死亡広告が見つからないということは、刑務所に入ったり死んだりしてはいないのだろう。電話番号か住所を探す。いま何歳くらいか考えてみる。エイドリアンが父親と同じくらいの年かもしれない。同じくらいの年だったかもしれない。いまは違う。というか、ずっとその年のままだ。

ニューヨーク州在住のウォルト・ヴィスクーソはふたりしかいないようだ。ひとりはブルックリンに、もうひとりはバッファローに住んでいる。バッファローのほうはもう五十代だ。ブルックリンのほうは三十五歳、こっちのほうが、可能性が高い。地元を離れなかったのだ。このウォルトに違いない。ルシアは自分の運のよさに驚く。父親がなんの特徴もない人じゃなかったのは幸運だ。同姓同名の人がもっと多い、平凡な名前じゃなかったのは幸運だ。鉛筆を取ってリナおばあちゃんにもらった紙切れを取り出し、震える文字で書かれたふたつの電話番号の下に、父親のものかもしれない番号を書き写す。

ヒットしたほかの項目にめぼしいものはほとんどないが、アワ・レイディ・オブ・ザ・ナローズ・ハイスクールの校友通信を読むと、ウォルト・ヴィスクーソという人物がその学校を一九八八年に卒業していることがわかる。アワ・レイディ・オブ・ザ・ナローズは、ベイリッジにあるカトリック系のハイスクールだ。ルシアはその姉妹校に通っていたエイドリアンから何度も話を聞いている。父親がそこの卒業生である可能性は高い。

図書館を出る前に、近くにスニーカーを売っている店がないかと巨人に尋ねる。巨人は二ブロックほど先に靴屋があると答える。それから外まで一緒に出てきて、ここを出て右に曲がってノース・フロント・ストリートを北へ進み、チャーチ・ストリートを渡ってノース・チェスナット・ストリートとの交差点の左側に、店の名前は忘れたが靴屋があると教えてくれる。そして、幸運を祈るよ、きみには幸運が必要って感じだからな、と言う。

ルシアはノース・フロント・ストリートのパン屋脇の路地に入り、しゃがんでアタッシェケースの蓋を少しあけ、隙間から数枚の百ドル札をつまみ出す。だれかに見られていないかきょろきょろすると、ほっとしたことに夏休みの大学生たちが、女子はノーブラでヘソ出しのトップスにカットオフデニム、男子はバンドTシャツとカーゴショーツにサンダルという格好でコーヒーを飲みながらぺちゃくちゃしゃべっているだけで、だれひとりこちらを見ていない。

ルシアは靴屋へ歩いていき、ちょうどいいサイズの高価なプーマのスニーカーを選ぶ。女性店員がルシアを見張っているのは、シャツの下になにかをこっそり詰めこもうとしているのではないかと疑っているからだろう。だが、ルシアが意気揚々とプーマと現金をレジへ持っていくと、怪しい娘だろうがちゃんとお客さま扱いしているのをカメラに撮られているかのように、女性店員の態度ががらりと変わる。

ルシアはスニーカーの代金を払ってその場で履き、かさばる赤い箱は置いていくことにする。

「このへんにリュックを売ってるお店ってありますか?」とレジの店員に尋ねる。

店員はメイン・ストリートのほうへ顎をしゃくる。「角を曲がってすぐ、ロッククライミングの専門店があるわ。ヒッピーの店も二軒ほどあるし。アンティークのマーケットもね。そのなかのどこかで、気に入るものが見つかるかもよ」

ルシアは靴屋を出てノース・チェスナット・ストリートを町の中心方向へ歩く。リュックサックを手に入れたら、いよいよウォルトに電話をかけて、ピザかなにかで腹ごしらえだ。

靴屋の店員が教えてくれた店は〈ロック・アンド・スノー〉という名前だ。ルシアは店の前まで来て、大きくてきれいなウインドウ越しに、ラックに並ぶあざやかな色のウェアや壁一面の登山用品を見て、ここだと思う。ここならリュックを売っているに違いない。店に入ってリュックサックはあるかと尋ねると、赤い髭を長くのばした二十代の男が売り場を指し示す。

ルシアはいちばん高級そうなものを選ぶ。赤いナイロンで、いくつものファスナーと、たぶん背中に負担をかけないようにカーブしたメッシュのパッドがついている。札束が全部入りそうな大きさだ。ルシアはロックスターのような気分で、その三百ドル近い最高級品を買う。赤い顎髭がにこりともせずに、ルシアのビジネスマンが持つようなアタッシェケースと真っ青なスニーカーと、いかにもくたびれ果てた様子をじろじろと観察しながらレジを打つ。リュックを入れる袋は必要かと尋ねられ、ルシアはかぶりを振る。

店内を見まわす。正直なところ、ロッククライミングをしてみたいと思ったことなど一度もない。映画で見たことはある。変な格好をした人間がロープだのつるはしだのを使って岸壁をよじ登っていた。

また外に出て、メイン・ストリートをしばらく歩き、〈グルメ〉という小さなピザ屋に入ることにする。店に入ってガラスケースのなかのピザを眺める。何種類もある。プレーンを二切れとオレンジソーダをカウンター係に注文して代金を払い、ブース席に座って温めたピザが運ばれてくるのを待つ。背後にはトイレが二カ所あり、細長いドアは薄汚れて落書きだらけだ。

ルシアは右側のドアをあける。小便と洗剤のにおいがする。便器は汚れている。用を足したあと、アタッシェケースから新品のリュックに札束を詰め替え、すべてのファスナーが壊れていないことを二度確認する。両手で札束をつかむと気分がいい。アタッシェケースのなかをまさぐり、忘れ物がないか確かめる。考えたくもないが、秘密のポケットを見逃しているかもしれない。調べたかぎり、そういうものはなさそうだ。茶色いペーパータオルがあふれているゴミ箱の裏にアタッシェケースを立てかけながら、次に入ってきた人は空っぽのアタッシェケースを見つけてなぜこんなものがここにあるのかと考えるだろうなと思う。それから、リュックを背負う。

席に戻ると、ピザとソーダが待っている。長椅子に腰をおろし、リュックを膝に置く。ピザをがつがつと平らげ、白い紙皿に残った詩情あふれる脂の染みをしみじみと眺める。

ウォルト・ヴィスクーソになんて言おう？　本人が電話に出たらどうしよう？　結婚してて、奥さんが電話に出たらどうする？　もしかしたら、ほかに子どもが六人いるかもしれない。やんちゃな子どもたちが駆けまわったりものをひっくり返している部屋で、ビールを飲んで好きなテレビ番組を見るのもままならないのかもしれない。もしかしたら、エイドリアンが身ごもったことも知らないかもしれない。いかにもエイドリアンらしい。妊娠したのに黙っているなんて。リナおばあちゃんは、ただの小悪党だったと言っていた。マフィアの奥さんに小悪党呼ばわりされるってどういうこと？

電話番号をメモした紙切れをなくすといけないので、取り出してウォルトの番号を記憶する。紙切れはいつのまにかどこかへ行ってしまったり、ずたずたになったり、雨や汗でインクが流れたりしかねない。けれど、頭のなかに番号を焼きつければいつまでも消えることはないとわかっている。いままでエイドリアンと住んできた家やアパートメントの電話番号はひとつ残らず頭のなかに残っている。いまのところリナおばあちゃんのプリペイド携帯の番号を覚えようとは思わないが、覚えたほうがいいのかもしれない。ルシアは紙切れをポケットに突っこむ。ピザとソーダを腹に収め、カウンターへ行ってガーリック・ノットを注文する。ニューヨーク・ニックスのジャージを着た太っちょの男が厨房から顔を出し、ルシアの食欲をほめる。カウンターの男が笑いながら、ほんとうによく食べるなあと感心する。ルシアはガーリック・ノットの代金を払う。

紙皿にのせたガーリック・ノットには、マリナーラ・ソースがプラスチックのカップで添えてある。ルシアは、挽いたレッドペッパーやパルメザンチーズのシェーカーが並んだ細長いカウンターの前で立ったまま食べる。ガーリック・ノットは脂っぽくもっちりしておいしい。胃袋が煉瓦になったような気がする。「もしもし、ウォルト・ヴィスクーソさんですか?」と声に出してつぶやく。

レジのむこうから大声があがる。「なんだって?」

「ひとりごとです」

肩をすくめてうなずくしぐさが返ってくる。オーブンの扉があいてシャッと閉まる音、鍋がガタガタいう音。

ルシアはリナおばあちゃんが買ってくれた携帯電話を取り出し、記憶したウォルトの番号を押す。

二度呼び出し音が鳴ったあと、だれかが応答するが、黙っている。

「もしもし? 聞こえてますか?」ルシアは無言の相手に向かって尋ねる。

「だれだ?」すかさず声が返ってくる。不機嫌そうな、ぞんざいな口調。「グラッフォのガキか?」

「だれですか?」

「おまえこそだれだ? そっちがかけてきたんだろうが!」

「ウォルト・ヴィスクーソさん?」

「どういうつもりだ、からかってんのか? スラム・バムとチャブに言われたのか?」

「ウォルトさん?」

「ああ、いかにもおれはウォルトだ。なにがあったか知らねえが」――いまや彼は笑っている――「そいつはおれのせいじゃねえ（ノット・マイ・フォルト）」

「あたしルシアです。あなたの娘」

しんとした沈黙がたっぷり一分はつづいているのではないだろうか。しばらくして、ウォルトが舌を鳴らす音が聞こえる。

「エイドリアン・ルッジェーロが母でした」

「でした?」

「昨日、亡くなったので」

「うわ、マジかよ」また舌を鳴らす音、ぜいぜいという呼吸音、煙草に火をつける音。「なにが目的だ? おれにも生活がある。責任ってものがあるんだ」

「ですよね」

「なんか困ってるのか?」

「ええまあ」

「金がいるのか？　このむちゃくちゃな世界でひとつはっきりしていることがあるとすれば、おれは破産してるってことだ。からっけつなんだ。ギリーに三百ドル借りてるだろ。スラム・バムとチャブにも借金があるだろ。おまけにマッケイがいる。そろそろ手下をけしかけてくるぞ、ちくしょうめ。おまえは死人に電話をかけてきたようなもんだ。マッケイに二万ドル返さなきゃいけないのに返せねえ」

「あたし、お金持ってます」

沈黙が一拍。「金があるのか？　遺産を相続したとか？」

「そんなところです」

「なんで死んだんだ、おまえの母ちゃんは？」

「癌です」

「おっぱいか頭か、どこの癌だ？」

「卵巣」以前、午後のトーク番組で見た――卵巣癌の話を見たので、深刻な病気だということは知っている。

「うー。大変だったな。じつは、あいつは妊娠してからおれを無視するようになったんだ。あの晩、あいつはべろべろに酔っ払っててな。当時おれが働いていた〈センチュリー21〉に、ジンだのウォッカだのテキーラだの、酒のミニボトルでいっぱいのバッグを持ってやってきたときには、すっかりできあがってた。あのころときどき一緒にクラブへ行ったんだが、あの夜もライヴを見に行って、あいつは叫びすぎて声が嗄れちまってた。そんで、おれをトイレに引きずりこんで一発ハメたんだ。こっちはあいつと知り合って以来ずっとそのときを待ってたんだが、なにしろ突然だったからな。おれはたった一分しかもたなかった。高嶺(たかね)の花をものにして、たちまちイッちまったというわけだ。すると、あいつはわれに返った。一瞬でな。便器に吐いてたよ。便器の上にぶちまけてた。そのあと、妊娠がわかってから、リッチー・スキャヴァノに殺されたくなければ二度と近づくなって言われたよ。一度か二度、リッチーが来た。べつに怖くはなかったが、リッチーとあいつを取り合う気などさらさらなかった」

「そうなんだ」ルシアは、自分が母親のおなかに宿ったいきさつに動揺している。小汚いクラブのトイレで。たった一分のみじめなファック。そのあとエイドリアンは嘔吐した。

「だが、おまえは遺産を相続して、愛しいパパと親子のつながりを深めたい。そういうことだろう？」

「会いに行ってもいい？」

「おう、もちろんだ。来いよ。いまどこにいるんだ？　車で迎えにいこうか？　おんぼろシトロエンにガソリンを入れて、運転手役をしてやるぞ」

「北にいるの。迎えはいらない。自分でなんとかする」

ウォルトは住所を言う。ダイカー・ハイツの十三番街、七五丁目と七六丁目のあいだ。売春宿の隠れ蓑(みの)にやっている下着屋の向かいにあるコインランドリーの上の部屋、とウォルトは説明する。ルシアは、売春宿なんて言葉を実際に聞いたのははじめてだと思う。掃除をしておくから少し金を持ってこい、リナには言うなよ、あのババアは頭が固い、とウォルトは言う。ルシアは、おばあちゃんはまったく関係ないと答える。そして、ふうっと息を吐いて電話を切る。

ルシアは間抜けではない。金の話をしたとたんにウォルトの声音が変わったことに気づいている。思いがけず金が転がりこんでくる、パパ・ヴィクの遺産のおこぼれにあずかれる、そう考えたのだろう。ルシアはため息をつく。夢のひとり暮らしなどしょせんたわごとだ。それに、このまま自分がニューヨークへ帰らなくても、だれも気にしない。自分はタフだ――それはもう証明できた。いざとなれば、窮地からも逃げ出せる。

なんといっても手元にある金はすごい額だ。少しはウォルトにわけてやってもいい。ウォルトのことを知りたい。せめて、少しくらいは。

〈グルメ〉を出て、数ブロック歩いてバスターミナルに戻る。バスに乗るつもりはない。足がつく。バスではなく、タクシー乗り場へ向かう。左側の一番前にとまっているタクシーに近づき、運転席の窓をノックする。運転手は二十代くらいで、ぼさぼさの金髪に汚らしい顎髭、明るい場所ではサングラスに変わる眼鏡をかけている。運転手が窓をあける。前をあけたネルシャツの下に着ているTシャツはニルヴァーナ、膝にはギター雑誌。ルシアにほほえみかける。

「どうした?」

「ニューヨークまでいくら?」

運転手は下唇を嚙む。「かなりかかるぞ。バスに乗ったほうがいい」

「バスには乗りたくないの」

「じゃあ百ドル」

「わかった」後部座席のドアをあけて乗りこみ、リュックをおろして膝に抱き、リュックごとシートベルトを締めてバックルをとめる。手をのばしてドアを閉める。

「ちょっと待て」運転手が言う。

「なに？」

「くだらないことは言いたくないが、金は持ってるのか？　ニューヨークくんだりまで送っていって、信号で止まった隙に飛び降りられたら困る」

ルシアはうなずき、ポケットに二枚残っていた百ドル札から一枚取り出し、運転手に渡す。

「取っといて」

運転手は紙幣をフロントガラスの前にかざして眺め、偽札ではないと納得したらしく、膝からギター雑誌をどけ、エンジンをかける。「ニューヨークのどこだ？」

「ブルックリン。住所を教えるから」

運転手が振り返る。「おれ、ジャスティン」

「あたしはミカエラ」いったいどこからそんな名前が出てきたのか、なぜその名前を選んだのかわからないが、自分で名前を決められる自由があるのは気分がいい。この名前は前から好きだった。ミカエラ。手強そうな女の子、ひと波乱起こしそうな女の子っぽい名前だ。待ってろよウォルト。待ってろよ未来。

ウルフスタイン

モーがペスカレッツリ刑事とすっかり打ち解けたせいで、ウルフスタインとリナは〈オリアリーズ〉へ引っぱっていかれ、朝っぱらから一杯やりながら話をすることになる。移動する途中で、リッチーがエルドラドから引っぱり出されて検死局のバンに乗せられるのが見える。リナが手で顔を覆う。リッチーを見るとエイドリアンがどうなったのか思い出し、なにもかも以前とはまったく変わってしまったことを、いや、変わってしまったというよりは、なにもかもはじめての状況にあることを思い知るのだろう。ふたたびパニックと怒りがこみあげている。

ウルフスタインとモーとペスカレッツリはブース席に座るが、リナは顔を洗ってくると言い、足早にバスルームへ向かう。ウルフスタインは鞄を膝に置く。

「彼女、よほど我慢してたみたいだな」ペスカレッツリが言う。

「クソ野郎に襲われかけて、クソ野郎に娘を撃たれて、クソ野郎に娘にとどめを刺されたんだよ」モーが説明する。「不幸な民話みたいでしょ。おまけに孫娘に逃げられた」

「バーで事情聴取ってよくやるの？」ウルフスタインは尋ねる。

「おれはよくやる」ペスカレッツリが答える。「おれはおれのやり方でやる。古いタイプの人間なんだ。一日置かれてる。のびのびやれる」椅子の背にゆったりともたれる。コーデュロイのジャケットに厚手のシャツを着て、汗をかいている。まばらな髭のせいで清潔感がなく、目の下がたるみ、鼻の穴と耳たぶから強い毛が生えている。夕食にミートボールのサブマリンサンドイッチを二人前テイクアウトし、車のなかでひとりメッツの試合の実況を聞きながら食べるタイプに見える。

ウルフスタインは、そろそろリナが出てくるのではと思ってトイレのほうへ目をやる。

バーは店内のほうが汚らしい。薄暗く、饐えた煙草のにおいがこもってむっとしている。建前上は禁煙でも、毎晩遅くまで煙草の煙が立ちこめているのだろう。ピンボールマシーンはあるし、皺だらけのヤンキースの旗と警官や消防士の写真が壁を埋めつくしているし、まるで出来の悪い映画のための出来の悪いワーキングクラスのバーのセットのようだ。たとえばマット・ディロン的なキャラクターを人の家の除雪で生計を立てている男に見せたいときに、こういうバーで酒を飲ませる。バーテンダーは柄が悪い。見るからにだらしなく、目は充血し、髪は人参色、首に〝決して忘れない〟とタトゥーを入れている。ペスカレッツリはカウンターへ行き、バッジをちらつかせてピッチャーをオーダーする。バーテンダーはピッチャーにビールを注ぎ、店のおごりだと言ってプラスチックのコップ三個と一緒に差し出す。ペスカレッツリはわずかなチップを置く。

リナはまだ出てこない。

ペスカレッツリがビールを注ぎ分ける。

モーがたちまちご機嫌になる。「朝から大変だったね」コップを持ちあげ、まずウルフスタインのコップに、それからペスカレッツリのコップにカチンと打ち合わせる。「大変な朝に乾杯」

「あんた、気に入ったよ」ペスカレッリがモーに言う。「本物の気品があるっていうかさ」

ウルフスタインは席を立ち、リナの様子を見にトイレへ向かうものの、鞄を置いていくのはいやなのでしっかり持っていく。もしかしたらリナはいないかもしれないと半分覚悟していたところ、案の定トイレの小窓があけっぱなしで、ぼろぼろのブラインドがガラスの上部をカツカツと叩いていて、リナの姿はどこにもない。

いまこのときもルシアはどこへ向かっているのかわからないから、リナは警察に相談するひまはないと考えたのかもしれない。押さえつけていた恐怖心にスイッチが入ったのだ。その気持ちはわかる、よくわかる。ただ、リナを助けたい。だが、リナはどこまで行けただろうか。そこらじゅうに警官がいる。バスは止まっているはずだ。リナには車がない。ルシアの居場所もわからない。

ウルフスタインは、席に戻るのはやめて、窓から出てリナを捜しにいくことにする。

窓の外は細長い駐車場で、通りに並ぶ商店の裏側にあたる。リナが車の窓を割るかピッキングしようとしているのではないかと考え、ウルフスタインは一帯に目を走らせる。遅かれ早かれペスカレッリとモーが気づいて捜しに来るのはわかっている。

駐車場の端へ行って右に目をやると、先ほどあとにしてきた事故現場はあいかわらずばたばたしているようだ。むこうではバスも飛行機もクレアも、パトカーの回転灯も、増えていく救急車も、なにもかもそのままだ。

左側は、双子の湖に沿って静かな道路がのびている。そのとき、縁石にタイヤをのせてとまっている白いトヨタ・カムリに、リナがふらふらと近づいていくのが見える。ウルフスタインはリナを呼ぶ。リナが振り向く。

「どこへ行くの？」ウルフスタインは近づきながら尋ねる。

「エイドリアンを埋葬しなくちゃ」リナは言う。「ちゃんとお葬式をしてあげないと。あんなふうに置き去りにするなんて間違ってた。それにルシアも捜さなくちゃ。あの子に携帯を買ってあげたのに、番号をなくすなんて信じられない」

「あたしの家は犯罪現場だから入れないよ。ルシアがどこに行ったのか見当もつかないし」

「でもじっと待ってるなんてできない」リナはこみあげる感情をこらえている。「なにかしたいの。わたしの娘と孫娘なんだから。できるだけのことをしないと。エイドリアンのそばについていなくちゃ。あの子はいま母親を必要としてる。それからルシアもどこかにいるはずよ。あの子にはもうわたししかいないの。あの子はしっかりしてる――というか、しっかりしてるつもりだけど、世間に太刀打ちできるわけがない。お金も奪われる。あの子はなにもかも、だれもかれも失うのよ」

「で、どうしたいの？」

「帰りたい」リナは痛々しいほど必死になる。「娘のところへ行きたい。きちんと埋葬してあげたい。逃げるなんてひどい母親よね。ルシアも見つけなくちゃ。あの子をちゃんと育てたい」

「協力するよ、あたしにできることならなんだって」

突然、リナは立ち並ぶ事務所のむこうにふと目をとめ、足早にそちらへ歩きだす。ウルフスタインはあとを追う。

砂利敷きの私道を突っ切り、法律事務所の裏庭を抜けてステージ・ロードへ戻ると、警察署と〈オリアリーズ〉とは反対側へ歩く。いまではウルフスタインもリナに見えたのがチャペルだったことがわかっている。白い壁板と茅葺き屋根の美しい小さなカトリックのチャペルだ。セイクリッド・ハート、と看板に書いてある。ヨーロッパの田舎町にありそうだ。ブロックの反対の端には警察署と〈オリアリーズ〉、向かいには陰気な葬儀場、隣には下宿屋、ほかにも用途不明の建物が不規則に並んでいる通りで、そこだけ浮いている。

「祈らなくちゃ」リナが言う。

ウルフスタインも、何度か教会だかチャペルだかに足を踏み入れたことがある。だれかの結婚式や葬儀で。それから、モーと撮影した元教会。ある晩、コーガンと名乗る博打打ちとヴェガスのチャペルで結婚しそうになったこともある。彼の淡いブルーのスポーツジャケットと、たっぷりつけていたくさいコロンの香りをいまでも覚えている。笑い声は悪党らしかったが、優しかったし、あのときウルフスタインはかなり酔っ払っていて、結婚も素敵かもしれないと思ってしまった。幸い、一緒にいたモーが素面に戻って説得してくれたおかげで、思いとどまることができた。

リナは赤いドアを押してチャペルに入る。ウルフスタインはすぐ後ろをついていく。なかは静かだ。信徒席に日差しが降り注いでいる。教会のにおいがする。人の気配はない。むき出しの祭壇。壁の十字架。ステンドグラス。予想どおりだ。きれいだけれど、息が詰まるし、居心地が悪い。ずっしりとした後ろめたさと恥ずかしさを覚える。

「祈らなくちゃ」リナはまた言い、通路でひざまずき、祭壇のほうへ這っていく。

ついにおかしくなったか、とウルフスタインは思う。無理もないけどさ。

「リナ、立とうよ、ね」

「ごめんなさい。ごめんなさい。わたしは自分の行動を心から悔いています」リナは神に懇願している。声は怒りと後悔に満ちている。答えが返ってくるのを待っている。

今朝は現実離れしたことばかりだったので、神がチャペルの屋根を取りはずして手を突っこみ、キングコングがジェシカ・ラングを捕まえるようにリナをひょいとつまみあげるのではないかと、ウルフスタインは半分本気で考える。

もちろん、そんなことはありえない。リナは哀れにも這いつづける。ウルフスタインは、酒かクスリでハイになったヴァレリー・シュガーがマック・ディングルの家の私道を這い、コカインだのなんだの、気持ちよくなれるものをねだっていたのを思い出す。ヴァレリーは無視されていた。レンタルのリムジンの後部タイヤの後ろで気絶していようが放置された。ウルフスタインは、いまはリナを放っておくべきなのだろうと思う。リナは泣いて心の痛みを吐き出し、自力でこのぐちゃぐちゃな状況を脱出し、エイドリアンを殺されたこととルシアに逃げられたことに折り合いをつけるべきなのだろう。

「どうして?」リナは神に尋ねる。「どうしてわたしがこんな目にあわなければならないの?わたしはいままでずっといい人間だったでしょう? がんばっていたでしょう? なのに、どうしてわたしから娘を取りあげたの? なぜ娘はあんなひどい殺され方をしなければならなかったの?」リナは涙を流し、唾液を垂らしながらわめき散らしている。本気でだれかが聞いてくれていると思っているのだ。

「あたしがいるよ」ウルフスタインは言う。「ここにいるのはあたしだけだよ。一緒に乗り越えようよ」

リナは、少女に取り憑いた悪魔を祓おうとする司祭のように主の祈りを唱えはじめる。司祭じみた口調だが、調子はずれでぐにゃぐにゃしていて、リナ自身が取り憑かれているみたいだ。それが精神的なトラウマと深い嘆きのなせるわざだと、ウルフスタインにはわかっている。いまリナは悲しみの洪水と嵐に呑みこまれ、魂の根幹を砕かれかけている。魂なんてものがあるとすれば、だけれど。リナの頭のなかでは人の残虐さが暴風となって吹き荒れているに違いない。エイドリアンが殺されたこと、灰皿でエンジオを殴ったこと、ハンマーと銃を持ったクレア、検死官のバンの貨物スペースで消えた蠟燭のように横たわっているリッチー、世間などちょろいと愚かにも信じきっている裸足のルシア。ポーチの階段で死んでいた夫のことも思い出しているかもしれない。

ウルフスタインは主の祈りを知らない。ちゃんと唱えられない。とりあえずリナのまねをしてついていく。自分たちの文化に深く染みこんでいるので、祈りのリズムに合わせるのは難しくない。「大丈夫、あたしも一緒に祈るよ」ウルフスタインは言い、鞄を床に置いてリナの背中に手をあてる。

祭壇の前にたどり着いたとたん、リナはくずおれ、一段目にひたいをつけてさらに激しく嗚咽し、つっかえながら祈る。

祈りとは言葉を虚空に放りこむようなものだと、ウルフスタインは思う。ベッドの脇でひざまずいて両手を握り合わせている子ども、死にかけて配偶者の腕をつかんでいる男女、投手板を踏みながら十字を切る野球選手、絶体絶命の兵士など、彼らの必死の祈りは煙のように世界を覆い、いつまでたってもだれの耳にも届かず、応答もなく、なんの役にも立たないただの音として消えていくのではないか。

ウルフスタインに言わせれば、人類はみんな空しい祈りにのめりこみすぎだ。それでも、自分にはリナを励ますだけではなく、友達でいることはできる。役割は決まっている。

そのとき、祭壇脇のドアから司祭が——黒い聖職者の服を着た本物の司祭が出てくる。まだ四十代くらいで、肌は脂ぎっていて髪は薄くなりかけている。シャツの肩がふけだらけだ。顔に深い皺が刻まれていて、背は低く百六十センチほどだ。「どうしました?」司祭が言う。「大丈夫かな?」

その〝大丈夫かな?〟という言い方が、ほんとうに癪に障る。見りゃわかるだろ大丈夫じゃねえよ、とウルフスタインは思うが、口には出さない。聖職者はナイフを持ったヤバい眼の宿なし同様に避けたほうがいい。いつキレてもおかしくないからだ。少なくともウルフスタインの経験ではそうだ。知っている聖職者のなかでまともな人間の割合は三分の一くらいだろうか。ロサンゼルスでたくさんの聖職者に出会ったが、まっとうな仕事をしていた者は数えるほどで、残りの目を血走らせた連中はどん底暮らしでおかしくなり、犯罪を犯す一歩手前にいた。

「大丈夫じゃないよ」ウルフスタインは言う。

「わたしで役に立てることはありますか?」

リナは司祭のほうへ這っていき、病んでいる農民のように彼の足元にひれ伏して靴をつかむ。

「神父さま、助けてください」

「どうしました？　なにがあったんです？」

「神はわたしをお許しくださるでしょうか？　助けてください」

「告白に来たんですか？」

「わたしは最低の人間です」

司祭はウルフスタインのほうを向く。「この方に必要なのは医師では？」

ウルフスタインはリナのかたわらにしゃがみ、肩胛骨のあいだをさする。司祭の顔を見あげて言う。「あたしの友達、リナっていうんですけど、つらい一日だったんです」

司祭は一歩あとずさり、腕組みをしてリナを見つめる。「わたしはヒューズ神父といいます。なにかできることがあればおっしゃってください。手を差しのべるためにここにいます。神はあなたの祈りを聞いていますよ、ほんとうです」

「神は聞いてません」リナはヒューズ神父のぴかぴかに磨きあげた黒い革靴の表面に自分の姿を探しているようだ。声を詰まらせる。

ウルフスタインはリナの言葉にたじろぐ。

「聞いてるわけがない」リナはつづける。「聞いていたら、助けられていると感じるはずです。そんなもの感じません。わたしはだめな人間です。なにも持っていない。間違ったことを正しいことだとずっと信じてた。そうしたらこのざまよ」

ヒューズ神父は身を屈めている。リナの手に触れる。「神はあなたとともにいます。なにがあっても、あなたとともにいる。リナ――でしたね？　きれいな名前だ。わたしを信じてください、いいですか？」

リナはうなずく。

「リナ、立とう」ウルフスタインは言う。

リナは立ちあがり、つかのま怒りと嘆きを振り切って立ちなおろうとしているかのようなそぶりをする。頬と口元を手でさっと拭い、背筋をのばす。

「その調子です」ヒューズ神父が言う。

「わたし、ほんとうに怒ってるんです」にわかにリナは虚ろな目になり、かすれた声でつぶやく。ヒューズ神父にぐったりと倒れかかると、そのまま目を閉じてしがみつき、ふたたび神に赦しを請い、助けを求める。

やがてリナは静かになる。卒倒したのか、瞬間的に気が遠くなったのか、無意識の領域へと怒りに押し流されてしまったのか、神父の肩に顔を埋めている。ウルフスタインは、毎晩くたびれ果てて眠りこむまでやりまくっていた放埒(ほうらつ)な日々を思い出す。

「眠ってしまったんでしょうか?」

「気絶してるみたいよ」ウルフスタインは言い、リナの肩を軽く叩く。「やせててよかったね」

「ずいぶん疲れていたようですね」

「いろいろ大変だったのよ」ウルフスタインはリナの手を神父からはずそうとするが、うまくいかない。子どもがぬいぐるみの熊を抱きしめるように、リナは小柄な神父にがっちりとしがみついている。

「この方、ほんとうに力が強いですね」ヒューズ神父が言う。

ウルフスタインはようやく神父を解放し、リナをだれもいない信徒席へ連れていく。リナは完全に気を失って仰向けに横たわっている。ウルフスタインが神父に車はないかと尋ねると、神父は裏にあると答える。ウルフスタインは、これ以上の迷惑をかけるのは忍びないが、どこか近くの静かなモーテルへ送ってくれないか、しばらく休みたいと神父に頼む。神父はうなずき、よろこんで、と言う。

ふたりしてリナを抱え、私道にとまっているずんぐりしたアルティマまで連れていき、後部座席に乗せる。ウルフスタインはチャペルから鞄を取ってきてリナの隣に座り、膝に彼女の両脚をのせる。

ヒューズ神父が運転席に座る。グローヴボックスのなかをがさごそ探り、マールボロ・ライトとブック型マッチを取り出す。「煙草を吸ってもいいですか?」と、ウルフスタインに尋ねる。

「どうぞ」ウルフスタインは言う。「あたしも一本もらっていい?」

「もちろんどうぞ」神父はウルフスタインに一本渡し、マッチを擦り、振り返ってウルフスタインの煙草に火をつける。自分の煙草にも火をつけ、窓をあけて深々と煙を吸いこむ。

リナがもぞもぞと動き、寝言をつぶやく。

ヒューズ神父がぎくりとする。自分の腕のなかで気絶した女性に怯えたのだ。

ウルフスタインは笑う。「落ち着いて、神父さん。大丈夫よ」

リナ

リナは救急車で搬送されるヴィクのかたわらにいる。ヴィクは酸素マスクを着けられた。救命士たちがそうしたのだ。シャツの前は切り裂かれ、聞こえていないのに絶えず声をかけられている。目は閉じている。リナはロザリオを握りしめる。担架の端から植物の蔓(つる)のように血がしたたり落ちる。

なにも聞こえない。エイドリアンが生まれた日のことを思い出している。ヴィクが見える、病室に座って生まれたばかりの娘を抱いているヴィクが。シャツのひらいた襟元から胸毛を覗かせ、満面にあの美しい笑みを浮かべている。

「この子は有名になるぞ、おれにはいまからわかるんだ」ヴィクは、あのとき病室にいた看護師にそう言った。

場面は変わり、リナはエイドリアンが生まれて五日後の自宅にいる。ヴィクがエイドリアンを揺すってあやしているそばで、ママ・ルッジェーロはヴィクが赤ん坊を落っことすのではないかと気が気ではなく、うろうろしている。リナはその様子をクッションと毛布にくるまって眺めている。出産後、ほとんど眠れなくて疲れているのだ。

病院へ向かう救急車に乗っているあいだ、リナの頭のなかではサイレンの音が絶えず鳴っている。救急車が急カーブを曲がり、体の下でタイヤが悲鳴をあげる。

リナはヴィクの名前を呼ぶ。祈る。祈りの言葉に耳を傾けている神の姿を思い浮かべてみる。ほかの人はどんな神を想像するのだろうか。子どものころのリナがイメージしていた神は、白い髭を生やして長い衣をまとい、玉座に座った王様のような姿だった。いま頭に浮かぶのは、街角のドラム缶の焚火(たきび)に両手をかざしている、ドゥーワップグループの元メンバーのような人物だ。なぜ男なのだろう? 女かもしれないし、もくもく立ちこめる煙とか、ひょっとすると目に見えないなにかかもしれない。見えない物質。波動とか。

ヴィクが目をあけて、口をあけて、名前を呼んでくれたらいいのに。ヴィクにしかできない、あの愛おしそうなまなざしで見つめてくれたらいいのに。この人は、わたしにひどいことをしたことは一度もない、そうでしょう? 悪いこともたくさんしたけれど、ずっといい人だった。この世界のそこらじゅうで暴力が脈打っている。暴力が世界を作った。弱者は踏みつぶされる。ヴィクは生き延びるすべを考えてきた、それだけだ。いい人だった。ジェントル・ヴィク。ほら、これがその証拠。このあだ名がついたのは。彼が優しくて、話し方も穏やかで、気配りができる人だからだ。リナは身を屈めてヴィクの手の甲にキスをする。血痕が散っている。隆起した血管のやわらかさ。地図にこぼしたコーヒーを思わせるシミ。

リナはいつもどおりの一日を求めて祈る。朝のトーク番組を見て、野球の試合をラジオで聞き、ヴィクの仕事は自分とは関係のないこととして忘れ、トマトソースをかき混ぜ、スペディーニをこしらえ、キッチンでハグし、地下室で洗濯機をまわし、古い家が静かに振動するのを感じたい。

病院に到着したとたん、なにもかもが早まわしになる。救急車を降り、シュッとあいたERの入口から流れ出てくる暖かい空気に迎えられる。

また場面が変わり、ヴィクが〈ガーシュウィンズ〉のサマーベッドに寝そべっている。リナはこれが現実ではなく、夢か夢に似たなにかで、記憶を厳密に再現しているのでもなく、もっと変幻自在なものだとわかっている。ヴィクは笑顔だ。ストライプの〈スピード〉の水着を着ている。日焼けしている。愛情に満ちた目。若いころのヴィクではなく、年を取ったヴィクでもなく――その中間だが、ふたりで〈ガーシュウィンズ〉に泊まったときの年齢では絶対にない。

リナは自分の体を、脚を見おろす。この夢かなにかの監督は自分なのだろうか？　両脚は毛に覆われている。すね毛ではない。あのとき剃ったような毛ではない。動物の毛皮だ。なめらかでやわらかい。絹糸のような手触りを期待して触れてみるが、なにも感じない。

「こんなことは覚えてないぞ」ヴィクが言う。

「わたしもよ」リナは答える。

ヴィクが身を乗り出し、リナにキスをする。唇が触れ合う前から消えていくような感覚がある。つながったふたりの口がぼやけていく。

いまやヴィクの顔は雪に変わっている。リナは子どもで、防寒用の服で着ぶくれている。自宅前の歩道で雪の吹きだまりに顔を突っこむリナに、母親が玄関ポーチの階段からやめなさいと叫ぶ。玄関ポーチの階段。あそこでなにかがあったような気がする。母親の隣で煙草を吸いながら新聞を読んでいる父親は、寒そうな格好をしている。雪の冷たさで鼻がじんじんする。

手袋をはめた手を見おろす。右手の手袋をはずす。やはり手も毛皮で覆われている。爪も人間の爪ではなく猫の鉤爪だが、自分は女の子だし、体も冷えているし、と思うとおかしくて頰がほころび、これはきっと一種の奇跡だと思う。

さらに場面が一転し、リナは年老いてどこかのホスピスの陰気なベッドでチューブだらけになって死にかけている。病室に見覚えがあるが、行ったことのある場所ではない。たぶん未来の光景だ。そこらじゅうが花だらけだ。壁が花で埋まっている。天井は黒い穴だ。怒った顔つきの看護師が、音楽のように聞こえる言語でしゃべりながらうろうろしている。リナの両手と両脚の毛皮は真っ白になっている。老いた獣がぶるぶる震えるようにリナは震えている。体のなかに雷と雨を感じる。骨は腐りかけの木でできているに違いない。

「看護師さん、あの人はどこ?」リナは尋ねるが、だれのことを尋ねたのかわからず、看護師の返事は音の狂ったピアノの鍵盤を何個かいっぺんに叩いたようにしか聞こえない。

壁の花が水のように流れ落ちはじめる。床を覆う。リナの寝ているベッドに這いのぼってくる。看護師が花に溺れる。クリスマスの朝にプレゼントの包装紙をはがすときのような、かさかさぱりぱりという音がする。花はリナを覆いつくす。花のにおいはしない。灰皿のにおいがする。

暗いモーテルの部屋で、リナははっと目を覚ます。厚いカーテンが窓を覆い、テレビは古い映画をやっている。壁には、モーの母親が飾っていたような滝の絵がかかっている。体を起こすと、隣のベッドで泣きながら煙草を吸っているウルフスタインが目に入る。

　ウルフスタインは振り向いてリナが目を覚ましたことに気づき、手のひらの付け根で目を拭う。『情熱の航路』と煙草でテレビを指す。「見たことある？　ベティ・デイヴィスだよ」

「見たことある」リナは答える。

「ロサンゼルスにいたころ、この映画に救われたんだ。ほんとにつらい時期で、三夜連続で見たの」

「ここ、どこ？」リナはのびをして、ふと両手を見やる。震えている。指の関節が赤い。

「モンローのはずれにある素敵な〈ジェイムズ・モーテル〉」

「どうやってここまで来たの？」

「神父が車で送ってくれた」

「ああ、わたし、あの方に失礼なことしちゃったでしょう？」

「神父だもん。あれくらい平気だよ」

「わたし、自分を見失ってた。申し訳ないわ」

「無理もないって」

　リナは立ちあがり、頭の上へ両腕をのばす。「行かなくちゃ。行かないといけない」

「どこへ？」

「エイドリアンのもとへ。ルシアのもとへ。携帯の番号をなくすんじゃなかった」頭のなかでバスの床を探しまわり、書きとめた番号を思い出そうとする。ポケットのなかをまさぐる。いまのいままで、ルシアが電話をかけてくるかもしれないとは思いもしなかった。ルシアもすぐに怖くなり、逃げたのを後悔しているかもしれない。携帯電話の電源を入れるが、着信はない。

ただ正直なところ、この電話がいますぐ使えるように設定されているのかどうかもあやふやだ。パッケージに同梱されていた取扱説明書もバスに置いてきてしまったに違いない。

「ひとりはこの世にはもういないし、もうひとりの行方はわからない。いまは休もう、リナ。ルシアはすぐに警察が見つけてくれる。いつまでもたったひとりでそのへんをうろついてられないんだからさ。エイドリアンはかわいそうだけど、いま行っても警察と面倒なやり取りをすることになるだけだよ。明日か明後日まで待ってもいいでしょ」

ウルフスタインの言うとおりだと、リナも頭ではわかっている。警察が介入したからには、エイドリアンにいましてやれることはない。ルシアがなにをしているのかはわからないが、様子を見るしかなさそうだ。おおかた道路脇でアタッシエケースの上に座りこんで止まってくれる車を待っているところを州警察に保護されることになるだろう。リナがなにもしなくても、子どもがひとりでうろついているという噂は広がるはずだ。あるいは、ルシアのほうから連絡してくるかもしれない。

「でも、じっとしていられない」リナはウルフスタインに言う。

「じゃあ、ひとつ話をしてあげるから聞いて」ウルフスタインは立ちあがり、テレビの音量はさげるが、映像はつけたままにしておく。画面には煙草を吸うベティ・デイヴィスのアップが映っている。

リナはデイヴィスの大きな美しい瞳を見つめる。つかのま、あんな目になりたい、あんな目の持ち主だったらベティ・デイヴィスのような人生を送れたかもしれないと、ぼんやり考える。

「いまは気持ちの余裕がなくて無理かも」

「あたしのはじめての出演作はニューヨークで撮影したの。一九七三年だった。あたしはこれ以上ひどいところはないって感じのモーテルに住んでた。ポート・オーソリティの近くね。〝ナイロンたわし〟って呼ばれてた。あそこにくらべれば、この部屋なんか〈ウォルドーフ〉並みだよ。アイオワ・シティから来た人がルームメイトだった。カリーっていう女の人。当時、カリーは三十五歳だったけど、五十歳くらいに見えた。ポン引きがついていてね。あたしは、そんな人生まっぴらだと思ってた。自分の人生は自分で仕切りたかった」

リナはバスルームへ行き、洗面台の水を出す。蛇口から勢いよく噴き出る水を両手で受けて顔を洗うが、それでこの悪夢から目が覚めるわけではない。「あの神父になんて失礼なことをしちゃったんだろう」鏡に映る自分に言う。

「それはそうと」ウルフスタインがリナの背後、バスルームの入口に現れる。「あたしとカリーとナイロンたわしと、『スイート・カップケーキ』に出たころの話のつづきね」

「『スイート・カップケーキ』？　映画のタイトル？」

「うん。軽いコメディだった。単純な娯楽作品。あたしたちはこれを足がかりにしようとしてた。あたしはメイドの役をやったの。カップケーキを上流階級の連中に配るのね。ドロシー・カミングが屋敷の女主人役」

「なぜその話をするの？」リナは水を止め、ごわごわしたタオルで顔を拭く。ウルフスタインは両手でリナの肩をさすったり揉んだりしている。

「じっとしてて」ウルフスタインが言う。「凝りをほぐしてあげる」

マッサージは心地よく、ウルフスタインに触れられても少しもいやな気がしない。エンジオに触れられたときはぞっとしたが、邪気のない人の手がどんな感触だったか、純粋な触れ合いがどんなにありがたいものだったか、リナは久しぶりに思い出す。目を閉じてウルフスタインにつづけてもらう。

「あたし、何カ月間かマッサージ師やってたの」ウルフスタインが言う。

「やっぱりね、わかる」

「想像できるでしょ? マッサージ台をあっちこっち持ち運んで、知らないデブの背中にカラテ・チョップを食らわすあたし」ウルフスタインの両手はいま肩胛骨のあいだをぐりぐりと揉みほぐしている。「でも、こんなにガチガチになってる人ってはじめて」

リナは言葉に詰まる。なんでもないときでも、リナはストレスを感じてひどく緊張している。あんなことがあり、あんなものを目の当たりにしたいま、全身がひどいありさまだ。筋肉は熱を持ち、ひりついている。骨はさらに古びてしまった。頭はずきずきと痛む。顎はこわばっている。痛みが体のなかで癌のようにじわじわと広がっていくのが思い浮かぶ。

「少し楽になったでしょ」ウルフスタインがリナの耳元でささやく。

リナは少し仰向き、息を吸いこむ。体がほぐれて軽くなった気がする。

「なんで一九七三年の話をしてたんだっけ?」ウルフスタインが言う。「年を取るのっていやだね。話したいことがあったのに。大事な意味があったんだけど」

「そのうち思い出すでしょ」

白いシャツが体にまとわりつく。自分の汗のにおいがわかる。デオドラント剤があればいいのにと、リナは思う。ウルフスタインはシャツの下に手を入れ、背中の下側の素肌をとんとんと押す。ブラジャーのストラップの脇を指の関節で揉む。

「気持ちいいでしょ?」ウルフスタインが尋ねる。

「とっても」リナはとろけそうな声で答える。

「あ、思い出した」

「なにを?」

「なんであの話をしてたかってこと。映画の話と、カリーの話にわかれるの。『スイート・カップケーキ』の撮影で、あたしはクソ野郎のフランキー・マンジェロと一悶着(ひともんちゃく)あった。あいつ、ほんとに何様のつもりだったんだか。あいつと撮影したのはワンシーンだけだったけど、最初から最後まで最悪だった。あいつは大根だし性格も悪いし、おまけにヤク中だった。ブルックリン出身って、あんたと同じだね。ベイ・リッジ育ち。あいつがピザを食べてるところは見たくなかったな、髭が汚らしくて。髭とピザは一緒にしちゃだめだね、ほんとに」

リナは胸の前で腕を交差させる。

ウルフスタインは話をつづける。「ある日、フランキーが撮影のあとにやってきた。〝ウルフィー、仕事を紹介しようか〟って言うの。あたしはすぐさま〝遠慮する〟って答えた。あいつとは関わり合いになりたくなかったから。あたしもバカじゃないし。その仕事がなんだったのかは、いまでもわからない。とにかく、フランキーはそのあとあたしを目の敵(かたき)にするようになった。絡みのシーンを撮影したのは、一週間くらいあとの午後だった。あいつはちょっと荒っぽかった。手加減しろって監督に注意されてた。あたしは怒ったよ。どなりつけてやった。撮影は終わったけど、ずっとあいつはにたにた笑っていて、こっちは最低の気分だった。その数時間後だよ、なんとフランキーは九番街を歩いていて、七階のアパートメントの窓から落ちてきたエアコンに直撃されたの。あいつは昏睡状態に陥った。三日後に死んだよ。あれは報いだね」

リナにはウルフスタインの言わんとするところがわからない。目をぎゅっとつぶり、ウルフスタインがなにを言いたいのかはっきりさせてくれるのを待つ。「それで終わり？」

「第二部があるんだ。家に帰ると、カリーがいた。具合が悪そうだった。生理痛でね。さっきにフランキーのことを話して泣きついた。あたしが泣いたのは、あいつがエアコンに直撃されたからじゃなくて、かわいそうな人だった。でも、とても優しかった。あのとき、あたしはカリーも言ったけど、あいつに見くだされたことに怒ってたから。自分の人生に怒ってた。それまでさんざん間違った選択をしてきたけど、もう引き返すことはできない、そう思ったの。カリーはパンケーキを食べに連れていってくれた。話を聞いてくれた。ダイナーのボックス席で、あたしはカリーの隣に座って、肩に頭をのっけてた。カリーは泣いてもいいよって言ってくれた。髪をなでてくれて。パンケーキを食べさせてくれたんだよ、すごいでしょ？　すごく優しいよね」ウルフスタインはマッサージをやめ、バスルームの入口まであとずさりする。「少しは気分がよくなった？」

リナは振り返る。両腕に力をこめて自分を抱きしめ、ぶるりと震える。「エアコンがフランキーを殺して、カリーがパンケーキを食べさせてくれた？　それで、この話の要点は？」

「友情って最高のロマンスだってこと。それと、男はなにもかもぶち壊すけど、クソ野郎がのんびり歩いてたらエアコンが頭に落ちてくることもあるってこと」ウルフスタインはにんまり笑う。「なんだか飲みたくなっちゃった。つきあわない？」

「わたしはいい」

「向かいに酒屋があったんだ。ウォッカを買ってくるから、ちょっとだけつきあってよ。そのあいだにシャワー浴びなよ」

リナは黙っている。ウルフスタインが部屋の隅へ行き、椅子に置いた鞄の上に屈みこみ、百ドル札を一枚抜き出すのを見る。

「なにかつまみも買ってくるね」ウルフスタインは鞄のファスナーを閉めてドアへ向かう。

「それ、置いていくの？」リナは尋ねる。

「あたしのかわりに見張っといて」ウルフスタインはドアノブに手をかけ、ふと動きを止める。

「二度とひとりで逃げたりしないで。同じことの繰り返しになっちゃうからさ」

リナはうなずく。

「鍵は持っていくね」ウルフスタインはぺらぺらの白いカードキーを掲げ、ポケットにしまう。それから、鼻歌を歌いながら外へ出ていく。

リナは窓辺へ行き、厚手のカーテンをめくる。車体がへこんだ車が数台とまっている駐車場を小走りに突っ切るウルフスタインを眺める。生きることに決してへこたれない女。すごい、と思う。カーテンを閉め、ベッドに座ってウルフスタインの鞄を見つめる。シャワーを浴びて落ち着いたほうがいい。

バスルームへ鞄を持っていき、トイレのタンクの上に、落ちないようにきちんと置く。シャワーから湯を出し、湯気が立ちこめるのを待つ。ドアに鍵をかけ、服を脱いで丁寧にたたみ、洗面台の横のカウンターに置く。両腕を上にのばしてストレッチをする。しばらくその場に立ったまま、もうもうと立ちのぼる湯気に包まれる。

このモーテルのグレードはあまりよくないようだ。漆喰（しっくい）にはカビが生えているし、壁紙ははがれているし、天井には茶色い雨漏りのシミがある。洗面台の鏡は欠けている。便座はゆがみ、タンクとのあいだに人の髪が落ちている。床に置いたゴミ箱も満杯だ。このシャワーの湯もいつまでもつかしらと思ってしまう。

シャワーの下に入り、全身に湯の針を浴びる。ザーザーという音に耳を澄ます。この部屋は、というかこのモーテルはいまいちだけれど、シャワーの水圧は申し分ない。しばらくなにもかも忘れてぼんやりできる。口に入ってきた髪を吸う。またルシアのことを考える。知らない場所をさまよっているルシアを思い浮かべてみる。エイドリアンの最期の姿が頭のなかで何度も繰り返し再生される。もはや自分がいるのか、この先いてもいいのかどうか、リナにはわからない。

湯はいつまでも出てくる。信じられない。ありがたい。

シャワーから出ると、手の指もつま先もプルーンのように皺が寄っている。曇った鏡に映る自分から目をそむけ、タオルで体を拭く。バスルームのなかはまだ湯気がこもっていて暖かい。外の部屋でガラス瓶ががちゃがちゃ鳴り、テレビの音が大きくなったので、ウルフスタインが帰ってきたようだ。

ドアをノックされる。「あたしの鞄、そこにあるよね」ウルフスタインがドアのむこうで言う。

「ある」リナは服を着ながら答える。「あとで後悔するより安全第一だと思ったの」

「あーびっくりした」

リナは髪をタオルで覆い、ドアをあける。湯気がもわっと出ていく。ウルフスタインはテレビのそばのデスクにウォッカの瓶を置いて、その横で立ったまま部屋の備えつけのコップからビニールのカバーをはがしている。「シャワーを浴びているように見せかけて、あたしのお金を持ち逃げしたんじゃないかって思っちゃった」ウルフスタインが言う。「ほんの一瞬そう思ったよ、正直に言うと。いまあんたはそれどころじゃないってわかってるのにね」

「わたしは絶対にそんなことしない」リナは言う。たしかに、また逃げようかという考えが頭をよぎったけれど、ウルフスタインから金を奪おうなどと思うわけがない。

「シャワーはどうだった？」

「ちゃんとお湯が出た」

「そう。じゃ、ウォッカを注いであげる」ウルフスタインは空いているほうの手をウォッカの瓶からベッドのほうへさっと振る。〈アッツ〉のポテトチップスの大袋と〈シーグラム〉のペットボトル入りクラブソーダが二本、枕に立てかけてある。「ほかにもつまみはあるよ」

「ソーダだけいただくわ」

「あたし、力尽くでもあんたにウォッカを飲んでもらうつもりなんだけど。ほんの一滴でいいからさ。ひとりで飲みたくないのよ」ウルフスタインはコップをもう一個出してテレビの上に二個並べる。それぞれ半分までウォッカを注ぎ、クラブソーダを取ってきてウォッカにくわえる。

「それがほんの一滴？」リナは言う。

ウルフスタインは肩をすくめる。片手の親指と人差し指で二個のコップをつまみあげ、一個をリナに渡す。それから、ふたりのコップをカチンと合わせて言う。「乾杯」

リナは酒を口に含む。濃い酒が喉の奥を焼く。記憶にあるかぎり、ウォッカなんかほんの一口だって飲んだことはない。ハイスクールの同級生のジェイン・ウィリアムズはウォッカが好きで、いつもバッグに小瓶を入れていた。ジェインの名前は覚えているのに、顔も髪の色も思い出せない。イタリア系ではなかったはずだ。ウィリアムズはありふれた名字だけれど。ボビー・マーレイがウォッカをがぶ飲みしたあげくエイドリアンを撃ったことを思い出す。

ウルフスタインはベッドに座り、音をたててウォッカをすする。テレビでは別の映画をやっている。「これは見たことないな」リナに言う。「あんたは？　これ、グロリア・グレアムだよね。あたしこの人大好きなんだ。でもこの作品ははじめて見る。素敵じゃない？　見たことない映画に好きな女優が出てるって」リモコンを探し、シーツにウォッカをこぼしたのもおかまいなしでボタンを押す。画面上部の青い帯に『復讐は俺に任せろ』と表示される。

自分はウルフスタインがいま言ったような気持ちになったことはないな、とリナは思う。見たことのない映画に好きな役者が出ていても、特段うれしくはない。たぶん、映画スターにそこまでの愛着を持っていなかったのだろう。

「リー・マーヴィンも出てる」ウルフスタインは〈アッツ〉の袋からポテトチップスを取り、ぱりぱり食べる。「まだ若いね。この人の最初の奥さんに会ったことあるよ。ベティ。きれいな人だったな」

リナはもう一度ウォッカをちびりと飲み、映画に集中しようとする。バスターミナルで買った携帯電話のことを思い出してナイトテーブルの上にそれを見つけ、ルシアから電話がかかってこないだろうかと思う。正しく機能しているのはたしかだが、見たところ着信はない。自宅の電話にかけると、呼び出し音が鳴りつづける。留守番電話がないからだ。それなのに、なぜ電話をかけているのか自分でもわからない。キッチンの壁にかかった電話のベルが、家のなかにむなしく鳴り響くのを想像する。だれもいない自宅を思い出したのが引き金となる。リナは頬が濡れているのを感じ、自分が泣いていることに気づく。

ウルフスタインがテレビの音量をさげる。「大丈夫？」

「こういうのって繰り返しやってくるのね」リナは言い、バスルームへティッシュを取りにいく。

「瞑想ってしたことある？」

「わたしはカトリックよ」

「カトリックだって瞑想しちゃいけないってことはないでしょ。瞑想ってものごとを整理することだもん。不安から逃げるんじゃなくて立ち向かうの」

「あなたは瞑想するの？」

「以前はね。よくしてた。いまは、ただの気分転換が目的。この二年くらいはずっとそうやってきた。気分転換ね。それと、あるとき読んだもののなかにすごく響くことが書いてあったんだ。あたしたちみんな問題を抱えてるし、心の痛みを感じたり、悲しい体験をしたり、傷ついたりしてる。それがあたしたちを形作るんだって。臆病者でも、やり方次第でこの世で一番の勇者になれる。怖がってもいいの。むしろ怖がることは必要なんだよ」

リナはウルフスタインの言葉をひたすら浴びる。うまいことを言うものだ。

「それと、〝とりあえず飲み干せ〟っていうのは役に立つ助言だね」ウルフスタインがつづける。「なんだって飲み干したところで、たいした害はないよ」コップを傾け、一杯目を飲み干してぶるりと震える。二杯目を注ぎにいくが、今度はソーダをくわえない。

もうどうにでもなれ。リナはウォッカソーダを飲み干す。酒は体のなかで爆発し、肌の下で爆竹がはじけ、喉は焼けつき、胃のなかで気持ちの悪いものが這いまわっている。リナはコップを捨て、バスルームに駆けこんで便器の前にひざまずいて吐く。タンクにのっているウルフスタインの鞄を見あげ、息をつく。

ウルフスタインがふたたびバスルームの入口に現れる。「知り合いの作家の男が言ってたよ、どんな物語にも吐くか泣く場面があるはずなんだってさ。二流の作家だったけど。大学教授がスポーツソックスでオナニーする話を書いてた。どうぞ、吐いてもぜんぜんかまわないよ。人生ってゲロと涙でいっぱいじゃない？」

リナはトイレットペーパーをちぎり、口元を拭う。

「あんたの好きな空想ってどんなの？」

「え？」

「あんたの好きな空想。たとえば、ご亭主と暖炉の前に敷いた熊の毛皮の上でいちゃいちゃするとかさ」

「そういうことは考えないな」リナは体を起こして便器に寄りかかる。後ろに手をのばしてレバーを押し、水を流す。

「じゃあ、あたしのを教えてあげる。気晴らしにね。あたしは飛行機のファーストクラスでシャンパンを飲んでる。例のマーティ・サヴェッジが客室乗務員なの。ポール・ニューマンがパイロット。髭を生やしてる。ヴェネツィアで撮った髭のあるポール・ニューマンの写真、見たことある？　そりゃもう素敵なんだから。神さまは腕の悪い彫刻家で失敗作ばかり作ってるけど、ポール・ニューマンだけはちゃんと作ったって言われたら信じちゃうね」

「その写真、見たことない」

「まあいいや。目を閉じて想像してみて。ポール・ニューマンならなんでもいいわ。『暴力脱獄』のニューマン、『評決』のニューマン、『ノーバディーズ・フール』のニューマン。どれでもいけるから」

「そのどれも見たことない」

「リナってばもう。ノリが悪いね。とにかく目を閉じて」ウルフスタインは入口の外の床に座ると、脚を痛めないように、それ以上にウォッカをこぼさないように注意しつつも、やはり少し痛そうに顔をしかめながらあぐらをかき、ドア枠に背中をあずける。

リナは目を閉じる。なにも見えない。まぶたの裏側には暗闇すらないのかもしれない。

ウルフスタインが長々と息を吐く。「で、マーティ・サヴェッジだけど、彼はほかの乗客のことはほったらかしなのね。あたしのそばで、シャンパンのおかわりを注ごうと待ち構えてる。注いだあとにボトルの口を拭く小さな布を持ってる。すごくセクシー。あたしはシャンパンをごくごく飲んでる。史上最高のシャンパンなの。虹の味がする。マーティはちょっと汗ばんでる。身を屈めて、あたしにこう耳打ちする。〝二分後にトイレに来てくれ〟。あたしは黙ってうなずく。トイレに行くと、そこは普通の飛行機のトイレみたいな小さい箱じゃない。すっごく豪華なの。四方の壁は鏡張り。広くはないけど、床には絨毯が敷いてあって、どこもかしこも新品ピカピカ。そこへマーティが入ってくる。シャンパンを持ってね。あたしは洗面台に座って、マーティに服を脱げと命令する。彼は従う。そのあとどうなるかはわかるよね？　ポール・ニューマン登場よ。あたしは〝だれが飛行機を操縦してるの？〟と尋ねる。ポールは〝自動で飛ぶんだ〟と答えて、あの笑顔であたしを見る。それから、近づいてきてあたしの首にキスをする。彼の髭からローズマリーみたいなにおいがする。そして、三人でシャンパンをまわし飲みする」

「ストップ」リナはまた吐き気を催して目をあける。

「あたし、調子に乗りすぎた？」

リナは後ろを向いてふたたび嘔吐する。

「かわいそうに」ウルフスタインが言う。

「ごめんね」

「いいのよ。話はだいたいわかったでしょ。あたしとマーティ・サヴェッジとポール・ニューマン、夢のトイレで熱気ムンムン」

「おもしろかった」リナは社交辞令で言ったつもりが、ほんとうに楽しんだことに気づく。

「ほんと？」

「ええ、おもしろかったと思う」リナはまたトイレットペーパーをちぎり、口元を押さえる。

「最後まで話してもいい？」ウルフスタインが尋ねる。

　リナはうなずく。

　ウルフスタインは空想の話を再開し、彼女とポール・ニューマンとマーティ・サヴェッジとやらがたがいに服を脱がせ、四方の鏡に果てしなく映る自分たちを見ながらさわったりキスをしたりする場面を語る。やがて、飛行機が乱気流に突っこむ。すると、別の客室乗務員がトイレに入ってくるが、その乗務員はベルベットの唇と小鳥のさえずりのような笑い声の持ち主、かわいいジニー・マクレイだ。四人は八本の腕を持つひとつの塊になる。どこもかしこもポール・ニューマンの髭のローズマリーの香りがする。ウルフスタインは、話が過激になりすぎないような匙加減（さじかげん）を心得ているようだ。聞き手の限界がよくわかっている。

　すっかり話に聞き入ってしまったのは、たんに耳を傾けた結果か、それとも話自体がおもしろかったのか、あるいはウルフスタインのユーモアのセンスのおかげなのか、リナにはよくわからない。いずれにせよ、少し元気になった気がする。

　ウルフスタインは山場を得意げに描写する。「あたしとポールは、ジニーとマーティに見られながら鏡に寄りかかってやるのね。で、飛行機は砂漠の島に墜落する。生き残ったのはあたしたち四人だけ。そのあと、いつまでも幸せに暮らすの」

「わあ、なんだかすごい話ね」リナは言う。

「でしょ？　あたし、空想するのが好きなんだ。だから映画が大好きなの」一拍の沈黙。「あんたの話もして」

「わたしの話？」

「空想の話」

「さっきも言ったでしょう。わたしはそういうことを考えないの」

「じゃあ、いま作って。楽しいじゃん。すっきりするよ」

「そうかな」

「とりあえずはじめて」

リナは記憶を探る。〈ガーシュウィンズ〉のヴィクを思い出す。タオル一枚の姿でシャワーから出てくるヴィク。エイドリアンが生まれる前の自分たちふたり。エイドリアンを授かった夜。シルクのシーツ、明かりを落とした寝室のシャンデリア。ヴィクが殺される前のある朝を思い出す——あのころはほとんどベッドをともにすることがなくなっていたが、地下室でリナが洗濯機に服を入れていると、ヴィクがそばにやってきて、リナのはいていたパジャマのズボンをおろした。あのときは一気に若返ったような気分だった。洗濯機に寄りかかって二分もかからずに交合を終えたあと、ヴィクはリナの両肩にちょんちょんとキスをし、ズボンをあげてベルトを締め、地下室を出ていった。リナは鼻歌を歌いながら洗濯のつづきをした。

でも、これは思い出だ。空想の話ではない。

ヴィクに出会う前はどんなことに胸を高鳴らせていたか、どんな欲望を抱いていたのだろうか。『人魚姫』の物語が大好きだったことは覚えている。子どものころに美しい絵本を読んだのがきっかけで、人魚に興味を持った。人魚の出てくる本ならなんでも読みあさった。コニー・アイランドのビーチへ出かけ、人魚が桟橋の下にいないだろうか、岩陰でのんびりくつろいでいないだろうかと想像した。人魚になった自分をぼんやり思い浮かべたりもした。光るうろこで覆われたなめらかな裸体に海藻をゆるりと巻きつけて泳ぐ自分。長ずるにつれて、人魚のことなど忘れてしまった。さらに時間がたち、結婚してずいぶんたったころ、ダリル・ハンナの主演映画が公開された。『スプラッシュ』だ。トム・ハンクスも出演していた。あの映画はロウズ・オリエンタル・シアターで、ひとりで見た。映画を見て記憶がよみがえった。四十にもなって人魚になりたいというひそかな欲望が戻ってきて、二週間ほど居座っていた。

「わたしは人魚なの」リナは切り出す。

「いいね」ウルフスタインが言う。「人魚ってセクシーだよね。それで？　あんたはどこにいるの？」

「海面から顔を出してるの。水はとっても冷たい。空にたくさんの星が見える。わたしはなにも着ていない。髪もしっぽも長くて、肌はきらきら光っている」

「完璧。ね、あんたの話もおもしろいでしょ。で、だれが泳いでくるの？　ジェントル・ヴィク？　それとも若き日のアル・パチーノ？」

リナはまた目を閉じて空想に身をゆだねる。ほんとうに水のなかにいるような感覚がして、広い海原と頭上にまたたく星が見える。よく見える。「だれも来ない。わたしはひとりぼっち。あたりは静かなの。完璧。水はとても心地いい」

「うんうん」とウルフスタイン。「それがあんたの空想することなんだ」

口から水を吸いこむと、いや、吸いこむのを思い浮かべると、体が水に包まれている感じがする。自分は自由だ、体はもう不安や恐怖やなにかに支配されていないのだと感じる。やがて、意識の焦点がいまここに戻ってくる。現実にはわびしいモーテルのバスルームの床に座っていて、二度も嘔吐したところだ。リナは目をあける。

「入りこんでた?」ウルフスタインが尋ねる。

「こういうの苦手みたい」

「なに言ってんの。人魚になるなんて最高のスタートだよ」

ナイトテーブルからリンリンと音がする。リナは最初、部屋に備えつけの電話のベルが鳴ったのだ、だれがかけてきたのだろうと思う。フロントかしら。そのとき、バスターミナルで買った携帯が鳴っているのだと気づく。はじかれたように立ちあがり、急いで取りにいく。少し手間取るが、なんとか携帯を開いて耳にあてる。「もしもし」宙に向かって言う。つかのま、まだ空想のなかにいるのではないかと思いながら。

だが、すぐに声が返ってくる。「リナおばあちゃん、あたし」ルシアだ。「おばあちゃん、助けて」

ルシア

　ブルックリンのアパートメントのドアがあいたとき、ルシアはウォルトの姿にぎょっとする。ひどくやせた体、まばらな無精髭、ガタガタの歯。肌は病人のような土気色(つちけいろ)だ。頭頂部は禿げているが、残った髪をひとつにまとめ、パンの袋の口をとめるのによく使われるビニタイで縛っている。着ているのは袖を切り落としたぶかぶかのTシャツだ。白地に脚の長いポールダンサーの黒いシルエットがプリントされている。その隣に大きな丸っこい文字で〝シングルマザーを支援しよう〟というメッセージ。上腕に入っているタトゥーは、ロケットにまたがった鼠のように見える。いまにも腰から落ちそうな茶色いカーゴショーツのウエストから、白いボクサーショーツが覗いている。「おれのルシアか」

　ルシアはためらう。北の町のタクシー運転手、ジャスティンに、ちょっと待っていてくれと頼まなかったのがにわかに悔やまれる。ここまでのドライブは楽しく、のんびりできた。ジャスティンは話しやすい人だった。ルシアは予備の計画をほとんどなにも考えていない。リナおばあちゃんの新しい携帯の番号は念のために記憶したが、切羽(せっぱ)詰まって助けを呼ぶために使うことになるとは、あのときは思いたくなかった。ところがいまや、大量の札束を文字どおり背負って、どう見てもヤバい父親のアパートメントに来ている。

「どうも」ルシアは言う。

ウォルトはルシアを抱き寄せる。彼の体からは煙草とワセリンのにおいがする。Tシャツはもう何年も洗濯していないようだ。腹に〈チーズ・ドゥードル〉のかすのようなものがぱらぱらとかかっているのが見える。ウォルトはハグをやめると、ルシアの肩に両手を置いて身を乗り出す。「おまえの顔をよく見せてくれ。美人だな、それは間違いない。母親に似たんだろうが、おれに似たところも少しだけあるな」

どこが似ているのだろう。この男が実の父親だなんて、どうしても思えない。電話で話したあと、せめて危険な雰囲気のする男前だといいなと期待していた。そういう男だったら、自分はこの人の娘だと思えただろう。

「おれにがっかりしてるみたいだな、わかるよ」ウォルトが言う。

ルシアは肩越しに、入ってきた経路を見やる。重たい木のドア、薄暗い階段、洗濯機がフル稼働していた一階のコインランドリー。

ウォルトは話しつづける。「別にいいさ。慣れてるからな。おれはだれからもがっかりされるんだ。入れよ。パニクって逃げたくなったら、そうすりゃいい。怒りゃしねえよ」彼がにんまり笑うと、ひどい虫歯がよく見える。溶けてゆがんで黄ばんでいて、何本かは抜けてしまったようだ。

「どうしようかな」ルシアは言う。

「警戒するのももっともだ。ちゃんと頭を使ってる証拠だ。おれのことはぜんぜん知らないもんな。いい考えがある」ウォルトはアパートメントの奥へ消える。

ルシアはなかを覗く。空っぽの〈チーズ・ドゥードル〉の袋と発泡スチロールのコーヒーカップが散らかったクリーム色のソファ、その前には室内アンテナのついた白黒テレビがあり、ニュースをやっていて、その隣には封をした段ボール箱が積み重なっている。キッチンの入口には、カビの生えた透明のシャワーカーテンがかかっていて、ソファの横には服の山がある。

ルシアのいるところからウォルトの姿は見えない。

戻ってきた彼は、大きな包丁を持っている。黒い柄がついていて、鋭そうな刃は長さが二十センチ以上はありそうだ。

ルシアはウォルトから目をそらさないようにして、階段のほうへ数歩あとずさる。階段のてっぺんで立ち止まる。

「待て待て！　これはおまえのために持ってきたんだ！」ウォルトはナイフを体の脇におろす。

「おまえが持ってろ。安心してもらいたいんだ」

「包丁を持ったら安心できるの？」

「できるさ。こうやって、おれがなにかしようとしたら、こいつで刺せばいい」

「刺したくないんだけど。だれかを刺したことなんかないし」

「念のためだ。護身スプレーのかわりだと思え。ほら、取れよ」包丁の柄をルシアに向けて差し出す。

ルシアはウォルトのそばへ戻って包丁を受け取るが、すかさず取り戻されるのではないかと身構える。包丁は取り戻されない。錆びついているが、ルシアが最初に思ったより鋭そうに見える。ルシアは生まれてはじめて包丁を手にしたかのように、体の前で、両手で握りしめる。

「おっ、いい靴履いてるな」ウォルトがルシアのスニーカーを指さす。「買ったばかりか？」

ルシアは息を呑み、こくりとうなずく。

「さあ、入れよ。むさ苦しいわが家へよくぞおいでなすった。〝ウォルトの金庫（ヴォールト）〟って呼んでるんだ。魔法の部屋だ」

ルシアはウォルトのあとからなかに入り、汚いソファに腰かける。包丁が膝の上で切っ先を上に向け、リュックを背負ったままなので、どうしても姿勢が変になる。

ウォルトが窓の前へ行き、折りたたみ椅子の向きを変えてまたぎ、椅子の背に両腕を置く。窓にカーテンはかかっていない。外の通りを見おろせる。ウォルトが電話で売春宿の隠れ蓑と言っていた下着屋が見える。十三番街のこのあたりは店舗や事務所が並んでいて、ずんぐりしたバスが走り、銀行やデリから出てきた人々は次の目的地へきびきびした足取りで歩いていく。

ルシアは部屋のなかを見まわす。壁は長年のあいだ放っておかれたせいで黄ばみ、水漏れのシミがある。テレビのチャンネルがはまっていたはずの穴には洗濯ばさみが刺さっている。たぶんそれでチャンネルを変えているのだろう。室内アンテナは曲がり、画面の映像はぼやけている。入口のそばに積み重なっている段ボール箱はガムテープで封をしてあり、それぞれ側面にはマジックで人の名前が書いてある。トミー・G、デュランテ、クラム・マン、チャブ、トニー、ギリー、スラム・バム。ソファの横の服の山から悪臭がする。

「ルシアの話をしてくれよ」ウォルトが言う。「ちなみに、おれだったらその名前はつけないな。意見を聞かれてたら、デビーかシンディかケリーを推したのにな」

「たいして話すことなんかない」

「遺産を相続したんだろ？」

「たいした額じゃない」

「とか言って、おれが見たこともないような額だろ。キャッシュカードかなにか持ってないのか？」

「この包丁を持ってるよ」

ウォルトが笑い声をあげる。「言うねえ」ふと黙る。「やっぱりおまえ、おれに似たところがあるな」

ここへ来たのは大失敗だ。父親となにをするつもり？　父親など必要ないのに。いままでずっと必要なかったのに。たぶん、幻の父親を探し求めていたのだ。目の前にいるこのキモい生き物は――『ロード・オブ・ザ・リング』のゴラムみたいなこいつは、自分にとってなんの価値もないし、これからもない。

「どこの学校に通ってるんだ？　好きな色は？　彼氏はいるのか？」ウォルトは両手をあげる。「な、おれっていかにも父親っぽくないか？　ジュースでも飲むか？〈カプリサン〉がひとつ冷蔵庫に入ってる。あとに取っておこうと思ってたんだが、いま飲みたけりゃ飲んでいいぞ」

「ううん、いい」

ルシアは、これからどうしようか、どこへ行けばいいのだろうかと考えている。リナおばあちゃんに電話をかけようか、やっぱりやめておこうか。とりあえずブルックリンから電車に乗ってブロンクスと繰り返し往復しようか。いや、ただのバカじゃん、札束背負ってうろうろするなんて。それか、ブロンクスへ戻って、ヤンキー・スタジアムのそばにアパートメントを借りて、このお金はどこか銀行の貸金庫に預けて、ホームゲームは欠かさず観に行って、デレク・ジーターに何度も何度もサインをもらおう。

「向かいの売春宿に連れてってやろうか」ウォルトが言う。「仲間におまえを紹介したいんだ」

「ううん、やめとく」ルシアはナイフの切っ先をウォルトのほうへ向ける。

「なあ、おまえ、ママがなんでこんなやつと寝たんだろうって思ってるだろ」ウォルトは禿げた頭頂部をなでる。「あのころは髪もふさふさしてたんだ。歯もそろってた。おれはヘヴィメタルのバンドをやってたんだ、ラプス・オブ・サニティってバンド。〈ラモーア〉に出たこともある。別名ラモーズ。聞いたことないか？〝ブルックリンのロックの殿堂〟だ。ホワイト・ライオンの前座もやったんだ、すごいことなんだぞ。ヴィト・ブラッタな、あいつは史上最高のギタリストだった。おまえのママはメタルにはまってたんだ。うーっ、あいつはほんとにいかしてたな。カトリックの学校の短いスカートに、おまえがいま着てるガンズ・アンド・ローゼズみたいなバンドTシャツを着てた。それにあの髪な。メタルはほかのだれも知らない、あいつの秘密の世界だったんだ」ウォルトの視線が窓の外へさまよう。「おれはギタリストだった。いまはもう弾いてない。シーンはすっかり変わっちまった」

ルシアはエイドリアンに関する新情報を理解するのに苦労している。母親がそういうバンド――ガンズ・アンド・ローゼズはもちろん、シンデレラやスキッド・ロウ、モトリー・クルーやなんかを好きだったのは知っているが、その世界の住人みたいな感じだった母、ライヴの常連だったエイドリアンは、ルシアの知らない別人のエイドリアンだ。チャラいメタル・グルーピー版エイドリアンがどうしても思い浮かばない。

ウォルトはつづける。「それ、あいつのTシャツだろ？　八七年の十月にあいつと〈ラモーア〉でガンズを見たんだ。十ドルだった。最高の夜だったな。おれたち若かったし」

「もう行かなくちゃ」ルシアは言う。

「どこへ行くんだ？　おまえ、みなしご同然だろ。おれが面倒見てやるよ。おまえが相続した金、いくらあるのか知らないが、それで当分やっていけるさ。投資先にはいくつか心当たりがあるから、二倍、いや、三倍に増やしてやるぞ。こんな穴倉とはおさらばして、おまえとおれとふたりでいかした家に引っ越そう。おれは小うるさい父親にはなんねえよ。夜遊び自由、クスリをやろうが説教はしねえし、煙草でも酒でもセックスでもやりたいだけやりゃあいい。セックスは好きか？　もちろん男がいるんだろ」

ルシアは包丁を片手で持って立ちあがる。

「おいおい、行くなよ。おれと親子の絆を深めたくてここへ来たんじゃねえのか？　絆を深めようぜ」

「どうしてここに来たのかわかんなくなった」

「おれはおまえが思ってたような、ていうか期待してたような男じゃない、それはわかってる。でもこれから生活をあらためる、約束だ。ずっときっかけを探してたんだ」ウォルトが立ちあがって歩いてくる。もはやふたりを隔てる距離はほんの一メートルほどだ。手をのばし、ルシアの肩をぎゅっと握り、ものほしそうにリュックのストラップに触れる。

ルシアはひるみ、体を引く。

ウォルトがさらに近づいてくる。「ハグをしてくれよ、な？　優しいハグ、それくらいいいだろ」

　ルシアは片手でウォルトを押し返す。彼がそれ以上近づけないよう、反対側の手で包丁を掲げて見せる。「さわらないで」

「おれがその包丁を渡したんじゃないか」ウォルトは、悪気はないと言うように両手をあてあとずさる。「おれだってバカじゃない。やっと会えた娘にちょっとハグしてほしい、それだけだ。音楽でも聴くか？　おれがラジオに合わせて演奏してるテープ、ぜんぶ取ってあるんだ。おれのギターを聴かせてやるよ」

「とにかくほっといて。考えたいことがあるの」

「そのリュックにはなにが入ってるんだ？」ウォルトが頭の後ろで両手を組む。「ずっと背負ったままだ。大事なものでも入ってるのか？」

「うるさい！」

　ウォルトがふたたび迫ってきて両腕をさっと前に出すが、彼がハグをしたいのかリュックを奪い取ろうとしているのか、ルシアにはまったくわからない。

　とっさによけて包丁を突き出すと、彼の前腕に刺さる。柄を握っていた手から力が抜け、包丁が床に落ちる。

　ウォルトは尻餅をつき、ぽかんと口をあけてルシアを見あげながら、ずるずるとあとずさる。切り傷を見おろす。Tシャツを脱いで傷口に巻きつけ、切られた腕を反対側の腕で抱きしめる。

「よくも刺しやがったな、クソガキ」

「さわるなって言ったのに」

「ほんとに刺しやがった。血が出てる。クソ痛え。だれか呼んでくれ。ギリーに電話しろ。そいつならいとこを連れてきてくれる。医者なんだ。あそこのガラクタ入れに電話番号が入ってる」肘でキッチンのほうを指す。

ルシアの息はあがっている。窓の外を覗き、室内を見まわす。自分の目を、手を、足を、どう動かせばいいのかさっぱりわからない。いまやひいひい泣き声をあげているウォルトを見ないようにする。ソファに座って体を前後に揺する。両膝を打ち合わせる。とにかく出ていこう、と思う。これって夢だよね。

ウォルトが呟きこむ。「頭がぼうっとしてきた。早くギリーを呼べよ。こんなときどうすりゃいいのか知ってるから」

ルシアはまた立ちあがる。両手を見る。震えている。ウォルトを見る。人を刺すのはなんともいえない感覚だ。ウォルトは死なない。腕を切っただけなのだから。そもそもウォルトが包丁をくれたのが悪いのだ。さわったのが悪いのだ。こんなふうに胸がざわつくのは、罪の意識というよりも、怒りと恐怖のせいだ。

ルシアはキッチンへ行き、カビの生えたシャワーカーテンを引く。冷蔵庫の扉が大きくあいている。最上段に蓋のないマヨネーズの瓶と〈カプリサン〉が一瓶並んでいる。下段にはテイクアウトの箱が何個か倒れたまま放置してある。シンクは汚れた皿が山積みになっている。隣の建物の茶色い煉瓦の壁しか見えない小さな窓の下に、中身があふれそうになったゴミ箱がある。ルシアは何度か深呼吸する。水を飲みたいが、清潔なグラスはなさそうだし、シンクは蛇口の下にグラスを入れる余地もないほど汚れもので一杯だ。口のなかはからからだ。ルシアはなにひとつ触れないようにする。冷蔵庫の隣のカウンターの抽斗をあけると、黄色い法律用箋が入っている。このアパートメント全体がガラクタなのにガラクタ入れってウケる。ギリーの電話番号が見つかるが、電話はかけない。かわりに、携帯電話を取り出してリナおばあちゃんの番号を押す。

五回目の呼び出し音で、おばあちゃんは携帯をなくしたのだろうか、使い方がわからないのだろうか、いや、壊れているのか電源が入っていないのかもしれないと、ルシアは思う。

そのとき、リナおばあちゃんが応答し、ルシアはおばあちゃんが必要だと切り出す。リナおばあちゃんは安堵のあまり大声をあげる。ルシアは詳しいいきさつは飛ばして、困っていると伝える。

「そこは安全な場所なの？」リナおばあちゃんが尋ねる。

「たぶん」ルシアはいまいる場所の住所を言う。

「そこにいなさい。できるだけ急いで迎えに行くから」

「わかった」ルシアは電話を切り、頭を抱える。

「さっさとギリーに電話しろってんだよ」ウォルトが言う。「腕の感覚がなくなってきた。ほんとに刺すとか信じられねえ」

「ちょっと考えさせて」

ウォルトがまたうめく。「とりあえず角のコンビニでガーゼと消毒薬と包帯を買ってこい」

そうしてやってもいいのだが、ルシアは動かない。

ウォルトが情けない声を漏らす。「もう死にそうだ」

ルシアはテレビの前へ行き、洗濯ばさみでチャンネルを変える。野球を観たい。残念ながらやっていない。しかたなくメキシコのメロドラマにする。画面に黒い横線が上下に流れ、映像がゆがむ。音量をあげる。

「おまえ、薄情な母親にそっくりだな」ウォルトが言う。

リナおばあちゃんが到着するまで最短でも一時間、おそらくはもっとかかる。ウォルトがおしゃべりをやめてくれればいいのにとルシアは思うが、彼は黙らない。ルシアは包丁を取りにいく。刃に少し血がついている。「また刺さないと黙らないのなら刺すよ」

「ほんとに刺せるのか？」

「うるさい」

ルシアはソファへ戻って腰をおろし、包丁を膝頭に立てるようにして持つ。ほんとうにもう一度ウォルトを刺さなければならないかもしれないと考える。やむを得ない場合、つまり彼が近づいてきた場合にはそうすることになる。ただ、いまのところ余計なことをしゃべる口は別として、ウォルト本体は動かない。うめき声をあげ、仲間の名前を呼んでいるだけだ。ルシアはテレビを眺める。黒い服を着た女性が花束を抱え、頰の涙を拭いながらなにかスピーチをしている。なんだかほっとする。ルシアは二年前から学校でスペイン語を学んでいるので、女性の言葉をところどころ聞き取れる。

「おまえの母親が堕ろしてりゃよかったんだ」ウォルトが言う。「そしたら、おれはこんなふうに刺し殺されずにすんだのに」

「うっせえ黙れ」ルシアは長いあいだ神に祈ることをしていなかったが、早く時間がたちますように、リナおばあちゃんが早く迎えにきてここから連れ出してくれますようにと祈る。足で床を小刻みに叩く。マライア・キャリーの『イッツ・ライク・ザット』を小声で歌う。

ウルフスタイン

ウルフスタインは近くのセントラル・ヴァレーという町のタクシー会社に電話をかけ、ニューヨークまで行きたいと切り出す。応答した男は、最初はこのところ長距離で料金を踏み倒されることがつづいたのでと渋るが、ウルスフタインは長年使ってもすり減らない魅力で相手を屈服させる。

リナは早く出発したくてやきもきしている。ルシアは詳しい説明をしなかった。ただ困っていると告げただけだ。それでも、リナは傍目にもわかるほど興奮している。「ルシアがわたしを必要としていいるんですって」と何度も繰り返す。

十五分後、モーテルの前でふたりは迎えに来たタクシーに乗りこむ。かすり傷だらけのリンカーン・タウンカーのなかはアップルシナモンの芳香剤のにおいがし、後部座席でウルフスタインは鞄を膝にのせ、リナはルシアに教わった住所を運転手に告げてから、おそらく次の電話を待ち構えて携帯電話をいじっている。

運転手は耳にふさふさと毛が生え、くたびれてロゴのはがれた青い野球帽をかぶっている。名前はデニス。都市部の訛りがある。十年前にタキシードの妹の家に引っ越し、そのあとふたりでモンローへ、それからさらにセントラル・ヴァレーへと居を移したと話す。カーヤス・ジヨエル（ニューヨーク州にある伝統的なユダヤ人のコミュニティ）の悪口を言う。着ているグリーンのタンクトップにはゴルフのチャリティトーナメントのロゴがついている。肩を覆う体毛が霜のようだ。前方をふらふら走っているワゴン車にクラクションを鳴らしながら、南へ向かう高速道路に入る。彼はカッとして申し訳ないと謝る。この町にはうんざりだ、どこもかしこもうんざりなんだ、妹にも車の運転にもうんざり、うんざりしていることにうんざりしている、と言う。

ウルフスタインは鞄をリナとのあいだに置き、身を乗り出してデニスの首筋をさする。「あたし、ウルフスタインっていうの。こっちはリナ」

運転手は笑う。「おお、ウルフスタイン、もしおれが居眠りしはじめたらまたそうしてくれ」

ウルフスタインは言う。「おしゃべりで眠気を覚ましてあげる。無傷で目的地に着きたいからね」

「ちゃんと連れてってやるよ。あんた、魔法の手の持ち主だな。早くも気分がよくなったぞ」

ウルフスタインはマッサージをつづける。

リナが膝を見おろす。「どこかに寄って、あの子になにか買ってあげたほうがよくない？　ちょっとしたプレゼントを。あの子は熊のぬいぐるみが好きだったの」ウルフスタインに尋ねているようだが、考えていることをそのまま口に出しているだけだ。

「熊のぬいぐるみはもう卒業したんじゃないかな」ウルフスタインは答える。「とりあえず、早くあの子のもとへ行こうよ。これって救出作戦でしょ？」

リナはそわそわと膝の上で指を組む。「ええ、そうよね。あなたの言うとおり。わたしったらなにを考えていたんだろう」

「いいのいいの。自分を責めない」

「あんた、いいやつだなあ」デニスが運転席からウルフスタインに言う。「人の気持ちをほぐすのが上手だ。まれな才能だよ。はじめて会ってから十五分しかたってないのに、もうおれは元気満々だ。結婚してるのか？」

「ひとりよ、デニス」

「独身生活を満喫しすぎてるな、わかるよ。おれもだ。バーに行きたいときに行く。家に帰りたいときに帰る。飲みたいものを飲み、食べたいものを食べて、見たいテレビを見る。結婚している友達の女房連中はホールマーク・チャンネルばかり見てるそうだ。おれはあんな家族向けのやつじゃなく刑事ドラマを見たいんだ。『ザ・シールド』って知ってるか？　おれがいまはまってるドラマだ」

　ウルフスタインはデニスの毛深い肩胛骨を揉む。マッサージが終わると、デニスは礼を言う。ウルフスタインは両手を打ち合わせ、こちらこそと答える。

　いま、車はタッパン・ジー・ブリッジを渡っている。ウルフスタインはハドソン川のきらめく水面を眺める。この橋を渡っていると落ち着かない気分になる。ナイヤックのカレンおばの家にたびたび預けられていたころのことを思い出すからだ。橋が開通したのはウルフスタインが九歳か十歳のころ、おそらく一九五五年。あのとき、橋の上から見た川が美しく希望に満ち、どこまでも流れていくように見え、さまざまな未来の可能性にあふれているように感じたのを覚えている。水面や対岸や木立に歴史が見えると思った――ほんとうに見えたのを覚えている。亡霊たちがうごめいていた。現実には存在しない船が何艘（なんそう）も川を航行していた。火事の煙があがっていた。橋を渡っているあいだに崩落して車ごと川に落ちるのではないか、車の窓をバンバン叩き、息ができずに苦しみながら一生を終え、痛みは暗闇の底に消えるのではないかという不安は、ほかの橋を渡ったときには感じたことのないものだった。

「おれはこの橋が嫌いでね」デニスは問わず語りにつぶやく。「クソみたいな代物だ。そのうち崩れ落ちるぞ。おれがこう言ったのを覚えておいてくれ」

「あたしもそう思う」ウルフスタインは言う。

デニスはハンドルを叩く。ラジオをつける。「音楽を流してもかまわないか？」

「どうぞ」

デニスは好みを探してオールディーズに決める。ボビー・ヴィントンの『涙の紅バラ』が流れだす。デニスは一緒に歌う。「お袋がこの歌を好きだったんだ。母も、おばたちもみんなそうだった。お袋は七人姉妹でね。もうみんな死んじまったけどな。お袋もね。ハイスクールのころつきあってたソフィもこの歌が好きだったよ」一拍の間(ま)。デニスは片手でぴしゃりと耳を叩く。「すまんね。またやっちまった」

ウルフスタインはまた彼の肩に手をかける。「思い出話をするのは悪いことじゃないでしょ？気を楽にしなよ。大丈夫だって」

「おれのたわごとを無理やり聞かせるのは申し訳なくてな。歌を聞いたとたんにお袋のことをぺらぺらしゃべりだしちまうとはね。おれの背骨はマッツォー（ユダヤ人が過越の祭りで食べる薄いパン）でできてるのかと思われそうだが、そのとおりだ。フニャッと砕けちまう」また一拍の間。「いったいおれは何者だ？　運転手だ。あんたらも〝運転してな、間抜け野郎〟って言ってくれなくちゃ。〝一九五八年におまえの母ちゃんが朝食になにを食ったとか、おまえがカーディナル・ヘイズのダンスパーティにだれと行ったとか、そんな話は聞きたくねえ〟って言ってくれよ」

「カーディナル・ヘイズの卒業生なの？」ウルフスタインは尋ねる。

デニスはうなずく。「そうだよ。あんた、まさかブロンクス出身じゃないだろうな？」

「リヴァーデイルよ」

「嘘だろ」

「ほんと。あんたはコンコース？」

「モット・ヘイヴンだ」

「ねえ」――ウルフスタインはふたたび身を乗り出す――「かわいいデニス、あんたってもしかして煙草を吸う人？　あたし、どこかでパックごとなくしちゃったの」

デニスはバックミラー越しにウルフスタインににんまりと笑いかける。「おれが煙草を吸うかって？　生まれたときから吸ってるぜ」グローヴボックスをあけ、マールボロ・レッドのパックを取り出してウルフスタインに渡す。シガーライターをソケットの奥に押しこみ、戻ってくるのを待つ。「おれにも一本くれ。お友達はどうだ？　さっきから静かだな。一本どうだろう？」

ウルフスタインは煙草を掲げる。「リナ？」

リナはかぶりを振る。「ネックレスを買ってあげようかな。ちょっとしたプレゼント」

ウルフスタインはデニスに煙草を一本渡し、自分も一本くわえてデニスがライターをくれるのを待つ。赤熱した電熱線で煙草に火をつけ、手をのばしてデニスの煙草にも火をつけてやる。

デニスはこんなにグッとくる体験ははじめてだと言わんばかりに、満面の笑みで煙を吸いこむ。

ほどなく車内に煙が充満する。

リナが窓をあける。

「あんたたち、モンローにいたんだろ。あそこでえらい騒ぎがあったのを知ってるか？」デニスが尋ねる。「サイレンがうるさかったし、ラジオでニュースをやってた。バスが事故を起こしたらしいな」

「そうなんだ」ウルフスタインは言う。

「ところで、ブルックリンになんの用事があるのか訊いてもいいか？」

「リナがブルックリンに住んでるの」

「ひとりはブロンクス、もうひとりはブルックリン。そのふたりがなんだって一緒にいるんだ？」

「あたしたち、つまりあたしとこのリナはね、不倫してるの。リナの旦那の目を盗んでね。だから田舎のモーテルで会うの」ウルフスタインは真顔で言う。

バックミラーのなかで、デニスの目がすっと細くなる。煙を深々と吸う。態度が変わり、両肩が丸まってハンドルを握る手に力がこもる。「おれをからかってるんだろ」

ウルフスタインは手をのばしてリナの手を取る。その手はひんやりしている。ウルフスタインがいま発した言葉も聞こえていないような表情だ。「からかってなんかないよ」ウルフスタインは言う。「あたしたち恋人同士なの。あのみすぼらしいモーテルの部屋で激しく抱き合ってきたところ」

「〝恋人同士〟だと?」デニスの目はこれが冗談だと示す証拠を探して、バックミラーのなかのふたりの顔を交互に見つめる。「はっきり言うね」

「だってほんとのことだもの。ね、リナ?」

リナは考えごとにふけり、まったく聞いていない。「えっ? そうね。そうよ」

デニスがバックミラーに煙を吹きつける。「じゃあ話してみろよ。モーテルの部屋でどんなことをしたのか」

「ここで実況しながらやる?」ウルフスタインはにっこり笑う。デニスの肩のむこうへふうっと吐き出した煙がフロントガラスにぶつかって消える。

リナは咳きこみ、われに返った様子で顔の前の煙を追い払う。「なんの話? いまどこを走ってるの?」

「南へ向かう高速」ウルフスタインは答える。「こちらのデニスさんが、あたしたちがジェイムズ・モーテルでなにをしてたか知りたいんだって」

デニスが赤面する。「勘違いしないでくれ。失礼なことを言うつもりはないんだ。あんたらがおれをからかってるんじゃないかって思っただけだ」

「なんのことかしら」リナはルシアで頭がいっぱいで、どうやらなにも気づいていない。「なんの話をしてるの?」

「あんたらが恋人同士だって話」

「は?」リナは、まったく知らない外国語で話しかけられたかのように面食らっている。

ウルフスタインは鞄越しにリナの腕を肘でつつく。「あたしたち愛し合ってるんだよね。どうしても離れられない。この人の旦那には内緒だよ、いい？」

「そう、そのとおりよ」リナが言う。

「熱々のどろどろなのって、この人に話してたところ」

「そうか」デニスが言う。「なんとまあ。人それぞれだからな。不倫だろうがなんだろうが、情熱的に生きてる人間はいいな。あんたみたいな女の人にとって、きっと亭主は役立たずなんだろ。で、あんたを追い払った」

「まあそんな感じ」リナは言う。つかのま黙ったあと、おもむろにウルフスタインを見つめて話をつづける。「長いあいだ生きてる実感がなかったけど、この人に触れられるとそれを味わえるの」

ウルフスタインはリナの顔を見る。いまの言葉は本心から出たものなのだろうか、それとも急に調子を合わせてくれただけなのだろうか。ただ、思ってもいないことを言っているつもりが、言葉にしているうちに本心だったと悟る場合もあるのだと、リナは気づいたのかもしれない。もしかしたら、ウルフスタインに触れられたことはほんとうにリナにとって重要だったのではないか。現にクソ長いあいだ、リナは愛情のこもった手に触れられていなかったのだから。

「いいことじゃないか」デニスが涙声で言う。「ほんとうにいいことだ。おれもだれかにそんなふうに感じてほしいよ。おれもその人の手は特別だってわかる。さっき、ほんのちょっとマッサージしてもらっただけで――うん。電気が走ったみたいだった。こんなこと言ってもよかったのかな？　口が過ぎてたらすまん」

「大丈夫よ」ウルフスタインは言う。「リナは嫉妬深いタイプじゃないから」

「おれもだれかにそんなふうに感じてもらいたいよ」そう繰り返すデニスは、ますます感情をこらえきれなくなって声を詰まらせるが、ついに我慢できなくなる。いきなり車を路肩に寄せ、後部座席のウルフスタインとリナをぎょっとさせる。デニスは煙草を灰皿で揉み消し、気持ちを落ち着けようとする。「ほんとうにおれは救いがたいバカ野郎だ」

ウルフスタインが危うく取り落としそうになった煙草の先端に、灰が五センチほど震えながら残っている。「そんなに深刻になることないよ」

「まったく、おれの背骨はマッツォーだ」

リナがさっと背筋をのばし、手に持った携帯を見つめている。「車を出してくださる？ 早くルシアのもとへ行かなくちゃ」

デニスはやや落ち着き、手のひらの付け根で目をこする。「ルシアってだれだ？」

「この人の孫娘よ」ウルフスタインは答える。

「あんたらの揉めごとには子どもを巻きこむんじゃないぞ」一拍の間（ま）。「忘れてくれ。おれはいったいなにさまだ？ おれこそ揉めごとの帝王なのに。すまん。許してくれ。こんなこと、運転手風情（ふぜい）に言われる筋合いはないよな」

デニスはギアをドライブに入れ、ふたたび車を走らせる。ウルフスタインは窓の外に煙を吐き、短くなった煙草を窓ガラスで揉み消して吸い殻をアスファルトの道路に捨てる。窓ガラスに黒い汚れが残る。

ニューヨーク市区に入ったとたん、道路が渋滞している。デニスは黙りこくってしまった。ラジオの音楽、重たいブレーキの音、タウンカーのシャシーがときおりきしむ音、外のクラクションやサイレンの音がつづく。ウィリス・アヴェニュー・ブリッジを渡り、FDRドライブに入る。しばらく走ったのち、ブルックリン・ブリッジを渡っていると、前を走っている後部ドアのない救急車がエンストしそうになる。橋はまるで檻のようだ。

実のところウルフスタインはもう長いこと、ほんとうに長いこと、ブルックリンに車で入るのはもちろん、足を踏み入れてもいない。最後に訪れたのは三十年以上前だった。それも地下鉄で行ったのだ。当時、ネリーという友達がグリーンポイントに住んでいた。ベニー・オクィンという、両手の甲に〝赤身肉〟と〝冷たいビール〟とタトゥーを入れ、レッド・フックでバーテンをしていた男と、ほんの短いあいだつきあった。ほとんど行きずりの関係だった。二週間、毎晩テキーラで酔いつぶれて安食堂で遅い朝食をとっただけで終わった。

ときどきウルフスタインは、窓ガラスにぶつかる小鳥のように、無知だからこそ怖いものなしで飛びまわっていた若いころの自分を思い、せつない気持ちになる。手も目も脚（痛みはひどくなるばかり）も、爪も髪も、どこもかしこもいまより若かった。思い出が生きている場所では、もはや名前もわからなくなってしまった顔が脳裏をよぎることがある。なにが現実なのかわからなくなり、夢と記憶がごちゃ混ぜになったり、夢が記憶を塗り替えたりして、現実にはなかったことがあたかも本物の記憶のようになってしまう場所があるのではないかと思うこともたびたびだ。たとえば、三作目の映画で共演したヘクター・クルーズ。いまでは現実に存在したとすら思えない。彼とはグレイハウンドのバスのなかでまじわったが、夢のようだ。

いま向かっているのは、ウルフスタインにとってはじめての場所だ。ダイカー・ハイツ。ブルックリン・クイーンズ・エクスプレスウェイからゴーワヌス・エクスプレスウェイ、それからベルト・パークウェイに入るころには、車の流れはスムーズになる。ウルフスタインは、グラフィティに覆われた広告板や煉瓦の建物を眺める。建物の開いた窓のなかを覗く。海を、ナロー水道を、自由の女神像を眺める。ルー・リードの『ダーティ・ブルヴァード』を連想する。〝おまえの飢えを、おまえの疲れを、おまえの貧しさなど知ったことか。偏見の女神はそう言う〟。ルー・リードには一度会ったことがある。サングラスをかけて、髪をマレットカットにしていた。態度はそっけなく、親しみやすくはなかった。ウルフスタインの出演作を観たことがあると言った。ウルフスタインを〝女優さん〟といやみったらしく呼んだ。本物の女優ではないと言わんばかりに。

ベルト・パークウェイから十三番街に入る。

リナはいまやそわそわと貧乏揺すりをしながら携帯電話をチェックしている。ウルフスタインは、触れられると生きている実感が味わえたというリナの言葉の意味をまだ考えている。デニスは助手席の背に片腕をかける。小声で歌っている。

ウルフスタインはこっそりと鞄のなかに手を入れ、百ドル札を三枚抜き取る。デニスが黙って受け取ってくれますようにと思いながら、ダッシュボードのほうへ手をのばしたたたんだ紙幣を灰皿にそっと置く。

デニスは黙って受け取らない。「なんだそれは？　多すぎるぞ」

「とてもよくしてくれたから」

「ほどこしは受け取れない」

「ほどこしなんかじゃないってば」

デニスがため息をつく。

「それに、もう少しあんたの時間を買いたいの」

「どのくらい？」

「目的地に着いたら、あたしたちその家のなかに入るから、しばらくエンジンをかけたまま待っててほしい」

十三番街を走るあいだ、路線バスやあちこちに二重駐車している車や、車のあいだを縫うように道路を横断する歩行者が多いせいで、デニスはたびたびブレーキを踏む。一方、リナはルシアに聞いた住所を忘れかけているかのように、何度も声に出して繰り返す。

しばらくして、デニスが答える。「わかった。待ってるよ」

「ありがとう。あんたってほんとにいい人ね」ウルフスタインはふたたびデニスの肩に両手を置くが、今回は苛立たしげな反応が返ってくる。

二ブロックほど走ったのち、〝洗濯・乾燥・たたみ〟という手書きの文字があせた青い看板を掲げ、窓の遮光ブラインドをおろしているコインランドリーの前に到着する。デニスはウィンカーをつけて消火栓のそばに車を止める。

リナが最後にもう一度、住所を言う。

「着いたぞ」デニスが告げる。

ウルフスタインは今度こそ鞄を持っていくつもりでいる。モーテルで危険を冒してたった数分でもリナのそばに置いていったのは間違いだった。それに、デニスがほんとうに待っていてくれるかどうかわからない。ドアがギーッと音をたててあき、ウルフスタインは鞄を抱えて車を降りる。リナが急いでついてくる。

「待っててね、いい?」ウルフスタインはデニスに声をかける。

デニスは振り向きもせずにうなずく。

ウルフスタインはドアを閉める。

コインランドリーの隣は一ドルショップだ。気づいたリナは、つかつかと店に入っていく。ウルフスタインはあとを追う。店内は商品がごちゃごちゃに詰まった棚でいっぱいだ。色とりどりのタオルや空気でふくらませるプール用玩具、変な踊る犬がぶらさがったラック。キーホルダーや安っぽい指環、子どもが壁に投げつけてくっつけて遊ぶくだらないおもちゃなんかが入った箱。リナはつま先立ちできょろきょろしながら通路を進む。

「なにをしてるの?」ウルフスタインは尋ねる。

「あの子にちょっとしたものを買ってあげたいの」

カウンターの隣のディスプレイ棚に、小さなぬいぐるみがぎゅうぎゅうに並んでいる。カウンターのむこうに、陰気な占い師のような女がいる。頭をスカーフで覆い、赤いブラウスを着て、大きな手をしている。黄色い法律用箋に書き物をしている。名札には〝あたしの名前は……狂犬。なんでも訊いて〟と書いてある。

リナはディスプレイ棚に近づき、ぬいぐるみの山を漁る。ピンクのティアラをかぶり、胸に小さなピンクのハートをつけ、黒く太い糸で刺繡した口元がゆがんだ笑みになっている茶色い熊を選び取る。それをカウンターに置き、ウルフスタインにぬいぐるみ代を貸してほしいと言う。

「どうしてもその熊がいいんだ？」ウルフスタインはしぶしぶ支払いをする。

リナは肩をすくめる。「気に入ってくれると思うの。わたしはあの子のおばあちゃんだもの。おばあちゃんらしいことをしたいの」

「好きにすればいいよ」

「お目が高いね」狂犬が言う。

ふたりは外に出る。リナは、ルシアに教わった番地が書いてあるドアの前に立つ。ウルフスタインが察するに、いまリナがなにより願っていることは、ルシアがまだここにいること、逃げたり気が変わったり――それならまだしも、また新たなトラブルに巻きこまれたりしていないことだろう。それにリナは、いったいだれがここに住んでいるのか、なぜルシアがダイカー・ハイツのみすぼらしいアパートメントの二階なんかにいるのかわからず、ひどくとまどっている。でも、リナはいまその疑問を口に出さず、黙って小さな熊を胸に抱きしめている。ウルフスタインにはその理由がわかる。

リナがアパートメントのドアノブに手をかけたとき、ウルフスタインは鞄を脇に挟み、リナの頰に触れる。「大丈夫だよ」

リナはうなずく。「ありがとう」

ウルフスタインは通りを振り向く。デニスのタウンカーがあいかわらず消火栓のそばにとまっている。リナがドアをあけ、ふたりはかびくさい階段をのぼる。「大丈夫だよ」ウルフスタインは、今度はリナの背中に向かって言う。

リナ

リナは、ルシアがドアをあけたと同時に手をのばして抱きしめる。孫娘はやたらと大きなリュックを背負っている。青ざめた顔で震えている。抱きしめられたまま逃げようとはしない。「新しい靴を買ったのね、よかった」リナは言う。「ほんとうに心配したんだから。一緒にいなくちゃだめでしょう」

「ごめん」ルシアは言う。

リナは体を引き、熊のぬいぐるみをルシアの手に押しつける。「これ、買ってきた。もうぬいぐるみなんて卒業したかもしれないけど、小さかったころのあなたを思い出したの。かわいいでしょ。ちょっとしたプレゼント」

ルシアは熊をしげしげと見つめる。親指でティアラをなで、下唇を嚙んで涙をこらえている。

「すごく気に入ったよ」

「どうしてここにいるの？　なにがあったの？」

それまでウルフスタインはそこにいないかのようだったが——リナの背後で黙っていたが、リナとルシアの横を通ってアパートメントのなかに入り、ドアを閉めて言う。「どうやら問題はあれね」

リナは窓のほうを見やり、上半身裸で血のついたシャツを腕に巻きつけてのびている男に気づく。とたんにエンジオを思い起こす。

男は気を失っているように見えるが、不意に目をあけ、長々とうめき声をあげる。「リナ？うわっ勘弁してくれよ。なんでこんな目にあわなくちゃならないんだ？　おれがそいつに包丁を渡したんだ。いつもはもっとりこうなのに」

そのとき、リナは男がだれだかわかる。「あれは——？」

「あたしの父親」ルシアが割りこむ。

「ウォルト・ヴィスクーソ？　どうしてこんなことになったの、ルシア？」

「あたし、あの人を見つけて、それから……」

「それから、そのクソガキがおれを刺したんだ」ウォルトが言う。「見ろよ。おれは死にかけてるんだぞ、リナ。友達のギリーに電話をかけろ。そいつのいとこが医者だ。もう一時間以上たつ。血が止まらねえんだ。視界がぼやけてる」

「そいつが自衛のためにって包丁をくれたの」ルシアが言う。「そのくせ、キモいことをするんだもん。そもそも包丁をくれたのが悪いんだよ。あたしもさっさと出ていけばよかった。そいつはお金がほしいだけなんだから」

ウルフスタインが口を挟む。「あんたがここにいることを知ってる人はいる？」

「いない。でも、そいつには友達がいるんだって。そう言ってた。そいつらが来るかもしれない」

「だから早くギリーを呼べよ」ウォルトがまた言う。「そうすりゃ、このことは忘れてやる」

ウルフスタインはウォルトのそばへ行き、腕からシャツをほどきはじめる。ウォルトは抵抗し、ウルフスタインの手を押しのけようとする。ウルフスタインはシャツをほどき終えてかぶりを振る。「たいした怪我じゃないよ。ちょっと切っただけ。ほっといても大丈夫」

「ちょっと切っただけだあ？」ウォルトが言う。「ざっくりやられたんだぞ」

「下で車が待ってるよ」ウルフスタインはリナとルシアに言う。「行こう。この部屋を見てごらんよ。だれも心配しないよ。電話をかけたけりゃ、起きて自分でかければいい」

「そうね」リナはすかさず答える。

「あいつを刺したなんて信じられない」ルシアはぬいぐるみの熊の首をしっかり握っている。

リナはウォルトのそばへ行く。後ろにテレビがあり、スペイン語のニュースをやっている。正直なところ、ウォルトのことはほとんど覚えていない。エイドリアンが家に連れてきた友人のなかにはいなかった。彼もエイドリアンの秘密のひとつだった。長髪。彼のやっていた騒々しい音楽。エイドリアンを妊娠させたのが彼だと知ったときは意外に思った。ヴィクは手がつけられないほど激怒した。ヴェラザノ＝ナローズ・ブリッジの料金所前にウォルトの首を杭に刺して晒してやると息巻いた。リナはリッチーとふたりがかりで――まだエイドリアンとリッチーのことを知らなかったので――ウォルトとはもう別れたし今後一切会わせない、そのほうが生まれる子どもも幸せなのだと、ヴィクをなだめた。あなたは生まれてくる子のおじいちゃんになるのだ、と。

　エイドリアンが幼いころから、リナは娘がいずれ紳士的な男と結ばれるのを思い浮かべていたし、それが望みでもあった。娘のためにドアをあけ、椅子を引いてくれて、毎日髭を剃り、週に一度は散髪に行くような男と。もちろん、エイドリアンは激しく逆らった。ウォルトはリナの望みとは正反対の男の象徴だった。見るからにぱっとしなかった。つまらない男だった。彼の両親のことは知らなくもなかった。いまでも生きているのだろうか。どうしようもない夫婦だった。よく飲み騒いでいたし、父親は強盗罪で服役していたこともあり、いつも若い娘をこそこそ見ているという噂だった。糖尿病の母親は髪をブロンドに脱色し、なんでもタダでほしがった。

「あなたはろくでなしだった」リナはいまウォルトに言う。

「おう、言ってくれるじゃねえかリナ」ウォルトは歯を食いしばって答える。「おれは怪我をしてるってのに、わざわざ侮辱するのかよ。ありがたいこった」

「どんな人か知りたかっただけなの」ルシアが言う。「自分と似たところがあるのか、この人の娘だって思えるか確かめたかった」

「自衛したのは正しいことよ」

「この二日間はめちゃくちゃだったね、嬢ちゃん」ウルフスタインが言う。「まあ、あたしたちみんなそうだったけど、あんたはとくにね」

「行きましょう」リナは言う。

「このリュックにお金が入ってるよ」

「お金はどうでもいいの。あなたがいるだけでいい」

「少し置いていけよ」ウォルトが言う。「いいだろ。せめてそのくらいしろよ。医療費とかいろいろかかるし」

三人はアパートメントを出る。ウルフスタインは金の入った鞄をしっかりと持ち、ウォルトはギリーを呼べ、気が遠くなってきたとわめきつづける。

外に出ると、デニスのタウンカーがまだとまっている。コインランドリーを出入りする人々は三人に一瞥もくれない。ウォルトの声は聞こえていないようだ。聞こえても関心がないのかもしれない。三人はタウンカーの後部座席に乗る。ルシアはリナとウルフスタインにきっちり挟まれ、リュックを膝に置き、小さな子どものように熊を首の前で抱きしめている。

「その子が例のルシアか？」デニスがバックミラーに映ったルシアをちらりと見る。

「この人は？」ルシアが尋ねる。

「運転手さん」とウルフスタイン。

「はじめまして、嬢ちゃん」デニスは車をいきなり発進させ、洒落たスポーツカーの前に割りこんでから、肩越しに振り向く。「さて、これからどこへ行こうか？」

「わたしのうちへ」リナは言う。それから、ウルフスタインに向かって尋ねる。「大丈夫よね？」

「さしあたってはね。どっちにしても、いずれいろいろ訊かれることになるだろうけど」

「帰ってもなにも食べるものがないわ。マーケットに寄りましょう。〈ミーツ・シュプリーム〉ね。おなかがすいてるでしょう、ルシア？」

ルシアはうなずく。

リナはほほえむ。「よかった。たくさん買いこまないとね。あなたになにか作ってあげることができるなんてわくわくする。ブラショーレは好き？　ブラショーレとズィーティのオーブン焼きとソーセージとピーマンの炒め煮を作ってあげる。それから、お菓子屋さんに寄ってクッキーも買いましょう。レインボーケーキと、黒白クッキーと、リンツァートルテと。どう?」

「すごくいいね」ルシアは少し落ち着き、リナに抱きしめてほしいかのように体をくっつける。

バックミラーのなかでデニスが怪訝そうな顔をしている。「さっきの話はなんだったんだ? 旦那がいるんじゃなかったのか? あんたら、ほんとうはおれをからかってたんだろ」

「ちょっとね」ウルフスタインが言う。「からかったのはあたし。リナは合わせてくれただけ。リナの旦那さんは亡くなったの」

デニスはハンドルをぴしゃりと叩いて笑い声をあげる。「なんだ、あんたら芝居がうまいな。うますぎるよ」また『涙の紅バラ』を歌いだす。

ルシアがもっと体をくっつけてくる。リナはルシアの肩を抱く。「大丈夫よ。おばあちゃんがついてる。これ以上、大変な目にあうことはないから」

車はふたたびベルト・パークウェイに入り、リナの住む地区へ向かう。パークウェイをおり、〈シーザーズ・ベイ・バザー〉の前を通過する。海が――グレイヴセンド・ベイが目の前に広がり、リナはあたりを見まわす。テニスコート、遊歩道、〈トイザらス〉と〈コールズ〉と〈ベスト・バイ〉の広大な駐車場。いま何時だろうか、太陽の位置から考えると、もう夕方近いようだ。海面に反射する光が美しい。濃いブルーの空を背景にした水色のヴェラザノ＝ナローズ・ブリッジも、光と影に彩られている。この橋が建設されたとき、世界一すごいことだと思ったのをリナは覚えている。

リナは〈ミーツ・シュプリーム〉までの道順を教える。車はベイ・パークウェイを走っていく。八十六丁目で左に曲がり、〈ミーツ・シュプリーム〉の前に車をとめる。「すぐ戻るわ」リナは言う。「買い物はすぐ終わるから」

「あたしも行く」ルシアがリュックを背負い、熊を後ろのダッシュボードに置く。

ふたりは店に入り、まずチーズと肉の売り場へ向かう。リナは、家になにもないと繰り返し、棚や冷蔵庫を眺めながら必要なものをどんどんカートに入れていく。パルメザンチーズ、卵、イタリアパン、モッツァレラチーズ、プロヴォローネ、パセリ、オリーブオイル、牛の脇腹肉、牛挽肉、マカロニ、パン粉、カットトマトの缶詰、ニンニク、バジル、リコッタチーズ、イタリアンソーセージ、ピーマン。

カートを押しておがくずに覆われた通路を進みながら、リナは魚売り場のカウンターのむこうの壁を指さす。「あそこにパパ・ヴィクがいるのよ」

「え？」

「写真があるの」

ふたりは歩いていき、美術館で絵を鑑賞するように写真の前に立つ。ヴィクがスコセッシとデ・ニーロとペシとソルヴィノ——あのポーリー役の俳優の名前をようやく思い出した——と撮ったものだ。写真の両端に、ヴィクの部下だったスティーヴ・Ｚとウィリー・ジップが腕組みをして写っている。ヴィクは誇らしげでうれしそうだ。リナが見たことのないような満面の笑みを浮かべているのが、多くを物語っている。写真の下部に、雑な筆跡のサインがいくつかうっすらと残っている。

ルシアは手をのばし、ヴィクの顔を覆っているガラス板を指先で叩き、指紋を残す。「かっこいいね」

「この写真はわたしにくれてもいいと思ってたんだけど。パパ・ヴィクの写真はどっさり、それこそアルバム何冊分も持ってるけど、こういうのはないのよね」

「もらっちゃえば」

「そうね。そうしようかしら」リナは手をのばして壁から額縁をはずす。額縁は古びていて、曲がった釘にピアノ線でかけてある。魚売り場の店員たちは気づいていない。リナはルシアのリュックのファスナーをあけて札束の上に額縁をねじこみ、ついでに買い物の代金を払うために紙幣を二枚抜き取る。ルシアは、ファスナーを閉めるリナの手元を肩越しに見守る。

壁の写真がかかっていたところに、埃っぽい輪郭が残る。

「なんだかすっきりした」リナは言う。

ふたりは会計をしにレジへ向かう。レジから魚売り場は見えない。写真を盗むところはだれにも見られていないはずだ。レジにはニーナがいる。リナとはこの店と教会で会う程度の知り合いだ。リナはふと、エイドリアンとエンジオのことがすでに噂になっているのではないかと思いつく。ニーナの顔に同情や下世話な好奇心の気配を探すが、そこには早く仕事を終えたがっている人間特有の無表情な目があるだけだ。

「元気にしてる、ニーナ?」写真を盗んでいなければ、わざわざ雑談をすることはなかっただろう。

「毎日毎日、つらくなる一方よ」ニーナは答える。「うちの人、知ってたっけ?　ゆうべベッドで大きいほうを漏らしたの。信じられる？　〝ダン、戦争ってこうしてはじまるのね〟って言ってやったわ。あの人まだ五十歳なのよ、百歳とかじゃなくて。ベッドで大きいのを漏らすってなに？　あたし、結婚する相手を間違えたわ、バカだったわ」

リナは思わず苦笑と冷笑が入り混じった顔をしてしまう。

「この子は？」ニーナは手早くレジを打ちながら、ルシアのほうへ頭を傾ける。

「孫のルシアよ」

「大きくなったのねえ」

ルシアはこわばった笑みを浮かべる。

「あなたのお孫さんたちは元気？」リナは尋ねる。

「あたしにその話はさせないでよ。ひとりは頭が空っぽ。もうひとりは不細工。父親に似たんだね。怠け者の役立たずでさ。娘が家族を食わせてんのよ」

リナはうなずく。ニーナはリナ母娘の不和を知っているので、普段からエイドリアンの名前を出さない。ということは、エイドリアンの噂はまだ広がっていないのか、いや、このあたりの者にとっては噂するほどの関心事ではないのかもしれない。

支払いをすませて商品を袋に詰め終えると、リナとルシアは大きな荷物を抱えて慎重に通りを横断し、車へ戻る。デニスがトランクをあけてくれる。ふたりは車に乗りこむ。ウルフスタインは助手席に座っている。「なにかいい知らせ？」ウルフスタインが尋ねる。

「持ってきちゃった」リナは答える。

「なにを？」

「ヴィクの写真」

ルシアはまたリュックを膝におろす。リナはファスナーをあけ、写真を取り出してウルフスタインに渡す。

「よくやった」ウルフスタインが言う。「どれがヴィク？　待って、当ててみる」彼女の人差し指は、明らかなはずれ――スコセッシと有名俳優たち――を通過し、脂ぎった若造ふたりではないと直感でわかるのだろう、ヴィクを指す。

「そう、それがヴィクよ」リナは言う。

「いい男じゃん」

「でしょう？」

「頼れる男って感じだね」

「そいつは……そいつはヴィク・ルッジェーロだろ」デニスがつっかえそうになりながら言う。「あんたの旦那ってジェントル・ヴィクだったのか？　おれはいったいなにに巻きこまれたんだ？」

「アヴェニューUの〈エレガンテ〉にやってくれる？」リナは言う。「わたしとこの子はお菓子を買ってくるから、そのあいだウルフスタインに詳しい話を聞いて」

西六丁目と西七丁目のあいだにある〈エレガンテ〉は、リナの贔屓(ひいき)にしている菓子店だ――長いあいだヴィクのお気に入りでもあった。ヴィクはこの近所のレイク・ストリートの家で三人の兄弟とふたりの姉妹と育った。五人ともずいぶん前に亡くなった。四人は自然死だが、残りのひとり、アルフレードだけは、一九七二年の無原罪懐胎の祝日に、いかれたガールフレンドに苛性カリを盛られて殺された。ルッジェーロの家は喧嘩が絶えなかった。ふさぎがちな母親、ピアノ狂の兄パスクアーレ、いつもキッチンの食卓でベルモットを飲んでいた父親。

〈エレガンテ〉に着くと、ウルフスタインがむちゃくちゃだったこの二日間についてデニスに話しはじめ、ルシアはまたリナについてくる。そばにニューススタンドがあり、前を通ったときに新聞の見出しが目に入る。『ポスト』は〝ブロンクスの虐殺〟。『デイリー・ニューズ』は〝シルヴァー・ビーチの殺人〟。どちらにもウルフスタインの自宅の写真と、クレアとリッチー・スキャヴァノの容疑者写真（マグショット）、それよりは小さなエイドリアンとボビーとエンジオの写真が載っている。エイドリアンの写真はリナには見覚えのないものだ。運転免許証の顔写真かもしれない。リナはルシアをスタンドから遠ざける。

店内は暖かな色に輝いている。ガラスケースのむこうにいる女性店員は帽子をかぶり、片言の英語を話す。イタリアから来た子で――リナの覚えているかぎりではカラブリア出身で、かわいい笑顔の持ち主だ。リナはルシアになんでも食べたいものを選びなさいと言い、ルシアは真剣に選びはじめる。リナは、ルシアがおいしそうと言ったものをすべて箱に詰めてもらう。店員はレインボーケーキ、Sクッキー、ピニョーロ、セサミビスケット、サヴォイアルディ。店員は菓子に粉砂糖を振りかけ、箱の重量を量り、麻紐で縛る。リナは黒白クッキーとリンツァートルテを別の袋に詰めてもらい、〈ミーツ・シュプリーム〉の残金をポケットから取り出して会計をすませる。

車に戻ると、デニスは見るからにウルフスタインの話に驚いている。「これからどうするんだ?」リナのほうを向いて尋ねるが、その質問はその場の全員に向けられたものだ。

「みんなでおいしいものを食べるのよ」リナは答えながら、ウルフスタインはどこまでしゃべったのだろうか、金のことは話したのだろうかと考える。ルシアのリュックとウルフスタインの鞄の中身を合わせて、いまこの車内には何十万ドルという現金があるわけで、それはとんでもないことだ。またたれかが追ってくるとすれば、この金を狙う者だろう。けれど、クレアもリッチーもいなくなったいまとなっては、自分たちとこの金をつなぐ糸は切れたかもしれない。手がかりを組み合わせるのはさほど難しくはない。でも、リナたちが金を持っていることを知りうる人間がいるだろうか？　どちらにしても、いまのリナには金のことなど考えられない。ルシアが戻ってきてくれたのがうれしくてたまらないからだ。ルシアがいる、それだけでいい。それに、ウルフスタインがいてくれてほんとうによかったと思う。

「よかったら、あなたも一緒にどうぞ」リナはつけくわえる。

「食事を？」デニスが訊き返す。

「そうよ。大量の料理を作るから。わたしの得意料理ばかりをね。ズィーティのオーブン焼き、ソーセージとピーマンの炒め煮、ブラショーレ。デザートにクッキー」

デニスはウルフスタインを振り向く。「あんたはかまわないのか？」

「とっても親切にしてくれたもの」ウルフスタインは言う。「予定がないのなら、もうちょっとつきあってよ。このメンバーと一緒にいると、なにが起きるかわからないけどさ」

車はリナの家に到着し、普段は空っぽの私道にとまる。リナはエンジオの家を見やり、私道に車がとまっていないのを新鮮に感じる。きっと警察が来たのだろうが、犯罪現場の扱いではないようだ。

リナの家も同様だ。この家に帰ってくることは二度とないかもしれないと、本気で思っていたのに。この騒動の締めくくりに、孫娘と新しい友達と毛深い肩の見知らぬ運転手のために自宅で料理をすることになるとは、もちろん想像もしていなかった。

デニスに手伝ってもらい、買い物袋を運ぶ。ルシアは後ろのダッシュボードに置いた熊を忘れずに連れていく。ウルフスタインは、鞄と〈ミーツ・シュプリーム〉から盗んできたヴィクの写真を持っていく。

リナは郵便物をあらためる。カトリック教会の週刊紙『タブレット』、電気料金の請求書、ガス料金の請求書、広告チラシ、それから六二分署のロタンテという刑事の名刺も入っているが、印刷した文字の下に書いてあるメモは判読できない。警察はなにを知っているのか、どこまで推測しているのか、悲しい事実を伝えるためだけにリナと連絡を取ろうとしているのか。いずれにせよ、このロタンテ刑事は――あるいはほかの刑事が、もう一度やってくるだろう。

家のなかはひんやりとして静まりかえっている。四人はキッチンに落ち着く。エンジオが持ってきた花は、花瓶のなかでしおれている。リナは郵便物をカウンターに置き、卵とチーズと肉を冷蔵庫にしまう。そのほかのものはすべてカウンターに置く。

ウルフスタインがヴィクの写真をカウンターのコンロ側、電話の下に立てかける。

ルシアはリュックを居間に置き、壁に飾った写真を一枚一枚見ている。リナはそばへ行き、写真を眺めるルシアを見守る。スティルウェル・アヴェニューのコランジェロで、結婚二十五周年のディナーをしたときのリナとヴィク。はじめて〈ガーシュウィンズ〉を訪れて抱き合っているふたり。シルクのボンネットをかぶった赤ん坊のエイドリアン。髪をポニーテールに結び、幸せそうに目を輝かせた六年生のクラス写真のエイドリアン。

「これ、ママだよね？」ルシアが赤ん坊の写真と六年生の女の子の写真を指さす。

「ええそうよ」

「ママが子どものころの写真ってはじめて見る」

「かわいい子だった。アルバムはまだ山ほどあるのよ。わたしとパパ・ヴィクの写真も、あなたのママの誕生日パーティも、聖体拝領と堅信式も、学校の演劇会も、なんでもある。食事のあとに見ましょう」

「うん」

「パパ・ヴィクのお墓参りもしたいわ。パンとチーズのお弁当を持っていって、午後ゆっくり過ごしましょう」

「お墓でピクニック？」

「パパ・ヴィクと一緒に食べている気分になれるでしょ。あなたのこともたくさん話してあげて」

「自分の父親を刺したこととかね」

「ヴィクはわかってくれるわ」

リナはルシアに家じゅうを案内し、覚えているかと尋ねている。

「あたし、ここに来たことがあるの？」ルシアが言う。

「小さなころね。三歳のときが最後かな。家じゅうを走りまわってた。キッチンでテーブルに頭をぶつけて、大泣きして帰ったのよ」

ルシアはリナの寝室を覗く。そこはヴィクが亡くなって以来なにも変わっていない。それから、エイドリアンが子どものころに使っていた部屋も見る。薄汚れた白い壁、埃をかぶった照明器具、十歳のときまでドア枠に記していた身長の記録。リナはずっと、いろいろなことに対していかに早く見切りをつけるかということにこだわっていたが、新たにやりなおすことについてもっと考えるべきなのかもしれない。

ふたりは、リナの両親がまだ一階に暮らしていたころ、リナとヴィクが新婚夫婦として住んでいた三階へあがる。いまでは使われていない部分だ。リナもほとんど入ることはない。居間の本棚はアルバムでいっぱいだ。エイドリアンのキャベツ畑人形のコレクションが入ったかごがソファに置いてある。エイドリアンとの関係が悪化しはじめたころ、リナはときどきこの人形たちを抱いては彼らをかわいがっていた幼い娘を思い出した。古ぼけた新婚家庭向けの小さな食卓セットのそばの壁際に、ヴィクのものを詰めた箱が積んである。この部屋の壁も写真で埋まっている。結婚式で撮ったタキシード姿のヴィク、スタッテン島でいとこのヴィヴィアンのブライズメイドを務めたときのリナ、結婚六十五周年に〈ディ・ファラ〉でピザを食べている両親。

「だれかがお金を奪い返しにきたらどうする?」ルシアが尋ねる。

「どうしようかしらねえ」

「あの運転手さんにはなにもかもしゃべらないほうがいいよ」

「ウルフスタインはしゃべっていい部分しかしゃべってないと思うわ」

ウルフスタインとデニスは一階のキッチンのテーブルでカードゲームをやっている。ふたりが五〇〇ラミーに白熱しているところにリナとルシアは入っていく。得点メモによれば、ウルフスタインが大勝している。ふたりはミニボトルのウォッカを分け合っている。きっとウルフスタインが二十年もののサンブーカやベルモットが入っている棚の隅から見つけたのだろう。ルシアは疲れたから居間で少し眠りたいと言い、リュックと熊を抱いて横になる。ウルフスタインとデニスは酒を飲み交わし、笑いながらゲームをつづける。

リナは手はじめにトマトソースを作る。オリーブオイルでニンニクを炒める。トマト缶をはね散らかさないように気をつけながらくわえる。塩と胡椒を振り、数枚のバジルの葉を散らす。弱火で静かに煮立たせる。次はブラショーレだ。牛の脇腹肉の切り身を広げ、ミートハンマーで叩いて薄くする。母親に習ったやり方だ。母親と祖母とおばたちとキッチンに立つのがなによりも好きだった子どものころ、母親と祖母とおばたちとキッチンに立つのがなによりも好きだった子どものころ、

は自分のなかに生きていて、いずれルシアに伝えることができるかもしれないと思うとうれしくなる。肉にオイルをまぶし、パン粉とおろしたチーズ、ガーリックパウダー、塩、胡椒、パセリのみじん切りをスプーンでのせる。肉をくるくると巻き、コンロの隣のいちばん上の抽斗からたこ糸を取り出し、巻いた肉を縛る。フライパンでこんがりと焼き色をつけ、大鍋でふつふつと煮立っているトマトソースに投入する。

ウルフスタインが鼻をうごめかす。「すっごくいいにおい」

リナは作業に集中する。料理に没頭するのは楽しい。ヴィクや彼の仲間のために料理をするのが大好きだった。子どもだったエイドリアンに食べさせるのが大好きだった。爪のあいだにパン粉や卵が入りこんでいる両手は、敏感で有能だ。おいしそうなにおいが広がる。

「電話借りてもいい？」ウルフスタインが壁のダイヤル式電話を取りながら尋ねる。

「どうぞ」

ウルフスタインはダイヤルをまわす。「モー？」つかのま黙り、それから笑い声をあげる。「了解。戻っていいよ。あとでまたかける」受話器をフックにかける。

「モーは大丈夫？」リナは尋ねる。

「お母さんのベッドにペスカレッリを縛りつけてるんだって。ふたりとも酔っ払ってる」一拍の間。「考えてたんだけどさ、リナ、無理にとは言わないけど、もしあんたが一切合切忘れたかったら、あたしたち一緒にフロリダに行ったらどうかなって考えてたんだ。たしかにあんたの家はここだけど、フロリダにつてがあるの。友達のベン・リスクに頼めば、いい家を見つけてくれる。もらえるものはもらったし」——デニスにあの金の話はしていないよと言うようにウィンクする——「あんたとルシアと、あっちでやりなおせばいいんじゃないかな。ここにいる新しい友達、スウィーティ・パイ・デニスが車で送ってくれるかも」

デニスが肩をすくめる。「もちろんいいとも」

リナはカウンターを見おろす。いい考えかもしれない。だれもここへ来ないのなら、もちろんいいに決まっている。「少し考えさせて。まずエイドリアンをなんとかしてあげなくちゃ。あの子にはわたししかいないから」ルシアと再会できて興奮していたせいで、リナは遺体安置所でエイドリアンの傷ついた遺体と対面し、棺に納め、地面の下に埋めなければならないということをいままで考えずにすんだ。

「そりゃそうだよね」

リナはロタンテ刑事の名刺を取る。「刑事が来たみたい。これを置いていった。電話したほうがいいのかな」

「しなくていいよ、むこうはあんたがここにいるって知ってるんだし」ウルフスタインは名刺を取りあげてポケットにしまう。

「うちに帰ってきたのは危険だった？」

「そんなことないよ。たぶん。とりあえず楽しくやろうよ。おいしそうなにおいがするし」

リナはソーセージとピーマンの炒め煮に取りかかる。これも母親の好物だった。ソーセージをオリーブオイルでソテーし、フェンネルの香りがキッチンに広がったところで、黄色とオレンジ色のピーマンをフライパンの上でスライスしてくわえる。ピーマンがオイルのなかでジュージューと音をたてる。塩と胡椒を振る。トマトソースをスプーンたっぷり。木べらでかき混ぜる。シンプルだ。

「よだれが出てきたよ」デニスが言う。

レンジフードの下に煙が立ちこめる。リナは換気扇をまわす。

ズィーティをゆでる。ゆであがったらザルにあけて湯を切り、トマトソース、卵、リコッタチーズ、モッツァレラチーズと一緒に鍋に戻してあえる。アルミホイルを敷いた天板に鍋の中身を平らに広げ、オーブンに入れる。

あとは待つだけだ。料理ができあがるまで少し時間がある。リナはウルフスタインとデニスと一緒に食卓の前に座る。「わたしも混ぜて」

三人で五〇〇ラミーをはじめる。ウルフスタインはウォッカのミニボトルをテーブル越しにリナのほうへすべらせる。リナは手札を扇のように広げ、テーブルに伏せて置き、ボトルのキャップを取って少しだけ口に含む。気分が悪くなりそうな予感はしない。さらにもう少し飲んでみる。

ウォッカを飲み、ゲームをしていると、いつのまにか時間がたつ。デニスはウルフスタインの冗談にことごとく笑う。ウルフスタインは絶好調だ。リナも声をあげて笑う。

四十分ほどたち、ルシアがいいにおいのせいで目が覚めたと言ってキッチンに戻ってくる。この二日間のできごとを夢で見ていたとしても、その話はしない。リナたちの輪にくわわり、おいしそうな料理を食べるのが待ちきれないと言うだけだ。

「もうすぐできるよ」リナは言う。立ちあがって、料理の様子を確認する。外は暗くなりかけている。窓から薄闇が見える。サイレンや口笛、クラクション、車を急発進させる音が聞こえる。

ウルフスタインとルシアはトランプで戦争をはじめ、ウルフスタインがキングを意気揚々と叩きつける。デニスはバスルームへ行き、急いで戻ってくる。

時計を見ると、そろそろズィーティをオーブンから出してもいい頃合いで、トマトソースで煮こんだブラショーレもいい感じだ。シンクの上の棚から皿を、冷蔵庫のそばの抽斗からカトラリーを取り出し、ナプキンとグラスも出す。テーブルをセットする。ウルフスタインが手伝おうかと言いにきたが、リナは大丈夫だと答える。トランプを集めて、玄関ドアの内側にかけている木の状差しに入れる。

水差しに水道の水を入れてテーブルに置く。ルシアがミニボトルのウォッカをこっそり舐める。リナは気づくが、黙って見逃すことにする。ズィーティとブラショーレとソーセージとピーマンの炒め煮を並べ、すべてに追加のトマトソースをスプーンでかける。パンをまわす。

突然、玄関の呼び鈴が鳴る。リナは、私道にデニスの車がとまっているのを思い出す。ロンテ刑事だろうか。それとも、また不動産屋が来たのだろうか。住人の在宅時を狙っていつも夕食どきに現れ、いまこういう家は高額で売れるという話をするのだ。いや、ひょっとするとソニー・ブランカッチョのまわし者が様子を見に来たのかもしれない。

「ほっときましょう」リナは言う。

ルシアが不安そうな顔になる。デニスも顔を曇らせる。ウルフスタインがテーブルのむこうから手をのばし、リナの前腕をそっと押さえる。

ふたたび呼び鈴が鳴り、つづいて軽いノックの音がする。声は聞こえない。そのあとは呼び鈴も鳴らずノックをする音もせず、しばらくしてリナはようやくほっと息を吐く。

「ルシア、みんなのために感謝のお祈りを唱えてくれる?」リナは着席し、ナプキンでひたいの汗を拭く。

デニスは野球帽を脱ぎ、部屋の隅の椅子に置いてあるウルフスタインの鞄にぽんとのせる。

ルシアはためらい、祈りの代わりになるものを探すかのようにテーブルの周囲を見まわす。「あたしたちみんながここにいることに感謝します」ルシアは言う。「この食事がいつまでも終わりませんように」

「アーメン」ウルフスタインが言う。

デニスもつづく。

リナは黙っているが、笑みを浮かべる。「デザートが入る余地を残しておいてね」四人が囲んだディナーのテーブルの中央には、分厚いオーブンミトンにのせたズィーティの天板と、ブラショーレを盛りつけた緑色の磁器、その隣にお代わりのトマトソースの器が並び、手描きの模様が美しい〈リッコ・デルータ〉のボウルにはソーセージとピーマンの炒め煮、どれも熱々で申し分ない出来栄えだ。そしてリナの古くわびしい家に、たちまち生きている音楽が流れだす。

（了）

謝辞

エージェントのナット・ソーベルとジュディス・ウェーバー、そしてソーベル・ウェーバーのシヴォーン・マクブライド、サラ・ヘンリー、クリステン・ピーニィ、エイディア・ライトに、多大なる感謝を。ありがとう。

トム・ウィッカーシャムには、本書の草稿に貴重な助言をいただいた。ありがとう、トム。すばらしい編集者のケイティー・マクガイア、クレイボーン・ハンコック、ジェシカ・ケイス、サブリナ・プロミターリョ＝ゴンザレスをはじめ、ペガサス・ブックスのみんなに感謝を。

ぼくのフランスの家族に愛と感謝を。フランソワ・ゲリフ、作品を翻訳してくれるシモン・バリル、オリヴィエ・ギャルメイステとマリー・モスコーソほかギャルメイステのみんな、ジャンヌ・ギヨン、ローラン・シャルモー、セバスチャン・ボニフェとコルシカの新しい仲間たち、そしていままで出会ったすばらしい書店員と読者のみんなに。

アイオン・ミルズ、ジェフリー・マリガン、クレア・クィンリヴァン、クレア・ワッツ、クレア・ホロウェイ、キャスリン・サンダーランドほか、ノー・エグジット・プレスのみんなに。

ヴォルフガンク・フランセンをはじめ、ドイツのポラーア・フェアラークのみんなに。

ミーガン・アボット、ジャック・ペンダーヴィス、エース・アトキンズ、ジミー・カジョーリアス、アレックス・アンドリアスの友情と支援には、感謝してるなんてものじゃない。バリー・ハナの言を借りれば〝楽園とは友人のいる場所〟だ。愛してるよ、みんな。

スログズ・ネックとニューヨーク州モンローのファレル家、ニューバウアー家、アドラー家、クラーク家、フロウリー家のみんなと、サンフランシスコのファレル家とオーア家のみんなに感謝を。ボビー・ファレルおじさんにはひときわ大きな感謝を。この家族と姻戚になれたぼくはほんとうに幸運だ。

友達のジョージ・グリフィス、デイヴィッド・スワイダー、トム・フランクリン、ベス・アン・フェネリー、タイラー・キースに。

リチャードとリサのハワース夫妻、コーディ・モリソン、リン・ロバーツ、ビル・クスマノ、スレイド・ルイス、ケイトリン・オブライエンほか、スクエア・ブックスのみんなに。

なによりも家族に。妻のケイティー・ファレル・ボイル、子どものイーモンとコノリー・ジーン、母のジェラルディン・ジャニーニ。みんな心から愛してる。

本書は祖父母のジョゼフ・ジャニーニとローズマリー・ジャニーニの思い出に捧げる。ふたりともおもしろがってくれただろう――願わくは。

解説

王谷晶

昔から年上の女性にモテるタイプで、角打(かくう)ちで飲んでたり公園でぼーっとしてると見知らぬおばさまに声を掛けられることがしょっちゅうある。バイスサワーや太った鳩などを挟んでご歓談と相成るのだが、「六十年くらい前はこの辺りは全部畑で、アンタの尻の下もアタシが毎日耕してた」とか「ろくでもない亭主が戦死してから運が向き戦後のどさくさに紛れてアパートを三つ建てた」とか「若い頃某大物芸能人の付き人をしてて（以下伏せ字）」とか、まあだいたいそのお話がすこぶる面白い。盛ってる部分があるとしても、その盛り方が楽しいのでゲラゲラ笑いながら拝聴してしまう。みんな一見「ふつう」の女の人で、街ですれ違っただけなら、とてもそんな波乱万丈な歴史を背負っているとは予想もできなかっただろう。

本書『わたしたちに手を出すな』を読んだとき、まず頭に浮かんだのはそんな街の女性たちだった。まさに街中でふいに出会った人に予想外にとんでもなく面白い話を聞かせてもらったような、気さくで猥雑(わいざつ)でパワフルな魅力に満ちている。「人に歴史あり」なんて手垢のついた言い回しだが、誰でも人が聞いたらびっくりするようなエピソードや秘密のひとつふたつは抱えているものだ。

一通の陽気な手紙から始まるこの小説は、主に三人の女と幾人かの男たちの視点で語られる。ブルックリンで暮らす品のいい老婦人のリナ、引退した元詐欺師にして元ポルノ女優のウルフスタイン、リナの孫娘でちょっとグレかけているティーンの少女ルシアが主人公。世代も生まれ育ちも経歴も何もかもが違うこの女たちが殺人と大金のトラブルに巻き込まれ、否応無しにチームを組むことになる。このそれぞれまったく性格の違う女たち（と男たち）の視点を見事に書き分けているのが凄い。著者は男性だが、豪放磊落な熟女から酷い環境で育った故に大人びてしまった少女まで、地に足のついたリアリティをもってじっくりと描写されている。読者は「キャラクターの書き分け」と簡単に言うが、所詮は一人の人間が一つの頭で考えているので、どこか似通ったところのある登場人物を生み出してしまうこともある。しかしウィリアム・ボイルは一人ひとりのキャラクターを（たとえそいつがどんなにしょうもないエロジジイだとしても）丁寧に掘り下げ、まったく違う人間がまるでほんとうにそこに居るかのように描いている。

　古今東西の文芸作品での「男性作家が描く女性像」には七割くらいの打率で辟易とさせられてきたので、本書も正直身構えて読み始めたのだが、それが杞憂に終わったのも（失礼かもしれないが）嬉しい誤算。マフィア幹部だった死んだ夫を愛しながら、その稼業のあくどさや恐ろしさから目を逸らし自分と家庭のことだけ考えていた内向的なリナも、前向きに明るく豪快に生活しているようで、過去だけが輝いていたと思っているふしのあるウルフスタインも、自分が賢いのを分かっていて現実だけを見据えようとしながらも、子供らしい寂しさが捨てられないルシアも、ステロタイプに堕ちない、でもどこかにいそうな女の声を持っている。

そんな一見ばらばらの女たちが結ぶ奇妙な共闘とも友情とも共犯ともつかない関係が、本書の一番の見どころだろう。なにせ原題が「A Friend Is a Gift You Give Yourself」。直訳すると、「友達はあなた自身への贈り物」という感じか。私が気に入ったのはウルフスタインとリナの出会い。本当に特に理由もなく、なんか気が合うと思ったから、から始まるユルい友情なのだ。こういう友情の始まりって実はリアルだと思うし、友情にことさらに明確な理由づけやエモーショナル過多なドラマチックなきっかけを必要としない、さらっとした始まりが新鮮でグッときてしまった。世慣れたウルフスタインと世間知らずのリナという凸凹さもいいし、何より中高年女性同士の友情がいきいきと描かれているのがとても嬉しい。ここ、実は層の薄いところなんですよ。おばさんになっても婆さんになっても友達はできるけど、フィクションでそれを描いているものはなかなか少ない。友情は若者だけの特権じゃないのだ。

　逃避行の中でウルフスタインが言う「友情って最高のロマンス」という言葉が、この物語のテーマの一つなのかもしれない。昨今は日本でも「シスターフッド」を謳ったコンテンツや記事をよく見るようになったが、本書に描かれたこのドライでなおかつ熱いところもある女の友情は、まさにシスターフッドどまんなかという感じ。なかなか他人に心を開かないティーンのルシアがほんの短い時間出会うシスター（尼僧）とのやりとりも印象的。この小説、登場時間の短いキャラでもとにかく女がかっこいいのだ。ハードボイルドが男の専売特許でないことに世の中が気付き始めて久しいが、美女スパイでも私立探偵でもない街のそのへんに居る女同士のハードボイルドが一番しびれる。これこれ、こういうのが読みたかった！　という感激に胸躍らせながらページをめくった。

さらに言うなら、彼女たちを困らせ敵対するクソ野郎たちもクソなりの真摯さと人間らしさをもって書かれていて、このクソ野郎パートがスイカに塩的に物語に華（？）を添えてくれる。けっこうなボリュームのある長編だけど、飽きることなく一気に読めたのはこの多様な視点のおかげもあるかもしれない。一人でも十分に物語の主役を張れるような濃い登場人物たちが寄り集まって大騒ぎするんだから、面白くないはずがない。

ニューヨークの下町を中心にした舞台設定もいい。海外文学を読む醍醐味のひとつは、知らない土地を旅させてくれること。特に観光ガイドには載らないような、そこで暮らす人間しか行かない、目を向けないような街の描写があるとたまらなく嬉しい。本書はロード・ノヴェルの要素もあるが、根底には深い地元愛が流れている。その地元がニューヨークはブルックリン。それも映画やミュージックビデオで見るようなクールでかっこいいブルックリンではなく、数多の人が住むただの街としての、自然体のブルックリンの姿が描かれている。

著者のウィリアム・ボイルはご本人の公式サイトによると（もちろん）ニューヨークはブルックリン出身、現在まで五冊の長編と一冊の短編集を上梓しているらしい。フランス推理小説大賞やニュー・ブラッド・ダガー賞にノミネートされているまさに新進気鋭のミステリ作家。一九七八年生まれとまだ若く、本書にもちょこちょこ顔を出すポップカルチャーのチョイスが、九〇年代に青春を送った世代を感じさせる。

世代といえば本書を二〇〇六年という微妙に昔の時代設定にしたのは、オバマ政権とiPhoneが現れる前夜のアメリカがこの物語に必要だったからだろう。スマートフォンの登場はあらゆる物語、特にクライム・サスペンスや警察小説のテンポを否応無しに引き上げた。この緊迫しながらどこか悠長なグルーヴのある物語は、二つ折り携帯の世界がしっくり来る。『わたしたちに手を出すな』が「マフィアの金と女と逃亡」という千回読んだような設定をどれだけ新しく昇華したかは本文を読んで確認していただくとして、この本は物語そのものにも意外性と驚きをしっかり封じ込めている。途中で「ふつう」のサスペンスやクライム・ノヴェルならこうするだろうという定石をするっと外した展開になるのだ。驚くが、ラストシーンを読み終えると、この物語が目指した情景が目の裏に浮かんでくる。これはすれっからしの犯罪小説ファンほど行き先が読めない物語だろう。ぴかぴかに磨かれ最新のエンジンを積んだアメリカン・クラシックカーのように、懐かしさと新しさの車線を高度なドライビングテクニックで走り抜けていくこの作家の次作も、ぜひ日本語で読めますようにと願ってやまない。

（おうたに・あきら／小説家）

本書は文春文庫のために訳し下ろされたものです。

文春文庫

わたしたちに手(て)を出(だ)すな

定価はカバーに
表示してあります

2021年8月10日　第1刷

著　者　ウィリアム・ボイル

訳　者　鈴木美朋(すずきみほう)

発行者　花田朋子

発行所　株式会社　文藝春秋

東京都千代田区紀尾井町 3-23　〒102-8008
TEL 03・3265・1211㈹
文藝春秋ホームページ　http://www.bunshun.co.jp

落丁、乱丁本は、お手数ですが小社製作部宛お送り下さい。送料小社負担でお取替致します。

印刷製本・凸版印刷

Printed in Japan
ISBN978-4-16-791744-9

（　）内は解説者。品切の節はご容赦下さい。

百番目の男
ジャック・カーリイ（三角和代 訳）
連続斬首殺人鬼は、なぜ死体に謎の文章を書きつけるのか？若き刑事カーソンは重い過去の秘密を抱えつつ、犯人を追う。スピーディな物語の末の驚愕の真相とは。映画化決定の話題作。
カ-10-1

デス・コレクターズ
ジャック・カーリイ（三角和代 訳）
三十年前に連続殺人鬼が遺した絵画が連続殺人を引き起こす！異常犯罪専従の捜査員カーソンが複雑怪奇な事件を追う。驚愕の動機と意外な犯人。衝撃のシリーズ第二弾。（福井健太）
カ-10-2

ブラッド・ブラザー
ジャック・カーリイ（三角和代 訳）
刑事カーソンの兄は知的で魅力的な殺人鬼。彼が脱走、次々に殺人が。兄の目的は何か。衝撃の真相と緻密な伏線。ディーヴァーに比肩するスリルと驚愕の好評シリーズ第四作！（川出正樹）
カ-10-4

キリング・ゲーム
ジャック・カーリイ（三角和代 訳）
手口も被害者の素性もバラバラな連続殺人をつなぐものとは？ルーマニアで心理実験の実験台になった殺人犯の心の闇に大胆な罠を仕込む超絶技巧。シリーズ屈指の驚愕ミステリー。
カ-10-7

ペット・セマタリー（上下）
スティーヴン・キング（深町眞理子 訳）
競争社会を逃れてメイン州の田舎に越してきた医師一家を襲う怪異。モダン・ホラーの第一人者が〝死者のよみがえり〟のテーマに真っ向から挑んだ、恐ろしくも哀切な家族愛の物語。
キ-2-4

厭な物語
アガサ・クリスティー 他（中村妙子 他訳）
アガサ・クリスティーやパトリシア・ハイスミスの衝撃作からロシア現代文学の鬼才による狂気の短編まで、後味の悪さにこだわって選び抜いた〝厭な小説〟名作短編集。（千街晶之）
ク-17-1

ガール・セヴン
ハンナ・ジェイミスン（高山真由美 訳）
家族を惨殺され、一人ロンドンの暗黒街で生きる21歳の娘、石田清美。愛する人のいる日本へ帰るべく大博打に出た彼女は犯罪の渦中へ。25歳の新鋭が若い女性の矜持を描くノワール。
シ-23-1

（　）内は解説者。品切の節はご容赦下さい。

宮崎　駿　原作・脚本・監督
崖の上のポニョ
シネマ・コミック15

崖の上の一軒家に住む少年宗介が救った、さかなの子ポニョ。宗介に恋をしたポニョの人間になりたいとの願いが、やがて大騒動を招く。傑作アニメの全シーン・全セリフを一冊に収録。

G-2-15

メアリー・ノートン　原作／米林宏昌　監督／宮崎　駿　企画・脚本
借りぐらしのアリエッティ
シネマ・コミック16

人間の世界から〈借り〉ながら暮らす小人のアリエッティ。人間の少年・翔との出会いが彼女の運命を変える！　スタジオジブリ新世代の力が結集された美しい名作が1冊のコミックに。

G-2-16

宮崎　駿　原作・脚本・監督
風立ちぬ
シネマ・コミック18

実在の飛行機の設計者・堀越二郎をモデルに、その生涯と愛を描く。堀越と堀辰雄への敬愛を込め、宮崎駿の「引退宣言作」としても話題になったアニメの全セリフ・全シーンを収録。

G-2-18

高畑　勲　原案・脚本・監督／坂口理子　脚本
かぐや姫の物語
シネマ・コミック19

かぐや姫の伝説をモチーフに地球に生まれた女性の人生を描く。美しき姫の犯した罪とそれに下された罰とは何だったのか。高畑勲監督の遺作アニメの全シーン・全セリフを一冊に収録。

G-2-19

モンキー・パンチ　原作／宮崎　駿　トムス・エンタテインメント　山崎晴哉
ルパン三世 カリオストロの城
シネマ・コミックEX

幻の偽札を追いカリオストロ公国へ来たルパンはウェディングドレス姿で逃げる少女クラリスと出会う。ルパンは少女を救えるか？　宮崎駿初監督作の全シーン・全セリフを一冊に収録。

G-2-21

東映アニメーション作品／深沢一夫　脚本／高畑　勲　演出
太陽の王子 ホルスの大冒険
シネマ・コミックEX

高畑勲が初めて演出（監督）し、宮崎駿が初めて本格的に製作に携わった長篇。少年ホルスと悪魔グルンワルドの戦いを描く。伝説のアニメーションの全シーン・全セリフを一冊に収録。

G-2-22